本书获

2018年贵州省出版传媒事业发展专项资金资助

点校　王　力

丛书主编　汪文学　刘泽海

贵州古近代名人日记丛刊

第三辑

北上日记

辛丑日记

原著　华学澜

原著　钱　衡

贵州出版集团

贵州人民出版社

目 录

凡　例

一、丛书命名为"贵州古近代名人日记丛刊"，实由两部分构成：一是黔籍文人撰写的日记，包含黔人在黔地和外地撰写的日记。二是外籍文人在黔地撰写的日记。或为黔地文人写的日记，或为外籍文人在黔地写的日记，虽题名易生歧义，然目的是为全面呈现黔人的日常生活和黔地的地方性知识。

二、丛刊收录日记文献，起于明代，迄于1949年。明代以前贵州无日记文献传世，现存黔人撰写日记最早者，是杨文骢《台荡日记》；外籍文人在贵州期间所写日记传世最早者，是徐霞客《黔游日记》。贵州日记以清季民国居多，故丛书命名为"贵州古近代名人日记丛刊"。

三、丛刊所收日记，有稿本、抄本、刻本等。凡为古近代黔地文人所撰日记，外籍文人写于贵州期间的日记，皆尽力搜寻，整理收录。

四、丛刊所收日记，凡黔地文人所撰者，皆全文收录；凡外籍人士所著者，或全录，或节录，视具体情况确定。

五、丛刊以类编录，分辑出版，分册印行。凡篇幅较大可独立成册者，单独成册；篇幅较小者，则以类相从，合编成册。或一人数种而合为一册，如黎恂；或时代相近而合编成册，如清代宦游于黔者之日记；或主题相近而合编成册，如抗战期间流亡于黔者之日记。要之，视情况而定，以便观览。

六、丛刊收录日记若干种，于书首冠以"总序"，总论日记的史料价值和学术意义，说明丛刊的编纂缘起和编辑旨趣。于每部日记前冠以"前言"，介绍作者生平行状、日记写作之背景，评估日记所具之史料价值和学术意义，说明本书整理所据之版本情况。

七、丛刊以标准规范之简化字和现代通用的标点符号进行整理，横式排印。异体字、通假字、古今字、繁体字径改为标准规范之简化字。人名、地名、机构名中若无对应的简体字，则不作改动。

八、原稿漶漫不清不能准确辨识者，用（ ）注明；有完全不能辨识者，用口代表；有脱字、衍字、误字者，以脚注改正；有眉批者，以脚注示之；有双行小字者，以小于正文字号单行排印。

九、原日记中有对少数民族或地方人士之轻侮性称号或恶意性评说，或因政治立场之差异而发表的攻击性言论。丛刊本于文献整理之通行原则，保持文献原貌，不作更改。

总　序

　　搜集、整理、研究和出版贵州古近代地域文献，是我们近年来特别关注的事情，亦是我们学术团队开展的中心工作，"贵州古近代名人日记丛刊"便是其中的一项重要成果。经过长期的搜集和整理工作，如今丛刊即将陆续出版。故著此序言，略述本丛刊之编纂缘起和编辑旨趣。

一

　　在中国历史研究中，历来存在着两种叙事模式或研究方法：一种是以王朝政治为载体，以帝王将相为中心的叙事模式，通过以帝王将相为中心的王朝政治的研究，自上而下的寻绎传统中国社会的演进轨迹，此为宏大叙事和宏观研究。一种是以日常生活为载体，以个人或地域为中心的叙事模式，通过对个人日常生活的研究，对特定地域的地方性知识的发掘，自下而上地呈现传统中国社会的发展历程，此为微观叙事和微观研究。随着"新史学"之学术观念和研究方法的逐渐成熟，及其深入人心的影响，相对于宏大叙事和宏观研究而言，对历史细节的微观研究，对作为历史之主体的个人的日常生活之意义的呈现，对特别地域的地方性知识的关注，通过日常生活细节和地方性知识以呈现整体历史的长时段演进规律，逐渐为学者所认同和采纳，并成为一种颇具学术活力的学术研究新动向。

此种学术观念和研究方法的转向，是学术研究向纵深发展的必然结果。宏大叙事和宏观研究，在呈现长时段历史发展之趋势上，自有其不可磨灭的价值。但因其有不可避免的空疏之嫌，而常常遭遇学者的诟病。因为历史总是由若干个体的日常生活经验和若干地域的地方性知识所构成，宏大的历史叙事总需建立在日常生活细节和地方性社会经验之基础上，离开了对个人日常生活意义的诠释和地方性知识传统、社会经验的发掘，宏大叙事犹如聚沙成塔、空中楼阁，其可靠性令人置疑，其危险性显而易见。

历史由具体的人物和事件构成，历史又是发生在特定的时间和空间之中。因此，历史研究当以时间和空间中的事件和人物为核心。或者说，人物和事件只有在特定的时间和空间中才有意义，其意义亦才能获得合理的解释。所以，历史研究当是对特定时间和空间背景下活动着的人物和发生的事件做出合理的解释，并进而呈现其活动或发展的规律。时间、地点、人物和事件，是历史研究的基本要素。比照传统中国的史学体例，以时间为核心要素的是编年体，以地点为核心要素的近于国别体，以人物为中心的是纪传体，以事件为中心的是纪事本末体。

孟子提出的"知人论世"说，虽是就读《诗》而言，实际上亦可作为历史研究和文学批评的基本准则。今人解读文学作品，一般是首先考察创作此作品之作家的生平经历和思想性格，是为"知人"；其次考察作家创作此作品时所处的时间和空间背景，此为"论世"。所以，"知人论世"作为一种文学批评方法，虽然遭到新批评家提出的"感受谬误"和"意图谬误"说的冲击，但仍然不失为一种有效的、重要的文学批评方法。因此，在作家和作品的研究中，为作家编年谱，为作品系年，仍然是学术界特别强调的文学研究的前提，是文学研究者的基本功夫，其目的就是为了给作家和作品进行时间和空间上的准确定位。通过对时间和空间的精准定位，达成对作家思想和作品内容的准确理解。文学研究如此，历史事件之研究亦不例外。任何历史事件皆是特定历史人物在特定时间和空间中发起的。所以，关于历史事件的解读，"知人论世"亦是一种行之有效的方法。钱穆《刘向歆父子年谱》就是一个典型案例，他通过排列刘氏父子年谱的形式，呈现出西汉末年刘氏父子在学术思想活动中的若干细节，及其当时的政治、文化背景，从而揭穿了长期以来流行于学术界关于刘歆伪造古文经的学术谎言。

总之，地方性知识虽然琐碎，日常生活细节虽属个案，但它们是构成历史的基本要素。历史发展的普遍性规律，往往就是在这些琐碎的地方性知识和具有个案特征的日常生活细节中呈现出来的。因此，历史研究由宏大叙事向历史细节的演变，由宏观研究向微观研究的发展，从学理上看，是学术研究向纵深发展的必然趋势。

二

呈显日常生活细节的方式很多，年谱和日记无疑是其中最重要的两种方式。但是，就其呈显的精准性、具体化和私密性而言，日记远胜于年谱。或者说，日记是对个人日常生活细节最精准、最具体、最真实的呈现。概括起来，日记的特征主要体现在以下几个方面。

其一，精准性。日记的精准性远胜于年谱，这是由日记的写作方式决定的。一般而言，年谱往往是由他人编写的，虽然亦有谱主自编年谱的情况，但并不常见。而日记则完全是由本人撰写的。自撰日记记录本人的日常生活，肯定比由他人撰写的年谱，更具精准性。再说，无论是自编年谱，还是由他人编写的年谱，均是事后的追叙。自编年谱，多是在晚年光景对一生行事的追忆。由他人撰写的年谱，则常常是谱主去世后由他人撰写。无论是自己的追忆，还是他人的追叙，均是在事后若干年进行的，故而皆有失真的可能。或者仅仅记下能够被追忆或追叙的部分，而遗忘或遗失其中的诸多细节。或者在追忆或追叙中不可避免的有误忆或误叙的内容，总之，失真不可避免，因而其精准性便要大打折扣。而日记则是由记主逐日所记，或当日所记，或间隔一二日追记。不仅能完整记录若干生活细节，而且一般不会失真，除非是有意回避。所以，日记的精准性超过年谱，不言自明。

其二，具体化。日记的具体化亦远胜于年谱，这是由日记的写作形式决定的。古代的年谱和当代学者为古人编写的年谱，由于史料的限制，往往是按年编撰。晚近时期的年谱，亦有具体到月日的，但一般多近似于大事记，即主要记录谱主一生中经历的比较重要的事件，日常生活细节往往缺而不录，或是不需记录，或是因史料的缺乏而不能记录。即便是谱主自撰年谱，亦常常如此。日记则不同，它非常具体，在时间上，它必须具体到日，否则不能称为日记。甚至具体到时刻，包括起床、就餐、会客、睡觉等具体时刻。一般亦记录天气，气候环境对人的情绪的影响是不能忽略的。不仅记录一日生活之细节，还记录一日情绪之变化。因此，可以说，日记呈现的才是最具体的日常生活细节。其具体化，远远超过年谱。

其三，私密性。与年谱相比，日记的私密性是显而易见的。对于年谱来说，无论是他撰年谱，还是自撰年谱，撰写者皆是当作著作来写的，其意欲公开发表或出版的目的是显明的。因此，年谱一般不具备私密性，亦较少流露个人情绪。而日记则不同，虽然亦不乏记主为发表或传世的目的而创作的日记，故而较少叙说个人隐私或个体情感。但是，在一般情况下，大多数日记在写作时，记主并非是为了出版或传世，而是把它当作自我交流和自我反省的载体。在写作日记时，记主往往是自言自语，通过笔端下的文字，清理思路，整理情绪，调整心态。通过自我交流，实现倾诉欲望。通过自我反省，达成改过自新。无论是自我交流还是自我反省，皆可能暴露个人隐私。所以，日记中有较多的情绪或情感的流露，私密性极强，亦更能体现记主的真实自我，更能呈现记主的日常生活细节和内心秘密。

总之，日记具有精准、具体和私密的特点，真实再现个体的生存状态和内心隐秘，精准呈现个人日常生活的具体细节，因而受到晚近学者的重视，成为"新史学"研究日常生活的最重要的史料。日记写作之被文人重视，并成为一代文人的风气，是在晚清民国时期。而"新史学"之兴起，"新史学"学术观念和研究方法之形成，重视日常生活细节和地方性知识的研究，亦基本上是在晚清民国时期。日记写作之渐成风气，与重视日常生活细节研究之"新史学"，大体同步出现在晚清民国时期。这不是一个偶然的巧合，至少说明二者之间有一定的互动影响关系。

关于如何利用日记来研究历史的问题，桑兵先生的见解值得参考，其利用日记研究历史的方法值得借鉴。他在《治学的门径与取法——晚清民国研究的史料与史学》一书中，专著"日记内外的历史"一节，分析了日记作为史料的种类和属性，提出了利用日记研究历史的方法问题，他认为：

"要把日记当日记看，不能泛泛而论地仅仅作为史料看。"因为这样"容易以己意从中摘取片断，割裂作者原意，而组成另外的意思"。因此，他建议："不要以某一种日记为信史，应将各种相关日记相互参看，以求近真；不要简单地以为日记即第一手材料，应将各种文献比勘印证，以便把握其中真的成分和真的程度，不要以日记所记即为全部事实，应掌握基本事实来看日记所记；不要仅仅从日记中各取所需地寻找自己要的材料，而要了解记日记之人的为人行事及其记日记的习惯方式。"① 在这种日记史料观的指导下，他著有《走进共和：日记所见政权更替时期亲历者的心路历程（1911～1912）》② 一书，选取清末民初不同阶层、不同年龄、不同职业者四十余人的日记，按时间顺序将各人的日记内容进行年谱式的排列，对 1911～1912 年间的社会变革和社会动荡以及时人的骚动和不安，进行描述，讨论在这个重大历史变革时刻不同亲历者的心态及其对当时社会变革的观察。这种做法别开生面，虽然在具体日记史料的取用上亦颇遭学者的批评，但他的确拓展了历史研究的史料范围，开辟了一种新的历史研究方法，是应该引起学者高度重视的。

---

① 桑兵：《治学的门径与取法——晚清民国研究的史料与史学》，社会科学文献出版社，2014 年版，第 94～95 页。
② 桑兵：《走进共和：日记所见政权更替时期亲历者的心路历程（1911～1912）》，北京师范大学出版社，2016 年版。

三

近年来，受"新史学"学术思想观念的影响，受人类学学术研究方法的启示，我对地方性知识和个人日常生活领域的研究，甚为关注，并有浓厚兴趣。同时，作为一名黔中子弟，作为一名在黔中这块土地上教书育人并研究、传播中国传统文化的学者，出于回报桑梓、感恩故土和宣扬家乡文化的个人情结，我对地方性知识和日常生活的关注，重点放在贵州地域文化和文学的研究上，以及贵州世居少数民族日常生活的探索上。整理贵州地方文献、关注贵州地方性知识，研究贵州地域文化和文学，呈显贵州世居少数民族的日常生活，便成为我近年来的主要学术方向。

我在大学图书馆工作过五年，主要从事地方特色文献资料的搜集和整理。追溯我对贵州地域文化和文学的研究，大概就是从这个时候开始的，《贵州古近代文学理论辑释》一书就是在这段时期做出来的。后来又在文学院工作过五年，主持中国语言文学学科建设，根据学院的实际情况，提出建设以地域性、民族性和应用性为特色的中国语言文学学科，带领团队侧重开展贵州地域文献、文化和文学的研究，亦以身作则做一些具体的研究项目，《道真契约文书汇编》《边省地域与文学生产——文学地理学视野下的黔中古近代文学研究》《贵州地域文化精神研究》等著述就是在这种背景下做出来的。

我和我的团队成员热衷于贵州地域文献、文化与文学的研究，还存有另外一个学术野心，即通过研究，建构一门具有特色的中国地域之学——黔学。鉴于贵州地域文化与文学长期以来处于一个被轻视、被忽略和被描写的尴尬地位，因而构建黔学可能会遇到诸多障碍和质疑，甚至有"夜郎自大"之嫌疑。黔学能否为"学"？构建黔学有无学理依据？这是可以继续讨论的问题。我认为，黔学之所以能成为"学"，是有充分学理依据的。"多山多石"的山国地理和"不边不内"的通道地位，以及"割川、滇、湘、粤之剩地"而构成的区域地理和因之而形成的"五方杂处"的地域文化，及其以"大杂居，小聚居"为特点的民族分布格局和因之而形成的"和而不同"的民族文化，使贵州的地理特征、地域区位、人文风尚、地域文化和民族性格皆自成一体，与其它地域相比，皆有相当明显的特殊性和独立性。所以，以自古及今与黔地、黔人相关的精神文化为核心内容，建构一门有别于其它地域之学的黔学，不仅是可能的，而且亦是有学理依据的。

　　构建黔学，首先面临的问题，就是黔学文献资料的搜集和整理。因此，近年来，关于贵州地域文献的搜集、整理和研究，便成为我和我的学术团队集中致力的工作，如中国乌江流域民国档案、贵州古近代珍稀家谱文献、中国西南布依摩经抄本文献、贵州彝族古抄本文献等大型地域文献和民族文献的搜集、整理、出版和研究工作，皆在积极筹划和有序实施中。"贵州古近代名人日记丛刊"的编纂出版，就是在这个背景下提出并实施的。

尽力搜集，持续整理，陆续出版，以期有更多的日记被发现，被整理，得到出版，是编者的心愿。故此尚需境内外学人添砖加瓦，共襄盛举，或提供线索，或协助搜集，或参与整理，皆是我们所需要的，亦是我们特别感激的。

汪文学

二〇一七年二月五日于花溪

北上日记

目　录

弁　言

　　《北上日记》为贵阳人钱衡所撰，是一部记录其赴京朝考历程的日记。

　　钱衡，字莘民，号芊岩，贵州贵阳人。同治十二年（1873）举癸酉科拔贡。次年北上赴京朝考，取一等第一名，分发河南知县。光绪元年（1875）奉调山东行咨，奉旨赏加同知衔。他读书发愤，颇有抱负，但自到河南候补，始终未得实授知县，只干过一些零星差事。光绪七年（1881），钱衡病逝于河南汴梁，享年43岁。他善书法，工于诗，著有《芊岩诗集》《河工日记》《京华时提录》等。

　　钱氏于同治十二年（1873）冬从贵阳赴北京应试，历时71天，途经五省与京兆，将行程逐日记录，成《北上日记》，是了解自黔赴京较直观的资料。这部日记仅一万余字，在各类日记中算是较短的一种，但有两方面价值值得注意。

　　一是科举史料价值。在存世黔人日记中，以考生身份记赴考行程的很少，即便在全国范围内，赴考日记也以记举人赴会试者居多，像钱衡这样记录以拔贡身份参加朝考的并不多见，因此从内容主题上讲，这部日记是具有独特性的。通过钱氏所记，我们可大概了解黔人赴朝考的情况，也可以丰富我们对晚清科举的认识。

二是交通史料价值，这一方面尤其值得重视。应朝考可以入住沿途驿站，所经行的就是驿道，也就是京黔间官员往返、商贾贩运所经的大道，了解这条路线，也就能了解京黔之间交通的普遍状况。钱衡自同治十二年（1873）十一月十八日自贵阳东门起程，次年二月初二到京，经贵州、湖南、湖北、河南、直隶五省入京，全程以陆路为主，辅以部分水路。其行程可列表如下：

同治十二年（1873）十一月十八日至二十九日陆行

十一月十八日	巳刻出东门起程，晚间宿独脚，计程三十里
十九日	独脚起程，经龙里县折站，宿贵定县界新安寨，计程六十里
二十日	新安起程，至瓮澄桥二十余里，午间至贵定城，计程行四十余里
二十一日	至黄丝，约四十余里
二十二日	至马场坪，约三十里
二十三日	宿五里塘，计程五十五里
二十四日	暂住清平城一日
二十五日	过大风洞，渡重安江，七十里宿黄平
二十六日	过东坡关，六十里宿施秉县
二十七日	五十里宿镇雄关

二十八、二十九日	镇远停宿

十二月初一至十二月十五日舟行

十二月初一	六十里泊布田
初二	过清溪，过玉屏，约行百里
初三	过龙溪口，泊曹家溪，约行百里
初四	过波州，过汴水驿，晚离沅州五里许泊船，行约百里
初五	泊公平驿，行约九十里
初六	过高底洞，泊桐木洞，行百二十里
初七	过黔阳，午泊洪江
初八	过安江、黄丝洞，泊大湾塘
初九	过成都冈、新路河、铜湾、铜汀、庙湾，泊仙人湾，行百二十里
初十	泊辰溪，行百二十里
十一日	过普市，泊骡耳洞，行三十里
十二日	过泸溪，泊辰州府沅陵县，行一百里
十三日	过乌鸦溪、清浪滩、庙角滩，泊洞庭溪，行一百三十里
十四日	泊桃源县，行一百三十里
十五日	抵常德府。自此后改陆行

十二月十六日至三十日陆行

十二月十六日	住常德府
十七日	宿大龙驿，行六十里
十八日	七十五里住清化司驿站

十九日	渡新渡河、黄沙湾，六十里至澧州驿
二十日	过澄河桥，六十里至顺林驿
二十一日	过界水桥、十里冈，宿松篁驿，行九十里
二十二日	晓雪未已，北风严寒，暂住一日
二十三日	五十余里至屏陵驿
二十四日	过杨家尖，宿荆州城外，行八十里
二十五日	荆州小住
二十六日	行九十里宿建阳驿
二十七日	行九十里宿荆门州
二十八日	六十里宿石桥驿
二十九日	六十里至丽阳驿
三十日	九十里至宜城县

同治十三年（1874）正月初一至二月初二陆行

同治十三年正月初一	休息一日
初二	过岘山，至襄阳城，行百余里
初三	樊城小住
初四	六十里至吕堰驿
初五	过黄溪河、江石滩，至新野县城，行七十里
初六	六十里至瓦店驿
初七	过白水河，至南阳城，行六十里
初八	六十里至博望驿
初九	至裕州城
初十	六十里至叶县保安驿，无车可换，复行三十里宿旧县

十一日	三十里入叶县，再三十里宿新店
十二日	过襄城、颍桥，至石固驿，行百二十里
十三日	至新郑县，行六十里
十四日	六十里至郑州
十五日	过草屯坡，至亢村驿，行百十里
十六日	过太行堤、新乡，百二十里至卫辉府
十七日	六十里至淇县
十八日	过宜沟驿、汤阴县，至彰德府，行一百三十里
十九日	过磁州，宿杜村，行九十里
二十日	过邯郸、临洺驿，至沙河县，行一百三十里
二十一日	过邢台县，宿内邱县，行九十里
二十二日	过柏乡，宿赵州，行百二十里
二十三日	过栾城县，宿二十里铺，行八十里
二十四日	过正定，宿新乐，行一百一十里
二十五日	过定州，宿望都，行一百一十里
二十六日	九十里至保定府
二十七日	过漕河慈航寺，宿安肃县，行八十里
二十八日	过小白河，至定新县，行一百三十里
二十九日	七十里至涿州
二月初一	七十里至良乡
初二	过芦沟桥，入皇都

当时水路出黔多由镇远登舟，再经清溪、玉屏出贵州，又经湖南晃州、芷江、黔阳、洪江、辰溪、泸溪、辰溪、沅陵、桃源至常德登陆。钱衡舟行日均百里以上，多天均在一百二十里、一百三十里左右，其速度较之在湘黔两省陆行为快。但舟行的安全性不及陆行，他在十二月初一、初七、初八、初九、十一、十三、十四、十五几日均遇到不同

艰险，初一《过大王滩》诗中有"得失千篙急，安危一线匀"之句，初七记有"由黔阳而下，滩多水急，以鹭鸶滩为最险，舟轻易过，舟重必起坎为要"之语，初八所经的黄丝洞"滩浪甚大"，初九所经的成都冈、新路河、铜湾、铜汀、庙湾五处则相传"为盗贼渊薮"，十一日"计程止三十里，盖为风雨所阻也"，十三日"过清浪滩、庙角滩，势极险"，十四日出清浪滩后，"江水更宽，无得波涛汹涌之势，行船可自在中流矣。然渊深莫测，尤不可纵意肆志"，夜里二鼓时分，舟子开船夜行，钱氏还忐忑不已，认为"此等侥幸举动，决然不从为是"，即便十五日到达常府城登岸，也遇到"舟为木筏所冲击，赖旁边船抵塞得不坠水"的险境。以至于其在结束舟行后，发出"是行也，舟行十四日，共免颠覆之患，天之厚赐者深矣"的感叹，可见舟行的安全性并不为当时人认可。

士子赴京行路，自己并不亲自驭车驾船，皆由驿夫舟子等专门工役人员驾驭交通工具，这类人往往各有负责的路段，因此一路上要多次更换，与他们之间的沟通也是影响行路的一个因素。二者在服务质量与工钱两大问题上难免有利益不一致的地方，产生冲突后，往往会耽误行程。钱氏一路至少遇到两次与驿夫的争端，一次是十二月二十四日从屠陵驿往荆州城时，先是站夫迟迟不到，钱衡只好让同伴芷瀛先出发，自己到馆驿中盛气斥责，才得到两名站夫，他与星垣二人方能延后出发。再就是驿站的牌头告诉其一行，本站驿夫只负责送到荆江边的杨家尖即行返回，钱氏等各带行李随官船渡江，他已另设站夫在对岸迎接送至江安驿。果然，几位站夫到了杨家尖就将几人行李弃置官船之上，"预先逃遁"，钱氏等人只好自己坐船过江，过江后是否有站夫迎接，文中未予说明，但显然此举影响了行程。一是耽误了出发时间，二是所获服务质量较差，三则同行者被迫分批赶路，易致分散，而且先出发的芷瀛"因余参差在后，不得已驾舟渡江，泊岸后，另雇夫搬运行李"，而杨家尖处的江面很宽，"必大船重载，方能横渡，若小舟一叶，稍遇风涛，最易倾覆"。芷瀛就是在这样的风险中乘小舟过江的。另一次是三天之后的二十七日，他们一早自建阳驿出发前往荆门州，"行十八里，舆夫潜遁，余即折回五里铺寻保正刘某，另觅夫送至荆门州，令至署中取讫夫价"，平添几分波折。在湖北樊城，雇车业为车行把持，必得其经手，车价因此昂贵许多，为行路者增加了经济负担。

路况与交通工具的质量也是影响旅行体验的重要因素。各地路况不一，遇到道路失修就难免颠簸，同治十三年（1874）正月初十日，一行人在保安驿经叶县过襄城的百余里路中，"皆路多碎石，车极掀簸"，钱衡当年36岁，尚在壮年，犹觉难忍，因此感叹"若高年人，以雇夫乘轿为安逸也"。两天前的初八日，自南阳至博望驿的路上则不仅"行辄簸动"，而且"飞尘满目"，以致钱氏语带调侃地表示"南人到此，方识风尘况味也"；十三日遇到大风，因为

"途中皆细尘"，导致烟雾漫天，能见度极差，"二十步外即不见矣"。

诸如此类的细节，是了解清代驿站经营管理的第一手资料，是许多史料中难以见到的，研究交通史者尤可注意其价值。

此次整理主要依据两种版本，一是1984年12月内部发行的《贵阳志资料研究》第五期，其中第33~43页为《北上日记》；另一种是贵州教育出版社1988年出版的《清末四人日记》，其中之一就是《北上日记》。此日记原有稿本存世，《贵阳市志·人物志》称"其善书法，他的《北上日记》通篇用小楷书写，端庄平正，一笔不苟"。《贵阳志资料研究》中编者所加按语也提到是据原稿抄写整理而成，但我们没有机会拿到稿本或复印件，因此未能在原始材料基础上展开工作，这是我们必须向读者说明并请求原谅的地方。上述两种版本在整理时均进行了一定的改动，《贵阳志资料研究》为了"使记事更能一贯，以利阅读"，把日记中的纪程诗一概略去，而《清末四人日记》则在全文收录基础上，增加了钱衡另一著作《京华时提录》的部分内容，目的是"使读者了解朝考情况及结果"。本次点校出于忠实原作的考虑，去掉了《京华时提录》的内容，而保留了纪程诗。

限于条件与水平，整理工作多有不足，敬祈方家批评指正。

同治十二年（1873）癸酉

十一月

十八日

巳刻出东门起程，王锡之、杜云山、赵伯容昆仲、车士英昆仲送至文昌阁，梅兄、吴妹倩、王述之、刘禹珍叔侄、雷有文诸君，途中与陈三弟遇，偕弟竹村、万选、宏甫送至图云关乃回。晚间宿独脚，计程三十里。同行者陈芷瀛弟、萧君星垣也。

十九日

独脚起程，宿贵定县界新安寨，计程六十里。中途至龙里县署折站，龙里城后枕大方山，前抱清溪，由小桥斜渡；城高丈许，睹其形胜，殊无险隘，然旧为潘逆明杰所据，密迩省垣，当事几莫可如何，楚师南下，将士致命，乃拔而取之，攻城之难如此。途中过云顶关，回望来处，峰峦重复，烟岚回护，去省城百里矣。

二十日

由新安起程，至瓮澄桥二十余里，桥下溪如縠纹，清澈可数游鳞；数山壁立，人家隔桥而居。柳州文云："两岸山如剖碧瓮"，或以此名桥欤！忆潘逆之乱，以此为贵定咽喉，闻大兵破龙里，乃弃此夜遁，栅垒犹存，而治乱异矣。过此为小关，关有水源二：左入清水江至四川，右入重安江至广西，牟珠洞在其上焉。午间至贵定城，计程行四十余里。贵定旧为潘逆巢窟，故民舍不尽焚弃，沿城木栅犹存，贼之防御官军亦有法矣。因与芷瀛适市间，历览民俗，安静渐有太平意象。是日，毛和卿赠陈、萧与予程仪四金。

二十一日

至黄丝，约四十里许。途中与芷瀛论及处人，觉余明亏易吃，暗气难受，书此以为褊浅之戒。

二十二日

至马场坪，约三十里，遇姜雨三姻丈，极意挽宿，嘱为其弟言殉难事，并向云衢缓颊云。

二十三日

清平道中，二里即设碉台，层层节制，颇便行旅。虽然卫行旅之利小，为贼所据其害大，此亦杞人之忧也。道中得句云：

莽莽清平道，山程锁不开。

草深迷战垒，云冻压碉台。

马革生来志，人家劫后灰。

孙公不可见，俯仰济时才。

（孙文恭公，清平人）。

又得句云：

> 一峰方断一峰连，尽日篮舆积翠巅。
>
> 回首白云亲舍远，平安有信亦潸然。

又《答吴景山》云：

> 前峰方断后峰连，日日蓝舆出树巅。
>
> 怪石岩阴留积雪，破茅屋冷上炊烟。
>
> 鸿泥着爪飞难定，鱼饭留宾味已便。
>
> 北望中原犹万里，输君清福占林泉。

又《补响琴峡》云：

> 一水碧玉涵，数峰翠峨照。
>
> 隔烟人语归，知是老渔棹。

夜宿五里塘，计程五十五里，夜闻里人谈八寨、丹江事，恐明年仍有苗变也。

二十四日

辰刻入清平城，暂住一日。时民间不戒于火，延烧百余户，露居风雪中，总办善后曾挚民（名纪凤）将赈恤焉。由贵定至清平，如云顶关、杨老、响琴峡，皆途中险境。

二十五日

由清平晓发，十里许过大风洞，四十里渡重安江，上柳木哨，山势绵亘二十余里，与苗民巢窟最近，途中碉台较他处为密。七十里宿黄平，城势险峻，而方面稍阔，恐人稀不易守，其风俗犹犷悍如故焉。

二十六日

由黄平行二十余里过东坡关，左转即飞云岩，千奇万状，不可端倪，惜兵后碑残碣断，前人题咏不能成句，为徘徊者久之。六十里宿施秉县。时方修筑城垣，邑令孟崇轩，四川人。

玲珑滴透蕊珠泉，万变图中斗秘妍。
谁识蛮荒奇绝景，娲皇留与补青天。

草草成此，聊志游踪而已。

二十七日

离施秉即横江而渡，江下诸葛洞，其势倾泻，友人赵春卿预戒决不可行，船户虽甘言相饵，弗惑也。道中睹难民还乡，愚者趋目前之利，良可慨已。五十里宿镇雄关，关势险峻，白水溪在其下，过此度文德关，二十里直达镇远城矣。是日，诸峰积雪，白云翁然，晓霞初上，倒映江心，亦客中清景也。镇雄、文德二关为黔南锁钥，下此，镇远、清溪、玉屏，皆扼湖南上游之境也。

二十八日

宿镇远，谒荐卷师耀朗山夫子印曾。

二十九日

谒王年伯麟洲同年，留饭，晤张厚安、何茂轩，并馈以食物。镇远山势雄伟，一水直下，岸左为府城，岸右为卫城，掎角有势，物货汇萃之区也。

十二月

初一日

巳时开船，过玉屏县二十里，思州河至合口来汇，晚泊布田，约水程六十里，离镇远城约二十里，以大王滩易坏船云。《过大王滩》五律一首：

世路初经历，蛮江此问津。

风波开险境，忠信感滩神。

得失千篙急，安危一线匀。

济川如有日，况味已身亲。

《清溪野泊》：

一叶中流下，黔江自古清。

水消添岸脚，风吼送滩声。

入胜疑游画，逢山或问名。

独怜栖泊地，民竟少田耕。

是夜卧舟中，始悟近日言语不慎，皆由德器浅薄。

初二日

晓发，巳时过清溪，午时过玉屏，舟到玉屏境内，山水渐平旷不同矣。是日约行百里。

初三日

晓发，午时过龙溪口，人烟稠密，为商贾泊船之所，过此即晃州，入湖南界。是晚泊曹家溪，此处又属黔省，计水程约百里。玉屏、龙溪口两处皆有炮船，但常置水中，殊易坏耳。铜仁船约长二丈许，高三尺，宽五尺，底平，篷舱四间，竹篷高四尺许，可容数千斤。

初四日

晓发，过波州，州无城郭，居民寥落与晃州相似。午时过沍水驿，晚离沅州五里许泊船，计水程约百里，以噩滩为险云。《沅溪舟中》：

> 楚山烟树碧成行，倒印云光接水光。
>
> 兰叶葳蕤芦叶老，今宵清梦落沅湘。

《江行即景》：

> 寒水通三楚，扁舟下五溪。
>
> 苔溪人不到，时有水禽啼。

初五日

晓发，至沅州共折四站，沅州居民五六万户，在城外者尤为富庶。江水过此较上流宽深，山形亦平远宽阔。晚泊公平驿，计水程约九十里。沅州炮船二支。（镇远至交溪六十里，至清溪六十里，至玉屏六十里，至晃州六十里，至沍水驿六十里，至芷江九十里，至公平驿九十里，至独站六十里，至黔阳六十里，至洪江六十里，至安江六十里，至铜湾九十里，至江口九十里，至辰溪六十里，至泸溪六十里，至辰州六十里，至白容六十里，至清浪滩六十里，至盖首六十里，至穿石六十里，至桃源六十里，至常德九十里。）秋冬水浅，十余日方到常德；若春夏之交，不过五日即到。舟子云，凡险滩不易坏船，以其小心故也；寻常之滩转易坏事，由于放意故也。此亦有得之言。

初六日

晓发，船头纵目，但见远山雄秀，浓抹烟岚，近水澄清，倒垂兰芷，比上游山川尤为开阔，令人神驰衡峰石廪间也。九十里舟过高底洞，滩口甚险，若家属至此，必以上坡起坎为要。晚泊桐木洞，水程百二十里。

初七日

晓发，巳时黔阳小泊，唐王昌龄谪黔阳尉，即此也。重安江水至城下合流，入城谒芸臣伯丈不遇，即开船行六十里，午泊洪江。由黔阳而下，滩多水急，以鹭鸶滩为最险，舟轻易过，舟重必起坎为要，计水程八十里。黔阳不当驿站，不应差。

> 水与石相争，奔流复回护。
>
> 眩若银花飞，坚若生铁铸。
>
> 盘涡一气中，千万雷霆怒。
>
> 磨牙猛兽蹲，叉手狞鬼竖。
>
> 一篙偶然失，性命成孤注。
>
> 篙师舟未到，偷眼形先布。
>
> 屏息杜德机，放胆大敌赴。
>
> 插拿侧翅鹰，狡捷脱窘兔。

智奋张良椎，勇断逼阳布。

十牛解庖丁，五雉呼刘裕。

握奇在毫厘，乘间趁隙蟆。

临危色不惊，如行九衢路。

是何道使然，妙在行其故。

世事本巅崎，难干静者虑。

仓皇急遽间，自有从容度。

作歌发三叹，孤舟安稳渡。

《辰溪感怀》：

楚山无数好烟螺，泼入沧江一棹过。

太息东风芳草歇，只今南国美人多。

破荒文彩思刘蜕，垂晚功名感伏波。

惟有沅湘旧时月，清宵来对放怀歌。

初八日

晓发，午过安江小泊，晚过黄丝洞，滩浪甚大，舟行至此，必以起坎为要。夜泊大湾塘。

初九日

晓发，过成都冈、新路河、铜湾、铜汀、庙湾，相传此五处为盗贼渊薮，泊船者必受盗窃云。晚泊仙人湾，行百二十里。《芰荷声里孤舟雨》：

荷芰花如海，香多韵欲流。

繁声喧两岸，急雨溅孤舟。

小艇移青雀，圆沙醒白鸥。

清摇千柄露，凉占一蓬秋。

四面跳珠碎，中央挂席游。

湿拖垂柳影，音断采菱讴。

翠盖掀如此，红衣钓得不。

待看明月上，桂棹更夷犹。

初十日

晓发，舟过江口，有水自叙浦来汇，晚泊辰溪。辰溪县无城，应半站，有水自铜仁来汇，计水程百二十里。

十一日

晓发过普市，午泊骡耳洞，计程只三十里，盖为风雨所阻也。凡江水泡作紫黑色，二三日必有大风，语果不虚。明日为母六秩晋四寿辰，南望遥祝，愧愤交集。行船多用桡夫，船行较快且安稳，是日船中桡夫只用三人，同船俱有戒心。天下事众力易举，即行船可思已。

十二日

晓发，午过泸溪，有水自黔州来汇，泸溪县不应站，晚泊辰州府沅陵县，有水名小白河，自四川秀山县来汇。沅陵应三站，计水程一百里。《蚕眠桑叶稀》：

盼得红蚕出，柔桑叶叶妍。

浓阴稀几处，酣意足三眠。

蚁战收声日，鸠啼刷羽天。

黑甜初入睡，翠盖不成圆。

宛转丝将老，萧疏荫亦偏。

缲残忙月后，梯露夕阳边。

十三日

晓发，辰州以下山势雄猛，午间船到乌鸦溪，焚香火、燃爆竹以祝滩神，有神鸦飞翔唼食。顷过清浪滩、庙角滩，势极险，尤宜起坎，赖前两日阴雨水涨，较平日易过。滩神即马伏波将军也。庙设救生分局，下有小船数只，为客船危急之计。船过睹此，不觉恻然心动，晚泊洞庭溪，计水程一百三十里。

十四日

晓发，行二十里始出青浪滩。自此以下，江水更宽，无复波涛汹涌之势，行船可自在中流矣。然渊深莫测，尤不可纵意肆志。晚泊桃源县，折站舟行一百三十里。时夜已二鼓，舟子复开船夜行，余与同人听之而已，此等侥幸举动，决然不从为是。

十五日

天晓即抵常德府城，危樯麻列，大舟林立，所坐小舟竟无可湾泊处。余与芷瀛唤小舟上岸，舟为木筏所冲击，赖旁船抵塞得不坠水。凡事难于末路，可深戒也。是行也，舟行十四日，共免颠覆之患，天之厚赐者深矣。

十六日

住常德府城。巳后彭云翘同年来寓，以仁轩年伯意，亲赠程仪二金，过其家复留饭。命萧某为买葛布二匹，约去银六两八钱，余分托金芝田带笔墨还家。府城外阛阓沿岸而居，逼近城脚，一旦有事，恐为城防之害也。是日往武陵县署要站夫，自此后陆行矣。

十七日

晓发，微雨蒙蒙，红泥滑滑，田间潴水流溢道途，若春夏之交，尤为不便行旅矣。境内岗峦开阔，田畴肥美，一路花庄，以种木棉为业，此富庶之国也。午时宿大龙驿站，约六十里。

十八日

晓发，七十五里住清化司驿站。此处离水路较远，民间似不甚丰裕。是日节届立春，天宇晴霁，温和之气，自然宜人。《道中偶感》云：

东风微漆翠旗斜，款款犹乘下泽车。

客路逢春春不见，一村晴雪问梅花。

十九日

晓发，行三十里，已近澧州，一望平畴，绣壤鳞次，约二三十里，田间以塘蓄水，大者十余丈，小者或三四丈，以为旱涝饮食之备。行四十里渡新渡河，河身约五六丈宽。

又五十里渡黄沙湾，河身约十丈许宽，两水由安化府来，下合汉江，沿河束以土堤，宽二丈余，高丈余，上种杂树，堤稍单薄，难以捍御澎湃，夏秋之交，河水暴涨，淹坏田庐，澧城不没者三版。鄙见若将上流多筑堰闸，使数十里之地深开沟洫，旱则蓄之，涝则泄之，比较陂塘为利既大，即水灾亦可少纾也。因录此以为纸上之谈。至澧州驿站六十里。

二十日

晓发，出澧州城外，极望数十里，烟树人家，自成村落，原田沃壤，渺不见垠。行五十里过澄河桥，河水下归汉口，沿河仍束以土堤，鄙意谓土堤殊难障水，澧境复多土少石，不如抟河旁之土烧作火砖，堤较坚固，河复疏浚。萧星垣弟颇以余言为然。是日道中见水灾者，谋之不早，民其为鱼，吁可畏也！午后至顺林驿，约行六十里，过此将入湖北界。自李家堡至顺林驿百里中，可无弃土，夏种木棉，冬种蚕豆，土无旷时，故乡无此膏腴也。

二十一日

晓发，行三十里过界水桥，为湖南、湖北交界处。移时大风，四山飞雪，坐肩舆中，衣履皆为沾湿。午至十里冈，离公安县十余里，满地泥泞，行旅甚苦。据居民言，每年春夏之交，江水由松滋县汜滥而下，沿江数百里为鱼鳖所居，人皆迁避高处；秋冬水涸，复旋旧基，结茅为屋。水潦为害，秋稼不登，已二十余年矣。是晚宿松篁驿，计程九十里。《道中偶成》云：

风卷寒云冻不飞，雪花如掌满征衣。

轻裘尚觉春寒峭，多少穷檐正忍饥。

孤烟茅屋几人家，十里田荒半是沙。

泥泞天寒冲雪过，最怜春涨点桃花。

远山如发雪如银，破灶撩衣对湿薪。

只道征夫行路苦，滹沱河北是何人。

□□□□□，既雨晴亦佳。

延赏空蒙里，清娱寄雅怀。

既看微雨过，亦觉嫩晴佳。

圆露烘尤活，遥岚润未揩。

一鸠啼隔树，双蝶影留阶。

亭午红翻药，帘丁绿滴槐。

小栏花外径，残溜竹边斋。

向日心初惬，为霖愿已谐。

御园新霁展，瑞气五云排。

二十二日

晓雪未已，北风严寒，留松篁驿暂住一日。茅屋中水泥滑汰，课试帖一首，几忘旅况之苦也。

二十三日

雪水既融，风雨复作，站夫至店，与同人冒雨而行，五里许，过公安县城，城为江水冲坏，百姓迁避他处，在旧基者寥寥二三百户，泥汁犹在梁栋间，邑令周已营县署高燥之所，将为民卜筑城垣矣。道中尽黄茅白苇，水泽沮洳。芷瀛言，江水涨时，此地即黄家湖也。《过公安七言绝》：

> 断苇荒芦接楚天，迷茫寒雨绝人烟。
>
> 三巴疏凿无神禹，民少秋成二十年。

江自庚申年由茅杨二尖堤决，水溢数百里，秋尽始退，二十年皆然矣。由松篁驿至屠陵驿五十余里。

二十四日

晓起，因为牌头甘言所误，站夫迟久不至，因约芷瀛先发，余至馆驿中盛气斥责，始得站夫二名，令其送过荆江，直到荆州城西门外江安驿乃回。先是牌头对同人言，屠陵驿站夫止送至江边杨家尖即回，我等将行李用官船渡过荆江，伊另设有站夫来迎至江安驿云云。同人已疑信参半，及至杨家尖，站夫果将行李弃置官船，预先逃遁。芷瀛因余参差在后，不得已驾舟渡江，泊岸后，另雇夫搬运行李。志此，见小人之言极有情理，切不为所误也。午间，余乃与星垣坐官船截江而渡。自巫峡以下，波涛浩瀚，至杨家尖，楚江之水复汇太平口，江面约十里宽，必大船重载，方能横渡，若小舟一叶，稍遇风涛，最易倾覆。此芷瀛所忧，余与星垣虽冒昧以济，实可为戒也。晚宿荆州城外，计程约八十里。由屠陵驿起程，沿支河岸而行，支河两岸皆土，河底亦被淤塞，殊碍于水道。《渡荆江》：

> 天容水色两茫茫，终古风涛泻大荒。
>
> 岷岭雪消吞沱涔，海门日上浴扶桑。
>
> 淘沙气已英雄尽，击楫人尤感慨长。
>
> 圣世海船如下濑，楼兰应除作平当。

二十五日

荆州小住，与芷瀛、星垣散步龙山禅林，访抱璞老僧闲谈，询以公安水患，何以不复茅杨二尖江堤。据言，江陵、公安皆低下受水，不筑茅杨二尖，所以江陵独免罹水患也。荆州据襄樊上游，其言近理，因志之。《荆州怀古》：

> 东流日夜走江声，不为登楼感已生。
>
> 凉月自低曹氏垒，春涛直打吕蒙营。
>
> 霸才终是偏安局，形胜犹关过客情。
>
> 更有小朝廷可惜，襄樊坐失恨难平。

荆州外筑长濠，城门制作三轮之势，颇为坚固。

二十六日

由荆州晓发，荆州上扼云、贵、川、楚，下俯襄、樊、河、洛，襟带长江，沃野千里，昭烈因之以定巴蜀，向非吕蒙竖子贪目前之利，曹魏可传檄定也。荆州既失，宜武侯屯兵汉上，始能经略中原矣。宋都汴梁，北倚燕云，南顾荆襄，西接关陕，已四面受敌；其后两河失陷，复坐视襄樊为伯颜手取，崖山之痛，由地利先失故也。观东坡诗云："亦

解观形胜，升平不敢论。"，陈龙川上高宗书，欲迁都荆
襄，为复两都之计，英雄所见大略相同已。府城中现驻将
军、道、府，一县、一参府、四卫，满汉兵约二千之数，城
固濠深，实为三楚雄镇。忆三藩之变，即发重兵控扼荆襄，
庙算直洞见万里。惜地少低下，易受江流之患，并无雄伟大
山为近处屏蔽耳。是日行九十里宿建阳驿。

二十七日

晓发，行十八里，舆夫潜遁，余即折回五里铺寻保正刘
某，另觅夫送至荆门州，令至署中取讫夫价。近荆门州三十
里，地尽平冈，少水，多大风，盖由水面无再高之山以为障
蔽，故大风不息。其土高燥，不宜黍稷也。近城二十里有掇
刀石，传为寿亭侯试刀之所；近城十里为虎牙关，乃境内险
要，余昏黑时匆匆而过，不及看也。是日宿荆门州，行九十
里，南门居停，主人高某相待颇殷恳。

二十八日

由荆门州起程，风声怒号，肌寒生粟，沿途荒冈，益
以岁值旱干，民甚贫苦。晚宿石桥驿，六十里。是日为先严
忌辰，忆成童后，先严常戒衡作事迂缓，且好含糊了事，彼
时竟恬然不以为意；迄今壮岁无成，百不及人，旅夜自思，
二十年辜负庭训，罪不可胜数。此役如有怙恶弗悛，何面目
见先严乎？

二十九日

　　由石桥驿起程，沿途民家瘠苦，与昨日所见相似，赖地产木棉，故旱不为灾。途中可眺望汉江，惜余短于目力，不能远视也。午至丽阳驿，六十里。

三十日

　　五更时由丽阳驿起程，行三十五里，自新店以下，土地复平旷开阔，不见边际，惟疏燥少水，民甚贫穷，无力筑塘堰，易穈深耕，故岁常苦旱，是良有司之责也。途中舆夫行走捷急，余较往日快活，愈悟平日作事迂缓，其罪戾不少也。至宜城县九十里。

同治十三年（1874）甲戌

正月

初一日

辰刻，恭诣文昌宫、关圣庙进香；午间登宜城县东南西三面历览，其东南角城身稍薄，近西面雉堞亦倾，均当及时营修者也。《宜城元日书怀》：

蕙兰香渡楚江春，旅况惟看竹国人。

赴壑蛇真惊岁月，长途马已识春尘。

家贫多事怜诸弟，禄养何时慰老亲。

此去休为关吏笑，出山云正涌轮囷。

初二日

由宜城县晓发，寒雾迷漫，篮舆暗湿，行二十里，已逼汉江，江岸皆疏浮，本土为水所啮，处处崩塌，作倾危之势。岸或高十余丈，或五六丈不等，土脚既疏，并江堤亦无法以筑，天下事有附之无如何者，殆此类已。再行数里，地势复平坦如前，惟沿途多年少子弟，衣履完整，向旅客乞钱，以土地如此，民乃足于衣而艰于食，可慨也夫。日斜时过岘山，岘山高数丈，离襄阳十里，下立羊、杜二公祠，旁石碑三，其一书"江山留胜迹"句，数丈外为杜公子美葬处。顷入襄阳城，城因池深，与荆州相似。汉江由西北城脚折出东南，尤为城之险要。出北门即渡汉江，江为武昌上游，宽只里许，登北岸即樊城，两城互为倚重，唇齿相顾，俱以汉江为险也。入襄阳城，过北门单大学士居第，湫隘近市，有晏子风焉。忆咸丰中，盗贼破楚省，郡县皆失陷，胡文忠时督办军务，以饥弱孤军与贼隔江相持，邻省无一人援应，自运益阳家谷饷士励兵，卒能复武昌，图皖城，定取金陵之策，功名为中兴第一，其英风雄略，尤令人向慕宗仰也。是日行百余里。《襄阳怀古》：

> 汉水碧无尽，江山如此雄。
> 千载几人物，高卧数隆中。
> 士本难知己，泥蟠况处穷。
> 鹿门烟树里，或者有庞公。

初三日

樊城小住。此处为南水分歧要区，市间颇极殷实，书笔等件不及常德也。行北道者至此雇车，必车行经手，其价昂贵，风气颇狡诈也。

初四日

晓发，所见地势宽厚高燥，宜麦。途中遇平远陈、韩两君，言丁宫保已离东省云。午至吕堰驿六十里。

初五日

晓发,行二十五里至黄溪河,过此即为河南界,后地面尤极宽阔,非两湖所能比矣。道中得"地到中原阔;天因远树低"一联,似可状其所见。行五十余里至江石滩,再渡江水上流,沧浪可歌,客船斜挂,与巴江差不同矣。午后至新野县城,城近汉滨,旧为贾舶云集之所,自长发乱后,码头毁坏矣。是日行七十里。闻杨鹤生言,乡里中有食鸡误吞其骨于胸膈间者,一配军传以秘方,用虾蟆眼白水吞下,极有神效,若冬月,则于桑根下掘之,必双宅其间。一舆夫言,单相国屡辞荣宠,有子七人,弗使通籍,谦德可风也。是日余至江石滩,误以火枚纸置手臂中,暗燃透身衣数重,赖逆旅主人刘某呼之乃免,志此以为粗浮之戒。

初六日

晓发,道中见民间饮食皆据地而坐,风俗俭朴,犹有三代之遗风也。绕村多种枣树,其利与菽粟相埒。《史记》云"安邑千树枣,淮南千树橘",信有然矣。行二十余里,沿白水河以行,河有小艘,民间以载运杂粮,往来各府县,亦水利之不可失者也。六十里至瓦店驿。

初七日

瓦店驿起程。自咸丰中长发窜入河南蹂躏各处,当事者筹禁制之策,始命砦堡筑土城,建碉楼,因车道控长壕,贼果不能驰骋。途中见大村落守御之法,处处皆然,此百世之利也。行五十余里,即见卧龙冈,隔岸有木数十株,下立武侯祠，旅况匆匆，欲往拜不果。六十里过白水河，入南阳城，南阳为光武龙兴之地，云台将相，半皆里人，迄今紫山峙于东北，白水由东北而下，抱城过西南，江汉外绕，宜当时为王气所钟也。《过卧龙冈》：

> 名士躬耕处，迢迢江水深。
>
> 至今千载下，谁作卧龙吟。
>
> 旷代风云气，平生伊吕心。
>
> 征车斜日里，怅望隔烟浔。

初八日

自南阳换车就道，先到南阳之日，牌头以牛车来应差，同人约至南阳县署中，另行索取，始得骡车各一辆，行辄簸动，飞尘满目，南人到此，方识风尘况味也。晚至博望驿，行六十里。

初九日

晓发，过赵河至裕州城，城外有汉廷尉释之张公墓。公仕武帝时，与冯唐并重，老成典型，令人想西京风气，过而生敬焉。赭阳驿在城内东北，凡公车至交换处，必令车夫驱车到驿号内，即时发给官价，便不必另行拿车；若为彼所误，先入逆旅，必卸下行装，脱然而去矣。所坐车用骡马五，其先后疾徐皆操纵有法，方能就轨。汉武帝《求茂材异等诏》云："踶跱之士，泛驾之马，亦在乎御之而已。"即此可悟也。《压檐桑四围》：

手自栽修竹，柔桑复掩扉。
半檐青欲坠，四壁绿成围。
凤尾翔无数，蚕声食未稀。
万千竿影重，八百树阴肥。
盖瓦流清露，沿墙锁夕晖。
碧舍风叶暗，红断软尘飞。
笋亦龙孙长，帘教燕子归。
上林今许入，励志忆书帏。

初十日

行六十里至保安驿，驿属叶县，无车可换，驱驰就道，复行三十里宿旧县。自保安驿以下，历叶县，过襄城，约百余里，皆路多碎石，车极掀簸，若高年人，以雇夫乘轿为安逸也。

十一日

行三十里入叶县，县城外有止子路宿处。夫方外之士，鸿飞冥冥，必求其地以实之，不无穿凿矣。坐原车出城，再行三十里宿新店。

十二日

晓发，行三十里过汝水，入襄城。汝水源出汝州城，为昆阳旧治，今建昆阳书院。出城数里为卧羊山，上建汉光武帝庙。二十里过颍水，其水在禹州、密县之间，为土桥以通车。徒四十里至颍桥，为颍考叔故里。时天已黄昏，月色朦胧，同人皆继之以烛，催车行五十里至石固驿，漏已四鼓下矣。是日行百二十里。襄城下临汝水，溆水即首阳山，清风亮节，懦立顽廉，名利中人，驰驱过此，不禁汗颜也。（乃首山，误作首阳山矣，首阳当在山西省）《晚过颍考叔故里》：

> 慈鸦反哺尚凄啼，何况杯羹悟主迷。
> 我亦风尘求薄禄，征车戴月小桥西。

自瓦店驿入河南界后，土地宽阔深厚，惟少雨不宜黍稷，民多穴土以居，车道上取遗矢者，随骡车行里许；沿途草根，以铁弩耙取，佐薪炭，供炊爨，食常麦饭菽羹，夏用蒜，冬用葱，猪肉味淡，羊肉味膻，皆辛苦倍于南省者。

十三日

晓发，午至新郑县换车。途中皆细尘，大风起，如烟雾障天，二十步外即不见车马矣。是日行六十里。

十四日

晓发，行五十里过隧道，道旁土壁高三四丈，长十里许，现已据此为险。夫高山大川，足以守国，人犹知之；若平地为险，则不依古法，自能出奇，此如善用兵者不必择人也。六十里入郑州，州即春秋时郑国云。《郑州首中》：

> 关塞三千里，征程指帝乡。
> 日摇平野白，尘上半天黄。
> 心为功名热，行偏苦役忘。
> 郑州春酒好，含笑的展觞。

十五日

夜三鼓下即坐车起行，关路无尘，大清月朗，大星光彩，近人头上，亦客中清景也。行四十里至草屯坡，令人至荥泽县换车即行。广武山在荥泽县西，楚汉划鸿界处。二十里至黄河，河两岸荒土宽十里许，水涨时皆河身也。堤高三丈许，堤基厚十丈许，黄河至此始有堤工。其河内蒙古折入中原，挟沙土以行，其力最猛，区区数丈之堤，遂足制之耶？荥泽口设大官船七号，遂乘之以济，风利水急，顷刻间已十余里抵北岸矣。初更后至亢村驿，行百十里。

十六日

由亢村驿晓发，约二十里过太行堤。是日大风怒号，呼訇震撼作霹雳音，汹涌澎湃作海潮音，飚焱飘急作烈火音，穿岩裂壑作飞瀑音，其往复下上，一气开阖，尤莫可拟议也。先是十五夜满月生晕，即知有风，要不识刚劲之气，为生平所未历也。行六十里至新乡换车，再行六十至卫辉府，府城下即卫河南关码头，十六夜犹放灯火云。

十七日

由卫辉晓发，风怒未息，行二十余里，遇安南国贡使十余人自京师南旋，陪臣某阮姓云。过百泉下流六十里至淇县，县为殷故都，三仁祠在城南，明嘉靖中邑人李森建，其碑阴撰文极有义议，惜忘其姓名。是日县署因办贡差，无车可换，未午即止逆旅。《渡黄河》：

黄流回望白云间，官舸乘风一霎还。

积气上通银汉水，惊波倒动太行山。

混茫难测神功运，疏凿犹思帝力艰。

安得星槎浮入月，张骞愿出玉门关。

十八日

由淇县起程，行六十里至宜沟驿换车，行二十五里至汤阴县。县为岳忠武王故里，庙宇堂皇，巍然耸观，庙外一楹为施将军像。阶檐跪铁人五，其中为长脚太师贼桧也。庙中亭丰碑屹立，为纯皇帝宸翰，其余诗碣楹联，均不及备览。翠柏四株，阴森蟠郁，正殿供王像，端冕垂旒，碧纱笼罩；后殿五，为王先世。忆孙文定《南游记》云："岳氏之后，声望寂然；秦氏子孙，科名鼎盛。"天人之际，固有不可知者，为感慨久之。日暮就道，行五十里至彰德府，即曹魏邺下也。

十九日

由彰德府起程，出城五里许即清彰河，约宽数丈。行四十里为浊漳河，河水重浊，挟泥沙而下，现结浮桥而过。若水涨时，约五里宽，到此河即出河南界入直隶矣。彰德府城池雄壮，为宋韩宗宪王故里，忆衡成童后，颇知敬慕公，今三十七矣，事与心违，行辄多咎，何与初念相刺谬也耶？因叹善学古人，要在存心，从其迹以求之，必无当也。午至磁州换车，晚宿杜村，行九十里。《过彰德怀韩魏公》：

溯公勋业无与伦，继起安阳秉大钧。

诚贯天人须放胆，量涵江海自生春。

三朝将相忘殊宠，四裔衣冠问重臣。

醉白堂前今日柳，可容来扫旧车尘。

二十日

五更时由杜村起行十里，中途皆乱石，车甚掀簸。五十里至邯郸县换车，四十里至临洺驿，又三十五里至沙河县。近沙河县，四野皆白沙，不宜黍麦也。县因寒苦不当差。

二十一日

五更后起行，三十五里至顺德府邢台县，沿途烽火台高丈余，城极雄壮，为门四层，数丈中步步旋转，守法周密，他省所无也。城南关外为豫让桥，忆渔洋山人诗："国士桥边水，千秋呜咽中。如闻柱厉叔，死报莒敖公。"立论似刻，要足为事人不忠旨戒也。出城后，风卷尘沙，目不容远视。车中思，每一临事，辄见器量之小，宜自惩创，苦精神不专一，尤向来病根也。午宿内邱县，是日行九十里。《过邯郸古观》：

黄粱一梦几经年，共美卢生解脱缘。

富贵功名吾固有，且从廊庙作神仙。

二十二日

五更后由内邱起程，车夫导行小路，据县官示，凡行旅客商，天暮即当止宿，天明始准起行，更不可听车夫之言，绕行小路，为此地多骑马贼也。行六十里至柏乡县，县有魏裔介四世总宪石坊，魏公为国初直臣，与山右果敏公并称 "二魏"
云。换车行六十里宿赵州，即古赵国也。《望太行山》：

> 遥望太行山，苍苍入云里。
> 绵延几万重，横亘四千里。
> 江河互襟带，恒衡相耸峙。
> 诸峰皆奇特，此何平平耳。
> 譬诸帝王容，声色无可拟。
> 端居垂冕旒，群侯叹观止。
> 安得骑气游，三花为吾饵。

二十三日

由赵州起程，出城后渐与西山相近，云气蒙蒙中，诸
峰积雪，天际射日，出没隐现，若方壶圆峤，缥缈云涛，令
人作天际想也。行四十里至栾城县。县宰李公，山东人，按
五日赈济穷民，集瞽目者于二堂下，此亦良吏事也。换车行
四十里，因骡马羸疲，不堪驱策，止宿二十里铺。闻北道多
骑马贼，疑因地近太行，藏伏其内也。《过赵州作》：

> 茫茫百战古山河，客到犹闻感慨歌。
> 边徼几人为李牧，将才终是让廉颇。
> 雪寒代北孤烟冷，草合长平鬼哭多。
> 欲问越州丝绣否，篋中龙剑器初磨。

二十四日

天晓即行，二十里至正定府正定县，县为赵顺平侯故

里，城势雄阔，亚于顺德，关外作偃月小城，内城为左右两门，便车行出入。城下即滹沱河，流渐未解，水势复挟泥沙。闻水泛滥时，正定城皆为泽国也。行九十里，历沙河，过新乐河，至新乐城晚宿，计程一百一十里。沙河有碑，书"闵子饮泉处"。

二十五日

由新乐起程，行五十里至定州换车。定州为唐谏议大夫阳城故里，公宪宗时欲裂裴延龄白麻，直声已震朝野；为太学司业，以忠孝诲诸生；出作宰官，劳心抚字，盖有功于民教者也。出定州行六十里，晚宿望都。离定州二三里为永定河，河水带泥与滹沱相似。望都为帝尧发祥之地，远山西峙，元气浑含，地势雄阔博大，与天相接，非放开眼孔不能知其胜处也。是日行一百一十里。

二十六日

由望都起程，行九十里至保定府。途间老年乞丐甚多，为民上者奈何置之不问，车中睹此，深为恻然，每人给与一钱，聊见不安之意而已。晚宿保定城外南关。保定疑即古燕国，城外河水澄清，直隶第一大府也。

二十七日

辰刻由保定起程，行三十里至漕河慈航寺，寺旁为方恪敏公祠，据碑文云，此地有留养局，土屋二十余间，铸釜积薪置暖炕，每岁冬初，收养鳏寡老弱，盖由方恪敏公捐资创局，首倡是举，当时各直州县体公意，建设土屋至百余所，其惠泽为无穷矣。晚宿安肃县。五十里。

二十八日

由安肃晓发，途间见西山一带横亘接云，峰峦积雪映射，春日峭寒犹侵人也。六十里过小白河，碑书"燕太子丹送荆卿处"。七十里入定新县，县有寅宾馆，为赵公秉恒所建，宿公车处已朽坏矣。六十里南关，为杨椒山先生故里，并有祠宇，先生大节在天壤，秋霜烈日，过者生敬焉。邑有忠孝祠及书院，皆吾乡周子愉先生题额，先生殁后，直隶人祀之如桐乡朱邑焉。

二十九日

由定新起程，六十里过西皋，为张桓侯故里，祠宇雄壮，古柏数株，生气郁勃。祠外有井，问之庙僧，楼桑村在祠东南三五里。祠中一楹联云："气忿忿然惊破老曹肝胆；眼睁睁地望着炎汉河山。"颇道得侯意气出也。瞻拜堂下，自生悚惶。至涿州行七十里。

一囊书剑入燕云，醉脱貂裘酒正酣。
斜日黄金台下过，临风独吊望诸君。

火井三炎亦偶然，英雄事业自经天。
楼桑村树憧憧绿，直比歌风小沛年。

南望家山万里遥，京华咫尺即云霄。
不知何处峰头雪，吹作梅花渡小桥。

二月

初一日

宿良乡，行七十里。

初二日

晓发，过卢沟桥，水即桑乾河，燕京八景之一也。午刻入皇都，都城上应紫微，地脉由云中来，泰山左耸，华山右峙，黄河环绕，嵩为前案，淮南为第二重包裹，江南五岭为三重包裹。古今建都之地，以冀为极胜，其发祥未艾也。

往见阳明子书曰到京师须将'致良知'话头时时提起，互相规劝切廉，"心即悚然。衡来京愈知立身涉世之难也。爰取以名篇，庶几不忘自镜云尔。

圆明园去京师二十余里，咸丰中为西人所毁。今上方议复修，以博两宫欢。大贾某愿供木料万根，道途间已材物辇集矣，供料者为报捐知府李光昭。后见邸报，川督某奏其言诬妄；后又见报，李光昭木料由内务府呈进。七月后，李中堂鸿章奏李光昭欺罔朝廷，奉旨拿问，内务府大臣皆被议。

六月

初八日

赴举场考试，坐丽字十九号，文中用"土鼓蒉桴"，"蒉"误作"簧"，特志其失，可见作事总要精神好，养精神又须寡欲也；又"扬诩"误作"扬翊"。

十三日

报至，知在一等第一名，同乡中共取十七人。回思卷中误字，竟为主试诸公所原，此岂微幸哉？

二十日

至保和殿覆试。前一日至午门外朝房止宿，四更后起用膳，衡以胃气虚不能早饮食，遂呕吐，逾刻颇觉困惫。黎明后进午门，由太和殿旁中左门点名，以十人成列而进。其命题《如有所誉者，其有所试矣》，诗题《如听万壑松》得松字，至申刻纳卷。殿基高敞宏壮，时有风来，衡卷至诗末行外，因套卷条纸误拂笔尖，致将墨痕少许印在空行上，衡又善刮摩，遂纳卷而出。

二十一日

报至，降居第二等第四名，同乡共取九人。

朝考定式：一先期至朝房恭候点名；一不准带夹带；一用矮桌，高尺许，席地写，或用木桌四支束缚，桌脚加高二尺，坐考箱者写亦可；一覆试朝卷外，礼部另备卷纸一开，将本日试诗首句照样纸二格写上，又空一格写本名，同年有误写前场诗被黜者；一殿中风力较劲，墨盒过酽，恐难适用，宜用墨壶存少清者以便适用，又布罩子嵌玻璃架子一个，罩住墨盒，亦免风吹拂墨干；一写卷防有错误，宜用套卷为要；一文诗皆要速成，方得尽心誊写；一坐车及提用重物，皆不可用右手，恐乱血气，写字作颤；一用空墨盒存湿棉，以便揩笔上宿墨（后二事皆袁锡臣言）。

七月

初五日

　　恭诣乾清宫引见。先一日沐浴，五更起，车自东华门至中左门，即步行入，进内左门，在禁地，无敢轻动者；约辰刻，乾清门启，礼部司官分同人一、二等由右门入，带领行引见礼，由阶右鱼贯上，皇上御座，王公大臣侍立，侍卫执弓立阶下，贡士分各省一、二等为两排，循次跪阶心，背诵履历毕，仍由阶右降出乾清门，皆无失仪者。奉旨以知县试用，遂静候掣签。时贵州以知县用者三人，以京官用者三人，以教职用者三人。

辛丑日记

目 录

弁　言

《辛丑日记》是天津人华学澜于光绪二十七年（1901）所撰的关于主持光绪辛丑科贵州乡试的记录，全书约十六万字。

华学澜其人的传记资料并不多，最早整理这部日记的陶孟和就说，"关于这个日记的作者的事迹，只于在《天津县新志人物艺文单行本》里，华金寿传后附有短短的二百二十八字的小传"。在今天，我们能依据的还是这则小传，很难见到此外还有什么传记资料。小传里如此介绍华学澜：

（华金寿）族子学澜，字瑞安，光绪十一年举人，明年成进士，改庶吉士，授编修。学澜故贫，在京馆金寿家，学涑从而问业。金寿没，学涑奔父丧，学澜代为守家，值拳匪乱，外兵入城，终不肯去。同馆友寿富闻变率家人殉节，遗书与学澜诀，时城方破，衢巷阒无人迹，学澜为市棺衾敛寿富及寿富弟寿蕃，并两从妹一婢之尸。二十八年，充贵州乡试副考官，明年会试同考官、进士馆教务提调。学澜外和内介，质地明敏，而劬于学，往往稠人广坐，谑浪欢呼，及客去宵深，把卷不寐，生平嗜算，所演细草，率由冥思而得。心血劳瘁，因以致疾。三十二年升撰文，越二日病再发，遽卒，年四十有七。著有算书三种。

可能他在当时并没有多大名气，生平资料都是附在族叔传记之后，中进士后也未担任重要官职，仕途算不上顺利，生活也有些拮据。从喜欢读书，尤其喜欢演算数学来看，是一个书生气很重的人。这一点在他担任贵州乡试副主考执行事务时也有所表现，他对新事物有较强的好奇心，对文字记载的东西有很强的敏感性，做事虚心、认真而略显拘谨。他有记日记的习惯，也喜欢阅读别人的日记，赴黔路上还携带严修的《蟫香馆使黔日记》和丁仁长的《使黔日记》随时翻阅，不仅借鉴使用相关信息，还不时进行些小考证，颇有史家风范，他自己的日记很注意记录细节，可能也与这种心态有关。

就内容而言，整部日记分阶段情况如下：

正月初一到二月初十日，天津家居生活。

二月十一日到五月十四日，京官生活。

五月十五日到七月二十八日，自京得差赴黔，于七月底到达贵阳。

七月二十九日到九月二十一日，在贵阳主持乡试事务。

九月二十二日到十二月初十日，自黔返回，十二月初十到保定。

华氏自五月得试差，至十二月返京，辛丑年一年中的大部分时间都在为贵州乡试的事情奔忙，可以说这部日记就是一种考官视角下的乡试事务全记录，涉及的层面很多。首先是完整记录了赴任、乡试和返京过程，以时间为序，其中八、九两月所记遍及考试的各个环节，比如考官入闱时的种种仪式化活动、命题过程、乡试录序言的撰写、阅卷时的分工与合作、考官的饮食起居、工作中的共识与分歧，可谓事无巨细，凡作者能记起者，均现诸笔端，勾勒出当科乡试的全貌，对了解科举相关知识提供了丰富的细节信息。尤其是一些非常规的现象，具有特别的史料价值。比如考官患病诊疗的问题，少有史料提及，因此难以得知在贡院封闭的条件下，如何解决求医问药问题，华氏以其亲身经历提供了普遍性答案。在黔期间他一直有疾在身，在内帘执事时也未停止服药问医，从日记中我们可以看到，考官的诊疗须经官医之手，所开药方则先交付供给所（考试时的后勤供应机构），转交巡捕，再经首府交给巡抚审查，然后才发还配药。设计出这么多监督环节，是为防范考官舞弊，通过这样的细节，我们能直观感受到清朝统治者在维护考场纪律方面可谓殚心竭智。又因为他将药方中的每一味药及用量均记录下来，我们甚至可以用作医疗史资料，研究清末贵州医者的诊疗水平。

考务官员尤其是正副主考之间的合作关系对考务执行有不小的影响，各类史料中常有零星记载，而像华氏日记这样提供丰富细节的则不多见。他在日记中细致记录了官员们之间的互动，并毫不掩饰地表达出自己的好恶，无论是圆滑精明的宦海老手、虚伪奸诈的厚颜猾吏，还是憨厚懦弱的好好先生、豪气任侠的耿介之士，各类官员皆在日记中留下痕迹。正副主考间的关系相当微妙，貌合神离甚至互相排斥的例子很多，光绪十四年贵州乡试正主考蒯光典与副主考赵亮熙二人，一同入黔，一同返京，自始至终不交一言，人后亦互相攻讦，华学澜在日记中提到此事，因而倍感自己与正主考吕佩芬的友谊之珍贵，返京途中分别后竟至夜中难眠，称"余性喜聚而恶散，今日乍离伴侣，独对孤灯，岑寂无聊，不可言喻，翻阅张文忠公全集以遣闷。夜梦仍与筱苏同行。"读来令人感慨。

《辛丑日记》同时为我们提供了许多驿递交通史料。贵州省城距京师遥远，又多山河阻隔，交通颇为不便，旅程耗时很长。日记中详细记录了七十三天旅程中每天的行旅情况，包括路线、里程、食宿及与驿站人员的互动，等等。清朝规定考官沿途食宿由各州县供应，因为办公差驰驿者很多，地方官疲于应付，常常会敷衍以对，尤其是差募公役，考官携带物品众多，动辄需要一两百名差役，随时募集这么多差役不是一件容易的事，那些负责此类公务的差纪就会想方设法偷懒耍滑，推卸责任，甚至会甩手开溜。华学澜一行在襄阳、宜城均遇到此类情况，如六月十六日时，"即催夫马差纪，不知避往何处。昨襄阳差纪即如此，今宜城袭其故智，何狡也。良久夫马始齐"。十九日则"丑正扛仍未发讫。押扛二人往州署催夫，余等坐以待之。许久，扛发讫，乃升舆行。出试院数武，见押扛者驱夫二十余人来，盖扛之发讫者夫头恐余等不耐久待，令众夫将舁出之杠置路旁，重入舁之也。至是，夫始足额行。出南门，持灯前引者四人忽驻足不前，齐向一铺家争吵。询之，知州署粮房向在此处发夫价。伊等非得价不行也。争吵许久乃复行。余等恐后索之夫尚未发价，余等行后更靳不与，因停舆道旁，待扛行后乃行，已寅初矣。四十里，辰初二刻至团林铺尖。夫头逸去，扛夫亦逃去一名。"都是对驿政乱象的具体描绘。

日记中还记录了大量日常应酬的信息，无论在京、赴任、返回，均有大量细节呈现，为我们了解清末官场风习提供了丰富资料。尤其在黔阅卷完毕后，考官们每日迎送不断，招饮、观剧、互馈礼品、题字索字，连日如此，甚至到了手酸身疲的地步。

此次点校，我们没有找到稿本，天津图书馆藏有名为"清华瑞安日记"的日记稿本，但标示时间为"1899~1900年"，应该是其早一年所记的《庚子日记》。我们依据的是商务印书馆民国二十五（1936）年初版的竖排排印本，这也是目前唯一出版过的本子，被收入《续修四库全书》，因此较易获得。因为作者在页眉及行间添加了不少的小字内容，给排版带来难度，今天在依据排印本将竖排改为横排时，这些小字放在什么位置有时难以确定，最后采取的办法是行间小字仍置文中原处，页眉文字则于每日日记文尾单独列出。对于排印本中较明显的错误，这次均予径改，但限于水平，可能仍有些错误未能指出，尚祈方家多加指正。

此次点校，贵州民族大学文学院的硕士生雷伟、本科生陆冲明、陈艳坪、熊枭枭、郭娅娅、胡鹤凡几位同学参与了部分内容的文字输入与校对工作，在此特别表示感谢。

辛丑正月

初一日

　　日出后，归家拜年。早饭后，与母亲做叶子戏。陈敬侯来。鸾孙、霭青同来。谈许久。晚饭甚早。早眠。

初二日

　　早陈朴斋来。午后，鸣西来。弼叔来。同弼叔、鸣西到亦香处，亦香正欲出门，要归，谈许久。鸣西由城阙回家。余与弼叔谈至暮散归。晚与母亲作叶子戏。

初三日

　　早马晓坪来。午后，到弼叔处，晤赵俊卿。值其炸银鱼，为之帮忙毕，同弼叔到性初处，并请秋叔祖，允叔来。谈至暮归。晚与母亲作叶子戏。

初四日

　　早访芰孙不遇，交其令郎洋十元，去年春季米票所易，弼叔借用，昨缴还者也。坐待许久，芰孙未归。李明来言，陈润生约在其家早饭。即归。在家稍坐，到润生处。途遇芰孙告之故。润生以馅饼相饷，只允弼两叔，性初及余四人而已。饮毕，谈至暮归。知亦香遣人来招作竟夜谈，未赴。晚与母亲作叶子戏。

初五日

早收拾北书房书籍杂物。晴轩来，四弟留其早饭。午后鸣西来，性初来，谈许久去。后子嘉来信相招，言性初在伊处候谈。弼叔来，同弼叔到亦香处，性初、翰臣、泽畲、尉少棠、刘辑五、李莲舫均在焉。少顷，泽畲、莲舫、少棠去。请寅皆来，均留晚饭。谈至子刻，寅皆去。余人皆作终夜谈，是日接实甫信。

初六日

早同弼叔、性初由亦香处出，回家小憩。赴芰孙之约于其家。同饮者，高雨山、刘镜仁、萧仰孙、赵禹言。饮毕，李小舫至。稍谈归，因昨接实甫信。仍需购买药物，托子万前去打听价目，并何有何无。晚与母亲作叶子戏，冉槐来言，代实甫购地已成。

初七日

早磨墨，添墨盒，为实甫写信。子万由中西大药房购得盐强水四瓶，老德记购妥海珀桶纸，云日夕送来。盐强水有一瓶口不严，仍托子万往换。代实甫找夹衬衣，皮袖头。午后弼叔来。同弼叔到延生社访曹汇川，不遇，晤李星北、徐伟如。又访之于庆长顺，仍不遇。又访之于崇福庵支应局，仍不遇，晤赵兴堂令弟仙洲，谈许久。仙洲遣人到其家视之，亦未在。知赵兴堂昨晚被德人刺伤股，幸不重，已赴都统署呈诉。丁加利许为惩办，且许于城内外极力整顿。仍同弼叔由城阙入，到亦香处，昆仲三人皆未在，稍坐归。晚与母亲作叶子戏。老德记送来所购物。

初八日

芰孙同一山赴京，为实甫捎去纸一桶，海珀四磅，盐强水二瓶，其二瓶暂留家中，多则不易带也，信一件，为购地事。赴亦香昆仲之约于其家，同饮者东洋人五，大野舍吉、东文师也、江籐丰二、崛部直人、宫崎嘉市、辻幸吉四者，日本人之来敦庆隆为同事者也。允弼两叔、彤阶昆仲、寅皆、筱泉、陈润生、性初、朱聘卿_{士珍}英文教习社，刘觐生，尚在位，纪锦斋，敦庆隆同事庞，尚有不识一二人，陆续到。最后，范孙、体仁携一日本人佐藤铁冶郎来。共三席，饮颇畅。饮毕，在院中超距角力为乐。日夕，客皆去，子嘉酒犹未醒，留余与弼叔、寅皆、泽畲不令去。已而泽畲潜逃，子嘉怒甚，追及其家。余三人乃与亦香、吉庭，从容言笑，许久始散归。晚与母亲作叶子戏。

初九日

早出门，遇林墨卿于卫哥门首。卫哥偕训平佇观工人以砖砌大门。问其所以，据云日本人又来看房，恐其复住也。立谈数语。遇秋叔祖于日升当前，同到聚成德钱铺，雅南在焉，稍谈。到弼叔处，同弼叔到菊垞处，未在屋。到性初处，五嫂正在屋内收拾什物。到丹林处，未在屋，仍到性初屋，谈许久。又到菊垞屋，稍谈。观直报，知端王、澜公皆以懿亲故，发往新疆极边圈禁。庄王、英年、赵舒翘均赐自尽。毓贤、启秀、徐承煜均正法。刚毅、徐桐、李秉衡均身后革职，有恤典者撤销。此去年十二月十七日开议之第一款也。到庆和楼赴晓屏之约。同饮者，汇川、子铭、允叔、晓屏昆仲。始食港虾。饮甚畅。饮毕，同子铭到高宅；十五叔初七日遣人招余在此相见，以有事耽搁，今日始得来也。十五叔适回家。遣刘发往请即至。笔谈至暮散归。晚与母亲作叶子戏。

初十日

早允叔来，本日在范孙处请东文教习大野舍吉，命往陪。性初来，同性初由城阙到范孙处。晤张百龄，百龄为梯云约去另一局。余与大野、体仁、亦香、性初、泽普、范孙、允叔、芷舲弟同饮。饮毕，观众学生在院中超距角力。知子丹昨来津，住一夜，已回青镇矣。梯云同百龄回，寅皆来。同允叔诸人辞出，遇赵兴堂遣其令郎来约范孙，并催请众人。众人皆以有事辞。余与允叔行至小伙巷，遇刘际清到支应局赴办振诸君之约，弼叔已先到，莘农在焉。小泉随到。先设两席，饮间，亦香、梯云、泽畬均到。并有南人二，一曹子澄，一为无锡人，忘其姓字。始识局中同人陈庆春。尚有多人，未能详识。饮毕，以洋车送归。晚与母亲作叶子戏。

十一日

早阅视代实甫所购作活计织绦子机器。午后，东院四哥来，其子相之、陈朴斋来。与母作叶子戏。晚亦然。

十二日

早叔秋祖弼叔同来。约到孙少堂处为其令堂补行点主，去岁乱离时逝世未曾举行者也。礼毕，阅直报，皇上下诏罪己，不能备记。朱聘卿在座。少堂约一同到万福园小饮。饮毕，同秋叔祖弼叔到东院，晤曹荣轩，稍谈。性初自外来云，正遣人招余，即到其屋谈许久。日本人大桥富藏来访，与弼叔、菊坨同见之。笔谈许久。烦余书诸葛先生前后《出师表》。至暮散归。晚与母作叶子戏。接实甫信，初七日所发。

十三日

早到弼叔处，持去年日记二本请叔祖秋吟一阅。同弼叔、性初吊于卞樾亭。遇吉亭昆仲、筱泉、卫哥及诸同人。卫哥心似有事，默无一语，坐片刻即去。余同弼叔、性初，回性初处谈。申刻，同弼叔、菊坨访大桥于经司胡同杨省臣旧宅。谈许久辞出。仍到性初处，并见允叔，谈至暮归。晚与母作叶子戏。

十四日

早到陈润生处。允弼两叔、性初、亦香先后到。允叔市肉，余为煮之。筱泉到。允叔、性初、润生吊于卞樾亭。余同弼叔、亦香饮于聚兴园。筱泉饭毕亦同往。饮毕，仍回润生处。作终日谈。筱泉有事自去。寅皆日夕来二次。晚饭食自煮之肉，并性初所市港虾。余与亦香皆宿于润生处。亥刻，东北火光烛天，询悉庆善银号不戒于火。寅刻始眠。

十五日

　　早与亦香同行归。为大桥写前《出师表》毕。到庆兴馆，赴刘际清之约。同饮者，允弼两叔、泽畲、晋三、汇川、莘农、王治平、赵朗亭、李□□。饮毕，李令甫到。从人持来皮丝烟十五包送弼叔及余。汇川、际青分三包去，余得五包，弼叔得七包。命馆中人分送到家。同诸人闲游，遇陈润生。同弼叔到亦香处。翰臣、性初、王辅廷、侯子贞、李莲舫、尉少棠均在焉。稍谈归。子万七弟购来玻璃瓶甚多。晚与母作叶子戏。

十六日

　　早大桥来，笔谈许久，问李润生、姜心从、于则久诸人住址甚悉。并问十五叔，答以耳聋多病。伊即烦余转求书法，允之始去。为十五叔去信请为大桥作书。又为书后《出师表》毕，持至弼叔处，交黄顺，约定今午到弼叔处索取也。弼叔诸人均已出门。遂到聚盛成，赴菊垞之约。途遇李子明。同饮者廉秋两叔祖、弼鲁两叔、子明、芰香、宋光笏、赵善庭。未终席，同弼叔到庆兴馆，赴李令甫之约。同饮者仍昨日同席之人，又添数人另为一席。杯盘狼藉，错综离合，果为某某，无从记忆矣。饮毕，弼叔同陈润生有事先去，余同允叔小作勾留。到中兴恒，遇高子深由城阙入。余到弼叔处，弼叔已归。同到菊垞、性初各屋少谈，性初日夕始由亦香处归，倦困之极。传闻近三日火车有不载华人之说。弼叔拟明日赴京，恐未果行，遣人询问。日夕归，得亦香信言，京中又查点人员。伊明日赴京，必是谣言。惜天晚不能到彼一阻其行。晚仍作叶子戏。

十七日

早阶平二令郎来言，弼叔由火车遣人来送信，言镜孙云京中来专差唤伊为查点人员事，欲余即刻登车。否则自明日起火车十日不载华人，恐赶不上。其父昨又赴京，家有断炊之虞。持阶平信来告贷。余亦在窘乡，只与洋二元。酊升家人史升持其手书来索银。去岁大哥因闻酊升被抢甚苦，送其三十金。因道阻难寄，嘱实甫代办。酊升欲将此款接济其嫂，实甫适正拮据，又嘱余由津代办，故酊升有信来也。芝孙、一山同来，持来实甫信洋三十元，昨日始归。信仍以购货为亟亟，即烦子万代为寻觅。饭罢，性初来招，即往。途遇子明。西洋人驱数十华人西行，皆以铁链缚两腿间，以长绳结发辫于一处。途人云是犯轻罪者。同子明到栖古斋小坐，购洋规一，价六百文。到性初处，遇于门首。同到毓庆丰，允荫两叔在焉。招余亦为赴京事。允叔问计于余，余以"谣言"二字答之，一笑而罢。性初尚未早饭，随其到聚兴园，观朵颐焉。出东门，途遇五弟，交其洋规，令捎回家。到育婴堂访范孙通融，伊亦拮据，许办一半。明日到其家交付。与体仁、蔚孙、墨卿谈许久。大桥在焉。观其为体仁书便面。其友山本来烦余书"堪忍"二字横幅。书毕待干，持回盖图章。到中心恒，苑杏江在焉。子铭表叔约同杏江到德育堂，约刘小岩饮于河滨之同兴园。饮毕归，晚仍作叶子戏。

十八日

早到十五叔处笔谈许久。史升来催银。同十五叔到聚兴园，招允叔、润生、性初来小饮。饮毕，同到润生处，书斗方十八张。归，热极，脱裘易棉。史升又来问银，令其在家待。到范孙处，晤小航表兄，谈许久，借银十五两归。日间与润生通融之十五金尚未送来。幸有竹翁送一叔奠分十金，昨日送来并有信。先以救急。当付伊二十五金。晚与母作叶子戏。购得海特克伦四合四寸干片三打，见六弟信。

十九日

早陈润生送来银十五两。到李信夫处，视絮村姻伯疾，谈许久。到竹坪处，与鸢孙、霭青谈许久。知陈润生招饮于庆兴馆，即归。随到庆兴，献夫、亦香、性初、汇川、允叔均在焉。见弼叔与允叔信知查点人员果为谣言。亦香本欲赴京，为泽畲所阻止。饮间，述斋昆仲三人、耿鹤岩昆仲、刘觐生、子若亦来饮，谈其畅。昳时归。老德记送来干片数打，箭纸须日夕往取。为实甫写信，为六弟写信。暮时子万由老德记取来箭纸三箭。洋元不足。由四弟处用十元，尚欠其二十四元。晚与母作叶子戏。日间竹翁来，未遇。十五叔送来为大桥所书绢幅。

二十日

早，寄京信物均送润生处。范孙来招，到杨心栽世叔处，遇李斋卿表舅，谈许久。到范孙处，大桥在焉。交其十五叔所书绢幅并盖好图章之横额。与范孙、百龄、李莲溪谈。留早饭。饭后，王梦臣到。大野、大桥等在院中角力。

有张凤斋者，携一日本人来稍谈去。晡时到鉴泉姑丈处，谈许久归。晚与母作叶子戏。

二十一日

早老德记来索货价，答以二三日付。四弟代实甫购地顷余，冉环经手，均已立契，地主群来索银。前为去信，回信云，二十后来津。至今无信，不知何故，允叔来。性初来。同允叔、性初到亦香处，祝其生日。王小铁、泽畲、寅皆、润生、尉少棠、侯子贞均在焉。留早饭。谈至暮。韩芰洲、阎耀卿、刘觐生均到。觐生为余诊视，开一丸药方。性初与诸人作四木之戏，须留宿。余自归。晚与母作叶子戏。

二十二日

早到庆和楼。允叔、性初，同为亦香补祝。泽畲、寅皆亦来入局。亦香、汇川、润生、献夫、兰坡、_{昨日回津。}范孙及余皆为客。饮间，陈秉璋来，亦香大醉，以洋车送归。余同范孙闲步，途遇樊小舫、宋慰农。到小航处谈许久，小航患牙痛，颐大肿。到中心恒。子铭表叔未在，耿竹生在焉。归，晚与母作叶子戏。

二十三日

早到栖古斋，还其洋规价六百。到性初处，送其皮丝水烟一包。还菊坨古文一本。稍谈，同性初到庆和楼，赴汇川之约。同饮者仍昨日之人，只兰坡以有事未到，献夫尚有两局，稍坐即去，饮毕，同范孙、亦香、泽畲、寅皆步出归贾巷口。

范孙乘车去。亦香、泽畬于途中购信纸帽缨等物。到文美斋小
坐。泽畬自去。余与亦香、寅皆到芰洲处，谈许久。芰洲为拆
房事甚不快。都统来印文云，拆丈余。工程局又云需拆两丈
余。借寓之日本人以为都统印文可据，竟触工程局之怒。都统
来一味模棱，并不能为左右袒。可见中外习气未尝不同。谓外
国人办事认真者，特举一例百耳。陈蔚孙到稍谈。同亦香、寅
皆辞出。分身后，余欲访述斋。东门有水不能入。由天齐庙旁
城阙入，至冰窖胡同口。遇大桥欲与余谈。而苦未携笔。相将
到耶稣堂门首，以指画门而谈。观者如堵，大桥怒而逐之。闻
者恐人多滋事，劝余携之去，而伊若罔闻，强而后可。欲余同
伊往访十五叔，随之行。到马景韩处，未在。与其令侄辈稍
谈。访十五叔于高宅，未在。令刘发往请，少时来。笔谈至上
灯。仍烦十五叔写字，并烦余再书大字前后《出师表》。同行
至鼓楼。因天晚欲送余归，辞之乃去。余自笼烛归。知桥本贯
山来访。并留纸烦书。晚仍作叶子戏。

二十四日

　　早陈敬侯来，约余同到亦香处，出门遇晴轩来，未陪。阎耀卿
在焉。谈间，闻后院笑声大作，乃大野先生与众学生在院中
角力；每日文字课毕，即作此功夫也。角力毕，留泽畬、寅
皆同谈。亦香尚有饭局。子嘉在家，谈至昳时，亦香归。日
夕敬侯去。兰坡来谈时许。持亦香诸人烦书对联归。得四侄
伯仁信，十七日所写。晚仍与母作叶子戏。

二十五日

早孟士林来谈许久。午后访李子明，不遇。到述斋处，昆仲均未在，少顷，先后归。谈至暮归。晚仍与母作叶子戏。日间，杨心栽世叔来未遇。

二十六日

早鸾孙来谈许久。午后小憩。晚与母作叶子戏。

二十七日

母生日。早起叩祝。鸣西、敬侯、述斋、鸾孙、霭青、卫哥均来。卫哥、鸾孙、霭青有事去，余人皆留早饭。_{柱舅晴轩因人多在母屋同饭。}并有子万。饭后，前院来一东洋人。敬侯与之英语不懂，笔谈亦不懂。攫鸡卵三枚，敬侯洋烟袋一而去。与大桥诸君相去，何啻天渊。人类不齐，到处皆然。性初、竹翁、芰孙、瑞生、小江、信夫、朴斋_{训平侄、岷东哥。}均来。以礼拜日有戒心，均辞去。_{为桥本书《前赤壁赋》一通。}晚与子万共饭。饭后鸾孙来谈时许。仍与母作叶子戏。日间雨帆四哥来说书半日。

二十八日

早敬侯来言，有事明日赴京。交烟一盒，俟余赴京捎去。珍抚表兄来，为大桥书前后《出师表》。午后鸣西来。为实甫写信，交鸣西，烦其持交敬侯。雨帆四哥又来说书。暮时，鸾孙来谈时许。晚与母作叶子戏。

二十九日

　　早写对联数事。性初来信言，石蓬仙来城，已为代询书院束修。本日伊约吉庭在城外小聚，即不到其家矣。并云昨见献夫，嘱约余明早到伊处，同为实甫看房。献夫仆人来问唐玉廷住址，为赵二嫂患疮，请其医治；并言亦香已赴都。到乔宅为吉庭祝生日，知亦香赴京有小事，与大野结伴，数日即回。留早饭。刘辑五、刘云孙、尉少棠、侯子贞、李莲舫、王雪渔、小铁、泽畬先后到。大风吹垢，天日为昏。知寅皆家人昨晚为洋兵刺死街头，日夕归。晚与母作叶子戏。

二月

初一日

　　早践献夫之约。伊已出门。据其家人云，房必须过十二日方能看。怅怅然归。<small>阶平二令郎来。</small>午后，鸣西来。邵九弟来谈许久。到姚斛泉世叔处，晤卫哥、蘋叔祖、王竹林<small>实甫石桥胡同旧居，其主人有意出售。竹林知之，因与一谈</small>、王少莲、杨绍溪谈许久。到账房与品侯昆仲叔侄又谈许久。与王荫棠表兄同出门归。桥本来未遇。晚与母作叶子戏。

初二日

　　早杨兰坡来言，子登已来，住魏晴波处。同往访子登未遇，见其说条言在义和成候饮。即同兰坡前往。晤王世亭、晴波令侄及张杨二君。子登沐浴未毕，少待始至。晴波、李向辰亦到。饮毕有法人来窥。同子登访寅皆，陶小仙在焉。

谈许久，子登去。余到子嘉处。亦香未归。向子嘉借图章持归。晚仍作叶子戏。接弼叔信言，有信分津贴，并云芋田回津，捎来实甫信及汇票。

初三日

　　早兰坡来，约同往天利和贺新市之喜。写送天利和对联。同兰坡到魏晴波处，曹汇川在焉。同汇川、子登、兰坡行至慈航院，遇秋叔祖，性初亦往天利和，遂同行。变后初次到海大道马家口一带。临河房屋，尽行拆去，非复旧时景象，直有迷途之虑。到天利和，见芋田，交实甫致四弟信一件。内有由仁昌汇来银四百余金。来贺者纷纷不能悉记。留早饭。饭后详观机磨，工巧适用，笔难缕述。日本人大野亦来贺。有法人来窥，言语不通，大家以手相语，颇解人意，以纸包烟遍让坐客，良久乃去。写对联数副。到竹翁处谈许久。由东南城角入。到述斋处小坐归。晚作叶子戏。

初四日

　　早鸾孙来谈许久。午后携为桥本，大桥所书字幅到育婴堂，烦转交。与体仁、范孙谈许久，大野在焉。到耀卿处，晤曙东铭阁诸昆，仲耀尚在杨柳青镇，患耳疾未归。谈至暮。同曙东过河，适值开桥放船。洋人新例，每开桥则悬巨球一，远望即知；桥两端各一巨绠，拦阻行人。放船毕，乃去球。迨桥即合，然后解去巨绠，将行人分南北，此来彼往，绝无拥挤之弊，诚善法也。既过河，与曙东分手，遇斛泉世叔王竹林于途，竹林云石桥胡同房一二日听信。由城阙归。知大桥来索字幅。上灯时，菊垞遣人来言，大桥到菊垞处寻余，促余速将字幅为伊送去。告以已送育婴堂矣。晚与母作叶子戏。寅皆来信，言分津贴有消息。

初五日

终日未出门。为大成侄写九归歌诀。鸣西来。为大成侄改正日记讹字。晚与母作叶子戏。

初六日

早接大哥信，内言年前曾寄三信，末一信由伯鹏处汇银五十两。均未接到。即写回信。母云，汇银之信，年前二十八日接到。彼时余适赴都，母因余好为人垫钱，恐将银随便用去，致度日无资，嘱七弟勿告余知。其回信已经七弟由寄六弟信便寄去矣。前两信则实未接到。因将前后情节，详写一信。终日未出门。晚与母作叶子戏。是日李明告假回家。

初七日

早鸾孙、训平、因王竹林不易见，令训平告卫哥，见面时代问石桥胡同房价。卫哥刻与竹林同办洋界盐事也。霨青来。邵师竹来。鸾孙烦为东洋人书行军纪念四字横幅。子登初四日赴京，烦为东洋人书对联两副，倩魏晴波家人来取，即为书之。兰坡来信问行期，即复。午后，持亦香前所烦书送李子山令郎完姻喜联到其家，因亦香以侯分津贴在京未归，恐过喜期也。晤吉庭，石蓬仙、王辅廷、王雪渔、俨如、性初、翰臣均在焉。谈许久。往从母范处，适遇汪云衢表兄于巷口，同到其家谈时许，乃到后面从母范屋坐许久。访陈瑞生不遇，晤姻伯母。到表妹施处稍坐。少农未在家。到曲店街询问德昇恒，为大哥寄信；来信即由此寄来，云二三日内有便。询问许久始得之，在大沟头路北油局也。见二人，老者姓赵，少者姓阎，交信毕遂归。途遇岷东哥。行至三圣庵，遇翰臣由吉庭处回寓，知性初诸人尚未散，约又为长夜之谈矣。晚与母作叶子戏。

初八日

早阶平二令郎来。狂风怒吼，终夜不息。四弟夜起一次，前院见有火亮，约有梁上君子。午后小憩。训平侄来。据云卫哥已代问房价，索津蚨一万二千贯，可谓昂极。从前一叔出售时才三千贯耳，大家皆以为贵。今只添房三间，而价竟增三倍。以房间数算之，每间价亦增两倍有余。晚与母作叶子戏。

初九日

早兰坡送来莘农与伊信，言十二日分张安圃漕帅津贴银三千两，并有吕镜宇星使一千两，促在津同人北上。即持到芰孙处，赵禹言在焉。明日为芰孙生日，禹言携韭肉来作不饦，为之预祝，因留余共食。芰孙之弟敬臣到，亦留之，强而后可。熟甚迟。饭罢谈间，高一山到。芰孙正欲访伊，伊适来，亦巧矣。二人商定明日即北上，稍谈归。得弼叔信，亦为津贴事。王丽泉送来仁安衣服一包，烦带京，即令七弟送到芰孙处。又接兰坡信，言议赈局申刻招饮，不可不到。以为时尚早，到东院。知介清来津，在菊垞室，与谈许久。见秋叔祖商为遹叔原配书主事；故于去年避难之际。枢寄安

州，未曾书主，故拟补书，订于明日。归家，竹翁、鸾孙均
在焉。稍谈，竹翁去。到崇福庵赈局赴约。途遇崧生，立谈
数语。在赈局晤田砚农世伯，言赵兴堂为其弟子自去年避乱
来依，久未归家。同饮者兰坡、汇川、与兰坡汇川约定十一日北上。
刘际清，尚有多人均不识。允叔、献夫尚未到，余即乘车
归。允叔送来信一件，言先不赴京。晚与母作叶子戏。雨帆
四哥送来寄京物一包。冉环来言，王庆病死。

初十日

早柱舅来。鸾孙、训平、霁青来。鸾孙亦明日赴京，正
好结伴。写对联数副。到缪子云老伯处谈许久。到从姑赵处谈
许久。归与柱舅同饭。午后兰坡来信言赈局报销册未齐，汇川
明日不行。接实甫信，言前寄货物并未接到。信为正月二十六
写，信皮后面注有此信二月初六日交信局字样，不胜骇异。货
物于正月二十日交润生处，据云一二日内有便，以后见面询
问，云已捎去。初三日见芋田携来实甫与四弟信，仍以前货未
见相询。当即质之润生，据云因未遇便捎去，诚为不速。然此
时未有不到者，请勿虑。何以初六发信时尚未接到。即到润生
处一问。伊未在家，告其家人。到秋叔祖处书主毕，到菊垞
室，与介清、菊垞谈许久。寻性初未在，欲归。遇性初于途，
要余回，又谈许久归。日本人桥本贯山来访。相差一刻，竟又
未见。访余三次，未得一见，何不巧若是。桥本又携纸来代其
国人烦书，即为书就。随即清理笔债。献夫家人持来电报一
纸，由京发来，内云，十二日亲身领俸，并令告余知。献夫不

知何往，范孙代为拆看，故先送余阅。当即为子丹写一信，令其顺寻献夫之便送交万有，烦速递青镇，暮时，献夫家人又送来说片，已寻着献夫，以有事不能赴京，托余代领，应之。晚清理笔墨债毕，与母作叶子戏。

十一日

早鸾孙来。冉环、大侄、二侄，送余二人赴火车站。便道访润生，尚未起，云货物实已捎去。辞出，又遣其家人要回交致魏子良信一件，并嘱告信安，伊二十一日到京。至浮桥，值放船。由渡船过河至火车站。自往买票，子丹在焉，问何迅速，答言昨晚得信，今日黎明乘车来，竟到在余先。票房甚拥挤。洋人令鱼贯而买，不从者鞭之。见余静立以俟，则招之使前。买票毕，登车。兰坡已到，献夫亦在焉。<small>献夫告余，陶仲铭亲家昨日病故，不胜伤悼。</small>并有其令舅于则久先生同行。问其故，则曰本不欲往，舅敦促之。同车又有杨砚农、黄小轩二人。已正开行，申正抵京。雇车到寓，见阶平、实甫、菊泉在焉。四侄往接余尚未归，不知何故竟未遇，至暮始归。晚石麟桥梓来谈。知何贵赴津为子丹送信。

十二日

早见四伯母、<small>浴于头条胡同。</small>七弟妇。实甫同石麟往黄孝伯处商办学堂事。饭后，往益斋处。<small>丁丽州来。</small>途遇子丹，云先到江苏馆。即同往晤酌升及各同乡，分津贴银票十八两。同子丹、酌升到益斋处，耀卿在焉。稍谈，黄顺来，交其允叔致弼叔信一件。与耀卿、子丹同车到柏林寺。途遇献夫，到本署公所，晤仲鲁诸人。领俸毕，到耀卿处畅谈。食点心甚多。辞出，适遇石麟由公所出，遂与同车回寓。子丹下车谈许久。到书庵处。晤毓聘之谈许久。归，实甫才归，晚敬侯来谈。菊泉来。敬侯、菊泉每日必来，以后省书。

十三日

早芰孙、<small>交芰孙俸银一包烦带津</small>。一山来。书庵来。同芰孙、一山出城。芰孙欲到便宜坊小饮。先到弼叔处，知在宗显堂。芰孙、一山往便宜坊。余到宗显堂，晤弼叔、亦香、子登、冯果卿同年。稍谈，到便宜坊。芰孙、一山遣人往约益斋、子丹。少时弼叔、亦香来赴王杏田之约。李稚芰叔瑾昆仲，寅皆、小泉、泽畬、包礼堂均在焉。彼此来往互谈。知子丹本日欲回津，以火车不卖二等车票而止。现又出门烦亦香家人黄玉往促益斋来同饮。饮毕，芰孙、一山自去。余同益斋到宗显堂。弼叔、亦香尚未终席。先到弼叔处，朱伯勋在焉。少待，弼叔、亦香携一同署来谈。亦香酣眠。待其醒，同乘益斋车到大街取津贴银。至麻线胡同北口，亦香下车。余乘车归。晚敬侯来谈。何贵由津回，知六弟昨日到家。

十四日

早月舫来。风霾，冷甚。写家信与四侄家信共一函。为鸣西寄衣袜数事。午后遣人送亦香处。为亦香诸人写片，言本欲自往，为风所阻。访梦岩未遇，遇月舫。同到其寓谈许久。访伟人谈许久归。

十五日

早献夫来谈许久。午后绍先来，言其寓被二美人，数中国人于昨夜明火抢掠。伊为巡捕送信，竟将其人捉住，已送案究办。同实甫到继少庭处，晤于受轩、景濬卿、书子岩谈许久，到敬侯书房一看。霍德来请，言铁山在寓，遂归。谈至暮，同铁山、阶平、实甫、仁侳石麟桥梓饮于英美楼。饮毕均回寓。铁山留宿。敬侯亦来宿。报言昨日天津亦风霾，兼有雪甚大。

十六日

早铁山约饮于艳芳楼，为津之宴芳馆人所开，在增合楼旧址，半为酒馆，半为女妓唱歌地。同铁山、阶平、实甫、伯仁侳、石麟桥梓步行出城。到有益堂稍歇。丽川为献夫约去小饮。至艳芳楼，子登已到，铁山先遣役往约也。并约酌升。少顷，酌升亦到。饮甚畅。饮间，竹坪偕金赞周诸人亦来。饮台上鼓乐大作，颇聒人耳。饮毕到天利和，晤信安、仁安、绍湘、弼叔及兰坡均在焉。少时，金小泉亦到。同门郑辅亭前辈炳麟，现官待御。来访绍湘，与谈许久。铁山、子登、兰坡入城闲游，并有晚饭局，约到余寓宿。日夕归。便道到绍先寓小坐。行至绒线胡同，见有贴条收买四恒银票者，在帘子胡同。实甫房师韩子峤同年遗有千余金，皆四恒票，正拟设法代取。见条即同实甫往，至一小门，应门者一聋姬。与之言不解。呼主者出，则一大鸦片瘾之旗下少妇也。价只与三四成，太少。归待铁山等三人不至。敬侯宿于鸣西之榻。抄算题。

十七日

清早兰坡来净面食点心，少时铁山子登来，言昨以太晚故未敢夜行，宿于妓馆，实借地焉。石麟来谈许久。梅生来留早饭。午后梦岩来。酌升偕丁酉同年何锡之_{联恩，戊戌庶常。}来，余姚人。与酌升、实甫办为子峤取银事，三人同车去。暮时实甫归，言银票以六成五售去。晚抄算题。敬候仍回寓宿。

十八日

早曹汇川来，言昨日到京，适到弼叔处，知哲臣亦于昨日来，约余出城。同汇川到弼叔处，晤哲臣、兰坡、砚农在焉，同饮于宗显堂。朱小汀后至。益斋现得街道差，本日到任，故未约伊。饮毕，同到弼叔处，弼叔同小汀往访友。余与兰坡小憩时许，写公请汇川诸人客单一。谒支继师不遇。归知增伟人将军来访。_{途遇李蓉舫，交余对联一副烦书。}晚抄算题。

十九日

早同实甫、敬候到有益堂稍坐。知献夫、子丹均本日回津。同到艳芳楼赴梅生之约。同饮者尚有酌升。于受轩饮未半即同实甫赴汇川诸人之约于宗显堂。至则同人已有饮毕而去者。与雨臣伟如同食毕，同实甫到弼叔处，益斋、信安、仁安均在焉。_{朱小汀来，片刻即去。}实甫有事先去，余至暮始归。知十五叔日间来。晚抄算题。

二十日

早十五叔来谈许久。同石麟、实甫到宗显堂，公请汇川、雨臣、伟如。作主人者尚有信安、仁安、弼叔、哲臣、子登、益斋、兰坡、铁山共十一人。信安、仁安以赴署故，先食毕去。饮间酌升至，谈许久。饮毕，同益斋、汇川到贤良寺交报销册。弼叔访阮叔麟，铁山谒周玉山师，均同行，共三车。先到通商房，晤晓坪、竹坪、赞周、鸾孙稍谈。访味纯不遇，晤莲府。李蠡臣年伯，唐晖庭前辈，刘正卿同年均在焉。持汇川等上传相禀与莲府看。伊嘱仍由号房转递。谈许久。见各国共举信宠拳匪大小臣工一百四十余人，请分别惩办。总单有发极边充军永不释回者，有革职永不叙用者，只郑文钦一员非斩立决不可，闻已照办矣。再到通商房。弼叔已由叔麟处来。将禀交汇川。待铁山久不至，遣人侦之，云尚未见，为留一车。余四人仍回弼叔处，与哲臣谈。嗣香至，知其昨日到京，寓益斋处。暮归。

二十一日

早实甫往天利和，为韩子峤汇银事。午后，余亦到天利和，在有益堂稍歇，见峻山信，又献夫为余留信，言阅玉堂谱，余名在第十五。当此时势，亟需得人，如余不才，高官何益？见实甫正与何锡之谈。少顷，锡之去。余同实甫到该馆访铁山，不遇。询之刘升，云同子登、兰坡在天和馆观剧。即到天和馆，人多于鲫。天大风霾，白日为昏，视而不见，遂出。过天寿堂，以为或在此中，入视之，人甚少，遍觅亦无此三人。冒风而行，至艳芳楼，入而食点心，陈瑞书表兄在焉。约与同食，饮微醺。遇黄小轩偕其弟礼堂，更有一人同饮。稍谈，仍同实甫到天利和，信安、仁安已归，润生由津来。稍谈。实甫拟宿于城外，待见铁山，缘铁山明日回涿，昨订阶平随伊到涿，再由伊送至固安，连子峤之枢到津浮厝也。日夕归，大风扬沙，目为之眯。为冯敏之写信，托其照顾阶平，即交阶平，并为买车。

二十二日

黎明阶平登车到前门火车站，辰刻实甫归，言昨晚见铁山，即宿于试馆。本日子登亦回津。实甫送铁山至火车站，见阶平将开车始归。午后张玉叔来谈许久。石麟来。李小帆来。敬侯为奎子香招饮，晚饭后跟跄而来，醉不知人。失去腿带，霍德为沿街觅得之，意其不能归寓，留宿于鸣西之榻，呕吐遍南北屋，味甚恶，思以香熏之。记鸣西藏有安息香，觅得一残段，向灯上燃之，轰然作响，灯灭手炙，乃炮药也，不知何人所置，幸未大伤。本日得献夫信。

二十三日

黄顺来送来路春浓带来家信一件，盐强水一瓶，鸾孙代烦绢幅八。阅信知十三日夜间房后不戒于火，焚去杂货铺一间，幸未延烧。实甫为酝升写信，令黄顺带出城。知允叔、性初均于二十二日到京，令黄顺告知弼叔，余明早前去。晚敬侯仍回寓宿。

二十四日

早李小帆遣人持片来，嘱余及实甫在寓候伊十点钟晤谈。待至十钟后仍不至，嘱实甫候伊，余出城到弼叔处，则已往宗显堂矣。到宗显堂，见阮叔麟、哲臣、信安、性初、润生、允叔，尚有叔麟同乡一人，同饮。饮毕，同哲臣、信安、性初、弼叔到弼叔处聚谈。少时益斋亦到，谈至暮，_{仁安}_{至日夕去。}仍在宗显堂晚饭。饭后益斋归。余与性初、信安皆留宿。夜深始眠。

二十五日

早起到哲臣卧室，与哲臣、信安谈。冯果卿同年至，谈许久。荣文刻字铺高掌柜至。谈间，接曹汇川信，招饮于艳芳楼，弼叔诸人及益斋皆与焉。待益斋来，乃同到艳芳楼。允叔、兰坡已先食，仁安已食毕赴署矣。与润生、汇川同饮毕，大家皆到天利和畅谈。哲臣、弼叔、益斋先归。并携信安去。余待仁安归，又谈许久，到有益堂小坐归。天阴欲雨。冉环由津来，持来家信及四弟与实甫信，药瓶数个。问实甫，知李小帆来询问慕皋年伯处分事。洋人勒令革职永不叙用，传者误以为发往极边也。

二十六日

午后实甫携冉环出门。书安来。丽川来，持来酌升与实甫信。贡珊之家人刘顺送来绍文信一件，言贡珊赴省，未得写信，故伊代书正月事也。刘顺请假回家，顺便捎来，今始来京投递。内有武伯特唁信一件，奠敬二两。日夕实甫归，携性初来，留宿于寓，谈至夜分。

二十七日

早同性初到弼叔处，知已在宗显堂，即同往。遇哲臣、兰坡、弼叔已食毕而出，要回。待余二人食毕，乃同到弼叔处，朱伯勋在焉。遣人往请益斋，据云已往与洋人谈公事。益斋新得管理街道差，与洋人有交涉事件也。朱小汀、钱干臣世叔先后到。少时，益斋亦到。谈至暮散归。行至单牌楼，遇于受轩、景溽卿二人。是日冉环回津。

二十八日

早将棉袍二件交伯仁侄带津。午后有益堂伙计来。性初来信，取去前所存棉袍。日夕，实甫伯仁侄出城宿，以便明日由火车回津。晚为贡珊写信，为阆舅写信。

二十九日

午后鸾孙来。日夕石麟来，书安来。鸾孙留宿。晚请敬侯来谈许久。亥刻，东北火光冲天，似有炮声，有如爆竹。据何清云，恐是西什库教民与民战。且云已战数次。又云初三日有火险。又云伊有熟识教民，令伊多备米、面、煤，京师不久又大乱种种谰言，不知起自何人，殊堪痛恨，惟有置之不理而已。若实甫闻之必大骂，骂死亦不能明白，徒结怨恨而已。丑刻，火光稍杀，然犹熊熊也，遂眠。不知熄于何时。

三十日

早书鸾孙代烦绢幅八，蓉舫对联一。午后刘顺来取回信，面交伊信一件，致阆舅信在其中焉。酌升来言，昨日仪鸾殿洋人不戒于火，焚死德兵官一。书安来，鸾孙回贤良寺。丽川来持来烟土一包。晚与菊泉谈。

三月

初一日

早到天利和，晤允叔、信安、性初、仁安、吴瀛三定兴人在焉。已饭罢，重为余作具。知润生回津，芋田昨来京，本日赴署，亦香昨亦来京，本日往柏林寺投供。同信安、性初到弼叔处，弼叔、哲臣均未在，询之黄顺，言早已出门。待之久而不至。遣黄顺往请益斋，回云已赴署。已而弼叔、哲臣回。言在艳芳楼约人小酌，去时尚到天利和柜房，见允叔焉，饮毕，又到天利和，亦无人言及，仁安睡起始道及，乃买车急归。允叔见余等之去而不告弼叔已来，见弼叔、哲臣之再来而不告余三人已去，何其善忘若此，岂心有他属，遂色相俱空耶。随后亦香、益斋均到。谈至暮步归。遇单伯宣世兄于途。晚与菊泉谈。

初二日

早到弼叔处，弼叔已同哲臣、信安、性初、亦香由市购零星各物回。兰坡在焉。谈许久。益斋至。亦香以有事去。余与信安诸人均留早饭。饭后蓉舫来。日夕信安、性初、兰坡去。亦香又来。谈至暮归。晚与菊泉、敬侯谈。

初三日

早疏雨数点。到弼叔处。亦香购得青峰碑一。谈间，蓉舫、益斋、信安、仁安先后至。交蓉舫嘱书对一付。本日为性初生日。大家在宗显堂公祝。嗣香、哲臣、芋田、信安、益斋、仁安、兰坡、亦香、蓉舫、允弼两叔及余，共十二主人。谈饮极畅。遇吴子和、松际云两同年于宗显堂。饮毕，同嗣香、亦香、信安、益斋、信初、哲臣、弼叔到弼叔处聚谈。日夕朱伯勋至。亦香忽然不见。早间兰坡云伊欲回津，想回寓收拾行李去矣。恐众人尼其行，故不辞而去。然当畅聚之时，言明不散，无端踽踽而去，殊形悆然。或余酒后失检有所开罪耶。惆怅至暮，怏怏而归。

初四日

早接刘浚舟信，致实甫者。实甫回津，因代拆阅。送信人张斗南在怀来县矾山堡开药铺，立待回信。即为详写一信，约两千余言，交斗南持去。午后，署中为芰孙、一山送俸银来。二人正月初十后销假，故俸银至今始行补送。若开印后销假，则春季俸银即不发矣。小憩。读算书。晚敬侯来下鸣西之榻，自本日始。

初五日

早到亦香寓，询知亦香未回津，适往弼叔处。到有益堂稍坐。遇龙文穆掌柜于途。到天利和，诸人俱在，留早饭。饭间，廷筱伯在艳芳楼来约大家。信安欲赴署，不往。允叔赴约，已而又遣人来约。余及芋田腹已果矣，情不可却，乃同芋田前往，饮且食焉。将散，性初遣人来告，知亦香在天利和候谈。即回天利和谈许久。亦香有观剧之约。同行至西柳树井分手。余行至虎坊桥西，遇兰坡，云由弼叔处来。仍要兰坡到弼叔处。哲臣以洋二元八角购得远镜一，尚齐全。谈至暮。益斋到，稍谈归。由天利和借来京足银十两。与菊泉、敬侯谈。

初六日

早令何贵易银，得钱一百五十五千，送后面。敬侯往粮食店访友。同出宣武门，指示道途分手。余到弼叔处。芋田、竹林、亦香、性初均在焉。芋田回天利和。性初进城访娄秩五。弼叔、亦香赴同署孙酉生^{书城}之约于宗显堂。益斋来。待性初回，与哲臣、信安、益斋同早饭。饭后，性初去。弼叔、亦香、携孙酉生来谈许久。到支继师处。本年初次得见，师新升右赞善。^①本日生日，贺且祝也。谈间，微雨，辞出。仍到弼叔处，借伞持归。夜雨不大亦不久。

初七日

早绍先来，言其令祖灵輀于十二日回里，美人许为护送，以言语不通，拟请敬侯同往，以便传语。许为转达。午后，署中来知会本年各省举行辛丑科，并补庚子恩科乡试，不复考差。凡合例人员各具详明履历，汇题请简，即书履历一纸持去。

---

① 原书断句为"本年初次得见师新升右赞善"。今改此。

初八日

早写匾字一分,丽川所代烦也。性初来。丽川来,送来煤油一箱,立待写便面三个持去。午后,玉叔来谈许久。晚书庵来谈许久。

初九日

早书庵来,由其熟人送来煤末六袋,称之共千百七十斤。石麟由弼叔处持来亦香烦书折籄一柄。午后到弼叔处,哲臣、弼叔均未在。待许久,哲臣归,言早间亦香、信安均在此,润生昨到京亦来。因到阳春居小饮。饮毕,各有事散。哲臣以为云甫写信归。余为黄顺书便面二。哲臣写信毕,仍欲出门。向其借银九两有奇。与哲臣同出门。余到益斋处谈,嗣香未在,少待始归。谈至暮归。晚石麟来,言绍先令祖明日开吊,约余同往。

初十日

早遣人到弼叔处,送还雨伞并信,告本日欲出吊,不能前往,以昨曾与益斋、哲臣约,本日来聚谈也。午后,检点衣冠。自去年六月二十三日到官学画到衣冠后,至今未御。顶珠生锈,黯然无光,对之曷胜快悒。石麟来,以衣冠不齐,又不愿往吊,遂皆未往。畅谈。

十一日

早到弼叔处,性初、芋田、润生在焉。益斋将欲去,留之写对联一副。弼叔、性初、芋田、润生与信安公请李蓉舫、杨兰坡、纪会川于艳芳楼，约余与哲臣、益斋往陪。益斋有事须后到。余同哲臣诸人到艳芳楼。遇巢季仙稍谈。信安、仁安、兰坡、蓉舫先后来，亦香亦同来，以另有约去。饮毕，纪会川始至，言已饭罢。大家同到天利和，见通久门面已收拾齐备，光艳耀目。通久者，蓉舫集本新开之金店也，分天利和门面三间之一，门以内仍相通焉。谈间，石麟亦到。润生检出屏联，便面若干，大家更迭书之，墨尽数瓯。日夕同石麟到绍先处，因昨未往吊，今特送行。询之美欲撤兵，护送者改日本人，敬侯省却一番跋涉矣。见其行色匆匆，无暇久谈，遂同归。晚与四伯母闲话时许。

十二日

早书便面二，一为亦香代烦包礼堂尊人款，一为有益堂所烦。到书庵，交其煤价三两七钱，谈许久归。丽川来。同石麟出城。在途以京蚨二百购得炭精二，其人云，家中尚存许多，详告住址。令其明日送寓。到有益堂小坐。到天利和、通久，贺两号同日悬额新张之喜，诸同人均在。知兰坡已潜回天津。留早饭。饭后，酌升到，言实甫与石麟，黄岫北创立学堂，十八日入学；已为实甫去信。知初十日由京往津火车行至落垡左近，将桥压塌，车陷下，人有死者，有伤者。同哲臣、嗣香、亦香、益斋到哲臣处，谈至暮归。知署中来知会公请回銮折列名。

十三日

早到弼叔处，信安、性初在焉。亦香才回寓。伊约巢季仙饮于阳春居，嘱大家往陪。午前，同弼叔、性初、信安到阳春居。稍待，亦香、季仙来。饮毕，到亦香寓，晤瑞卿、包礼堂、王杏臣诸人。梯云由保定到京，言与铁山同车。铁山到余寓小住，现已奉札调署顺天府教授也。暮归，与铁山、敬侯谈。

十四日

又送来煤六袋，称之一千二百九十斤。在门首遇梅生乘车来，云其业师常向辰同年_{光斗}卒于京。伊往为棺敛。立谈数语匆匆去。石麟亦在门首，闻铁山来，来谈。书庵来。午后芋田来。卖炭精者送来大小四十枚，以钱四千购之。同铁山上街闲游时许。到英美楼小酌。遇文静如户部，梦岩之宗人也。饮毕归。_{来去皆遇书庵。}晚月舫偕奎绍湘世兄_{瀹，丁卯世兄弟。}来，皆有醉意，绍湘尤甚。为哲臣、酌升、益斋、弼叔作信，遣人明日清早送往，铁山约大家在艳芳楼小酌也。

十五日

早高秃送信回，言益斋因嗣香在其寓宴客，不克到，哲臣、弼叔亦赴嗣香之约，到不能早。铁山先到东城，随其车到前门。到天利和，润生未在，芋田已赴署，信安、仁安、绍湘将赴署，并未云本日公请李蓉舫。允叔不赴铁山之约，性初昨宿于米市胡同，本日亦赴嗣香之约。余到万顺_{现移鲜鱼口，改字号兴记。}购辫绳一。仍回天利和。敬侯到。允叔与吴瀛三早饭，适腹馁，共食少许。亦香到，因约焉。同亦香、敬侯到艳芳楼，石麟在焉。待许久，铁山到。已而润生偕蓉舫，张辅周来，另为一局，并约敬侯去。亦香本为润生诸人所约，亦去。久之，余到天利和，适信安、仁安自署归，约之来。信安与润生同作主人先去。仁安留。又久之，酌升始至。遂同饮。润生局散后，亦香、信安亦来同饮。欲食海蟹，无之。无何，火车到，带来海蟹一包。芋田亦由署归。哲臣、性初、弼叔又到。饮极畅。饮毕，同到天利和，问性初能捎物否。曰能。交其芰孙，一山俸银两包，铁山所赠烟膏一盒，烟斗一个，即写家信一件并交。谈及王慰霖同年归骨事，酌升、铁山约同往视。恐停柩之庙有英人，约敬侯同往。先到试馆问刘升，据云已由庙移出，厝于庙旁，无须往视。令刘升知会慰霖令叔。铁山往拜客。酌升亦有事。余同敬侯回天利和，谈至暮，亦香去而复回，收拾行李毕，明日由天利和登车回津也。瑾臣叔由津来。待铁山久不至，立门前望之，遇周辅平，谈数语。遂与敬侯步入城，行至长安街，闻后有呼余者，则铁山乘车来也。遂同车归。晚书庵来。

十六日

早马蓊溪来。铁山往东城。午后刘升来，言慰霖令叔现回津，俟伊归来再办。日夕铁山归。晚雨三点两点，至于终夜。

十七日

早代铁山书履历。伊往谒兼尹丞宪，饭前归。午后卖炭精者又送来大小五十枚，以钱四千八百购之。丽川来。高福代铁山家人送信，便道购来对联二副。又代铁山书履历，铁山赴署，明日接印也。借羽缨冠，元青褂去，为侍尹宪求雨用。有益堂送来《唐宋文醇》一部，铁山所要者。晚石麟来谈许久。

十八日

早铁山来信，取去文醇，并所存拜垫。哲臣来。午后蓉舫来。写喜联送梦岩，其令侄明日毕姻也。石麟亦写一联。到后面寻旧存酒烛等帖，计送梦岩联一、酒烛票各一。为送礼用。伯仁侄自津来，捎来实甫信，七弟信，并前托润生所捎之信未得捎来者。阅知六弟已回景州。晚与伯仁侄谈家事。

十九日

早同敬侯到梦岩处贺喜。晤伟人、月舫、绍湘留早饭。饭毕，往为迎亲。新亲以道远须过法界，恐有阻难，借松寿翁花园为遣嫁地。园甚宏敞，豁人心目。迎亲毕，见梦岩太夫人、夫人，及其令嫂。归小憩。酌升来未遇。月舫、绍湘来谈许久。同月舫、绍湘上街闲游。绍湘购图章二方。行至月舫门首，其阍人告之梦岩约大家在彼晚饭。即到梦岩处，以为时尚早，同月舫、绍湘到绍湘处谈时许。绍庭至，言人已到齐。即到梦岩处，同饮者尚有伟人、于受轩、景俊卿、敬侯。饮间雨作。饮毕，除梦岩、绍湘外，大家皆冒雨到绍庭处，谈至二更，晤薄锦斋。高福持伞灯来接归。雨终夜不甚大。

二十日

仍雨。早接陈朴斋信。敬侯移帐于菊泉院，自本日始。

午后同敬侯到菊泉院谈许久。伯仁侄冒雨往有益堂。雨终日，夜仍雨，均不甚大。

二十一日

晴。早伯仁侄回津。午后信安来。信安十九日曾来一次，途遇酌升，告以余未在家，遂未到门。卖炭精者又送来二十余枚，并有残破者若干。以二千七百购之。敬侯购其洋书一种。同信安到弼叔处，朱伯勋、裴绩臣在焉。谈间，益斋亦到。知南横街一带，美兵退出，归德人管理，自明日为始。日夕归。途遇何锡之、袁集云。月舫来未遇。

二十二日

大风寒甚。午后梦岩来。晡时同敬侯到街闲游。晚代人拟复奏新政折稿。性安所烦也。夜间微似有警，老何起，在院中行走。

二十三日

早启门。见门房东墙砖堕地两块。是夜间有人踏落无疑。侯景岳来。午后，天利和遣人来索印好图章，顺便带去拟好折稿，交信安。梦岩、绍湘来。为绍湘写折箑一，册页一。同梦岩、绍湘到敬侯书房，约同敬侯上街闲游。绍湘约饮于兴隆轩。遣人请月舫，赴公所未归。饮毕，月舫始到，又独酌焉。俟月舫饭罢，同到绍湘寓。谈许久归。忽闻炮声隆隆，洋号聒耳，不知何故。菊泉来询，颇有惊疑之色。时许始寂。三更后。洋号又作，终夜有声。

二十四日

早到弼叔处，弼叔已同哲臣上街，坐以待之。信安偕其亲家王甫山来。少时，弼叔、哲臣归。嗣香来谈，至午刻去，余与信安留早饭，饭后益斋来，知幼香来京，住益斋寓。小汀来，谈至晡时。知南横街换德人管理后，如常安谧。弼叔、信安、益斋有宴鸣居之约。遂同哲臣皆上街闲游。瞻瞩之顷。哲臣竟不知去向。行至宴鸣居门首，与弼叔等分手。归寓，见绍湘信，知伊来两次，并偕伟人来，铁山来谈许久。

二十五日

早绍湘来，携去算草一本。午后易银十两三钱，昨从益斋处借来者，书庵来谈许久，卖炭精者送不整炭精数十块。以无用却之，伊苦求，与以四百文，遣高福为仲鲁去信，因献夫未在京。嘱将伊履历补入请简试差单。取来回信，言已经列入矣。同敬侯访绍湘不遇。访梦岩谈许久。借其《车鉴》一书归。晚阅《车鉴》毕始眠。

二十六日

早月舫、绍湘来，观余早饭。饭后，丽川来。立待写源顺祥杂货店匾额，对联，并宣纸对联一。日夕同敬侯访绍湘、梦岩、月舫，皆不遇，知伊三人同上街。亦同敬侯上街，迤逦北行，未遇伊等。即到梅生处，亦不遇。归途仍到绍湘处，尚未归，拟仍上街迎之。遇伟人。立谈之顷，绍湘诸人缓步而来，手持食物甚伙，即约同伟人均到绍湘寓饮酒。伟人已饭罢，未入席。杜云帆太守_{庆元，贵州人，庚辰庶常前}

辈，新放广西思恩府。来，亦留饮，并有沈掌柜。饮微醉，亥刻散归。有益堂遣人送来黄纸，言"源顺祥"改"通顺祥"，须另写。夜雨一阵，不大亦不久。

二十七日

早绍湘来谈许久。午后，代增伟人作信稿。晚大雷电，以风夜雨大作，窗纸皆湿。

二十八日

早有益堂来人取匾，即为书之，并另作联语。铁山来，言昨酌升访伊，本拟一同来寓，因在竹坪处久谈，天晚不果来，期以本日；并言陈小石同年授河南方伯，鞠人已在行在，入新政局办事。伟人来。留铁山，敬侯早饭，午后遣何贵到花市购作寓钱铁模，四弟所要者。晡时，酌升来，石麟来，伟人来，月舫来。酌升为苏雨翁去信，并请薛寿田来商办雨翁投供事。铁山、酌升均留晚饭，敬侯亦与焉。写家信，并铁模二送交石麟，石麟明日回津也。约石麟来与酌升对弈。铁山酌升均留宿，谈至夜分。

二十九日

早敬侯送其尊人往火车站。酌升往访梅生。绍湘来谈许久。遣人请酌升回。同铁山、酌升出城。拟同饮于广和居。行至江苏馆南，见对面来者似熟人。迫视之，嗣香昆仲、哲臣、信安、弼叔也。相与大笑。把臂同入，待益斋、伯勋来同饮。饮毕，同到益斋处，知其新延西席，沈吟舫祖培，乡茂才也。晤谈许久。酌升、铁山先去。交铁山致竹坪信一件，顺便饬送。秦袖蘅同年来访益斋，新自河南来京起复，余亦见之，谈许久。本日为梦岩生日，曾与月舫、绍湘、敬侯约在绍湘寓公祝之，遂早归。到寓一视，即到绍湘处。同人均到，业子芳普春在焉。并约沈掌柜为陪。饮甚畅。亥刻散归。

四月

初一日

早敬侯仍往火车站，缘昨日石麟为金门家人吕顺耽搁，到站火车已开，未成行也。仁安来，言二十七日到京，持折箑一柄属书，即为书之；并约余到其族人家，为其族祖成主。即同到菊儿胡同，晤其耀卿、荫田两族叔。留早饭。成主毕归。西安门南城墙开一豁口。来去皆由之。西安门内，街柳两行，泛洒无埃，西什库洋楼依然高耸，而崇文山太夫子之居则瓦砾场焉。谁为为之，谁令致之。秉国钧者不得归咎于气运也。抵寓，鸾孙在焉。袖蘅同年来未遇知信安、子丹均以御史记名。铁山昨带去之信已收到。书庵托询之胥畯斋总戎，名明德，到京不久，寓西河沿逆旅，谈至暮。晚到书庵处，告知□君住址。谈至亥刻归。静坐忽闻扣门声，骇而出视，则何清笼烛归也。

初二日

早弼叔处告知子丹，梦岩约弼叔初四日早饭，同和堂趁便烦写字，并约酌升嘱代知会，即为酌升作书送去。信安皆得御史，据云，从刑部友人处得信，子光得而信安未得。少时，朱润生至。又时许，嗣香遣人送来直报。得御史者，有信安名，足见竹坪处信息不误。其未及子光者，竹坪本不知子光送御史，各报或讹其名为喃，为诵，电报亦必有误。竹坪未悟及也。即遣来人为信安送信，并捎去敬侯家信，交天利和顺便寄津，昨鸾孙忘却捎去者也。朱伯勋、吴子和同来，均留早饭。饭后，益斋来。晡时，微雨。信安冒雨来谈，至暮雨未止。乘益斋车归。晚饭后，同敬侯访梦岩，知在绍湘处，即到绍湘寓，月舫亦在焉。观三人饮酒。雨作有声，较日间为大。亥刻冒雨归。终夜雨。

初三日

早雨止，道未泥泞，到弼叔处。信安昨留宿未去，本日约饮于宗显堂，以志御史之喜。午前，嗣香昆仲、益斋、伯勋皆到弼叔处。一同前往。饮甚畅。饮毕，均到益斋处聚谈。长芦运司杨来访幼香谈许久。日夕归。晚磨墨，备明日弼叔写字之用。日间丽川来，未遇。

初四日

早弼叔带笔来。酌升来。月舫来。绍湘来。遣人请梦岩来。各持纸墨来索弼叔书。午前书毕。同到同和堂。主客为杜云帆太守。伊初六日出都。梅生亦欲为伊饯行，因为时太迫，与梦岩作公局焉。同饮者云帆、弼叔、酌升、业子芳、敬侯、绍湘、月舫；并有继绍庭，以吸烟故，不能早到，未候。酒半，绍庭始到，云已饭罢。少坐即去。大家饮酒甚多。酒为梦岩自带，味极醇美，不觉皆陶然矣。晡时始散。弼叔、酌升、梦岩、绍湘又到余寓谈许久。买车送弼叔、酌升出城，乃各散。申祥来求寻护照，伊家被教民欺也。酣眠至亥刻，始食晚饭。

初五日

早饭后，<small>龙文斋穆掌柜来</small>，到弼叔处，子丹、寅皆均在焉。询知皆昨日到庆。谈许久，蓉舫到，稍谈去。钱干臣、姚伯绳、益斋先后到，谈至暮归。丽川来，未遇。申祥询得欺伊教民为张永茂。晚书折篑数事。

初六日

早同敬侯访梅生，谈许久。为申祥事：据云须知其人为何会之人，乃能为力。归知绍湘来，将弼叔所书各件持去。午后小憩。晡时，同敬侯到绍湘处，不遇。同到有益堂谈许久归。知子丹来，已去。同敬侯到绍湘处，与梦岩、月舫、沈掌柜痛饮。失手覆杯于地，碎焉。亥刻归。

初七日

早饭后，到月舫处谈许久。到弼叔处，弼叔本日同信安回津。与哲臣稍谈。到益斋处，子丹出门，幼香亦回津，朱古微前辈在焉。谈许久。借嗣香银二十两有奇。请哲臣来谈。至暮，持银及弼叔图章归。敬侯在绍湘处待余。即到绍湘处与梦岩、月舫痛饮。饮未毕而伟人至，已饭罢。谈至亥刻归。接大哥信。内有庄纫卿致实甫信。蓉舫送来烦书条幅一。

初八日

早绍湘来，梦岩来，借去米袋五个，取回弼叔所书各件，盖印章。月舫来。丽川来，谈许久。午后，令何贵易银。晡时，申祥来告张永茂系美以美会人。同敬侯访梅生不遇。见其西席王子安，为梅生留字，烦转致焉。归途遇兴石海先生于其门首。

初九日

早绍湘来谈许久。携去崇文勤太夫子年谱并《学算笔谈》一本。午后小憩。写折笺一。梦岩取回前盛墨来茶杯。天气甚热。

初十日

黄顺来取去弼叔联笔图章。

十一日

早饭间，伟人来烦书字号匾额一。晡时，到绍湘处，与绍湘、梦岩、敬侯为月舫预祝，月舫十六日生日也。并约伟人、沈掌柜为陪。饮甚畅，敬侯有酒意，先归。余谈至亥刻散归。

十二日

早梁巨川同年来，谈许久。绍湘来。月舫来。午后，铁山送还凉帽、外褂。并代常向辰_{瑾芬}烦书折笺一，约日来取。晚书折笺一。

十三日

早同敬侯访梅生，谈许久，见其尊人子延老伯。午后，刘升来，持来子登烦书便面条幅等，并信一件，言初四日到京，适以有事回津，二十前后仍来京。写对联、条幅、匾额十余事。为大哥写信，以备送信人来取。

十四日

早实甫归，系昨日到京，因火车有耽搁，到甚晚，不能进城，在有益堂借宿。今早得晤酬升焉，捎来家信并芰孙信，知实甫买房无成，现已租妥仓门路南宅一区。绍湘来。午后，梦岩送还米袋。实甫携来药料，作荷兰水饮之。晚与实甫谈别后津京各事。夜微雨。

十五日

午后，卖炭精者来二次，购炭精百余枚。铁山来宿于寓。晚雨。与铁山作终夜谈。

十六日

铁山仍未去。丽川来。天阴，有雨意。夜大雨。与铁山夜谈。

十七日

铁山仍未去。仍雨，丽川遣人为铁山送洋元，昨托伊换者也。日夕大雨。留敬侯共晚饭，夜谈。

十八日

铁山仍未去。卖炭精者又送来炭精七十余条。购之。忽阴忽晴，仍有雨意。拟作旗亭之饮，未果。急雷大震，继以暴雨。晚间，东北火光熊熊。似在西苑。雨又大作，终夜有声。夜谈。

十九日

铁山之价来言，府尹催问学堂事。铁山买车匆匆去。绍湘来。月舫来。天仍欲雨，乃各去。午后小憩。微雨时作，殊为闷损。与实甫谈家事。实甫、敬侯欲访梅生不果。晚间，实甫往访书庵。夜雨又作。代实甫抄所译食谱。

二十日

天晴。午后，实甫往访蓉舫。随便将蓉舫所烦对联、条幅捎去。日夕，实甫归言芋田来京未得见，弼叔来京已见面，且同到有益堂。晚抄食谱。

二十一日

早实甫、敬侯往访梅生。绍湘来，还算草一本，烦写寿联一副，册页数篇。午后小憩。留敬侯晚饭。晚抄食谱。知瞿子玖前辈入军机。十八夜间之火系武英殿灾。

二十二日

早到弼叔处，_{行至菜市口见搭有席棚，似欲刑人，询知系抢劫者十人出决。}将铁山昨留致酌升之信，令黄顺送去。与哲臣、弼叔谈。留早饭。饭后，钱干臣世叔，朱伯勋、顾绍墀均到。谈至晡时。到兵马司中街访嗣香昆仲，即观其新租之宅。幼香在家，谈许久，遇同仁堂乐君，少年也。从幼香借银二十一两四钱二分，家无平，同大酉堂马掌柜到街平准者。途遇嗣香载书一车归，立谈数语，归已暮矣。晚抄食谱。

二十三日

早鸣西为实甫来信，内有七弟信数语，亦与实甫者，言及家中用度缺乏，嘱告余知。阅之不胜焦灼。韩子峤同年之妻弟邵菊香<small>传勋</small>遣人来言，到津询知实甫已回京，特来京商办接子峤灵柩事，昨日到，住姚江别墅。午后，实甫往访姚君，并访李蓉舫。日夕归读上谕，回銮之期已定于七月十九日，曷胜庆幸。晚抄食谱。

二十四日

代绍湘写寿联一，即遣人送去。<small>直隶同乡来知会因赔款无着，公折吁恩列名。</small>伟人送来前借去书数本。<small>阅报江南乡试缓至明年举行。</small>代伯仁侄画便面一个，写条幅四，子登代烦便面八。暮时，仲子凤<small>伟仪，山东人。</small>来访实甫，余亦见之，谈许久，书庵来谈许久。晚抄食谱。雨数点。与敬侯谈至夜深，知伊得津信，已与杨兰坡结冰玉矣。

二十五日

早马莳溪来。午后鸾孙来信，借去纱袍、纱马褂各一，并问何日回津，即复。晚抄食谱。雷雨一阵，继之以风，隐隐闻洋人鼓乐声。

二十六日

早酌升来，知亦香已到京。亦香遣人送来献夫与实甫说片。伟人来。邵菊香来。酌升留早饭。午后，龙文穆掌柜来。接鸣西与实甫信，内有献夫与余信一纸。代酌升写客单，伊二十九日在同和堂宴客。日夕，酌升去。晚天阴，落雨数点。

二十七日

早到弼叔处，亦香在焉。<small>同乡刘绶珊中翰来访弼叔，余见之。绶珊名晋荣。</small>知信安已于二十四日到京，遣人往请，同信云现看秋审册，午后来谈。同哲臣、亦香、弼叔饮于宗显堂。饮毕，乃在弼叔处谈。钱干臣世叔到，酌升到。信安到。日夕益斋到。信安交余家信一件，胡三哥信一件。暮归。见继绍庭信，并所烦书折簋一。晚在门前买酪食之。

页眉：哲臣知余家中度日无资，将伊存津之项贷余十金，信致吉亭拨付。发信后，哲臣得云甫信，内有送余二十元之说。余与云甫别三年矣，彼此未尝通信。乃乱离之余，远蒙注念，感何如也！

二十八日

购牛乳一器，实甫作各种酪试手。午后，高阳之幼公子来访实甫。有益堂人来，持去《同文韵统》。石麟由津回。伯祖母生日设祭。

二十九日

早到弼叔处，亦香在焉，少顷，益斋来，均留早饭。午后，益斋因在广和居宴客先去。余有酌升同和堂之约。畏热，借益斋车乘之到同和堂，酌升已到，言本日患吐泻甚委顿。谈许久。实甫、灵星谷、伟人、梦岩、敬侯、月舫、菊泉、梅生以次到。饮甚畅。饮毕已暮。酌升不能出城，约同伟人、梅生到寓谈。石麟亦来谈。散后，余与酌升、敬侯谈终夜。

五月

初一日

黎明弼叔遣黄顺来招，言信安昨到米市胡同宿，有事与余相商。未得眠即往。至则哲臣、信安、弼叔均上街，少待始归。信安告余代实甫通融事有成，其数四百金，其息一分七厘，昨托信安代办者也。嘱余回寓通知实甫，定于午后到天利和晡面立券。代信安写送人喜联一副。写家信一件，将哲臣前拨之十金改为二十元，并哲臣致吉庭信同缄交信安。明日芊田回津也。留早饭。饭毕欲归，忽钱干臣世叔在宗显堂来约弼叔，弼叔去而又回，言干臣阅报，余承简命放贵州副考官。即到宗显堂，见干臣、朱小汀、顾绍墀，询知正考官为吕筱苏前辈珮芬，云南则吴肃堂鲁、冯伯岩恩崐也。立谈数语归，酌升尚未去。喜报已到。于海帆同年，汪心如世兄竹溪同年令郎在焉。心如为效苏前辈东床，因筱苏前辈有小事出京，须一二日方回，介海帆

来告余。实甫往天利和。石麟来。亦香、梯云来。又写报喜家信
一件交梯云，烦饬送天利和。亦香□其家人黄玉当即应允。乃黄玉尚在家中，须去信
招之。书庵来。菊泉来。益斋遣人送来《格物测算》一部，价
七千，前托伊代购者也。阎厨子送来一品锅。署中送来印领
一纸，付银三两，报喜人付钱三十千，外饭钱四千。其余持
禀来贺者甚多，各与钱数百。得差诚喜事，然当此国事家事
不堪回首之际，得之非惟不觉可喜，反觉触境心酸，凄然泪
下，岂余性情之独异乎。日夕，实甫归，言券已立，息银归
作一分八厘，鸣西来信言实甫所购荷兰水机器已到，促之回
津。晚菊泉来。

初二日

　　早伟人来。走馆人来取领俸执照。试馆长班刘升来。乙酉长班陈福来。
梦岩来。酌升来信云通融之款有成。实甫即往访酌升。兰坡
来。嗣香来。绍庭来。丽川来。托丽川代刻图章，购缙绅，
告龙文斋印名片，封条。午后到支继师处谈许久。到弼叔
处。亦香、伯勋、兰坡均在焉。少时益斋亦到，稍谈，访聂
献廷，询谢恩事。据云，礼部尚未见放差公事，不知何故。
到贤良寺，见竹坪诸人。谒合肥师，周玉山师、均未见。谒
张幼樵师谈许久。见杨莲府同年，据云伯岩由火车赴定州，
然后再乘肩舆，因近京一带驿站无人供亿之故，皆由莲府代
为料理。余亦烦莲府依样办理，莲府许之。又因实甫携眷赴
津，火车不便，亦托莲府设法，亦允。到昆师处，适出门未
得见，归。实甫早归，云酌升已代借六百金，息银一分二

厘。晚饭后，梅生来。菊泉来。与实甫谈行路事。日间信安
来，未晤。

初三日

　　早菊泉荐来估衣铺，邵菊香来。衣皆不合式，且价昂。午
后铁山携其长男与其婿王鹤筹来。本日在松筠庵分津贴，余
以事忙未往，实甫代领，仁安来。伯蒭处西席吉公来。熙小
舫前辈来谈极久。实甫归，领来津贴五元，外钱二千，已为两馆长班索去作节
赏矣，每分皆如此。石麟院备酌，为七弟妇等饯行，因留石麟、桥
梓在寓晚饭。敬侯出城代购来水笔十支晚为诏衔写信芰孙，烦为朱
鹤臣令兄名兰芳，字香谷。说项也；并为芰孙写一信，附去芰孙、
一山二人津贴各五元。又为大哥写信，并前写好未发之信，
并交实甫明日带津转寄。事毕，天已明矣。

初四日

　　早实甫携张厨回津。冯伯岩来谈许久，拟结伴同行。到
海帆处，知筱苏前辈已来回电，初十前必可到京，十五日起
程。到支继师处贺节。其东床汪心如已往余寓送信矣。到嗣香处，晤幼
香，借银五十两。晤大西堂书铺马良辅。晤李少舫。到弼叔
处，弼叔哲臣均未在，归。丁丽川、马蓼溪均在寓。饭后，开单托
蓼溪代买应用物件。刘升送来朝冠朝服各一，兰坡令其送来者。为范孙写
信，借其视学贵州日记，交蓼溪觅便寄往，乃蓼溪甫去，而
范孙偕七弟来京。捎来芰孙信、性初信、大哥信、阶平信。李明亦来。范
孙带一家人，王贵，喜极。畅谈许久。黄顺送来兰坡弼叔信与范孙
同车到前门。范孙自去。余答拜伯岩未遇。谒徐颂师、胡云

师，访宝鼎臣昆仲，均未遇。东城划归洋界处衙署房屋均拆毁。一片空阔，弥望无际。到天利和，晤孙绍湘、李蓉舫、王致堂。知范孙同仁安往弼叔处，既往，益斋亦在焉。询兰坡，则方去。[与]亦香信安观剧①。谈至暮，仍与范孙同车归。知汪心如世兄又来一次。晚谈贵州一切情形。夜雨。

　　页眉：范孙捎来视学贵州日记十本，并有抄录丁伯厚前辈使黔日记一本。

初五日

　　早与范孙谈。丽川来。海帆偕心如来谈许久。烦海帆写纨扇一柄。心如持来银二十余两，恐代筱苏前辈安置一切待用也。同范孙到弼叔处，信安、亦香、仁安、益斋、梯云、兰坡均在焉。托兰坡为孙麟伯大公祖写[信]询问能否在保定代为安置行舆。大家备酌过节，即寓为余饯行之意。饮甚畅。饮毕小憩。借益斋车，又买一车，同范孙、仁安、梯云到成兴斋购扇对。又同到有益堂购铜章一。检点应带书籍，范孙往梯云处宿。余乘益斋车归。留赏对百联余，就车俱载往弼叔处，并写一信，言明价目，请与松华斋比较，为再添购之计。日间铁山来，未晤，留一说片而去。万兴送帽来。龙文斋送名片来。晚与敬侯作终夜谈。

初六日

　　早弼叔来，知哲臣因洋人有于鼓楼四周各拆十丈之说，今早回津。购来

---

① 　句中括号为书中原有。下同。

白罗帽一，两截罗大褂一。范孙、梯云、亦香来。亦香已得家信，可以通融，问数于余。答以二百金。万兴帽铺来，商购领帽，弼叔带来兰坡致孙麟伯信，哲臣致保定府尊信，严觐侍同年信，皆为托购行舆及马鞍等事。余持信往贤良寺，_{车上捎范孙主仆行李、余寄家蚊子香。}托莲府附寄。在莲府处晤李蠡纯年伯，李季高世兄，莲府令弟。_{号杏城。}据莲府云，伯岩早来一次，云兵部勘合执定驰驿之说，不可通融。伊晚半天仍来商办，看光景如何再定。因将信持回。谒周玉山师，见雷雨大作，与玉山师谈许久。冒雨至通商房，交竹坪昨七弟捎来小包。竹坪交余前借去马褂纱袍。天晴，到梯云处，范孙、亦香、益斋、仁安、信安、弼叔均在焉。_{交范孙行李并蚊子香，托带津。}聚饮甚畅。大家同到松华斋。余便道访酌升，不遇。早间曾致伊一信，为月舫诸人招饮事，到时伊已出门，未得见。到松华斋谈许久。_{梯云已去定礼对礼扇赏对等。}信安、仁安回寓。范孙与益斋骖乘赴其寓。余与弼叔、亦香访朱伯勋。不遇，分道各归。_{知酌升来已赴同和堂。}令七弟到弼叔处宿，以便明早购物。到同和堂，赴月舫、梦岩、绍湘、菊泉、敬侯之约。酌升小食已毕，略谈数语，以有事出城。余与伟人陪诸主人饮，甚畅。暮归。油布铺送来各件。性初荐其阍人朱成之子，朱顺，持信来。信内云前后共来三信，只得其二，其一信不知沉滞何处也。

初七日

早荇溪来。丽川来。支继师来，以梳辫散发，未敢请见，万兴帽铺来。七弟由城外归，购来大衫一件。丽川言峻山昨日到京。午后伯岩来信，言勘合已领出。嘱余拜承兵部_{瀛号春洲}。酌升来。丁次轩来。到伯岩处谈许久，定准由火车赴保定。伊初十日起程。到天利和，晤信安、仁安、绍湘、蓉舫。拟代实甫取银十两。据蓉舫云，实甫已无存银，所存者只拨余名下之百七十两，不知何故，只得将余名下者取十两，代实甫弥补门口零欠。到贤良寺，托莲府向保定寄信，仍昨日之两信。在通商房与筱坪诸人谈许久归。接性初信，系初四所发，在朱顺起身以前。晚为性初、实甫写信。朱顺明日回津取行李，顺便带去。张厨子回京。十五叔来未晤，昨始到京。

初八日

早兵部送来勘合。拜承春洲兵部_瀛，晤谈许久，乃知春洲为辛亥壬子世兄弟，盖景秋坪年伯_廉之犹子也。情意甚殷，许将效苏前辈勘合送余处。到汪竹溪同年处，并晤心如世兄，告之。竹溪留余小食。归。蓻溪送来箱子、夹板、灯笼等物。七弟购来单袍等物。估衣铺送来棉褂等物。午后，遣李明到弼叔处，送还拣余之衣，并取赏对。梁巨川同年送来赏对二百付。李五来，持来十五叔写好赏对二十付。李明归言，弼叔出门，赏对未取来。少时，弼叔来谈许久。令李五随弼叔到米市胡同取赏对，持往三里河，请十五叔写。晚代伯岩抄路程单。为伯岩写信。日间龙文斋送来名片等，付银六两。

初九日

七弟出城。早遣高福为伯岩送信，并到莳溪处，成兴斋令其将礼对送弼叔处。同敬候浴于头条胡同。浴毕归，遇绍湘、月舫，偕丁奎野名惟鲁，乙酉同年兄弟。庶常于巷口，要同到兴隆轩。敬候归取烟袋回，言鸾孙在寓。饮毕归，与鸾孙谈。高福持归伯岩回信，言孙麟伯廉访到京，已代托嘱往拜。幼香来谈许久。华子宣世兄来，送其银十两。蓉舫来。蓉舫言实甫尚有存银，伊先未知。峻山来。同峻山到有益堂购眼镜两副。拜麟伯，谈许久，遇天津分府沈叔瞻金鉴于座。访兰坡不遇。到十五叔处谈许久，并见十九弟，武保堂表叔。到弼叔处，七弟才进城购得大衫纱袍等，弼叔正写赏对。暮，持大笔四支，未书赏对五十副归。李五送来朝服一身，赏对五十副。皮靴一双。四侄到京，鸾孙留宿。四侄捎来夏布衣一包。玉叔来未遇。

初十日

早沈吟舫来。孙麟伯来。兰坡来。伟人来，知寿芝到京。益斋来。周玉山师来，访书庵不遇，并见益斋，谈许久，以头晕，乘洋车而行。汪竹溪同年来。益斋、兰坡均留早饭。饭后舫书庵谈许久。酌升来，与石麟对弈。鸾孙、敬候轮流写赏对。代酌升写转烦斗扇一柄。估衣铺送来皮马褂。七弟开衣单。鸾孙之仆张顺来，携来芰孙信一件，内有致湄舟信，即交酌升转寄。晚为芰孙、实甫各写一信。遣高福明早送去。兰孙留宿。

十一日

　　早葑溪来。七弟、四侄、敬侯出城。<small>刘升随慰霖同年之世兄</small><small>来。</small>吕筱苏前辈来，心如从焉，言昨始到京，谈许久。敬侯、四侄归，言七弟留弼叔处，帮忙写礼对。李曙东偕其妹丈程杏林来。姜实翁来，谈许久。午后，敬侯、鸾孙写赏对。余写邵菊香所烦对联，酌升所烦条幅数事。与曙东同车出城。交其信一件，烦送天利和，告实甫十五日准起身，促其速来也。答拜筱苏前辈未遇，见竹溪，还前心如持来之银二十两，余无用处也。到支继师处辞行，谈许久。到弼叔处，<small>见亦</small><small>香，黄玉至今未到。亦香甚为着急，不令余待伊矣。</small>七弟已归，稍谈，到海帆处，取回烦书纨扇归。朱顺回京，捎来性初信，实甫信，知实甫十三回京。菊泉院家人互殴，其势汹汹，老何从而排解之。张顺持来竹坪保信，因黄玉到京无期，恐误事，即留张顺。前七弟妻兄荐一仆，亦旧人，以人满辞之，彼时以为黄玉不久即到也。不意先来者不见用，后来者反见收，真饮啄莫非前定也。晚在院中闲谈。鸾孙留宿。出门时伟人来，送余自画折箑一柄。

　　页眉：乙酉同门吕郁堂（贤堃）为筱苏堂侄，而其嫡堂兄名文梓者又乙酉南榜举人，其尊人乡榜又道光癸卯年，世谊多惟有论其近者，用年世侍生帖拜筱苏焉。

十二日

　　早微雨数点。兰坡来。<small>持来代购药物。</small>帽铺来。出门遇子丹于途。到昆师、合肥师、张幼师、周玉师、徐颂师、胡云师各处辞行，均未晤。访莲府亦不晤，知莲府已托铁路总办郑观察（清濂）招呼余等登车。观察回信已遣人送往筱苏前辈及余寓矣。晤昧纯谈许久。到福隆堂，赴继绍庭之约。同饮者景潆卿、月舫令弟、薄锦斋，余六人皆不识，一一道姓字，不能悉记，只记庆祝三、庆博如、同仁堂乐三人而已。饮毕，到有益堂稍谈。到筱苏前辈处，云在便宜坊小饮，嘱余来时，亦请前往。即到便宜坊，海帆朱益斋两同年、汪竹溪、淮生心如桥梓叔侄均在焉。谈饮甚畅。详谈结伴各事，据云马鞍必须在京办。日夕归，弼叔、亦香、酌升、酌升持来大毛马褂一代人出售。子丹均在。子丹晨去而午又来，不见面不已，情意可感。仁安本家前约余点主者送来果一桌，酒二瓶，纨扇一柄，旧墨一块，茶食两匣，已经收下。鸾孙回贤良寺。晚留敬侯小酌。晚写信，令朱顺明早送兰坡，还其朝衣冠，并烦见麟伯，请知照清苑县，十五准由火车赴保定。又为蓉舫写信，取前所存银，令高福明早往购马鞍。

页眉一：本日又届放差之期，竟无信息，不知何故。广闽并无停科之说。

页眉二：博如名庆珍，书农中丞（嵩崑）之喆嗣、丁卯年伯祝三官赞（嵩峋）之犹子也。

十三日

早雨数点。七弟出城。书庵来。写纨扇便面数事、联幅数事。丁奎野庶常明日招饮，辞之。兰坡回信。华子宣世兄送礼来，留一半，其家人坚不持回，遂全收之。朱顺取回银两。侯景岳偕峻山令弟来代装箱。万兴帽铺胡掌柜来收拾帽盒。七弟归，持来由幼香处所贷百五十金并所购各物。兰坡又来信，并送来宝丹六囊。荮溪来，高福归言马鞍已定，支去银九两。峻山来。估衣铺来，还伊银二十九两。遣张顺催取缙绅。张顺先归，缙绅随后由有益堂送来。酌升来。与石麟对弈。实甫由津来，言与允叔、哲臣、莘农、黄玉同车，并携李升来，为实甫携眷回津帮忙，捎来小衫二，范孙许假短褂五。_{留其三，已有者还之。}弼叔来。黄玉来，持来吉庭许假之二百金。黄玉实无可位置，然心欲用之，因[令]其到效苏前辈处一询^①，如伊只带五人，则无如之何，若伊带六人，余亦何妨多带一人，然亦万一之想矣。_{良乡县照例来问起程日期。}诸仆在院中包箱。大雷而风。梅生来，欲于明日饯余，辞之。交弼叔银七十两，烦为易洋元。以车送弼叔、酌升归。晚雨时作。与李升闲话甚久。与实甫稍谈。

十四日

早黄玉来。言筱苏前辈只带五人。余实不能多带。只得遣之去。信安来。梦岩、绍湘来。芋田、润生来。允叔来。哲臣来。弼叔来，持来所易洋百元。本日为哲臣五旬正寿，同乡公祝，兼饯余行。余辞不赴，大家谆约，因赴焉。与弼叔、实甫同车到宗显堂，同饮者哲臣、信安、亦香、梯云、兰坡、益斋、润生、蓉舫、芋田、幼香、允弼两叔，实甫共

---

① 句中括号为原书所有。

十四人。饮间，酌升亦到。饮极畅。饮毕，酌升、实甫往访邵菊香。余到有益堂待之。途遇俊山。在有益堂小坐时许，酌升、实甫随到，遣人购柠檬酸等物。酌升往前门。余与实甫谈至日夕，取缙绅八部归，铁珊在焉。绍庭、子丹来，均未晤。收拾行装，酌升来宿于寓。

十五日

卯初起。雨一大阵，虹见。石麟桥梓，酌升、实汲两弟、伯仁侄送余到前门火车站。至则梯云、兰坡均来，丁丽川亦来送。兰坡送乌梅一包。弼叔遣人送面包等，并信一件，嘱交定兴车站转送盐店。筱苏前辈早到，在车站室内小坐，约余同坐以待头等火车，实甫偕往，淮生、莘儒三昆仲在焉。郑景溪观察_{清濂，闽人}。遣家人二名照料一切。购头等票二，_{一仆随侍}。二等票四，行李票一，共用三十元。赏运行李者二元，赏郑仆一元。辰初登车，孙麟伯大公祖遣差官来伺候。与筱苏前辈共一包房，房甚清洁。辰正开车，从西便门北城阙出。十二里十福园。又十五里卢沟桥。又五里长辛店。又二十五里良乡县。又四十五里琉璃河。又三十里涿州。又四十里高碑店。又二十里定兴县，遣人送信。又十里过北河大桥。又三十里固城。又二十里安肃县。又二十五里漕河。每到一处，停片时。车中人甚勤谨。酸梅汤、荷兰水供给不绝，时进巾濯。与筱苏前辈共赏一元。自漕河二十五里至保定省城。藩臬府县武营均差帖来迎。严觐侍同年_{以盛，浙江归安人，直隶候补县，现当铁路差}登车，告以备车来迓，皇华馆为洋人所踞，借西门外之祥茂客栈为行馆。即与筱苏前辈乘车到祥茂栈，东上房三间两人分住，耳房中为会客共食地，虽不宽敞，尚洁净。少时行李到。齐觐侍同年来，商备轿事，谈许久。_{托觐侍代办良乡、涿州、定兴、安肃四县印结，送京交弼叔收存许可。}即遣人招轿铺来，言定价值三十三两，明日报齐送到。与筱苏前辈商定，两人共一席，其一席亦不折价，一路皆照此例，招办差人来告之。遣人购轿灯。伯岩留信一件，由清苑县送来，知伊因三人同行，车马不便，已于本日起程驰驿前去；先曾寄余一信，在京时并未接到，料亦无甚要语。晚与筱苏前辈谈。

十六日

黎明雨一阵，轿铺来商令旗包杆价目。_{令旗一两五钱，包杆每副一元二角。}遣人持贴到各处谢步。到清苑县告知车马数，并取印结，计二包，一引，骑马五，大车二两。午后雇驮子，_{每个索银六十两。}价太昂，改雇双套车一辆，价四十两，送至樊城。余所带之银皆松江，此地不通行，甚吃亏，闻南去更须亏损。因与筱苏前辈商议，以松江易足银，较之京中每两多贴一分。又，南去只贵英元，余所带多立人者，亦不合式。筱苏前辈言，近数站先共用余所带者，以后再共用其所带英洋。代余筹画周至，甚为可感。满城县郭大令_{文焘}遣人来告明日尖宿处。购轿灯一对，价二千五百，傍晚装车，诸暂就绪，然后晚饭。本日不设全席，只供便饭，点心两次，均尚不恶。晚间谈。月色颇佳。写致实泧两弟信，告知驰驿前去日期。

十七日

卯初起。清苑县遣夫马来。_{并派兵八名护送。}轿铺送轿来。饬仆人装车。觐侍同年馈一品锅，以刻即起程，无所用之，璧返。觐侍又亲来送，谈许久，并留名片，嘱到新乐送薛德斋翻译_{启昌}处，伊必照料，以彼处尚多洋人也。交其京信一件，托寄。卯正行四十五里至满城县泾阳驿尖。_{客店。二十里至大}□_{店，舆夫少歇。}时方巳初一刻。询问差役，道途甚安静。因将护送兵遣回，共赏洋二元。饭毕，稍坐复行。_{四十五里。}申初至望都县南关外客店往宿。_{较午前行甚迟，舆夫畏热，屡歇故也。}屋甚狭小，而声炮鼓吹，颇具虚文。雨作旋晴。已而雷声大作。雨一大阵。张大令_{锦绶}差帖来请安，云现请病假，故未出迎。晚晴见月。

页眉一：筱苏前辈轿之肩栱中裂，余轿夫脱肩，轿跌一次。

页眉二：距泾阳驿十五里，经一集镇，为方顺桥。又三十里乃至望都。

十八日

寅正行三十里，至清风店。途有积潦，舆夫蹀躇颇苦，因停舆稍歇。复行三十里，巳初三刻至定州。入自北门。门凡四重，_{四门皆然。}城周四十里。北门以内多田地，依然村野风景。将近南门，方见街市。城中一塔矗立，系备敌者，已残破不可登矣。借绅士张笙阶_{兆镛，浙江候补人员。}家为行馆。刺史王苌承_{忠荫，常州人。}本日始接印，差帖来。差役云，去岁洋兵到时，刺史为金道坚_永，极力集资十万为偿款。有挟嫌者譖于法兵官，谓其集赀尚多，皆入己囊。法人信之。刺史几被戕。其后乃白。交卸去，来代者为郑君，亦因与洋人龃龉，自请卸任，乃易王君。闻赏款共需十二万，其二万则须王君筹划矣。午初，出定州南门。行二十五里至明月店。又十二里至十三里营。又二十三里_{酉初}至新乐县。_{县城周不及四里。}途中舆凡夫歇三次，轿又跌一次。大令恒阶平_{泰，奉天旗人。壬午举人，与黄星桥同门。}遣役持帖迎于城外。假盐店为行馆。_{店名复亨，宿处东屋五楹，尚轩爽。}到行馆后，阶平来见，谈许久。盐店在东门外左近，见法人甚多。盐务为本地人薛君认办，总司其事者为邵筱云，_{瑞增，天津人。}来谈，并馈茶食二盒。晚饭后至筱云屋谈许久。

页眉：去定州十里，渡一河，名清水河。深处四五尺，浅处不过一二尺，惟轿用船渡，车马则徒涉焉。

十九日

寅正起。行四十五里，辰正至正定县属之伏城驿。_{距新乐城里许，过圮桥甚长，下为沙河。三十里过芒牛河，河水已竭，踏沙而行。}尖于伏号账房。路遇法人三。运铁轨车甚多。尖毕，又行四十五里至正定府城。余之舆夫疲弱，行不能相及。筱苏前辈屡停舆道左以待。伏城驿马不足用，仆从皆乘篷车。乘马者，前站外只一人随轿而已。府城周四十里，只四门。_{太守江，名槐序。大令戴，名作楫。均差帖迎于城外。}入自北门。门凡三重。瓮城内有石刻古常山郡字，一新一旧。又有石题南粤王赵佗故里字。迤

逦向东南行，街市荒凉，人家寥落。行馆在东门内大佛寺_寺
^{西北有塔一}。抵寺才过午正。寺僧号意定来见，^{本地人，年三十许，}
^{俗姓王，自京师法源寺来住持于是}。颇能谈。所居室即其方丈。北屋五
楹，精洁异常，枕椅什物皆良。木前覆芦棚，凉爽宜人，额
曰"尘飞不到"，信然。东西厢房各五楹，仆从居之。视望
都宿站之上房，且胜十倍，僧言寺建于隋，本名龙藏，后改
龙兴，又改隆兴。大佛寺者，俗名也。小憩时许。僧来导游
各殿。第一层为天王殿，进而为大觉六师殿，俗名七佛殿，
以殿供三世佛及四菩萨也。又进而为摩尼殿，皆极高大。又
进为戒台，台上供有两面铜佛。又进为韦驮殿，甚狭。再进
则大佛殿矣，殿前广五楹，中广七楹，凡三层，共高十三丈
五尺。^{名曰佛香阁，上有额曰"调御丈夫"，不知何解}。佛铜质，高七丈三
尺，立而合掌。左壁塑九华、峨眉二山，右壁塑五台、落伽
二山。^{后壁塑千佛像}。殿之左右各有楼五楹。左为御书楼，右为
集庆阁。其配殿左为慈氏阁，中有佛高三丈，独木所雕，右
为转轮殿，中有六面殿阁一，上下有轮有关，捩推之则转。
院有碑亭，亭左为康熙年重修御制碑文，右为乾隆年重修御
制碑文。其余碑尚多，最著者为隋龙兴寺碑，世多拓本。次
则宋端拱二年碑。次则赵承旨碑。更有宋碑一，不纪年号，
似被人磨去者。慈氏阁内有元碑一，上有蒙古文。东偏小院
又有碑亭，系高宗纯皇帝礼大佛所题长句，碑阳碑阴各一
首，韵同。寺东有关帝殿，另有大门。题曰关帝庙，实在寺
中，不临街也。再东则为方丈、为客堂、为司房、为厨、为

厕、为僧徒读书室。余屋甚多，不能悉数，亦未皆到也。七佛殿、大佛殿皆残破不堪，像多露坐，蓬蒿满屋。闻大佛殿后尚有殿一层，以残破太甚，未往观。寺西与洋教堂邻。去年拳匪倡乱，僧曾保护教士。及联军入境，教士又保护寺僧，故寺未经大创，然已为联军蹂躏许多矣。向来辂车戾止，另有行馆。自陈太守_{庆滋}爱其地幽洁，假用之，遂为例。自新乐至此，号称九十里，其里甚小，实不过六十余里。昨与筱苏前辈言，明日驻辂甚早，何以消遣，能游大佛寺乎。不谓竟假馆焉，亦奇遇也。大令戴冠英为濂溪大前辈公子，安徽人，以乡谊遣人持纸墨来请筱苏前辈书楹联。筱苏前辈以受凉不快，方服药，笔兴不佳辞。余怂恿之，为书四联持去。晚饭在廊下。早眠。夜闻梵音。

二十日

丑正起。县中派兵八名来送行。出南门。筱苏前辈轿跌一次。十里渡滹沱河，水甚浅。渡毕天已明。遣兵队回。又十里至二十里铺。舆夫早食，余在轿中食点心。天阴有风，微雨数点，凉爽之至。又二十里至水河铺，舆夫又歇。又二十里至栾城县，已巳初三刻矣。舆夫云，此六十里甚长，足有八十里之远。城甚小。入北门，至南门内。_{南北门外皆有石坊，甚大，去坊不远，各有一阁。}尖于复庆魁钱店。大令黄介臣_{祖戴，浙江乙亥举人。}遣役持帖来。因兵差络驿，车马不足，饭罢待之许久乃齐。去岁洋兵只至滹沱河滨。自此以往，皆无洋兵。声炮鼓吹，迎送如仪焉。午初一刻，行二十里至贾店。又二十里至赵州。去城十里时，雨忽作，停舆，罩油布，闷热异常。幸雨不久即止。张顺马脱缰，前奔追之，不及。至城西门，忽大风，轿顶张落。赵州城周二十余里。只西南一带有街市，余俱冷落。入自西门，瓮城额曰"西郊水利"，城门额曰"澄波门"，城楼额曰"爽挹恒山"，并有款识，目力不及矣。城内有小石桥。旧例，行馆在城外五里之大石桥，即相传为古迹者。今因为马军驻扎，因借城内之花厂宿焉。到时未正三刻。所宿室似一蒙馆，壁贴应敬避庙讳，居然大书特书，并不缺笔。刺史窦以筠因公赴都，遣人持帖来。余到许久，张顺始步行而至。盐店主人为黄仲篪送菜四器，肉馒首两盘，随亲来谈许久，烦书楹联五副。余尚存松江银五十两，以前路用之不便。托其易足银。晚饭后，遣人到盐店持片谢步。少时盐店同人孟丹林来，送来所易之银，稍谈去。书楹联，并写家信一件，送盐店托寄津。

二十一日

天阴。丑初二刻起。行五里，出赵州南门。又五里大石桥，即曩设行馆之处。相传桥为古迹，今见之亦无其奇处。三十三里至王莽城，古鄗城地也。舆夫在此早餐。雨微作。市中往来者多贩布线之辈，以地产棉花也。又冒雨行二十二里，辰正抵柏乡县尖时，有马提督兵五营驻此，柏乡县南门外有阁一，上覆黄玻璃瓦，额曰"冲衢锁钥"。客舍皆满。因假天兴布店为行馆焉。饭毕，俟印结及易车马，迟至巳正三刻始行。大雨滂沱，舆夫行泥淖中，踵屡决，身首又无雨具，自发至踵，

无不沾濡。幸今日两县均添派舆夫四名，八人轮班更替，四
舁四扶，然犹颠蹶五次焉。行三十三里，尹村小憩。又二里
南沙河，深不及尺，涉水而过。七里至马峰冈，虽不甚高，
而雨后登降，时虞倾跌。行三里而冈始尽。南行数日，未见
寸山，今日始见远山。是冈为何山之麓，尚不知也。又八里
至七里桥。未至桥时，余轿之肩扛忽折，遣人进内邱县城易
扛。舆夫八人，以肩荷轿而行。行数武辄止。过桥后，城中
送肩扛来。又行七里，抵内邱县。入自北门。天已暮，筱苏
前辈早到，遣人笼烛来迎。出南门，宿广兴客店，已过戌正
矣。柏乡令戚朝卿，内邱县令李运昌，均差帖来，未亲到。
柏乡城内外石坊约有十余座。舆过其下，匆匆不及辨识。但
见三世司徒，四世总宪，父子中丞三坊，亦不知为何人，惟
司徒坊知是吕姓而已。南门外二里许，又有坟茔数处。翁
仲、华表、神道碑之属，无一不具。惟知其一为国初魏文毅
公裔介坟而已，余不知也。广兴店屋甚狭，两人共宿一房。壁
上题咏甚多，有不成说者，有痛赞义和拳者，不能悉记。惟北壁大书曰"华秋吟解饷
入都经此"，想是癸巳年事也。窗与厕近，秽气时时触鼻。今日共行
一百二十里：赵州至柏乡六十里，柏乡至内邱六十里。而柏
乡舆夫恰逢大雨，其苦数倍于赵州。筱苏怜之，特破常例，
与余共赏洋一元，车马夫则仍旧也。到馆后雨止，天亦旋
晴。

　　页眉：常例每人赏轿夫制钱一百，马夫五十，茶夫
五十而已。

二十二日

卯初三刻起。行三十里，辰初三刻至良缘店。昨饬驿纪在此备一茶尖，只用茶水，余概不必，该纪应诺。即至并未预备，情殊可恶。乃觅小店小憩，略用茶点。又行三十里，巳正三刻至顺德府邢台县。本拟宿此，闻有方统领明日拔队赴河南，与余等同程，恐沿途难于供亿，乃改此为尖站。未初三刻，复行三十五里，过沙河县。甫出南门，高堤横亘，登堤一望，平沙如雪，十余里中不见居人，盖沙河也。水涨时，必渡以舟。今则踏沙而行，如陆地然。本索舆夫十二人，伊等以人少可多得钱也，只来八人。行之久而疲惫不堪，皆思逃遁。不许则蹒跚而行，步不及尺。与筱苏轿相失，望尘不及矣。日暮，尚有十里，乃笼烛行。筱苏到馆后，遣人来迎。渡洺河，河水甚浅，无所用舟。亥初始至永年县属之临洺关宿焉。关去沙河县三十五里，去永年县城五十里。有同知驻此。入关之北门，见有碑志，天晚不能辨识。早邢台令王锡光，晚永年令方汝霖，均差帖来。顺德府城凡四门，门皆四重。城中市廛稠密，人烟阗溢，为所[经]郡县之冠①。在城中行时，观者如堵，或且伛偻向轿中详视。城中有书院二，不知何名。

二十三日

卯初二刻起行。出临洺南关。舆夫较昨尤惫。行未数

---

① 句中括号为原书所有。

武，即有喘者。一二里后，已望不见筱苏之舆矣，去邯郸县二十四里，地名黄粱梦。舆夫早餐。余出舆闲步，见路东有庙，门前大书曰"邯郸古观"。信步而入，大门在北，门对长垣，上刻"蓬莱仙境"四字，俗传吕仙所书者。入门有一池，池上有八角亭一。过亭而北，殿三楹，祀汉钟离仙。又进而北，殿三楹，祀纯阳。又北为卢生殿，卢生像作卧形，以石为之，道士迎出，并请饮茶。余以急欲行辞之。卢生殿题咏甚多，不能遍阅，惟去年李鉴堂新题一诗阅之，亦不复记。其余殿匾联亦多可观，与他庙之但悬"有求必应"者迥殊，惜无暇备录一通也。曩闻邯郸有卢生庙，以为在城内，不意竟在此处。设非舆夫疲惫，几乎交臂失之。然犹以未得详览题咏为憾。复行数里，舆后肩扛忽折。八人荷大扛前行。张福策马入前村，购得榆木一条代扛，乃复行。舆夫每行十余里一歇，欲逃者屡矣。勉强至邯郸县城。城中有积潦，绕城而行。未至西门，舆夫之喘者实不能再舁，雇一人代之。午初始至南门外行馆，共行四十五里。筱苏到已一时之久矣。邯郸令廖紫垣同年以帖来。廖名炳枢。饭后尚有七十里，颇有戒心，严饬仆人选择舆夫，并索班车一。驿纪以上站未备此车，抗不与。其实前两日皆有班车，今早以道路无多，恐舆夫因有车，任意前行，不复顾轿，故未索，非本无而添设也。详与言明。又待许久，乃以车来。午正二刻复行。一路舆夫振刷精神，颇形迅速。小憩二次。五十里过杜村坡，似一山麓。石子满途，升降颇苦。又二十里至磁州南关。州牧许之轼差帖迎于道左。戌初同到行馆，晚饭初有黄叔良旧仆冯升，现在磁州署内执役者来见，请书楹联三副，即为书之。磁州城北十数里间，双流夹道，广皆不过数武，狭处仅四五尺，其中芦苇摇翠，菡萏含苞，饶有逸趣。城中街市亦尚整齐。

二十四日

黎明雷雨一大阵。卯初二刻起行。天阴如墨，而西南独晴。道旁德政碑为刺史许仰坡所立。刺史前曾守此土，去后民思其政，立碑志之，今则二次来知州事也。出南门，有石桥一，名曰利涉桥，长十余丈。其栏，每间五尺余有一石柱，共三十柱焉。桥东石坊一，字曰淦水留香，盖桥下即淦水，桥为许刺史所造，坊则隐有颂美词焉。二十五里至漳河滨。河水浅涸，近北岸十余丈皆泥沙，舆及舆夫皆渡人荷而登舟，车马则径涉焉。直隶境至北岸止，既渡则履河南彰德府安阳县界矣。一路闻雷声在东北，时落雨数点。去漳河不一里，至丰乐镇。尖于行馆，时已初二刻，饭罢复行。距彰德府城数里，风雷大作，促舆夫急行。太守善守斋承，大令周应麟均差帖迎于城外。城外沙堤横亘，舆夫登降颇苦。堤下有河，土人云为卫河之支流。四十五里。未正三刻入北门，至行馆。方降舆，雷雨大作。时许乃少息。行馆与丰乐镇行馆规模相等。而院宇闳敞过之。街心有楼一，院中能望见之，额曰瞻天尺五。日夕雨止。善太守来拜，谈许久。晚太守又差帖来送行，亦差帖答之。天晴。

二十五日

卯初一刻起行。经瞻天尺五楼下，上悬一巨钟，下有四门，如天津之鼓楼然。又数十武，又有一楼，经过其下。出南门三十里遇雨。冒雨行十五里，巳正一刻至汤阴。道旁树有岳忠武王故里碑。县大令褚辉祖差帖来迎，尖于西街之行馆。降舆后天晴。饭罢未初二刻复行。经过岳庙。与筱苏同入瞻仰。街头对庙门而跪者秦桧夫妇、万俟卨、张俊、王雕儿铁像五。庙门三。棂门以内有墙，墙三门，中门与御碑亭相连。碑为高庙御制诗。两旁碑甚多，不能遍阅。只记有王题《满江红》词及《送张紫岩北伐》诗及"王曰文臣不爱钱"数语三石刻。又进为正殿，王像金身，秉圭正坐，旁有侍者二人。张宪、施全。殿左偏屋三楹，祀王之孙名珂者。右偏亦有门，以砖闭之不得入。正殿后为寝殿。王便服与楚国李夫人列坐。王所书诸葛先生出师两表石刻庋焉。并有明太祖书"书如其人""纯正不曲"二石。东庑祀王长子云，西庑祀王众子雷、霖、震、霆。寝殿左院屋三楹祀王父母，赠太师隋国公讳和秦国太夫人姚氏。只设木牌无像。右院亦屋三楹祀王女，额曰"英烈孝娥"匾额对联甚多。留连时许复行。晴明有风，凉爽宜人。二十五里申初三刻至宜沟地，有土围，入寨门，宿于行馆。晚饭后，大雷雨有风。雨不久即止，雷声不断者时许。

页眉一：御碑后有传，文忠题"惟忠惟孝"额。

页眉二：又有石刻陶文毅公澍句，云：隔代君臣犹有泪，去时父子竟无情。沉痛之至。

页眉三：庙外别有一祠，专祀施将军，而隗义附焉。

二十六日

寅初起行。经镇市一，有寨门，额曰"古大赍渡"。淇河河水潺湲，如京中之牘河然。上有石桥，无须舟楫。渡河即淇县界，亦有寨门，额曰"淇澳菉竹"。巳初抵淇县，尖于城内之行馆。大令张翊辰以帖来。共七十里，实不过六十里耳。淇县城门只一重，无瓮城。城中街市尚整齐。北城外有关，额曰"义民里"。因夫马不齐，待至午正二刻乃复行。五十里，酉正二刻至汲县城外宿。路间微雨数点，天气极热。未至汲县八里许，路旁有石碑。题曰"殷少师比干庙墓"。汲县令谢绪纲号芗初，川人，乙酉同年。差帖迎于城外。到馆后，卫辉府于海帆沧澜差帖来，即顺便以片答之；因府署去行馆甚远，天色已晚，遣人往返不便也。谢芗初烦筱苏书楹联二副，代其令弟炳臣烦余书折箑一柄，当即为书就。购肩扛二。

页眉：借合顺客店为行馆。

二十七日

寅正起行，舆夫小歇一次，在距新乡二十里之临兴店。

五十里巳初至新乡县。大令张学愚 力堂，直隶保定府人。乙亥举人，大挑一等。亲率执事鼓吹来迎，降舆答礼。入城，尖于古鄘书院。大令又来见，并持来朗舅由省城托伊交余信一件，谈许久，询知科分，遣人以年愚侄帖往谢步，以与少兰叔同年也。知帖大舅母寄居此处，遣李明询明住址，往代余请安，并禀明不能亲到之故。少时李明回言，即住在书院后小东街，已请安详禀毕。饭后，益斋、蕴斋两表弟来谈许久。去后，午初二刻复行。大令又亲送至郊。出入城门行馆皆声炮，入河南境来，此为第一次。二十里至一庙，舆夫稍歇。与筱苏出舆，去袍带，入庙门下乘凉。庙名定教寺。又二十里至小冀镇。镇有土城。入寨门至天成店茶尖，始食西瓜。是日下午天极热。歇时许乃复行。镇中街市尚整齐，有杜氏宗祠一所，规模甚大。五里又入一土城，门榜曰信庄寨。又十五里，酉正二刻，至获嘉县属之亢城驿行馆宿焉。于路又见土城二，皆未入，亦不知何名。抵馆后与筱苏共食西瓜一个，甚畅。驿在县城南三十五里。大令邵祖燠 山西人，己丑举人，大挑一等。以帖来。自汲县而南颇有旱象，土人云已五十余日不雨矣。

二十八日

寅初二刻起行。二十里至广武镇，稍歇。在轿中食点心。又二十五里过马庄。又十八里至荥泽口黄河北岸。巳初一刻。岸上席棚数间，卖食物者居焉。黄沙苍莽，别无人烟。据云水涨时，此地亦在河中。渡舟二，一载行李车，一载轿马仆从。余等以轿中甚热，出轿坐于舟上之短凳。马之惯渡，牵而登舟。其不惯者，牵之不上，缚以大绳，前曳而后鞭之，往往人立而跃乃得上，或不得上，陷于泥中。久之始皆登舟。行船，水浅处用篙，深处则以巨绠系铁锚，置河中；绠之一端贯于滑车，上连于桅，众人用力曳锚，起则复投之，复曳之，观其意似用以代櫂者，然其理尚未明晓。午初三刻抵南岸。天阴有风，中流波浪甚大。此处河广才十余里，若孟津渡口，广且三倍不止焉。南岸席棚亦如北岸。下舟小坐，待舆马皆下，乃复行。十五里未初三刻余抵荥泽。大令陈凫聊_{毓藻，山东曲阜人，现署荥泽}。亲身迎于郊外。距县城二里许，土山高耸数丈，中通小径，一线不容方轨。城在山上，入城假人龙书院为行馆宿焉。大令又来见，谈许久，据云此处山名广武，即史所谓临广武间而语者。县旧城本在山北，因被河患，复建新城于山中，仄径亦嘉庆年间建新城时所开者。自此至新郑，尚有如此仄径数十里。若山水卒至，无法可御，如天欲雨，则不可行焉。晡时微雨，晚饭食黄河鲤鱼甚美。饭后，县中幕宾张峙山_岳烦筱苏书楹联二副，烦余书折箑一柄，即为书之。写家信报知已过黄河，托县中递津。遣人持帖到县署谢步。

页眉：在河岸两里许，见一人年约二十上下，徒跣流血被足，以手抚足，哭且詈。询知是人误践田禾，田者以镰刀刺之，遂负重伤。夫蹊田夺牛，古之喻言，不谓今之所见，殆有甚焉。是处人情之强狠，可概见矣。

二十九日

卯初二刻起行。大令亲送于城外。行二十里。至老鸦城，舆夫稍歇。买酥瓜一食之，即津中所谓酥菜瓜也。嫩而多水，较乡味为美。又二十里，巳正二刻抵郑州。刺史李元桢因捕蝗下乡，遣人持帖来迎。馆于试院，知冯伯岩二十七日渡河，即宿于此。吴肃堂由行在来，先伯岩二日由此经过。余等因下站道途甚长，不欲兼程，即宿于此。饬差纪将一席分为早晚两餐。午后小憩。终日阴。路上遇微雨，偶见日光，日夕有霞。与筱苏闲步流览各学使所题对联匾额。上灯后，室中虫蚁甚多。

三十日

丑初起。因待夫马，寅初二刻始行。三十里至三十里铺。又二十里，辰正一刻至郭店。此处本应新郑县预备尖店，因昨日郑州差信送晚，新郑探马亦未来，故未预备，只得自投旅店早餐。舆夫车辆均不能易，只易马匹。巳正二刻复行。四十里一路多土山，甚高，中一仄径，如荥泽然。未初一刻抵新郑。大令王溥因抱恙只差执事来迎，假城外旅店为行馆宿焉。终日天阴。郭店尖时微雨。到新郑后又雨，终夜不止。

> 页眉：朱顺因行李遗失，痛鞭听差人。呵之，伊若以为不然。已而详细查点行李，并未遗失，实伊睡眼模糊未看清楚。诬人为盗，罪应反坐。幸是听差人不敢谁何，否则必大有口舌。小人无知，恃势欺人，可恨之至。

六月

初一日

卯初起。天仍阴，已而雨又作。卯正一刻，冒雨入新郑东门，出南门。城内石坡甚多，高四五尺，至七八尺不等，约略计之，东门之地且高于南门之堞焉。南门外即溱洧水，列船为桥而渡。行三十里，巳正一刻至会河镇。入旅店买烧饼食之。巳正三刻复行。渡会河，河有石桥，无须舟楫。终日上雨下泥，舆夫不胜其苦，两轿皆倾跌数次。又三十里，申初二刻至长葛县属之石固驿。在县城西南五十里。驿有土城，去城里许。有练勇及张盖持竹板者来迎，入东关，假旅店为行馆宿焉。大令王锡晋以帖来，雨仍未止。

初二日

寅正起。雨始住。卯初二刻行。五十里渡颍水，水涸殆尽，但见白沙一片，有土桥不及河广之半，只桥下有水而已。道途虽多泥潦，然较昨日易行。惟舆夫疲惫特甚，幸长葛县派壮丁四名，遣去时援例两家共赏制钱四百。每轿二人扶掖，余轿犹倾跌三次焉。午初二刻尖于颍桥。地有颍考叔祠墓，在西街，未经过。午后天晴微风。午正二刻复行。四十里襄城县大令孔玉如繁洁，山东曲阜人。仲光、幼云之堂兄。遣人来言，行馆向在南门外，隔一汝水，此处连日阴雨，汝水陡涨，过桥渡必以舟，恐因过渡到行馆太晚，即在县署预备下榻地焉。去城不远，大令同典史孟博泉溥，大兴籍，原籍浙江。均以帖来迎，并有执事鼓乐民壮轿夫同来。入自北门，城中条石砌路，南北条长三里许。市肆颇整齐。道旁观者甚众。酉初二刻抵县署。大令、典史均来见，谈许久。去后，遣人持帖答拜，均辞不见。晚饭，约大令来同饮，谈甚畅。大令得省报，知广东主考为裴维侒、夏孙桐，广西主考为李传元、伍铨萃，皆去年曾得差而现在□行在者。

　　页眉：颍桥属襄城县，假逆旅为行馆。屋老将倾。

饭甫毕，忽匐旬一声，房上土落，破承纸而下，狼藉满案。若方食时，必至遍洒杯盘焉。

初三日

　　卯初起，以帖往大令处辞行。大令、典史均来送行，据云，渡舟无多，须令车辆先渡，待其渡毕再行，省得到河干久待也。迟至辰初二刻，有人来报车已毕渡，乃行。大令亦派壮丁四名扶轿。出南门，即登舟渡汝水。行四十里，_{路过首山}。道途仍多积潦，舆夫择路而[行]①，不免迂回登降之苦。午初三刻抵汝坟桥，_{叶县属}。尖于旅店。饭罢，行李车仍未到齐。久之，自雇二车到，言筱苏押行李之仆与车尚在二十里外，其车仆夫非熟于御者，驾车之骡又不任驱策，因而陷入淤泥，解自雇车骡助之，其本骡不惟不用力，且倒曳以减助者之力，鞭之愈甚，因而先来报信。急遣朱顺率两轿之班车迎之。未正二刻始至。据云迎之五里以外，筱苏之仆已弃车用人负物而来矣。申初复行。又渡一河，土人呼为沙河，不

---

① 括号为原书所有。

知果为何水。渡河行数里，道旁有碑，大书"孔子使子路问津处"。有山榜曰"卧羊山"。共行二十里，酉初二刻抵叶县。大令余竹生钺，安徽绩溪人。列仗鼓乐来迎。入城宿于昆阳书院。大令迎于堂前。已而又来见，谈许久。筱苏与之同乡，且旧识其尊人，因约其来共晚饭，以有公事辞。晚饭后又来谈许久。凡地方官之亲身来迎者，皆遣人持帖谢步答拜，后不复赘。余竹生云，卧羊山上有黄文节公祠，惜未得到。

页眉：汝坟桥榜曰"遵坡汝坟"，在寨门上方。

初四日

卯初起。因待夫马，卯正二刻始行。亦派民壮四名扶轿。大令亲送升舆。三十里渡澧水，至叶县旧城。城北门外有王莽台，有庙祀光武，并有王莽跪像，仆人有见之者。丁伯厚前辈《使黔日记》云，城内一坊一碑皆刻"止子路宿处"，均未得见。入北门，尖于旅店，时巳正一刻。自首途以来，以今日酒席为最坏，色皆恶劣，且以面筋代鸭，甜菜用甜瓜，上覆数片西瓜瓤，而微洒蔗糖。饭时天阴如墨。饭罢，午正二刻，复行。频过河沟。有一桥，桥下有牐，流水潺潺作声，如通州之响牐然。十八里至柳庄，降舆去袍，在张殿明饭铺稍歇。自叶县旧城至此，道路滑沲之极。据柳庄人云，午间此处方大雨也。又行十二里，过河沟数处。一路碎石甚多，如碗、如拳、如卵，细者成沙，间有一二大块者。酉初二刻至保安，宿于行馆。张福之马疲不能行，伊弃马随行李车来，日暮始至。驿纪云，此处午间亦大雨，历一时之久。

若非大雨，则所过河沟皆无水也。吴肃堂以患腹疾，在此住三日，昨日伯岩亦到，今早二人同行而去。保安仍属叶县，两尖两宿皆一县办理，亦良不易矣。民壮未辞去，明日仍送往前途也。

　　页眉：澧水应在湖南。不知为何故，此处亦有澧水。遣仆询之本地读书人，并请将水写出，确为"澧水"二字。手下无书，不能考核，姑存疑。

初五日

　　卯初二刻起行。三十里，巳初二刻至扳倒井尖，路过一镇，曰龙泉镇，街市甚盛。寨门外土房一所，门悬竖牌，曰"翰林院"。地属裕州，不知为何人，穷乡僻壤，功名之足重如此，物稀为贵，理固然也。扳倒井者，汉光武帝扳石得泉处，后人因即其地立光武庙，殿三楹，中供光武像，冕旒秉圭。两壁绘二十八将，各详封爵姓名。龛两旁立像四，则后补之窦融等四人也。楹悬何铁生前辈一联云：旧说本无稽，想四百年火德承家，福受王明，或应占井勿幕耳；中兴今再见，看廿八将云台画像，生逢景运，可但作壁上观乎；为同治壬申年所题。殿前古柏三株，直干干云，均高二丈余，数百年物也。道士李元忠云，殿后尚有一株，围二丈，未得见。殿左有门，榜曰"调鹤轩"，字势飞舞，约是其室已圮，移额于是者；不然，岂有门而强名以轩者乎。与门平列室三楹，左偏有额曰"平泉风月"。再进则为道士所居，榜曰"一尘不染"。又左则为花园，池水满焉。牡丹、翠竹及他杂花，随意种植，阶除几遍。婆罗树、玉兰各一株，皆高二丈许，实所罕见。惜玉兰已半槁矣。室四楹，额曰玉照堂，甚修洁，为冠盖往来息肩之所，余等即驻足于是。井在庙门外右偏，其形方，上覆以亭。前尚有一圆形池，与方池相通，花园之池亦通焉。庙前有土塍一道，通往来，两旁皆潴泉水，种荷花，时方开放，其白如雪。时值微雨，益著其洁。与筱苏流览一过，然后小饮。肴中有鲜莲子焉。道士年三十上下，人甚朴野，不似正定大佛寺僧之善应酬。命之坐，不坐，乞余等对联各一而去。今早道路仍多泥淖，行李车到甚迟。午初二刻复行。阴云密布，遥见山顶为云所遮，纷披下垂，真如絮帽。又见远处白雾迷漫，上连天际，约是雨景。前行未几，忽骤雨一阵。急行过界，幸未沾濡。俗语有所谓六月车辙雨者，信不诬也。三十里至裕州。刺史王肖谷_{鼎徵，直隶清苑人}。亲身来迎，并派轿夫来换班。未正二刻抵城外之旅店宿焉。此三十里道较平坦，故行甚速。到店后，刺史来见，谈许久。一路皆与筱苏同堂各室而居，甚有同居一室时。今旅店房多，二人各居三楹，反觉不便。以食必同席，且每日必谈至夜分也。因差纪已分布妥帖，不便移易。在筱苏室中饭罢，谈至亥初归寝，实不如每日之畅。夜雨。

页眉：窦融、卓茂、王常、李通。

初六日

寅正起。见承尘有屋漏痕，幸只湿葛袍一件。净面毕，即到筱苏室。雨又作，雷声隐隐，车夫皆不欲前进。饬差纪为每车加一骡以助力，乃无辞。卯正始行。入裕州东门，出西门，刺史亲送于西门外，幸雨渐止，降舆为礼，尚未沾濡。行十八里至廓封寨，门榜曰"豫扬管钥"。又十八里涉赵河。午初二刻至赵河镇。_{仍裕州属}。尖于旅店。天已放晴。未初复行。天气炎热，只着大衫。行十余里，阴云又布，兼有雷声。舆夫置舆道左觅饮，促之急行，恐遇雨也。乃去宿处五里许，暴雨骤至。冒雨而行，不胜其苦。至申正二刻至博望，_{共行二十四里}。宿于行馆。博望属南阳府南阳县。东寨门榜曰"查客肇封"。行馆在西寨门内。到馆后，天亦晴。晚食有火腿甚美，筱苏以为味似云南宣威所出者。亥刻，雨又作，旋止。

　　页眉一：河不难涉。涉河后，有高坡狭而陡。舁夫解代纤，众力挽之，舆始得上。

　　页眉二：经汉廷尉张公祠墓。

　　页眉三：二十四里乃土人所云，其实三十里也。

初七日

　　寅正起。卯初行。泥深没骽，舆夫不胜其苦。十余里渐就坦平，_{十里夏响铺}。虽为沙地，亦雨小故也。三十里辰正至新店，尖于旅店。街市壁上多用白灰，大书"好大雨"等字，如京师之祈雨书纸悬门者然，足征此地之少雨矣。饭罢巳初二刻复行。路上偶有积水，不多。将近白河，沙土甚深，陷没人足。白河只一渡舟，余等到时，前站仍未过河，坐舆中待之。今日天虽热而风甚大，遥见对岸土高数尺。方渡间，南阳总戎蓝朗亭_号遣人持帖来迎。筱苏昨日触发脚气，不良于行，恐到南阳府城，众官来迎，下舆周旋不便，令余先行，如见众官以情告，请各回城，无庸迎迓。余遂前行。至南阳关门外，总戎蓝斯明名、游击马凤全、都司朱庚明、南阳府傅凤飏、南阳县潘守廉号洁泉，壬午举人，己丑进士。均亲来迎，下舆答礼慰劳，并告以筱苏不能为礼之故。升舆复行，入东门，至南街迤西之试院宿焉。路程只三十里，因白河有沙滩，不能径渡，绕道而行，多行十里，又待渡耽搁，到试院时，已未刻矣。各官均未来见。蓝总戎曾云，照例不到公馆，想此地规矩相沿如此。城内市肆甚密。而街道甚仄。街之两旁，皆有高台，中间只容一车而已。今日轿夫派班未允，于路屡有口舌。一少年负气独扛，不受人代，计行十余里而力未少衰。问其姓，曰裴，问其年，曰二十六。尚有一健者，不知其姓。亦独扛十余里无人代，然甘心服劳，不似裴之负气也。差帖到各署请安谢步，自都司以下，千把、外委虽亲接，亦不谢步。小憩时许。晚饭在院中，仍汗流不止。

　　页眉一：白河即光武发祥之白水河。不甚宽，而浪甚大，有风故也。

　　页眉二：蓝，湖北人。傅，号竹农，山东人。马，号桐生，河南人。潘，山东人。

初八日

　　因云南考官与余等相去只一日之程，将来到樊城去车易抬扛，必须耽搁时日。若仍按日前进，则到樊城时，伊等未去，余等又至，一切夫马抬扛居室等，必至使地方官应接不暇。预为之计，先在此处息足一日，让伊等先二日到樊城，则余等到时，伊等已行，庶诸事可从容就绪。昨已知照南阳县令其只备便饭。今日无事，卯正始行。饬仆人将应洗衣服洗之，轿上损坏什物收拾之。与筱苏谈算许久。午后小憩。晡时，周览试院。二门内为号舍，长十二间宽三间者，东西各两层，可坐二千人。大堂暖阁额曰"敬敷堂"，对联共五副，悬甚高，而字已模糊不能尽辨识，只记费延厘一联，与郑州试院所悬者同。大堂后，东西屋各三楹。北为屏门。门内北屋五楹，极宽大，额曰"乐育堂"，为余等住宿之所。东西游廊，廊有门。东偏南东皆游廊。北屋五楹额曰"阆风堂"，堂后有小园，花木丛杂。园西小室二楹，与阆风堂通，阆风堂与乐育堂亦有门通焉。西偏北屋三楹，西南屋各三楹。北屋亦与乐育堂通。乐育堂后为文昌祠，匾联甚多，似常有人祈祷者。只记前南阳府鞠捷昌联云：为天上识字神仙，位业灵图开紫府；喜人间读书种子，科名锡福护青云。祠两旁各有室二楹，门窗严扃，未得入视。因天热，拟夜半即行。晚饭后未眠。

页眉一：乐育堂额为何铁生前辈书，阆风堂额为浙西傅寿彤书，字作大草。

页眉二：自此以南，烛跋皆削竹为之。长数寸，台盘皆有细孔。以跋投之余所购纱灯等，皆置丁，两牡竟不相入。用时或以绳束，或以铁绾。易烛一次，耽搁良久。行此路者不可不知而预防也。

初九日

子初，饬催夫马。各官均差帖来送。丑初行。甫出南门，又渡白河，盖其水自郡东折而南行，遂经于此。若不息足一日，则初七日宿栗河店，不到南阳城内，即不须再渡矣。吴冯二公即未到城既渡行。三十里，寅正三刻，抵三十里屯，仍南阳县属。寨门榜曰"永安寨"。假绅士阁学之家尖焉。其家有书馆二，师生均已到馆，诵声琅然，何其早也。卯正复行。三十里巳初三刻，宿林水驿，仍南阳县境。午正就寝。此处客店极恶劣，不亚于内邱。蝱甚多，卧不安席。久之方睡。酉正始兴。并命仆从皆眠，仍为夜行计也。天气甚热，本各据一室，因为夜谈计，移与筱苏对榻，且眠且谈。

初十日

子初即饬催夫马。远处时有电光。丑初一刻，行十余里外，电光渐近，且有雷声。已而风起，烛有灭者，雨数点。觅一小村落，爇烛重行。三十里，卯初一刻至骆庄尖。新野县属。此处有行馆，虽不宽阔，却极精洁。到馆后，风雨交作，不久即止。饭罢，辰初一刻复行。雨初过，道有泥，行不如早起之速，两轿相去甚远。促之急行，倾跌一次。三十里抵新野县。大令钱小修亲身率仪仗民壮鼓吹来迎。筱苏以足疾辞。遂皆未见，入北门，出南门。午初至行馆宿焉。城内外街市整齐，人烟稠密。行馆规模亦极宏敞。到馆后，小修来见，小修名绳祖，浙之仁和人，为钱昕甫同年远族，谈许久。筱苏因连日患腹泻，嘱其代请医家。伊荐本县学官陶巽卿_{应遠,甲子举人,祥符人。}来诊。筱苏送其楹联一副，小修又为筱苏送来万应膏，又送来近日省抄电旨一本。又送余等西瓜一枚。余二人食之尽。晡时小憩，至暮始兴。行路时，阴云密布，颇觉凉爽。到馆后，天大晴，复觉溽暑蒸郁，睡起汗透枕簟焉。晚饭在院中，热气较屋中稍杀。闻明日路多濒河，且有山坡，拟起身稍迟。遣人将省抄一本送还小修。本日表上玻面忽裂，眼镜玳瑁边忽折，不知何故。

　　页眉：行馆甚宏敞，有大堂，额曰"襜帷暂驻"。堂后门一重，入门乃卧室五楹。中三楹为听事，额曰"柳往雪来"。跋云：新野为南北通衢，冠盖络绎。旧有行馆，毁于兵火。今购地而重新之，庶行旅之往来稍纾困乏耳。同治九年，岁次庚午，八月溧阳潘钟瀚并识。左右夹室，为下榻之所。两厢各三楹，以居仆从。屋后墙一堵，有门，以席蔽之。如厕时闻有人语，约是省馆人所居也。

十一日

　　丑初起，饬仆从催夫马。丑初二刻，请筱苏起。丑初二刻行。钱小修大令偶有微恙，未来送，而仪仗鼓吹如昨，所备火炬较他处独多，天已曙，火光犹熊熊也。三十里渡白河。卯初二刻至新店铺，_{新野属。}尖于高氏之花圃。室小如舟，却甚洁净。差纪谓余等至不如是之早也，酒筵尚未备，方将杀鸡。余等告以不必成席，随便饭菜充饥即可，乃犹迟至辰正始食。食罢，已初一刻复行。十五里外，地名黄泥河，有两石桥相距不远。北桥之南有河南南界碑。南桥之南有湖北北界碑。入湖北界后又二十五里，未初一刻至襄阳县属之吕堰镇。宿于吕堰巡检兀寿榕家。缘此地旅店皆逼仄之至，故借官宅。乃官宅亦不宽绰，余等下榻于东西两厢房，甚小，其上房即主人内寝，出入殊多不便。而仆从车轿仍在旅店，呼应亦嫌不灵。余因大便到店，其逼仄凋敝，不堪言状。且店家亦有内眷，而店内并无厕所。求一大便之地不可得，乃就空室遗焉。小憩时许，蝎甚多，令张顺歼之。晚饭在室中，闷热异常。饭后，命差役与兀君内眷通融，请其暂住后院。余等始得在院中乘凉。微风徐动，体颇适，惟院甚小，风吹不到室中。就枕则闷热如故。转侧良久，闻店中有人攫物，仆从群起追之，幸未遗失。

　　页眉：高福与贾成口角。因贾成为余服役，形彼之短也。余与筱苏不分畛域，诸仆来前辄驱使之，未尝问为谁也。高福亦曾为筱苏执役矣，乃今忽怨及贾成，是必己有形人短之心，始疑人亦有是心也。此种恶习，最可恨。

十二日

　　子正起，催齐夫马。丑初一刻行。凉风习习，神气爽适。三十里，卯初至叶店。此处未设尖站，略食茶点。卯初三刻复行。十五里渡清河。又十五里至樊城，入自寨之定中门。巳初至行馆宿焉。自此而南，行李一切，均须舁行，无所用车。自雇之车亦须遣去。抬扛人夫，一时未能遽备，差纪请明日行，留一日，许之，午后小憩。襄阳县距此只隔一河。大令周熙台_{继昌，南京人。}来见，谈许久。购西瓜一食之，甚佳。_{西瓜几于无一日不食，然皆不如此之佳。}自入湖北界，房屋皆作南式，土人语音亦大异。河南舆夫之前呼后应者亦与北方不同。画疆分界，只就形势言之，乃竟如此限人耶，真不可解矣。写第四号家信。沐浴。

> 页眉：范孙日记载北方舆夫前呼后应语甚详，而南方者则未及。南方舆夫呼应多做韵语，且有以曼声度之者。后应之语只求有韵，与行路绝不相干。可笑之至。

十三日

卯正起。_{开箱检出礼对、礼扇、荷包、刀箸各件，为送人赏人之用。}由信局发信一件，取有回条，注明月日。[①]到岸购油布七块。午后小憩。购竹榻一，以便在院中乘凉。长日无聊，借象棋来与筱苏对局消遣，两局皆负。终局，筱苏颇苦气涨。傍晚，天阴有风。将晚饭，筱苏忽两手厥冷，自谓恐将发痧，取红灵丹嗅之，又服痧药。唤一剃头者来按摩时许，不愈。伊欲针，余禁之。欲刮，余又禁之。以筱苏虽懒作声，而心中绝不难过，当非发痧。少顷，请一杨姓医来诊脉许久，据云非痧，而亦不能言为何证，勉立一方而去。_{雨数点。}筱苏不服其药，亦诚不必服也。睡时许，乃自霍然。以其未晚饭也，饬纪煮豆汤饮之，余饭未饱，亦同食焉。谈至子刻乃眠。本日

---

① "日"字原文作"余"，据文意改。

抬杠已备齐，计红杠十，白杠十六，马不足，备二人小轿二，以舁随扛仆人。下站须到宜城住宿，九十里实有百余里，必须早行。因筱苏体不适，劝再息养一日。筱苏不欲，强之后可。夜间极凉爽。本日早晚皆便饭，有豆腐极佳，较津中豆腐尤嫩。

页眉：即真发痧亦不可针，不可刮。

十四日

辰初起。无事，与筱苏谈算许久。因此后行李皆人抬，用夫七十余名，原派二人恐不足招呼，与筱苏商添派一人，单日用筱苏贾仆，双日用余高仆，并呼原派二人来，详谕照料之法，尤要者，不准鞭打人。各应诺而去。晡时装抬杠。红杠以二杠夹一箱，箱有盖、有底，四旁有遮盖可以封锁，其杠上红油，[①]四人舁之，中只容皮箱一。余只四箱，用其四；筱苏六箱，用其六焉。白杠亦以两杠夹一箱，上无盖，底及四旁略有匡栏，用时先置莐席于中，然后置物，仆从之物载焉。余等不甚要紧之物，亦置其中。二人舁之，其杠用原木色，不上红油，故曰白杠。装时配搭斤两，勿有轻重。点数者、记号者，人声鼎沸，似不如用车之便。自雇之车昨已各与酒钱制钱五百文遣去，今仍未行，待回载也。来求名片，为避差之计，未与。晚饭在院中。即坐竹榻乘凉，不睡以待起行。亥刻即饬前站包马先行。

---

① 李鼎芳云："比读下文，其杠上红油一句下，似乎应有'故曰红杠'。"

十五日

子初二刻行。街上灯火尚未熄。街头横三竖四皆卧榻，群就眠焉。亦有坐立闲谈尚未眠者。出南寨门，即渡湘江，江阔二里许。每轿以一舟载之，仆从夫马，共用二舟。四舟竞渡，但觉凉风习习，吹入襟袖。远望波荡月光，金光万道，向舟而来。行近南岸，遥见远山一角，_{询之即岘山。}雉堞高耸，盖襄阳府城也。江两岸皆以石为阶级，高数十级。既登岸，入自小北门，行经鼓楼，出南门。街上设榻而眠者一如樊城。大约南方天气多热，街头高卧，到处皆然。去襄阳南门不二里，道左有八蜡庙，规模极宏敞。行三十余里天方明。共四十五里至欧家庙，_{卯初。}借泰丰当铺尖焉。酒席皆昨日所备，迟行一日仍用之，多不可食，余等向不计较，况此次多住一日，又非意料所及，其曲固不尽在彼也，然而仆从有怨言矣。卯正三刻复行。十五里，_{辰正。}宜城县备茶尖于小河。稍食西瓜，殊不见佳。驻足之处为粮店。院中闲人来观者甚多，挥之不去。坐二刻许复行。十五里舆夫稍歇。又十里又歇。行李各扛，或先之，或后之。去宜城三里许，有练勇役卒来迎。去城不远，大令薛_{炳善}亲身率仪仗来迎。入东门，至南门之内志峰书院宿焉。时午正二刻，共行四十五里。到书院后，大令来见，询知字次云，湖南人，为己卯世兄弟。适询问差纪云，系戊子举人，甲午进士，误己卯为戊子，设非面询尚不知有世谊也。谈许久，问一叔近况，详告之，盖去年病故常州，伊尚不知也。其人年逾四旬，到省八年，依然七品服色，于今罕见。晡时小憩。晚饭在院中。饭后设竹榻对月乘凉。

　　页眉一：湘江应作襄江，亦曰汉江。

　　页眉二：朱顺以菜不可食，向差纪索钱二千。相去甚近，语无不闻，实令人难堪。无论其不与也，即如数与之，大家均分，人二百耳。而一人独受恶名，不亦愚哉！

十六日

　　丑初二刻起。见室中椅上有鸡一。椅上适置大衫，遗矢者二焉[1]。急驱之去，易大衫着之。即催夫马差纪，不知避往何处。昨襄阳差纪即如此，今宜城袭其故智，何狡也。良久夫马始齐。寅初三刻行。次云世兄到行馆来，未见。亲送于南门外，降舆慰劳。四十五里，卯正二刻至新店尖。新店仍属宜城。饭罢，辰初三刻复行。出新店即渡一小河。土人谓之堰河，究不知为何字。二十五里至快活铺，舆夫稍歇。又二十里，午正至丽阳驿，宿于行馆。驿属钟祥县。县城在驿东偏南九十里。大令为徐性臣世叔，天津同乡，乙亥举人，为鞠人之嫡堂叔。前曾通函，素未谋面，今过其治境，仍以道路隔远，不能一见，何无缘也。行馆室面东，骄阳满室，热不可耐。小憩时许即起。晚饭后，呼一差纪来，其人姓陈，年约五十上下，在署

---

[1]　"矢"，原文作"失"，即"屎"。

服役多年。询知叔雨世叔在江西①，现属余干县。少生已经续弦，系娶贵州节路访严观察之女。观察为鞠人姑丈，以中表而结丝萝焉。少生现在鞠人处。鞠人、友梅两处，时有信来。问向辰世叔在京被洋人戕害事，主人知否，答云，知不甚真，因详告之。并告其现在眷口甚苦，可接济之。又为写一条，言其家现已移居，如有信，可寄刘益斋处转交不误。

十七日

子正二刻起。丑正行。四十里，卯初至乐乡关茶尖。略用茶点复行。二十里，辰初二刻至石桥驿，<small>驿及乐乡关皆荆门州属。</small>借旧典铺为行馆。室三楹，前后有窗，东西向早晚满受日光，且狭矮异常，地无砖，瓦多缺，坐室中可以观天焉。庋板门两扇以代床榻，尘垢寸积。为时尚早，大可趱行。惟此地易马不易夫，恐抬夫疲惫不堪，不得已聊息足焉。卧具皆未设，惟各据一竹榻，或眠、或坐、或卧以消永日而已。午后微雨。瓦缺处雨点落焉。终日汗流浃背，热不可耐。月出后即打点起行，乃差纪只早间一面以后，杳如黄鹤。路用之烛不足，自购之。戌正三刻升舆行。

页眉：丁伯厚前辈由丽阳驿赴荆门州，即一日而至。

十八日

子初二刻已行，二十五里至南桥，假天顺号丁家饭店茶尖，食鸡卵数枚。丑初复行，山路崎岖，登降颇苦，舆夫

---

① "江"字下脱一"西"字。

频歇。昨日天气甚热，深夜仍不稍减，每至一村，皆有男女露坐乘凉。卯初三刻，共行三十五里，抵荆门州。州牧李绍远差帖列仗来迎入城，至试院宿焉。试院甚宏敞，然惟大堂后之采玉堂五楹洁净可居。其余院宇房屋虽多，皆为蓬蒿塞满，几于无下足处。采玉堂为学使冯誉骥题，堂后藻鉴堂为州牧方卓然题，皆咸丰丁巳年重修试院时所悬额也。采玉堂中梁记道光咸丰两次重修年月首事人名。午间大风雷雨，时许乃止。风之所至，堂中对联为落，披襟当之爽甚。小憩两时许。薄暮阴云未散。与筱苏列坐窗外乘凉。自入湖北境即有稻田，然仍多艺粱稷者。今日所见，稻田多于粱稷。弥望葱蒨，且时闻水声潺潺，又一景象矣。

页眉：筱苏舆前仪仗尚整齐。余前只有锣二，着短衣者二人，手提而乱击之。两舆接武而行，仪仗一分已足，添二锣转嫌蛇足。他处未有似此者。

十九日

子正二刻起，即催夫马。许久未备，差纪不知何往。昨有茶夫伺候殷勤，求赏对联，允之，今亦不知何往。丑正扛仍未发讫。押扛二人往州署催夫，余等坐以待之。许久，扛发讫，乃升舆行。出试院数武，见押扛者驱夫二十余人来，盖扛之发讫者夫头恐余等不耐久待，令众夫将舁出之杠置路旁，重入舁之也。至是，夫始足额行。出南门，持灯前引者四人忽驻足不前，齐向一铺家争吵。询之，知州署粮房向在此处发夫价。伊等非得价不行也。争吵许久乃复行。余等恐后索之夫尚未发价，余等行后更靳不与，因停舆道旁，待扛行后乃行，已寅初矣。四十里，辰初二刻至团林铺尖。夫头逸去，扛夫亦逃去一名。朱顺来禀，请将扶轿民壮拨二名照料，扛夫许之。重觅夫补额，巳初乃复行。濒行，张福之缨帽不见。遍觅不获，乃舍之。三十五里，至一市镇，舆夫稍歇。又十五里，至建阳驿。仍荆门州属。未初宿于龙蟠书院。地临旷野，足供瞻眺。终日大风怒号，有如深秋。有时逆风而行，舆夫颇觉吃力。北方夏日亦无此大风，今竟于南方遇之，亦奇矣。小憩时许起。筱苏以押扛仆人皆不甚得力，有舆夫头从樊城随行至此，欲将其充作扛夫头，随至贵州，庶几扛夫有所约束。余恐其恃有名目，到处肆扰，且自派之夫头仍须向各驿夫头共事，若遂舍各驿夫头而不用，则愈行愈远，彼亦人地生疏，扛夫有逃去者，仍无从着落，岂非头上安头乎。尼之。惟有严饬押扛家人，谨[防]各驿所派夫头逃匿而已①。傍晚，同筱苏出书院门，闲眺时许。见稻田为风所吹，参差起浪，无异麦苗，何麦浪诗人多及之，而稻独不闻有浪耶。可见南方之不常有此大风矣。入夜，风仍不息。时阴时晴，云行如烟。此驿有巡检分司。

页眉：在团林铺，朱顺与贾成因押扛事口角良久。

二十日

寅初起。夫马尚未齐，而茶夫已将椅垫桌围等物概行

---

① 句中括号为原书所有。

收去。问之，则曰今日尖站仍荆门州预备，须先送往也。夫马齐时，天已大明。卯初行。四十里，辰正二刻至四方铺，并无人预备尖站。荆门州境内应备四尖三宿，俱甚草草，差纪皆一面之后遂不复见，今末一尖站竟不预备，尤出情理之外。只得自购油果、蛮首、鸡蛋等物食之。细雨如丝，俄顷即止。巳初二刻复行。路见水车，系人以足踏轮，与北方者大同小异。道旁有收获高粱者，较北方早一月有余，亦地气偏暖之证。五十里至荆州府城。大风如昨，每一驻足，肩舆摇撼不定，舆夫苦之，置舆而歇者屡矣。江陵县大令以请病假，遣人持帖，并率应役民壮各四人来迎。北门外已有街市，而近城木桥二，皆朽烂不堪。行其上者，无不惴惴，稍一不慎，即有坠落之虞。此间满有将军都统，汉有道府县各官，何一舆梁之细皆未计及耶，抑别有故耶。入北门，曲折行数里。市肆栉比，人烟稠密，路上行人颇有秀而文者。未正二刻抵试院，宿焉。试院大堂后无广厦。可居之室皆在东偏西向，余等所居向西室三楹，额曰景韩堂。限于地也。大令杨葆初寿昌，四川人，庚午举人。遣纪持帖来，请明日小住一日，备齐船只再行，许之。荆州府舒畅亭，惠，满洲人。荆宜施道濮紫诠前辈子潼，庚午举人，丁丑进士，庶常前辈。均以帖来，即以帖答之。筱苏之戚范水部，迪襄，庚寅。送信来。晚饭又送来一品锅，不钎等四盘。今日县中备席甚丰，并有烧烤，为首途以来所未有。乃又有人格外馈食，何早晚两餐丰俭之悬殊若此耶。晚间风仍未息，着夏布衫觉凉，大非中伏天气。路见稻茎多偃者，时令不正，与农事大有关系。

页眉一：贾成以朱顺夺其马来告，喝令朱顺还之。

页眉二：四十里据差纪口称，实不过三十五里耳。

页眉三：有舆夫柴姓者，北京人。刘姓者，樊城
人。自樊城一路肩舆至此，意欲直送余等至贵州。今忽
舍陆而舟，无所用。争欲附载而行，又向无此例，乃俱
怏怏而去。

二十一日

辰初起。风已息，嫩凉沁骨，有若深秋，夏布衫不足以
御之。写第五号家信，附筱苏信中，由芜湖转寄。约计此信
须到在第四号信前。昨日之一品锅，火候未到，不可食，命
张福重蒸之，作今日早饭，熟烂已极，甚美。午后小憩。晡
时即饬仆从发杠登舟。余等本拟明早再行，因恐有误开船，
改于月出后行。已而大令遣人来云，荆州府城门启闭，将军
主之，若不待明早，莫如今晚即行，否则须费周折。于是即
饭。饭罢即升舆。二里出南门。又四五里上大堤，又二里至
玉路口。天将暮登舟。余二人各据一舟，前站一舟，轿二乘
共一舟，红白各杠共二舟。统计六舟，大小不一。余所乘者
为麻阳船，筱苏之舟规模小异，不知其名。舟皆有眷口。余
舟中只留高福、张顺二人服役，余皆在他舟。筱苏舟中只留
一人而已。安排什物已定，二更许矣。过筱苏舟中闲谈。月
出后始归寝。夜梦在京寓眠，忽闻床头有大声，起觅之，不
得其处。已而梦觉，乃江水奔流之声入梦中也。

二十二日

辰初闻舟人击锣声即起。江陵县派火食船并差纪乘舟随行，进小食焉。昨因多住一日，援范孙例，与筱苏各馈大令联扇。曾差人持帖来谢，今日特派差纪远送，较荆门州有加礼焉。舟中远望见一塔高峙，舟人云，地为沙市，轮舟停泊之所。俄见浓烟横亘，知为轮舟开行。对岸树木贴地如荠，江阔约三里许。辰正鸣钲开行。盖必鸣钲三次乃行，定例也。在荆江中逆行数里停泊。过筱苏船共早饭。饭后归舟，仍逆水行。又数里至太平口。小憩时许，起而视之，已由江入河，顺流而下矣。惟风不顺，仍须用纤。共行三十里，酉初至弥陀寺泊焉。地仍属江陵县。余之舟人操术不精，初行，缆忽中断，舟掉尾而下，流行极力，撑曳，良久始定。至太平口，舟忽旋转数四，舟中小几为倾。晚泊时忽又掉转不灵，久之始就岸。筱苏之舟停而待者屡矣。谚云，南人使舟如马，亦不尽然；抑此舟亦如劣马之不堪驱策耶。晚仍过筱苏舟同饭。饭后，露坐船头，乘凉许久。登岸而遗，几陷泥中，水涨初退，地尚未干足也。麻阳船长五丈许，桅前一舱，榜人据之。第二舱两旁皆有门，中列桌椅茶几，为会客饮食之所。第三舱两榻对陈，中为来往之路，余夜卧焉。第四五六三舱亦如之。四舱庋杂物，五舱高福张顺二人居之，六舱亦属榜人。第六舱后隙地数尺。最后船尾尚有一舱，则榜人妇居焉。第二舱长将及丈，余皆如人，长不过六尺耳。筱苏所乘者名鸭梢船，桅前无舱，而船头甚长，凡设搅轴一，系缆柱二。自桅以后至尾凡五舱，第一舱长丈余，第二舱不过六七尺，余三舱或置炉灶，或居榜人家眷。统计船长亦五丈许，而较麻阳船为宽。前站亦麻阳船，而较余船稍小，只六舱。余则皆如北方之小艍船耳。

页眉：太平口即虎渡口也。

二十三日

卯初开船。辰初二刻初始起。四十五里至屖陵驿，_{辰正二刻}停舟小食，地仍属江陵。又三十里，午初二刻至公安县属之夹竹园。停舟早饭。两县差纪更换物件良久。未初复行。十五里至公安县城东南之孙黄驿泊。东岸上设有布棚，悬灯彩，仪仗以小舟载之，鸣钲声炮。大令成槐_{湖南人}差帖来迎。晡时登岸大遗。岸上有庙一，厘金分局一，房皆一层，房后地极空阔，洼下有水，荷叶田田。远处有烟缕起，据云是煮盐者。河流自北而南，至此向西有一岔，如津之三岔河形。县城在河之西北。暮时大风一阵，微雨数点。余自至屖陵驿，小食即过筱苏舟坐谈终日，向榜人借骨牌为消遣之具，时而谈算。晚在船头乘凉。亥刻始归舟。蚊甚多，帐中亦有之，不堪其扰。中夜闻榜人争吵声，朱顺呵谴榜人声，不知何故。

二十四日

卯正起。询问昨晚何人争吵，知舟人为发价事。盖自公安至澧州界，例发一站舟价，按七五折，实给制钱九千。而舟子坚请加发半站之价。差纪不许，复请领全价不扣，又不许。至今早议仍未定。司帐者以舟子倔强，欲缚惩之，乃听命。将进小食，余舟忽独自开行。张顺令其折回。小食毕，辰初乃同行。四十里，巳初至东瀤口。过筱苏舟早饭。此处河之西为公安境，东为澧州境，是为湖南北交界之所。饭后，午正复行。一路河曲甚多。五十里，酉正至汇口泊焉。_{湖南澧州境。}公安、澧州两处供给，向在此处更替。不料停舟时澧州差船仍未至，公安则差纪随来，而火食船不知何往。因令张福等过河购食物，将自治晚餐。乃未几而公安火食船到，言在路购物耽搁。迨张福等回，言河南岸并无可购之物，空手而归，幸公安火食船未曾潜逃。如趁势逃去，则今晚有断炊之虞矣。仍由公安备晚餐，仓卒举炊，亥正始食。澧州差船夜半始至。问其故，则云得公安信太迟也。此处河分两道，西南趋常德，为余等所由之道，西趋澧州，去州城水程九十五里。州牧郭赓平_{江西万载人，庚辰庶常前辈。}以道远未至。余自早饭过筱苏舟，至夜晚方归。日间谈算，商酌策题，时以骨牌为戏具。归舟后，大风一阵，天阴欲雨。灯下蝗多如雨，飞入舟中，乃灭烛而坐。昨蚊甚多，而今日并无一蚊，眠甚安。舟子夜赌甚久。

二十五日

卯正二刻起。与筱苏隔舟对语，盖两舟泊必相并，以绳维之，如不隔也。呼澧州差纪来，令其偿公安昨日晚膳之价。舟子以领价耽搁，辰正二刻始开行。二十五里，午正至石桂山泊。余过筱苏舟早饭。饭罢归舟。范孙使黔日记共九本，在京时只阅两本，出京后即借与篠苏阅之，现已阅毕，因携归舟中补阅。未初二刻复行。约四十余里_{西正}至罗家湖泊焉。_{或谓杜家湖，或谓涂家湖，未知孰是。}自汇口以南，港汊甚多，湾亦甚大，舟行时时改向，前后船相去不远，即为堤岸所障，但见桅巅。如是者不可悉数。至此则波光万顷一望无际，暮霭苍茫之中，遥见有贴地若荠者，知为岸树而已。水浅碧色，染帛有所谓湖色者似之。湖中偶有小洲，亦无居人，约是近日水落始见，若水涨时，当亦在水中也。遥见小舟一，舟中人甚多，约是渡舟。已而近前谛视之，所谓人者鱼鹰耳，舟之两旁，植立殆满，其舟乃渔舟也。鱼只鳜鳊二种，甚大。舟人购之，斤二十八文。余等以有人供亿未购。晚饭后，坐船头乘凉，遥见远处有电，而未闻雷声。夜眠无蚊。

二十六日

卯初开船。卯正起。辰正停舟。小食毕复行。看范孙日记舟行一节，三日以后尖宿泊处，名多不同。范[孙]共行七日，余等若明日到常德共六日，相差不过一日。据舟子云，顺风可到，逆风则不能，然则亦须七日矣。地有正名，有俗名。南人土音不易辨识，而伊等又不识字，不能笔之于书，故所传多舛午，手下无书，不能考察，范孙当日多证之胡图及《水经注》，当不误也。巳正泊涂家坡。_{里数多少，其说不一。或曰二十五，或曰三十，故不记焉。}舟子唼饭。差纪来禀早餐已具，遂过篠苏舟同饭。有售梨者，购数枚，味不佳。饭罢归舟，午正后复行。小憩时许。张顺浣衣，曝之船头，忽为帆樯所掠落河中。舟遇顺风行甚驶，衣虽顺流而下，而去船渐远，取之无术。乃跃入水中捉之。舟子从而入水者二人，浮沉良久，仅获一大衫而归，其布裤则真脱了矣。凫水甚吃力。登舟后，三人皆大汗淋漓焉。张顺云，久不凫水，初入水，水入口者二，几不能支。噫，若因而丧命，太不值矣。是可为因小失大者戒。仍看范记。晡时，对面来舟二，旗书云南主考字，知系送吴冯两使之回舟。闻两人虽十六登舟，而十八、十九、二十，三日大风，舟不得行，竟在河中淹留三日，二十一日始畅行。以回舟日期计之，良是。今日所行是河，两岸相去，如吾津之海河然，而水则仍碧色也。运木舟甚多，舟在中，两旁置木阔各丈许，如张两翼，十余人纤而行，日不过二三十里。亦有不用舟但编木为筏者，筏上则以席为屋，高大如居室，不似在北方所见之筏，筏上以席作穹庐，仅足坐卧也。酉正至柳花口_{舟子云是刘花口，更不可解。当俟考之。}泊焉。与筱苏登岸散步。岸上有田，皆艺芝麻，苗才出土。田外有村。遥见村外水光一片，河曲耶？积潦耶？不得而知矣。晚饭后，仍坐船头乘凉。闻对岸有钲鼓声，似有作喜事者。据云，此处去牛鼻滩二十里。夜眠无蚊，惟觉热甚。醒而转侧，见残月一钩，与参毕辉映，已将曙矣，复眠。

二十七日

卯初，闻开船声。卯正起。辰正泊牛鼻滩。过筱苏舟小食。食毕留谈。午正又泊而早饭。饭后归舟小憩。_{舟复行。}今日所行河面较宽，而舟则左边受日时多，知西行而偏向北矣。晡时过一处，岸上有小塔，上嵌石刻，不可辨识，惟上方有"字藏"二字可识。对岸山顶上亦有一塔，遥望而已。据舟人云，此处去常德十余里，已有市廛光景，且有善堂两处。酉正二刻抵常德，遥见帆樯林立，庐舍栉比，大有天津东北各浮桥气象。船直无地可泊，容与许久至下南门外，武陵县差役在此伺候，须留隙地，乃泊。常德府汤伯温_{似瑄，清苑同乡。}以帖来。武陵县傅雨香_{滋梅，湖北人。}先以帖来，复亲到。因船上地仄，不能会客，谢之。明日武陵县试，试院不能住，以县署为行馆焉。天色已晚，行李不能下舟，轿已去杠，收拾需时，由县备两轿来。余等只各携仆从二人赴县署。余人仍留舟中，以待明日搬运行李。乃入下南门，街道皆用石铺，而滑达如雨后。街甚窄，两旁层楼高耸，商肆相接，上视天光，只如一线，且有以竹席为过街棚者，密不通风，市中人热可知矣。由南街折而西，至县署。雨香迎于堂，随又来见。谈许久，知前数日此处大雨，连日水陡涨，城不没者尺余，亦险极矣。晚饭设燕席，有烧烤焉，晚沐浴。天气极热，据竹床乘凉。至丑乃眠。

二十八日

卯初醒欲起而易袜，以行李尚未至，卧以待之。已而报汤伯温太守_{似瑄，清苑同乡，原籍江苏武进。咸丰壬子己未，由刑部于丙申年出守常德。}来拜，急起延见，谈许久，年七十余矣。各送雨香联一，扇一。署中家人见余等作书，因各以纸来乞书。墨不足，令之磨。饭后墨浓，乃各为书就持去。最后有本地绅士现当厘局差之徐继鸿求书名片，请筱苏书六朝体者付之。昨晚到署，天已昏暮，暗无所见。今日乃见余等所居之室有额，曰嘉荫轩，在大堂后，其后门通内宅，扃焉。左偏有院，亦通内宅。右偏有院，院有北屋三楹，幕宾居之，地皆极潮湿。晡时，仆从检点红白各杠。晚间，有筱苏之旧仆，现事赵芝珊学使_{惟熙}。去年芝珊出京，伊为看家，既视学贵州，今年招伊到黔，并送京寓所有各物。伊于五月初间由京起身，买舟南下，前两日始至常德，有芝珊凭信向县中索夫扛。闻余等现亦到此，来见筱苏，求附同行，许之。而与约曰，如夫不足，则须让余等先行，以伊无限期也。乘凉至亥刻始眠。

二十九日

寅初二刻起。催齐夫马，卯正行。出西门。五里余街市始尽。典史崇楙遣人持帖候于道左，云备有茶尖，领之去。已而至一处，门有悬彩，而无人门焉。前视筱苏之舆直趋而过，则亦过之，遂失之矣。缘河而行，堤高路仄，流苏屡挂于木。路见棕树有高于檐者。竹林甚多，人家筑室于中，四围种竹，间以杂花木枝柯交纠。稍施横木，即为垣墙，殊有画意，似此之小村市不一而足。三十里，巳初至桃源县属之陬市，_{亦名居眷村}。入关帝庙茶尖。差纪进小食，以洋粉代燕菜焉。巳正复行。经一河而渡三次，仍前数日舟行之河也。隔岸山亘数里，皆作绿色，不似北方之童山也。四十里，未正一刻至桃源县。大令汤味梅_{汝和，广西人，戊子。己丑即用}。偕典史饶义成率执事来迎，降舆慰劳。此处街市繁盛，不减武陵。二里许至试院宿焉。试院号舍甚多，约可容二千余人。味梅大令来见，谈许久。询知此地无城，无怪未见城门已到试院也。四月间已经县试，文童二千余人，武童三千余人。非设试院则无地可容也。晚饭设燕席，有烧烤，一如武陵。今日早起天阴，甚凉爽，着袍不汗。午后晴，行路尚不觉热。到后则觉热极，有挥汗如雨之势。且蚊多而大，乘间而噬，防不胜防。筱苏之旧仆来诉，失去油布九张，并有零物，拟请筱苏片到县请追问。筱苏以为非分内事未与片，令持其主人片自往，乃去。

七月

初一日

寅正起，打坐尖。卯正复行。张顺之马不受控驭，鞭之则人立而左右奔，将道旁水夫两笥踏翻，水流满地，张顺亦踣焉，短褂破裂，幸人未受伤。汤味梅亲送于郊，答之如礼。热不可耐，停舆去袍。二十里至白马渡渡河。又十里，巳初一刻至桃源洞行馆茶尖。行馆在山麓，门额曰"古桃花源"，堂额曰"延致馆"。阶较门高十余级，旧为山寺奉关帝处，前桃源令余良栋即其地改为之。初到，有道士数辈迎于阶前。少歇，令差纪呼一道士来导游。道士姓熊，名宗武，导余等由延致馆左偏小门入。修篁夹道，细草铺茵。初经一六角亭，以砖为之，外敷白石灰，每边各有一门，其一面门之上方墨书曰，此中人语云，不知作何解。亭内外碑甚多，皆剥蚀不可辨识。可识者，明万历年碑二，本朝嘉庆年碑一而已。进则循石磴而上，径曲而仄，转折约二百余步，则流水潺潺，一桥横跨，以通往来。桥之左右有栏，上有覆宇，额曰"穷林桥"。凭栏小立片刻。过桥则进而益上，气促汗流。努力前行又数百步，至水源亭止焉。亭亦六角，构木为之，每边约七八尺，一边为门，余边皆有栏，高不及肩者数寸。亭内设石几一，阔约二尺，长约三尺，面厚五六寸，下则以石为四柱而承之。几之四旁各有一石柱，形如碌碡，圆径七寸许，高倍之，可为坐具。亭左右两峰夹峙，竹树阴森。其后山势稍平，去山亦稍远，微透日光焉。清泉汩汩。自亭后山头下注。近亭凹处，蓄为小池，盈科后，进经穷林桥，沛然就下，莫可究极矣。时正苦渴，命人取杯于山下，承泉水饮之，清甘微冷。与筱苏共尽六杯。泉流之旁有横石二，一刻"秦人古洞"，一刻"古桃花潭"。询洞所在，道士向亭后左偏指曰，即在此池水之下，从前人所能到，惟洞中地甚狭隘，前令余良栋欲穷所至，穿而深之，至丈许，而获此亭中之石几石柱等；已而水泉涌出，取之不竭，遂成此池，而洞门为水所漫，不能再问津矣。询山后何有，则曰乱山杂树无可观。且石径高滑，登陟不易。请到其道院小坐，从之。由亭右行数武，转而更上，羊肠小径，仅容一人，睨而下视穷林桥之顶，低在数十丈以下，平地可知矣。登陟许久，至白云山馆。小室三楹，中间之右方一门，由神祠左壁通入，道士六七辈居之。其老者为丁至善，年已七十有九，余皆未问姓名。茶果供奉，情意甚殷。请筱苏书对联，壁间所悬多来游者所留笔墨也。道士云，山中产茶及稻，以供岁修之需。稻田有拨归书院者。坐许久，由神祠出。祠对面室三楹，后壁绘山之全图，入室则四壁皆嵌石刻，吴清卿前辈_{大澂}篆书陶记，行书自撰之记两石在焉，室前则崇阶百级，下临无际。诸道士送至此止。仍熊道士前导，①行至阶级穷处，折而左，又有阶，将直趋而下，忽舍阶而崖，则集贤堂在焉。堂中奉陶靖节、王摩诘、苏长公三木主，尚宽敞。小立片刻，复降阶，约共数百级，始至平地。仍由延致馆小门入，已午正后矣。所至之处，对联甚多，匆匆不能记忆。所有匾额，皆前令余良栋所题，其字非篆非隶，极为别致。道士云，令，四川人，癸巳年经营此山，缺者建之，残者新之，各题额焉。惟石刻"古桃花潭"四字，筱苏云，桃花潭为安徽宁国府胜迹，与此无涉，似为未妥，不如前人所题"秦人古洞"四字之善。午正二刻复行。二里至水溪，渡小河。十八里至沈溪，再渡小河，又六七里，肩杠忽折。停舆道左。筱苏徐仆急驰而前，待筱苏到后，借其舆杠来接。因下舆，闲步至树下借坐，乘凉良久。徐仆持杠来，肩行李者所用，据云小苏尚未到，不及待也。复行三四里，申初至郑家驿行馆。巡检李子香_{祚长，湖北监利人。}候迎。筱苏已见毕，余复见之。谈间大雨一阵。若再迟一刻，难免沾濡矣。晚间子香馈余等桃源茶各二合，乞筱苏书联一，余书联一，并代其幕宾乞余书纨扇一。差役见余等之举笔也，

---

① "仍"字下疑有"由"字，或其他字。

各以纸来求书，或联或幅。子香之教读老夫子亦来求书。与筱苏分书以应之，良久始毕，并送子香对联各一。雨后甚凉爽。与筱苏对坐，追忆日间所游。筱苏闻之李子香云，桃源洞旧有刘梦得所题"桃源佳致"四字石碑，字已漫漶，余令磨去，易己名重书而刻之，可谓大煞风景，较诸桃花潭之误题尤为可笑矣。时将丑初，乃各归寝。始闻蛩。

页眉：李太白诗所谓"桃花潭水深千尺"者是也。

初二日

辨色而兴，时将卯初。打坐尖毕，卯正二刻行。李子香堂送如仪。不一里即入山，峭壁对峙，相去不过数丈。中皆稻田仄径一条，或缘山足，或属田塍，溪则以略约通焉。弯环曲屈，初入时不知去路所在，行之既久，来路亦迷，但见四围皆山而已。宿雨初霁，岚翠欲滴，爽气袭人，尘襟顿涤，虽着重葛，犹觉凉侵肌骨。三十里过一桥，旁栏上字如桃源洞之穷林桥然，筱苏谓即古之所谓阁道。下桥即街市，地名杨溪桥。借叶福泰堂茶尖，时才巳初。少坐复行。地势逐渐空阔，两边之山相去约二三里，而面前之横峰侧岭则依然如故。近山人家借水运磨，旋转如风。声隆隆然，不让机器。又三十里至新店驿。巡检陈云程登峻，福建汀州府人。迎于道左。午正二刻抵行馆。云程复来见，谈许久。已而又馈茶一合，余等各以扇一报之。行馆后面，地极空阔，远山森列如屏，豁人心目。小憩时许，晚沐浴乘凉。

初三日

寅正起，打坐尖，卯初三刻行。因山路难行，每轿加纤夫八名。法以绳缚轿底铁环，_{环于购轿时预置。}斜行至杠头系住，然后引而长之，再系纤板，左右各四人曳之以行。今日山多堙坂，步步向上。有曳者则肩者易于进步。然升后骤降，降时则无所用纤。据云尚有倒纤，今尚未用。二十五里，辰初三刻至太平铺茶尖。辰正一刻复行，渡一小溪，桃源县境至溪而止，过溪则沅陵界矣。二十里，巳正至黄土铺。沅陵县于此亦备茶尖两处，皆借铺家地，面街而坐，观者如堵。小坐即行。约二十里强。至辰龙关，关在高崖之上，崖势斗绝，石磴数十级，仄仅容足。关门甚小，直有一夫当关万夫莫开之势，逆藩吴三桂所设第一关也。过关里许，沅陵县丞曾竹崖、_{澳，江西人。}把总杨春阶_{凌汉，常德人。}同迎于道左。又二里许，经大石桥，桥有三洞，水已浅涸，舆夫径由桥洞过焉，省升降之劳也。过桥至界亭驿行馆时才未初。曾杨两君复来见，谈许久。据云，辰龙关为陆路入黔所必经，此外更无他途；沅陵县境纵横各三百里，而岁税所入无多，地多山故耳。行馆地甚狭隘，不如郑家新店之高敞。而屋后逼近山岭，茂林阴翳，上干青云，庭铺松针为茵，软绿微香，亦饶别趣。差纪以界亭雨前茶四纸筒分饷余等。小憩约两时。日来所经竹林渐少，树多松桧，间有茶树，树绝小，山势渐雄，巨石巉巉，凌空危立，攀跻其巅，恐非易易。

页眉：行馆堂中悬朱揭八言对，上下联皆"名香始纵，大月还来"八字。有老差纪如承蜩丈人者，手指其对，笑向余等作得意状，语在可解不可解之间。大意言吾特悬此对，以为二位大人喜兆至。此八字所兆何喜？则不得而知，亦无暇向伊详究也。

初四日

寅初二刻起。打坐尖。卯初二刻行。曾杨二君郊送如仪。晓日初出，白云满山，峰巅或隐或现，偶陟高坂，云气反在足下。今日石路较昨难行，碎石满路，荦确碍足，舁夫喘呼，汗涔涔下。三十八里，巳初二刻至狮子铺茶尖。驿马甚劣，仆从多落后，良久始集。巳正复行。循崖山径阔者逾丈，狭者仅二三尺，高则数仞，崖边多茶果树，浓阴横布，不能直视下方，故不觉险。正登陟间，舆夫失足而踣，肩脱舆倾，适当崖缺。幸有纤夫曳住，否则跌落崖下，纵无性命之虞，必致筋骨之伤，真可畏哉。三十里至马底驿。巡检曾克庵^{启昌，四川人。}差帖来迎。未初二刻抵行馆宿焉。巡检来见，以已更衣，谢之。行馆轩爽修洁，胜于昨日，而去山较远，垣墙遮蔽，则不如前两处之足供眺望也。小憩时许。晚饭后，曾克庵便衣来谈许久，知其为怡庄太守^{树椿}堂弟，其胞兄前在直隶候补，现任山东青州府知府。^{名启勋。}其胞侄现任直隶沙河县知县。自武陵首途以来无卖西瓜者。据云往年皆有之，今年独无。南方无冰，已属恨事，乃并西瓜而亦无之，何余所遭之不偶耶。幸澥行时，实甫弟为余购荷兰水料数瓶，详告做法，每晚做二瓶，为日间解暑之用。饮时先以新汲井水浸之，尚足以祛烦躁。惟自昨日行入万山，到处清泉流注人家，就饮甚便，鲜凿井者，恐此后井水亦不可得耳。

初五日

丑初醒。以时尚早复眠，闻筱苏唤乃起，已寅正矣。坐尖毕，卯初三刻行。曾克庵堂送如仪。今日坡坂益多，最高者二，盘旋而上，数里始跻其巅，则又盘旋而下。前后相顾，若层累然。四十里，巳正至桃饭铺茶尖。巳正二刻复行。火伞高张，汗流浃背，时而风来，又凉侵襟袖，一时之间，而气候不齐。三十里至辰州府。沅陵县列仗迎于五里外。未正二刻抵河西之行馆宿焉。<small>河即沅水，上通贵州，下通常德。</small>与府城只隔一水，遥望河东，庐舍栉比，市廛稠密，虽不如常德之盛，亦足称剧郡矣。时正府试，太守吴春山<small>积□</small>不克亲到，以帖来。吴在直隶州县多年，曾署理天津府事，以治愚弟帖答之。大令万伯任<small>兆莘，江西南昌人。</small>来见，谈许久。报帖时，并呈履历，璧不敢当。大令云，辰州关只赖云贵木税，本地土产惟有桐油而已。府城依山而筑，舍宇层累而高，远望似甚繁盛，其实街市只一条耳。都司周明标以帖来候，并派亲兵八名，明日护送。行馆庭中柚树二，垂实累累，差纪摘四枚，陈之几上盘中。与筱苏剖其一尝之，酸涩不可食，尚未熟也。购葡萄如干食之。小憩时许。晚饭翅席，而有烧烤。差纪以全形烧猪陈之席上，无从下箸，撤而复进，皮有碎纹而已，仍全形也。略食即辍。自桃源至此，所见街头妇女皆跣足操作，一洗脂粉之习。

页眉：行馆在河南，府城在河北，云河西河东者误也。

初六日

寅正起。坐尖毕，卯正二刻行。舆夫小歇一次。三十三里，巳正茶尖仰溪堡。巳正二刻复行。七里过麻溪铺。又四十里，舆夫凡歇二次，酉初三刻至船溪驿行馆宿焉。仍沅陵县属。巡检毛君因抱恙未来见。今日仍山行，而高坂不多，只过两处，惟坑坎甚多，似石砌之路为水冲断者。舆夫艰于举足，且时有泛滥之水在途，不能绕越，泥滑滑焉。渡小河二，一舟一涉。天气早微阴，尚凉爽。午后则赤日当空，热不可耐。到馆后，差纪来见，黄姓，与筱苏旧识，甚殷勤，进鲜藕一器。据云，去岁界臣同年智枚赴云南学政任，行至石桥，因用夫太多，一时未备，亲手打死差纪一人，其从者打死役人二名，经荆门州揭禀张香帅参奏，已于四月间奉旨处分，是否革职，伊亦说不真，然则彼时余等尚未出京，何毫不知觉也。持来集右军书《圣教序》帖，请筱苏题跋。帖不见佳。余等所居屋后有小室一，中祀神，额题"紫荆娘娘"，晚间燃灯，至晓不熄。黄姓携眷居此，专管驿站事，想日日香灯供养也。沐浴。连日蚊甚多，挥扇不停。尚为所噬，夏布所不能御也。今日大遗时尤苦。

页眉一：丁日记言，船溪驿行馆庭有柚树，误也。

船溪行馆堂前左与分司署邻，土墙半圮，直欲窥见室家。右有板壁，壁后即差纪黄之眷口所居。非惟无柚树，即他树亦未尝有之。岂伯厚前辈来时柚树尚存，今始濯濯耶？

　　页眉二：打死差纪事诚有之，被参则未确，盖已用银数百了结也。

初七日

　　黎明起。自常德府至此，每日午间只有茶尖，因所过乡村皆无行馆，不能备饭，聊假市肆小歇而已。故皆先饭后行。本日辰溪县备有饭尖，虽此处仍备炒饭，未尝饱食。辰初行。天阴而闷热。行不数里，筱苏舆夫忽少一人。适当更代之际，群立而待，皆不肯代劳。呵之如不闻，许以钱乃可。本日所行之径甚仄，两旁草木枝叶相交，舆行其中，但闻簌簌作响，若非纱窗为障，面目必被刺伤。三十里，未初至辰溪属之十里塘茶尖。小坐复行。十里，未正二刻至辰溪县，天晴而远处有雷声。尖于行馆。县无城，行馆与文庙邻。大令陈诠勇禧年，福建人，庚寅进士。下乡有事未来，列仗迎焉。饬差纪补雇舆夫，而所少之人适至。饭罢，申初二刻复行。渡辰河，沅水之上流也。经山洞三，流泉满焉。仆从舆夫争以碗勺取饮。张顺以一碗进。饮之微凉，而入腹后，则凉时较在北方饮冰为久。知其性寒不再饮。凡过高坂二，皆不甚长。缘河行时，岸之仄者不容举足，舆夫每侧身跂足而过。田间时闻打稻之声，所用器曰斛桶，正方形，上侈而下收，上四尺有余，下四尺不足，高约尺有半。男妇老少持束稻向桶内击之，则粒落桶中，粒尽复易一束，桶盈则取置他器，担荷而去，击者仍击，尽所获而止。又有门前置圆木盆者，大异寻常，径约五六尺，高约二三尺，往往而有。筱苏云，山溪水浅，不能容舟，则以此盆置水中，载人载物均可，名曰划盆。道旁之树叶深绿而大，尖不歧出，结实似桃形而光，大如核桃之在树者。舆夫云是名桐树，其子作油，即所谓桐油也。摘四枚置舆中。三十里，戌初二刻至山塘驿行馆宿焉。

行馆堂有额，曰"棠阴小憩"，同年黄仙璈国宰是邑时所题。亥刻始晚饭，自出直隶境到宿所，未有如此之晚者，山路之难行可知。且本日所行虽曰七十里，实不止也。行馆地甚湿。差纪云，午后此处有雨。室中蚊多，潮气触鼻不可耐。

　　页眉：辰河阔不数丈，而县治适在其曲处。由此岸斜向彼岸，良久始达。天朗风轻，波澄见底。容与中流，遥见群山竞秀，万木垂阴。岩腰危楼一角，壁嵌"寰海镜清"四字，真置身在画图中矣。

初八日

　　寅正起。小食毕，卯正二刻行。天阴，微雨数点，有风。山路稍平，只过一高坂。四十里，午初尖于中大铺之留云寺，寺僧求赏对一副。寺已残破无可观览。饭罢复行。升舆觉闷热异常，已而天晴日出，二十里至芷江县属之大山铺，备有茶尖，小坐复行。十余里，有毅字旗哨官千总邓克勤金田，湖南人。驻札此地，统所部声炮迎于道左，答如礼。又数里，共二十里，酉初二刻。至怀化驿行馆宿焉。巡检潘怡吾澍霖，湖北江夏人。迎于庭，已而同哨官来见，因已更衣，谢之，约晚间便衣来谈。购葡萄食，色深紫，似已熟者，而皮厚肉老，汁浆绝少，咀嚼移时，尚余渣滓，非佳品也。将昨所摘桐子割其一，内有二子，割处汁液浓厚，黏手着刀作黑色，子未破。不知作油时用子耶？用肉耶？尚待询问。舁夫向姓者，自马底至此，已舁三站，本日又为筱苏肩舆，行不数里，仍来余舆前。又一梁姓舁夫谓之曰，尔今好运哉，领头轿赀而抬二轿也。因其言异，问之，则曰，舁夫每名五百文，抬头轿者则加七十，自湖南一路至云南皆如此，且到处与食，不若北方舁夫之须自食也。晚间潘怡吾来。以舁夫言质之，曰价亦无定，农时则贵，闲时则贱，今正值农时耳。邓克勤与潘同来，明日定欲派兵护送，辞之不获，只可听之。

　　页眉一：此处凡舁夫皆饭之。余等止处，阶级甚高。当门一望，见院列桌十余。桌设盘碗，当是水席。数巨桶，米饭满中，夫役群以器就而盛之。风卷残云，顷刻而尽，亦足观也。沿途舁夫或食或否，似皆有例。不知何以到处不同，此中曲折，未易了然。宜乎弊端百出也。

　　页眉二：以后询诸差纪，又云头轿二轿并无分别，不知何故。到处与食，或轿夫然耳，舁扛之夫未必也。

初九日

　　寅正二刻起。打坐尖，仍食炒饭，如前数日之例，卯正二刻行。纤夫多童子，仆从欲易之，余等以今日路少而易行，换夫须耽搁时刻，且因昨日纤夫虽非童子，而吸洋药者多，瘾发则行走不动，反不如童子之捷健也，嘱不必来。巡检送于庭，哨官送于郊，并派兵八名随行。道路甚平。四十里，巳正至榆市，茶尖于万寿宫，江西之会馆也，地甚宏敞。小坐复行。二十里，未初一刻抵公平驿行馆宿焉。行馆尚雅洁，庭有松树二株，高数丈。西偏一院甚大，中有一池，浮萍满中。池四旁多杂树，树下种瓜，瓜蔓缘树上升，结瓜斗大，悬于树杪。垣墙甚短，遥见街市鳞瓦参差，远山如屏。街上有剧馆，正演剧，鼓乐之声聒耳，然不辨何腔也。路中时见短碑，刻曰指路碑，注曰上至某若干里，下至某若干里，行者不致迷途，此法甚善。又有刻曰"当箭碑"者，所注皆吉祥，约为祈禳之用，无足重轻。

页眉：到处凡江西会馆，皆名万寿宫，吾津亦然。

初十日

寅正二刻起。打坐尖。卯正行二十里，过罗旧驿。今日道路甚平，舆夫贪近，趋小路，路如之字形，每一转折，则舆悬空际。数里后渐就平坦，不料舁夫一时呼应不灵，忽闻砰訇一声，轿跌于地，随即翻入道旁田中。余随轿而倒，左手自纱窗中破纱而出，陷入淤泥。轿中书籍茶壶等物，纷纷坠落。余身横卧轿中，转侧良久，始蛇形而出。衫裤皆湿。就山冈饭店少歇。筱苏闻信，降舆来视。众仆齐来，将水中各物以次检出。轿之左窗破碎不可复用，油帘亦破。幸坐具尚未湿。稍坐，易大衫复行。三里至火烧铺。又名胡索

^铺。茶尖，时才巳正，共行四十里，茶罢复行。二十里至沅
州府芷江县。毅字二旗列队郊迎。大令杜蓉湖，_{鼎元，贵州清镇}
_{人，丙子举人，云帆前辈令弟}。府经历刘藜士，_{丙照，福建人}。亦来迎，
并设茶座。入谈数语复行。由正东门入，转北街，过府署，
午正二刻抵试院宿焉。本日忌辰，虽列仪仗而不鸣锣，不
声炮，鼓乐皆设而不作。到后，太守朱莼卿前辈，_{益潘，江西}
_{莲花厅人，为艾卿同年令兄，丁丑庶常}。典史张芷佩，_{绍青，江西人}。统领
毅字全旗记名总兵颜茂园_{武林，湖南人}。及大令、经历均来见，
分两次见之。小憩时许。遣人持帖答拜太守以下各官如例。
大令遣人来言，舁夫已经责处枷号三名。随令李明持帖到县
署，言予以薄责，不过惩一儆百之意，此失本出无心，伊等
苦人，久羁无所得食，请即开释。晚饭后，蓉湖大令便衣来
谈许久。饬差纪从速收拾肩舆，以便明早起程。此处试院规
模宏敞，由大门入，再进乃入龙门，大堂后三进乃至后厅。
其龙门外点名处，中设公座，树屏于后，小县大堂规制。应
试者皆由两掖而入其前，左右有廊可蔽风雨。后厅五楹亦轩
豁，惟号舍不多。据太守云，府辖三县，统计应试者不过
三千人耳。

十一日

　　寅正二刻起。打坐尖。卯正行。出南门里许，过江西
桥，桥长里余，上有覆宇，两旁列肆鳞次，如街市然，偶于
隙处一见河流而已。以其为江西商人所造，故名曰江西桥。
过桥不一里，大令、经历、典史亲送如仪。去城五里至一

亭，曰新凉亭，毅字旗亦列队郊送。二十里，辰正三刻茶尖
裴家店。小坐复行。循沅水之浒，坡路较早间为多，屡升屡
降。过关一，与辰龙关相似。过关后，毅字一旗哨官候补参
将叶发清统所部列队郊迎，俯伏道左，急下舆答礼。共行
五十里，未正抵便水驿行馆宿焉。行馆地甚狭隘，红白杠皆
置关帝庙中。今日天气甚热。毅字旗统领颜茂园仍派亲兵八
名随行，遇难行处，辄来扶掖。夜大雷雨。

　　　页眉：二品衔参将，虽非实缺，亦大员也。余等并
　　无统辖之权，而长跪以迎，未免足恭。

十二日

　　黎明起。打坐尖。卯正二刻行。天渐晴。出行馆即渡
便水河，渡河而南，即登高坂。过柳林桥，桥长二十余丈，
上有覆宇，中间高出如楼形，两头石阶各十八级。过桥后，
哨官列队郊送如仪。二十里，辰正二刻至对河铺茶尖。道中
舆夫遁去二名，又一名力不能胜，均于此处补雇之。尖罢复
行。天晴仍热。好在时有归云往来，日光尚不甚浓。三十五
里至晃州。毅字旗哨官徐辉庭登云，湖南人，候补都司。列队郊
迎。别贺葛心南怡年，福建人。先遣仪仗来迎，已而又亲至，并
设茶座。入而小坐复行。此地无城。里许即抵行馆，时才未
正。葛徐二君先后来见。因晃州驿，缙绅据旧会典载属芷
江，不知何时设直隶厅，询之葛君，据云嘉庆年间始设厅，
所辖之地甚小，东西长可八十里，南北只六里耳，与贵州境
犬牙相错。未至晃州十余里，有地曰曹家溪，即属贵州，地

有厘局，亦贵州之分设也。葛君年六十一，本系直隶州，因无力到省，注销直隶州改通判焉。徐君去年隶武卫中军。拳匪之变，伊正在京，七月随荣相到西安，十月请假回湖南，毅字旗统领颜茂园委以斯差。晡时天大晴。日光直射入室。今日路多平坦，惟循河行处，岸高而仄，且有曲折，颇觉咄咄逼人。

十三日

黎明起。别驾葛心南来谈时许。卯正三刻行。出行馆即渡河，河之南有坊，曰晃州塘。别驾葛君亲送，并设茶座。余等未入而行。哨官徐君又来送，答之如仪。十里过酒店塘。又十里过大鱼塘。早起天阴，至是晴微热。又十里，午初至鲇鱼堡，_{亦曰鲇鱼塘。}入贵州玉屏境，借饭店尖焉。玉屏县差纪来禀，得晃州差信甚晚，预备未齐。余等告以不必设席，但有便饭即得。已而进菜四簋，一品锅一具，鸡鸭皆未烂熟，诚急就章也。尖罢，午正后复行。十里经南宁塘。又二十里至玉屏县。大令孔鲁峰，_{广垚，云南人。己卯举人，己丑大挑一等。}守备刘克臣，_{绍勋，贵州人。}镇远镇标左哨哨长姚昆山_{占先}，右哨哨司把总万炳南_{得胜}备仪仗，列队伍，迎于郊。申初三刻入玉屏东门，抵行馆宿焉。大令等四君又来见，谈许久。行馆后院有柏树二，紫薇一，堂额曰"翠柏红薇之馆"。蚊甚多，有客在座即出噬人。今日道路平坦处多，惟酒店塘一带左山右河，径仄而高，令人目眩。夜凉如水，非拥棉衾不可。月色甚佳，惜行馆北向，光不能到床前。

十四日

黎明起。卯正二刻孔鲁峰来谈片刻。伊辞去即起行。出西门而南。天阴，遥望远山，皆在云雾中。昨见之诸君皆亲送于郊，惟守备刘克臣以帖来。行数里后，天晴日出。二十里秋溪塘。又十里羊坪塘。_{青溪县属。}巳正尖于饭店，地甚逼仄。午初二刻复行。缘河数里，河水灌田，机轮甚多，大者径丈许，小者亦七八尺，辐两层，夹木板于其端。河中堆积石块，惟于近轮处空尺许，束流使急水激轮转，则木板荡水而上。轮旁以木作沟，承水而注于田。不用人力，稍变水车之制，而便利过之。十里漫坡塘。又十里渡河，河水深碧色。营兵列队迎于彼岸。既渡河，不半里，青溪大令李谢廷，_{家兰，江苏新阳人。}典史谢彤廷，_{霭卿，四川人。}千总张治廷_{树德，}把总杨荫亭_{如璋，}迎于道左。入东门，未正抵行馆宿焉。郊迎诸君复来见，谈许久。大令言此地瘠苦，较玉屏尤甚。行馆在县署大门内西偏，堂有额曰"天池星聚"。屋后空地甚大，草树满焉。有竹筒接连数丈，从山上引泉水下注，以供署中之用。晡时，文巡捕二人来接，一葛虞臣_{夔，}一李范吾_{诚榘，}皆候补从九品，葛年六十三，安徽绩溪人，李年二十九，福建长乐人。闻向来巡捕皆派同乡，必直隶候补佐杂无人也。持来抚、藩、臬、道、府帖五份，监临封条十数张为封轿封门之用，接见，_{呈递履历。}坐谈许久。伊等从此随行，不复回省矣。晚饭约李谢廷来同饮。谈间始知其胞弟名家瑞，为乙酉拔贡，同年李鞠农_{传元}乃其嫡堂叔也。此处虽亦有蚊，而以与玉屏较，不啻一与十之比焉。镇远哨官世袭云骑尉宋家宾遣人持帖送来明日护送兵丁八人名单。自怀化驿始，每日皆有兵丁护送，惟本日只四人，手执令字大旗，在舆前导引。舆之登降或有倾侧，绝不与闻，且至尖所即受代而去，毫不得力，因亦未予赏钱。入本省境，迎送者较多，舆前人不敷用。与筱苏商，每到一县，请其派家人一二名，帮同押杠。自樊城每日添派轮班之贾高二人，仍令随舆，自本日始。夜凉。

页眉一：鲁峰亲自携来二十四金，分赏两边家人。想本省境内，例应如此。

页眉二：与谢廷详谈余等用夫如干，为芝珊学使送物之仆用夫如干。谢廷云，闻有舁轿之长夫数名。告之曰，并非长夫，不过一路肩舆至此，未更易者数人耳。及濒行升舆，而自马底随来之舆夫一人不见，问之则曰，因此处昨日未与晚饭，故皆散去。然则伊等一路随行，或托为自雇长夫，到处索食，今为谢廷道破，始遣之乎？抑到处例食轿夫，谢廷以去旧用新可省一饭，故靳不与，听其去乎？不可得知也。沿途舆夫有一站而易者，有数站不易者。亦有易数人留数人者，不独舆夫扛夫亦然，马匹亦然。皆托为余等自雇者以求食欤？或自食欤？如有伪托，不去之不可也。长夫往往而有，且有非此不可之处，必去之又不能也。欲求无弊，其在家人精明而不欺者欤？有几？

十五日

黎明起。卯正二刻行。出西门，昨见之诸君皆亲送于郊。八里过鸡鸣关，关有联曰：应无狗盗鸡鸣客，聊作抱关击柝人。前青溪令饶君所题也。又四十二里，渡河至蕉溪。路过铺田塘，小溪塘，平蛮塘，舆夫凡歇二次，不记里数。午正尖于客店。巡捕二人，一为前驱，到尖宿所，立待降舆，一立待升舆，然后随行以为常。尖罢复行。早间左河右山。午后左山右河。径仄而多曲，时高时下，崖际草树丛生，纷披四垂，舆行其中，时虞阻碍。去蕉溪未十里，大雨骤至，约一时许，舆夫仆从皆淋漓沾濡。遥望远山远树皆在烟雾中，模糊不可辨识。雨后万壑争流，声如雷震，浪花翻处，其白如银。行三十五里强，酉初抵镇远府镇远县。入东关，过大石桥，桥凡七洞，中建一亭，凡三层，额曰"河山柱石"。下桥不半里，抵行馆宿焉。检点行李，有沾湿者。日记本、范孙日记，皆湿。鞋湿，不可着，借筱苏者着之。总兵府县以下均差帖迎候，未来见。镇远至省城只七站，余日尚多，拟淹留一二日。而大令谭柏龄希杜无由得见，乃令巡捕往与商议。据云，施秉、清平皆瘠缺，不可久驻，请驻镇远二日，黄平二日，平越二日，贵定二日，龙里一日。从之。晚间又雨，不久即止。早间尚有微热，自大雨后，天气甚凉。

页眉一：蕉溪属镇远县。

页眉二：今日练兵八名，四执旗，四执枪为前导，其无用一如昨日。

頁眉三：亭联曰：净扫五溪烟，汉使乘槎撑斗出；劈开重译路，缅人骑象过桥来。

十六日

卯正后起，天阴。巡捕来请官衔，寄省制牌。询以何不将答拜抚藩臬道府之帖一同寄去，则云黔省向无此例，到省时再答帖可也。闻各省例派文武巡捕各二人，二文巡捕留，二武巡捕则赍回帖及官衔牌底，预先回省。今贵州既不派武巡捕，似回帖可不必预寄亦从简之一道也。雨时作，不大亦不久。日间无事，与筱苏斟酌策题。筱苏嘱莘儒拟二题，余嘱石麟拟五题。石麟所拟字数太多，且系时务，多有不由獭祭者，与莘儒所拟笔墨亦不一律，请筱苏稍加删润，脱稿凡两道焉。今日喉痛头重，身体不爽，惟思睡卧，想系受凉。晚饭后早眠。终夜梦魂颠倒，昏昏如醉，而知味觉饥，无大病也。

頁眉一：余衔牌六对，曰乙酉科举人，丙戌科进士，翰林院编修，国史馆纂修，功臣馆纂修，钦命贵州副考官。筱苏衔牌八对，曰癸酉科举人，庚辰科进士，翰林院编修，国史馆协修，戊子科福建乡试副考官，己丑恩科顺天乡试同考官，壬辰科会试同考官，钦命贵州正考官。

頁眉二：大宛籍之佐杂甚多，皆图直隶结费较省而冒捐者。

十七日

辰初起。喉仍痛，而神气较昨为清。天晴，将昨所沾湿之书籍衣物抖晾。收拾红白杠。抄策题四道。其一道亦经筱苏删润，未及抄，早眠。

十八日

黎明起。仆从均未起，唤起问之，则曰昨晚眠后，县中来信，夫未募足，请再留一日，故未早起。乃复眠。辰正始兴。喉仍微痛。筱苏言早间先余而起，因不能成行复眠，彼时余尚酣睡，竟不知也。命李明向巡捕李范吾索直隶同乡官贵州名号科分单，抄来一纸，自云不详，请到省后详查再呈，允之。终日无事，闲谈之外，偶看算书数页，格格不入。终日晴朗，微有热意，然尚可着夏布衫焉。

十九日

寅正起。喉痛愈。此处厩马不足，四包只以二马驮之。人驱仆从。只随轿六人乘马。前站押杠四人皆乘三人丁拐小轿。又添丁拐红杠一二人，红杠一以舁余等畏潮各零物，而以余出之白杠舁乘轿仆人马鞍被套等，不足又加一焉。统计红杠十二，共夫四十五，白杠十八，共夫三十六，大轿夫二十四，纤夫十六，小轿夫十二，外有挑官衔灯，轿灯，负肩扛，支杆随轿行者二人，总共用夫百三十五名。护杠民壮四，马夫数人，尚不在内。又镇标练军八名来护送，与约，如仍持旗械前导以为美观，可以不必，须于登降时在轿两旁扶掖乃可。伊等应命。部署良久天明，而大雾迷漫矣。赵芝珊学使之家人押送各物，以人夫不足，尚留镇远未同行。卯正三刻行。此地无城。到时所入之东关，雉堞数堵，聊作屏蔽而已。北山南河，自东而西，长街一条，约三里许，不一其名。每二百步内外，则有粉墙一，下有如城门者，以通往来，上榜曰某街。如是者不一而足，其名均不复记忆。西头有一亭，榜曰"解鞍亭"。过亭有石桥。总戎大令差帖在此候送，仪仗亦至此而止。过桥即郊外矣。万山环抱，胥为雾气所遮。近者不知其高几许，远者直不知有山，惟见白茫茫一片而已。于雾气中，遥见高峰矗立天半，色白而晶，以为山而色不类，以为云而良久无变形。万古积雪耶？山在雾中幻此奇形耶？不得而知之，亦无从而问之。不数里，即登大坡。石磴数百级，盘纡曲折，幸为大路，其径甚宽，尚不至令人心悸，而舁夫则苦矣。升舆之始，夫头含糊报齐。至是乃知舁夫十二名，只有七名，问之舁夫，佥云夫头作弊。然他时如缺一名，则换班时宁立而待，不肯代舁，呵之亦不听。今则争吵数语即复前行。或谓舁夫贪利，以七人而领十二人之资，理或然与。二十里至相见塘，盘曲愈甚，望仆从之在后者，如从对面而来。俄见雄关高峙，据云是文德关。度关又十里至刘家庄，尖于行馆，时已正一刻，早已雾散天晴矣。刘家庄为施秉县属，先得信时，只知余等留镇远二日，酒食昨日已备，今仍用之，色臭皆恶不可食。余等向不苟求，啖饭而饱。仆从有作怨声者，推食食之，乃各无辞。饭罢，午初三刻复行。二十里至望城塘，停舆小歇。舁夫忽有一人呕吐，与以红灵丹使嗅且饮。于路有营兵唱名跪接者，有声炮跪接者，凡五六处，皆颔而过之，扶舆练军代喝起去乃退。共行三十五里，过高坡二，皆数里无仄径。渡河至施秉县。河旧有桥，已残破，乃舟载而渡。据云桥名蜈蚣桥，正对之山名鸡公山。蜈蚣畏鸡，故桥建辄圮，遂不复建。无稽之谈也。哨官即补把总李中林持帖来迎。自镇远来，官无亲迎者，谓之回避。闻从前并不如此，不知此例始于何时，何玉屏、青溪两令独不然耶？筱苏舆行速，到行馆后，又遣仪仗特来迎余，并有役执大令杨升舟煜，四川人。帖来。入北门，街道甚宽，如吾津然，惟市肆不甚繁盛。申正二刻抵行馆。筱苏谓余曰，适闻巡捕葛虞臣言一异事，冯伯岩行至贵定，得信已被议处，废然而返。本日至施秉，先住行馆。知余等之至也，乃移居县署。闻之骇然，不知以何事被劾，劾者何人尚须询问。晚饭后，延见二巡捕，谈片刻，施秉城墙西面在山上，于行馆后院可望见之。

页眉一：余欲往见伯岩，筱苏曰："去则须同去，吾两人素未谋面似嫌突然，且我辈有关防，不宜公然出门拜客，不如且住之为佳也。"从之。

页眉二：照例用长夫，则伪托自雇之弊，吾知免矣。惟余等留住，则夫亦留，计到省城须留六日，此六日若令自食，则所得夫价直不足用，即地方官与食，而以食力之人空闲六日，该夫等亦必不愿，乃竟相随不去送至省城，不知何故，真令人索解得。或者留一日官即多发一日夫价欤？然则州县真不胜其扰矣。余等以余日太多留住，非风雨患病猝不及防者可比，预先有信知照各县，虽无夫行，未尝不可从容远募乡夫，官又何乐多发夫价乎？是又不然，或者威以官势，虽不发价，不敢不待欤？然则该夫等苦矣。该夫等甚狡黠，每行非先付价则不昇，其行也，家人监之，数夫头领之，各州县又派人送之，往往中途弃之而遁，无从追索，每到一处并非有总所禁锢之也。三三两两分投烟馆、饭店，官亦无所稽察，又何惮不逃而静以待之乎？是更不然也，阙疑待问可耳。

二十日

卯初起，镇远夫头昨晚追至，仆从责令将轿夫补足额数，因昨日前站二人乘丁拐轿到皆迟，仍多索马一匹，其一轿则用两班夫，令二人交易而乘，每日必有一人先到。以由镇远至省城，例用长夫，易于足数，故起迟。乃若辈多嗜洋药，早起各就烟室吸食，非催促不至。差纪又疲玩异常，应用马匹亦未预备。其黠者揭冠混迹于众人之中，作壁上观，以为笑乐。经仆从看出，呵之则又遁去。严催数四，舁夫始三三两两手携烟具而至。马则仍以镇远来者充数。昨虑及此，令其刍秣，则曰厩自有马，今乃依然用之，不食以其食，而责以其事，忍哉。迟至辰正，仍未成行。自出京来，未有如此之晚者。怒呼其差总，匿不敢见，而夫马亦遂齐。辰正三刻行。仍有兵丁八名护送。出行馆不远，即陟高坡。城之西门在坡上。出城循墙而南。遥见城墙迤逦随山而高，目力不能穷也。折而西，陟大岭，层累曲折而上，至极高处，下视稻田，町畛纵横，如示诸掌，黑点蠕蠕而动者人也。田地之外，高下远近，万峰攒聚，此断彼连，左环右抱。如江海遇风，波浪起伏，如城市列屋，檐脊参差。欲肖其形，《山经》所不能图；欲释其名，《尔雅》

所不能悉也。亘数里许渐平远，已而复然。如是者凡数经，已行三十里矣。午初三刻至南桥塘，施秉属。尖于行馆。未初复行。七里至飞云洞，为施秉、黄平交界处。洞之胜详见《鸿雪因缘图记》，因罹兵燹，非复旧观。近年黄平州牧瞿君鸿锡重建寺宇，粗具规模。入而流览，迎门长廊数间，左右山如列屏。进则石磴数折盘旋而上。五十余级，过一小亭。又十余级，左室而右亭，室中设有坐具，未入。又二十余级，共百级，上为平台，纵横各数丈。上有悬岩如覆幄，岩际草树皆离披下垂。柏一株，大数围，枝干斜挺，浓荫遮蔽。岩高三丈许，中设巨龛，祀千手观音立像，高与岩齐。岩石形似钟乳流积所成，孔隙甚多，有旁出孤悬如狮象者。台前巨石矗立，道士云是童子拜观音之像。龛左流泉涌出，凿小池蓄之，满而溢出。循台旁斜坡而下，取而饮之，清凉适口。因其性寒，未敢多饮。斜坡旁数武，有洞口，道士云不甚深。其中地甚潮湿，不可入，仆从等下探之，良是，岩下石上，刻字甚多，有曰"天然圣境"者，有曰"归云"者，不可悉记，且皆高处款字，不可辨识。惟吊石题"海上飞来"四字，一字一石，尚记是果勇侯杨芳所题；"飞"字一石中断，只剩其半矣。短碑二，未及卒读。小坐刻许，凉气袭裾，乃起而出。道士须发皓然，命坐不坐，迎送时皆俯伏道左，未免足恭，不如桃源道士远甚。升舆复行。忽见人烟阗溢，道旁筐担堆积，舆行其中，动辄阻碍，盖趁墟之期也。十三里过一巨桥，是为十里桥。未至十里桥时过一山村，忽闻声炮者三，以为有人郊迎，及至，只一兵唱名跪接而已。终日天气微阴，至此日

出。旋有微雨数点飘来，又十里至黄平州。中途又过一桥。刺史
熊洁轩，士清，湖南人。吏目周希九，筠，四川人。千总杨瑞廷铭
发，平越人。率兵丁仪仗来迎。入东门。酉初一刻抵行馆。刺
史以下三君均来见，谈许久。谈及冯伯岩、洁轩云，礼部咨
黔抚但云七月某日奉电谕，云南副考官冯恩崐着革职，无论
行抵何处，饬令撤回，钦此云云，不知究为何事。未入城
时，见一苗妇，项围银圈，挂银锁链，余亦与常人无异。洁
轩在贵州三十年，语作贵州土音，人甚老练。晚饭酒食甚精
洁。到行馆后，天又浓阴。晚饭时雨作，至夜半连作数次，
皆不大。卧后尚闻雨声。

二十一日

辰正后起。天阴而凉，易洋布裤衫。午后熊刺史便衣
来谈，据云此地巨绅无在籍者，即在籍亦不干预公事，他府
州县亦然，惟微末绅士不免来扰，然尚易与。苗民甚多。州
城本在四十里外，为与苗近，易于控制，乃移治于此，而旧
州治则设巡检焉。苗民无田税，而应差徭。自岑襄勤公抚
黔时，令其岁缴钱八百千，津贴驿站，而免其差徭。如用其
人，则发夫价，与民人等。其人皆有家业，用以异物，不必
有人督率，而无逃遁之弊，物件亦丝毫无失。回时必到官署
销差，各与米一升，欢然而去。读书者与民人一同应试，不
另设籍。每院试时，刺史必谆求视学者于其卷中择优者进
一二名以羁縻之，毋令脱，致积羞成忿，故甚相安。黔省惟
遵义一府规制与他省同，以由四川改隶贵州也。其他虽名曰

府，实与直隶州无异。无首县者固然，即有首县者，知府仍自有土地人民之责。学额自有府属应试者取进，不由县拨。故贵州府缺无如他省之极苦瘠者，特未到贵州者不知耳。谈良久乃去。余等各以联扇遗之。晡时无事，筱苏出一题目，取前人七绝一首，就其中所有之字，凑一五绝，不许两字连用。构思良久乃就。彼此互视，哑然而笑，虽不至索解无从，实不足言诗，聊以消遣而已。其语为何不必记，原诗为何更不必记矣。晚饭后谈许久。二更后微雨一霎时。夜梦伯荪在树林下指示其投缳时情形，并云戚友劝阻，心动者屡矣，幸蓄志甚坚，未败于转念；余详告以近日时局，深埋怨其死，作恨声而醒。呜呼，伯荪之死，去年此时也。今年此时竟入余梦，且不于其家，而于树林之下，是不远数千里而来就余，其英灵为不泯矣。虽然，吾知伯荪之知交甚多，独厚于余耶，一一于梦中相见耶，尚宜质之。

页眉：其衣则圆领无扣，襻下似百褶之裙而与上相连一色。

二十二日

巳初起。天仍阴。甚凉加大衫焉。午后与筱苏各凑诗一首，如昨例。闻后院有呕吐声，推窗视之，张顺也，想因骤凉未加防范之故。行馆右偏山上，有榴一株，高逾丈，结实累累。因忆昨见街头有卖榴者，饬人购来数枚，与筱苏共食之。似未熟足，不甚甘美。到此三日，饮馔皆精洁，询知厨役李姓，范孙视学时，伊曾在署中司炊，其恪恭将事，有自来也。日夕天晴。晚令高福为张顺以姜煮午时茶，加苏叶饮之。营官送来护送兵丁四人名单，云自此直送至省城，不复更易矣。

页眉：洁轩特遣人到重安江购鱼来充馔，主人情重，庖人又不辱命，饮食焉有不佳者乎？

二十三日

寅正起。夫马催齐，待印结久不至。卯正三刻始行。出行馆即陟高坡，城在坡上，出西门，昨迎之诸君皆来送，又添游击陈敬修一人。三十里，已正三刻至重安江，_{黄平州属。}尖于行台。饭罢，午正一刻复行。去行馆不一里渡河，四十里抵清平县。大令黄采九，_{凤祥，云南建水人，己丑举人。}典史周萧、把总钱国升、外委谢仁厚率仪仗迎于郊。入自北门，_{额曰承恩门。}申正二刻抵行馆，大令来见，谈许久。知其会试五次，戊戌挑二等，加捐通判到黔，曾署龙里县一次，去年八月又来署清平，皆瘠区也。云贵人会试皆有火牌，到处可索夫三名。嗣因夫少，每名折银一钱。他省有每名折钱百文，百余文者。北省则与车一辆，多不堪乘坐者。伊会试时，由保安附越南兵船至其东京，再随货船至香港，而上海，而天津，不足一月可以到京，所需尚非二百金不可。边省赴试良不易，无怪每科人数不多也。越南兵船，孤客尚可搭附，挈眷则不便。皆采九云。今日阴晴不定，甚凉爽。仍行万山中，时升时降，幸径宽而不险，惟时有坑坎，如由沅陵到船溪路然。所见山有极高者，巨岭摩天，森然可畏。自入黔境，未见茂林修竹，偶有树不过数株，满山清翠，无非蓬茆蔽翳而已。今日乃见密树，行行排列，尽是松杉，惟皆拱把之材耳。行馆右偏有隙地，野草间花丛生杂莳，有果一种，似金灯而色碧，遣人持问巡捕，据云名为洋柿，亦曰洋茄，熟时则红，可以入馔。薯蓣色正白，形似芥头，啖之嫩而不甜，不如北方所产。

　　页眉：此薯蓣当另是一种，只可生啖，街头亦有熟而售者，形色不与北方同。

二十四日

　　黎明起。天晴而寒，着夹衣犹不支，口中嘘气有形。扛夫齐甚速，惟缺马一匹。待之久而不至，差纪亦避去。忽有长跪哭诉者，民马夫也。黄平雇其马送余等至此，伊另有议定生意，急须折回，而此处强留其马，令其再送，且不与价，因而来诉求放回。余等因其情状可怜，果如所言，直是恃势欺人，良有司不应出此，饬巡捕同仆人持刺到县署询问。乃去而复回，云到县署，除散役外，不见一人，无从问起，大令在内宅，不出，印结亦未送到。忽见有便帽绸衫者，云是听差人。饬令往问其主，语多支吾，只请余等先行，随后即为催齐。筱苏怒而喝骂之。无法可施，惟有不行，而包杠已发，遣人乘马追之。大令闻余等之将不行也，始踉跄而至，云早起出城待送，一切均不知情。问民马何不给价，马夫云八马应给二两四钱，只给一两，又潮恶，只可易钱七百余，情愿退价还马。差纪则云价已发足，其马食人刍豆，被人扣价去，尚余一两耳。互相争论，未知孰是。大令急令再为加银，余等令将银取来，眼同交付。差纪则拥马夫而去。仆从来禀，民马八匹，其一匹脊背磨伤不可用，先牵来之厩马又为追杠人骑去，仍缺二匹。适张顺窥其厩马所匿之处，牵一匹来，仍缺一匹。大令以厩马无多，恐有紧急公文需用，不肯再与。与言此马不过暂借，途间蹩及追杠之马，则用彼而舍此，令马夫驱归，决不食言。再三言之乃允。问印结，差纪云已交，仆从则云未见，良久始持来，已将巳初矣。大令欲出城送，止之。出行馆，过孙文恭公祠。出东门，折而南，曲折登降。四十里，未初二刻抵平越州属之杨老驿，尖于行台。有哨官候选都司周文麟率所部声炮迎于道左。已而送来练军四名，供扶轿之用，以已有长送至省者，谢之。饭罢，未正二刻复行。二十五里抵马场坪，_{张顺牵来厩马，为马夫以劣者来易去}。地去州治二十里。刺史瞿子浚_{鸿锡，湖南善化人，子玖前辈令兄。}亲来迎迓。酉初至行馆，刺史来见，谈许久，据云主考到省必须八月，并非成例，湖南曾有七月二十七日到省者，怂恿余等前行。余等以日期预定，不易更改，伊许即为贵定及省城发信，又许今晚即将夫马备齐。余等本愿早到省城即一劳永逸，闻言立许之。伊又言已得确信，回銮改于八月二十四日。余等约其便衣来共晚饭，漫应之，饭时往请，则以已饭辞，似有嗜好。_{民马夫又来诉，此处亦欲留其马，令仆从与差总言之，务令释还。}晚间呼巡捕来，令其叮咛瞿刺史，夫马齐否，信发否，则俱已办妥，自清平来之民马均遣回，真老吏也。黄采九能如此君，不至有早间之一番口舌矣。闻筱苏早间喝骂之人乃采九令弟，恐未确。行馆屋后小院，蓬茅满中，筱苏往遗，见蛇与蜈蚣各一。

　　页眉：孙文恭，明人也。

二十五日

　　黎明起。易粗布袴加套袴。夜睡着凉，腹忽泻。马不足，铺盖衣包亦用夫舁。卯正二刻行，刺史郊送。高坡甚多，石磴残破，履之则动。山径逼仄，时有流水漫溢，滑不受足。对面时有舆马相摩而过，隔窗下窥，心为之悸。而到处桂花怒放，舁夫等折而插帽，仆从置数枝于舆中，浓香扑鼻，又足乐也。二十二里，已正至黄丝塘，_{仍平越州属}。尖于饭店。饭罢，午初二刻复行。两山夹峙，其高极天，飞瀑悬空，如拖匹练，片云飘过，山势欲奔，白日初斜，岩壑若暮，真佳景也。三十八里，遥见雉堞参差，层楼高耸，已抵贵定县城矣。城在山上，随山高低。城中屋宇，隔城可见。大令石郑卿同年_{作栋，乙酉丙戌联捷，己丑补殿试，甘肃人}。迎于城外。入自东门，门曰"熙春楼"，有额曰"滇黔锁钥"。门之南城上有三层高阁一，名朝阳阁。街极宽，铺石为路。经过万寿宫、闽粤会馆。申正二刻至行馆。郑卿来见，谈许久，知甘肃试差已放人，不记为谁。去后送来一单，正则饶士端，副则郑沅也。因腹泻，早晚饭皆未多食。晚与筱苏对榻而谈，不觉俱入睡乡，醒已子初。雨大作，偶有雷电，彻夜不止。

二十六日

　　黎明雨暂止，已而又作，似不能行。大令又遣人来谆留，遂酣眠。辰正始起。雨仍断续作，午后始止，而天仍未晴。郑卿同年便衣来谈许久，代其令侄幕友乞书联扇条幅数事，余等分而书之，郑卿馈余等本地水烟四包，细如皮丝，而味则如净丝。本日腹泻痊愈。

二十七日

黎明起。仍有雨意。大令遣人来问能行否，筱苏答以必行。大令旋来谈片刻。卯正行。过两湖会馆，规模甚宏敞。出西门，大令送于郊。十五里过牟珠洞，洞在庙内，未入游。庙外两山夹峙，其高极天，中只仄涧一条。循涧而行，但觉苍翠四合，阴森之气逼人。悬崖下有刻字曰"听瀑窝"。瀑流甚微，而涧水则奔腾澎湃，滚雪溅珠。约半里许，地渐宽阔，溪流亦平。又五里至一长桥，桥五洞，上有覆宇，计十七楹①。过桥为瓮城塘，又十七里，巳正三刻至新安塘，_{仍定贵属}。尖于行馆。于路频见纤夫摘道旁果食之，不知何名，其形状亦未能一目了然，惟见木本小叶，贴地而生，果作黄色而已。到行馆问之差纪，始知为刺梨。令其取数枚来，形似石榴，大小则如海棠果，细刺满焉。以指甲刮去其刺擘之，中有细子如黍而坚，倾之即出。初入口，酸似山楂②，咀嚼之，极似谏果，但余味少耳。食品昨日所备，多不堪下箸，惟荽白一器尚不恶。饭罢，午正复行。数十武，忽有一兵声炮，似相送者，而并不言送。初到时，余舆在后，

---

① 此处"计"字应与下句相连，原文为"上有覆宇计，十七楹"。
② "楂"，原文作"查"。

遥闻炮声，以为有人来迎，促舁夫急行。至则寂然，问之筱苏，言有持哨官邓明仁帖来者，今则并帖而无之矣。二十三里过麻子塘。又十里至龙里县。终日微雨。午间偶见日光，旋隐如故。石径滑泆，土坡则泥泞如北地，良不易行。幸本日未陟大坂。龙里典史叶绍壬、哨官杨通富迎于郊。_{把总有疾，只以帖来。}以雨地不便周旋，谢之。城在山上，街道甚宽，一如贵定，而荒凉则过之。申正一刻至行馆。询知大令陈价_{云南人，壬午举人。}已调帘，现只典史护篆。已而典史、哨官均请见，谢之。行馆地狭，屋为两厢所遮，暗不见物。巡捕来言，贵筑昨日即差人来探消息，明日行否请示之。余等告以如遇倾盆大雨，则无如之何，否则虽雨亦行。晚杨哨官送来护送兵丁四名名单，云是抚标营兵，不可不留，留之。仍有微雨。

二十八日

黎明起。天阴而凉。卯正二刻行。出西门。典史哨官送于郊。把总仍以帖来。典史须眉浩然，年约六旬以外。三十里至谷脚塘，_{仍龙里属。}尖于行馆，时恰巳正。饭罢，午初一刻复行。_{巡捕以监临封条封轿门例也。}偶有微雨数点。约二十七八里，至一处，道旁有碑，刻"图云关"三大字，左右有跋语两行，字小而行急，未能辨识。又七八里，共三十五里，抵省城。仪仗二分，舁夫八名，着蓝布长衫，竹编缨帽来迎。不数武，有持帖来者，统领徐、中丞邓、监试道蒋、善后局胡也。又有以帖来者，学使赵也。又有来者，藩、臬、道、府、县也。遵回避例，皆不亲迎。与镇远同，市廛栉比，遥望不见城垣。入南门。申初二刻抵行馆。首县来请安，未请见。昨李巡捕云，到省城时，凡以帖来者，向不以帖答礼，今又来禀须有回帖。李，癸巳年曾充主考巡捕一次，因其言可信，故未预先备帖，今需用，而杠未到齐，杠到齐，头门即照例封锁，以示关防严密。巡捕亦辞去，然旁有便门，差纪由此出入，巡捕亦日来一二次，惟我辈仆从不准外出，头门非初六不启耳。无从得帖。至夕始写好，交号房，嘱其明早速送，称谓则按号房开来出身科分清单，以有无渊源为断。中丞邓筱赤华熙，首道黄让卿元善，皆辛亥举人，称年愚侄。方伯邵实孚积诚，戊辰翰林，为七科上前辈，称年家眷晚生。廉访曹竹铭鸿勋，乙亥举人，曾与一叔结盟，称年世愚侄。学使赵芝珊（惟熙），壬午举人，庚寅进士，舍远论近，称年愚弟。余则皆称愚弟焉。晚饭肴馔甚精，惟烧猪则以全形进，令其撤[1]而碎之。自湖南沅陵至此，共食烧猪数次，无不以全形进者，岂风气然耶？晚间，忽有杨兆麟以世愚侄帖来拜余二人，云是果勇侯杨芳之孙，号星源，曾从黎莼斋、曾袭侯出使外洋，保举三品衔道员，分发广东，现调往云南，路过本籍，值余等之至也，以有世谊，特来请安。余以为必与筱苏有旧，乃筱苏亦复茫然。遣人问有何世谊，则云其叔曾为邢部主事，于戊子年已经改外。然则所谓世谊者，以余等曾与其叔同官京师欤？榜前例不见本地绅士，惟有谢之，明日差人以帖答拜而已。伊云初二日即赴云南，榜后亦无从见面矣。此世谊恐终未能询问真切也。自五

---

① "撤"原文作"彻"。

月十五日由京起身至此，除月小外，共七十三日。沿途到处淹留者十二日，实行六十一日。而由京到保定五日之程，坐火车一日而到，省却四日。若由京即驰驿而行，一日不耽搁，则须六十五日始到。惟乘船一节，不知陆路须几日耳。大约黔使鲜不乘船，然则迟至五月二十起身，不为晚也。

页眉一：他处仪仗新旧不一，衔牌则以红纸书。

页眉二："钦命贵州大主考"贴之牌上而已，至此则焕然一新，衔牌皆按余等所开，刻字施金而朱其外，舆后各有短童十余人，皆十岁上下者，执枪刀之属，时作呵殿声为拥护。

二十九日

已初始起。天仍阴。发电报十三字曰："天津镇署西华叔明廿八到俱安。"总管电报潘君光照，江苏人，候补知府。未收报资。京友托寄滇信二件，令巡捕交首县由驿递寄去。差纪备办朝冠朝靴，来问尺寸，据云此处着朝衣，非用朝靴不可。写第六号家信，附筱苏信中，由信局寄去，取有回条，言一月可到芜湖，然则到津须四十余日矣。午后细雨如丝一霎时。筱苏开箱，取出戊子典试福建阅卷簿视之。十二房，每房数页，首列房官姓名、行号、籍贯、科分、现为某官、分房几次。次列所荐卷某字若干号，中与不中，共若干本，卷之优劣，即分别默记于下方。后则详列批语。中式者在前，并注姓名名次，落卷在后。爽若列眉，洵可法也。自五月在京沐浴时修脚一次，今将三月，足甲已长，与筱苏约到省同修治之。乃贵州省城竟无修脚匠，此亦不可不知之事。晚饭有豌豆苗，一品甚佳，为他处此时所无，地气之不同如此。今日有营兵支帐房宿于门外，以为护卫，闻角声焉。体不适，有如甲午之冬，想湿气触发也。

三十日

早巡捕李范来，送来借得电传谕旨、行在钞报、申报等，与筱苏共阅之。知叶铎人世叔_{大酋}、卢秉政_{曹星槎房师}均为两广督陶参劾去职。盛萍旨同年_沅为山西抚岑参劾去职。天津高峻峰前辈_{凌霄}则膺保荐。蔡燕生同年_{金台}以皖抚王保荐，交军机处存记。今工部尚书前总宪张整顿台纲，郑炳麟_{友继师癸末门生}去职。冯伯岩亦张附片所参，谓其身列词林，不知自爱，并有肆意妄为、鱼肉平民情事。甘少南同年_{大璋}开去军机差使。又铸造银元，上谕以广东、湖北两省成色较准，沿江沿海均已通行，即就该两省多筹银款，源源铸造，并铸小银元，以便民用；报解京饷，征收钱粮税厘，各州县解司道等库，概准以三成搭用，他省并可拨款托铸，不必另行设局，其搭用三成之处亦如之：支发俸饷等项亦按三成搭用，并禁胥吏刁难挑剔，务使收发一律，以期逐渐畅行。_{武举人进士均令投标，武生童准其入伍，俟各省建立武备学堂后，再行酌定挑选考试。}又武乡会试一律永远停止。上谕又变通科举：上谕自明年为始，嗣后乡会试头场，中国政治史事论五篇，二场各国政治艺学策五道，三场四书义一篇，五经义一篇，考官取士，合校三场以定去取，不得偏重一场：生童岁科两考，仍先试经古二场，专试中国政治史事及各国政治艺学策论，正场试四书五经义各一篇；考差散馆均用论一篇，策一道；殿试策问，朝考论疏，均以中国政治各国政治艺学命题，凡四书五经义均不准用八股文章式，策论均应切实敷陈，不得仍前空衍剿袭；又陕西本年乡试改至十月举行。上谕其余尚多不备录。申报无甚可观，略一检阅即置之。终日天阴，时有微雨。遣人以孙兰舟方配丸药，并购附片、干姜、防己三味，泡以代茶，缘手足举动不适，恐湿寒太重也。闱中例派官医，遣人请其明早来诊。夜眠多梦。五更时汗出，闻雨声。

　　页眉：法夏三钱、云苓四钱、广皮二钱、薏仁六钱、于术（生）四钱、竹茹三钱、枳实（研）一钱五分，炙草一钱。

八月

初一日

　　早巡捕来贺朔。李范吾请假一日。监试道蒋蓬史珣带官医从九品赵柳臣逢春，浙人来为余等诊视，谓余脾有痰湿，用二陈汤加味，谓筱苏有寒，用理中汤加味，甚有见解。余先在后面诊脉时，筱苏陪蓬史谈，询知其嫡堂侄为癸卯广西解元，壬子翰林。余未诊视毕，蓬史已去，随即以世再侄帖答拜之。其人已六十余，须发皓然矣。柳臣立方毕，例须送至供给所，转交巡捕，呈之首府，递呈至中丞，均阅过，然后发回。漆匠来漆皮箱。裱画者来取对联上轴作盒，并作扇盒，各四十五分。晡时服初煎药。天晴日出。晚服二煎药。雨又作。三更后大雨如注，彻夜不止。

初二日

巳初起。大雨仍未止，今日脖及两膀稍愈，而左足着地酸极，大有不良于行之势。监临送来咨文三十五件，分为两角，彼此互视，无相同者，皆循例事也。巡捕送来调帘人名清单。午后雨止。申初天晴日出，已而复阴。晚雨又作。本日仍服昨方煎二次。三更后，又雨，终夜有声。

初三日

黎明闻筱苏唤人声。辰正后起问之，则夜眠受凉，大吐不止，情形甚委顿。本日赵柳臣应来诊视，即遣人往请。少时偕首县衣冠来。余足酸少差，衣冠延见，惟嘱不必行礼。先到室中为筱苏诊视，拟藿香正气汤加味。后在外间为余诊视，据云病已十去六七，再服两剂，即可痊愈，方与前日相似，略有更改。趁柳臣书两方之时，与首县杨君延杰谈，知其字仲山，甘肃人，戊子年到黔候补，前范孙视学时，曾署首县事，今又摄是篆，尚未补缺，年约五旬以外。据云，此处奉、直、八旗、山左右、河南、陕、甘共一会馆，皆论乡谊，云南亦如之，与他省不同。盖地愈远则愈少，乡谊亦愈宽而愈切。此处统计数省，并无多人也。并问范孙现在何处，去年光景何如，详告之。并代范孙致意。谈良久乃去。随即以乡愚弟帖答之。午后服药。小憩时许。闻筱苏起，问其所苦，云服药甚好，仍有倦意，乃出。天仍终日阴，时有微雨。晚间风起。服二煎药。夜雨又作。两腿胀痛，眠甚不安。醒则闻雨声淅沥，殊为闷损。

初四日

辰初起。自两股以下仍胀痛，行一步只移数寸。由善后局取来散阴膏。仍请赵柳臣诊视。午后仍首县杨仲山偕来。筱苏衣冠见之。余未衣冠，在屋中候诊。今日方剂加重加味，并令以吴茱萸半斤炒而熨之。问散阴膏能用否，曰可用。遂于两股各贴数张。筱苏方今日用神曲。巡捕李范以建曲一盒相赠，并送余一盒，亦拘矣哉。筱苏呼葛巡捕来，问初六入闱一切礼节事宜，并开单令收拾行舆，嘱令两乘一样，且令为余舆易大杠。因余不良于行，时来余室闲话，以释余闷。恐余倦而思卧也。谈不许时辄去，其情甚殷。服药后，小睡时许。晚服二煎药，熨吴茱萸。仍终日阴。

页眉一：桂枝二钱，云苓四钱，于术（生）四钱，薏仁八钱，法夏三钱，广皮二钱，杭芍二钱，炙草十五分。

页眉二：于术（生）四钱，泽泻二钱，云苓四钱，薏仁一两，防己三钱，法夏四钱，广皮二钱，附片二钱，桂枝一钱五分，杭芍三钱，竹沥半杯，姜汁半杯。

初五日

辰初起。足行微胜于昨，两股虽不胀而仍重滞。仍请赵柳臣，仲山偕来。方与昨日所差无几。午后会同茶帖来，大如吾乡二号金启，一中丞署名，一两监试，两提调，四司道署名。帖名各有一条，书八月初六日会同宴恭请文驾字样。已而又送刻本内帘事宜一本，又送礼节单来。李巡捕送来实缺府厅州县籍贯科分单来。看诸仆装箱。_{服药后小睡，}漆匠来索漆箱凭条，以便领价，书与之，并盖图章。凉朝冠，罗帽各一，皆盛以皮合送来，其罗甚劣。晚送朝靴来。筱苏之靴上袎甚仄，不能下。晚服二煎药，熨吴茱萸。天仍终日阴，偶然见月。拜垫送来，嘱其加厚。

页眉：苍术四钱，泽泻三钱，云苓四钱，薏仁二两，防己四钱，茵陈五钱，知母三钱，杭芍三钱，附片三钱，桂枝三钱，秦艽四钱。

初六日

早天晴日出，豁然开朗。足见轻，能自逾阈，不用手助。筱苏已知照监临，行礼时，余以病足，需人扶掖。诸仆先发行李。新蓝呢轿二乘，扛来罪衣箱二个，送来拜垫，收拾好送来，约尺余厚，试之，有一人于起跪时稍一助力，即可拜叩如仪。巡捕李来言，天时尚有两次帖未到，[1]此处去学署甚近，三次帖到后，俟闻学署声炮后再行不迟。已而二次帖来。与筱苏共早饭，饭罢许久，三次帖始来。初，余等未知此帖应璧与否，嘱巡捕询问，至是知无庸璧。午正二刻，乃易朝衣，着常冠，升舆。只留李明一人运行李，余皆乘马随行。一路观者如堵，两旁市肆之中，[2]聚，男女杂沓。过

---

① 李鼎芳云：此句中必有误字。

② 此处缺三字。

大十字街口，则旗枪林立，兵勇踵接。约二里许至抚署。先
投抚学两帖，后投司道四帖。开门降舆，易朝冠，东向行拜
阙礼。以北为上，筱苏之北为中丞，其南则余，余之南为学
使，第二排则四司道，第三排则首府及监试，府赞。行三跪
九叩首礼毕，入座饮会同茶堂上。南向者四席，席用桌二，
前面剪纸为花，如门然。余二人居中，抚左而学右。司道府
则阶下东西向席，亦如之。茶三献，剧三阕，司道府先行。
两旁观者蜂拥而上。桌椅掀翻，花枝粉碎，名曰抢宴。禁之
不可，余与学使起身避之。中丞请再坐，坐则不复敢来抢。
已而学使易衣冠先行。余与筱苏仍朝衣升显舆。显舆者，大
椅一张，蒙以虎皮，前有踏板，上置两木狮以托足，八人昇
之，其抬杠皆以彩绸包裹。后面一人持日罩罩头上。各省入
闱皆乘之。由抚署出，仍由原路行。至大十字街口，学使停
舆以待，彼此拱揖。由十字街而西，遥见有明经取士、为国
求贤两坊，与京师同，即贡院之东西门也。其门与街同宽。
入门而北，至至公堂降舆。至监临堂易冠，去披肩。待中丞
至，略谈数语，然后入内帘。至交界处，与中丞、司、道一
揖而别。至衡鉴堂，堂五楹，左右各二楹，又中分为四，余
二人分居之。仆从则居后层。堂之上有楼，曰玉尺楼。余卧
室之后一间为楼梯，占去大半，余地只可皮箱。仆人有居楼
上者，筱苏之徐仆亦于楼上居焉。堂前东西厢为八房，为内
收掌房，各一间，皆有楼以居仆人，而西厢则空一间，无主
名，与两厢平列，而规模稍亚者。东为分经房，书办居之。
西为内办差房，差纪居之。堂后有隙地，茶炉、厕所在焉。

入内帘后，闻有祀奎之礼，待之久而无信。遣人持帖问内监试赵秀升前辈_{时俊，辛未翰林，现任安顺府，云南人。}应何服色，乃来请花衣补褂祀奎。行二跪六叩礼毕，乃升孝廉船公座，掣房官签。孝廉船者，自衡鉴堂达监临堂，长五楹有奇，上覆以宇，两旁置窗如船形，只前后有门以通往来。两堂两厢之基皆甚高，孝廉船基高亦如之，只前后有路可通，两旁则属耳不及焉。凡有关防严密之事皆于此处为之。掣签固不在此例，然取其地势闳阔，且舍此亦别无他处也。第一房定番州知州赵一鹤，_{友琴，乙酉举人，云南浪穹人。}第二房大挑知县唐保典，_{少卿，丙子举人，广西郁林直隶州人。}第三房即用知县戴永清，_{镜湖，壬午举人，甲午进士，云南通海人。}第四房试用知县朱潮琛，_{淮清，癸巳举人，云南建水人。}第五房即用知县方正，_{守之，丁酉举人，戊戌进士，四川涪州人。}第六房镇远县知县喻鸿钧，_{济丞，乙酉举人，丙戌进士，湖北黄冈人。}第七房截取同知李之实，_{岑秋，戊子举人，己丑考班中书，四川新繁人。}第八房即用知县詹恺。_{介亭，甲午举人，乙未进士，湖北恩施人。}内收掌则都匀县知县承先述_{之，癸酉举人，癸未进士，正黄旗满洲人，山西驻防。}也，八房所居之室皆有悬牌。在孝廉船坐次亦皆有一定。未掣签时，什物堆积廊下，人亦无所归宿。签既掣，乃各就座位。余二人南向，八房单数者西向，双数者东向。内监试收掌则北向而略斜向。东西八房，收掌各方桌一，茶几一，上置笔墨冠擎等。余等及监试则各据长案一，上置签筒、红研、朱笔、印敕架一，置印敕。大长椅一。稍坐兴辞，各归其室。余等以监试为前辈，先往拜之，在衡鉴堂西偏，降阶数十级乃至。余不能行礼，长揖而已。已而监试收掌偕八房来。筱苏先见之，余后见之，亦一揖为礼。谈时许。晚间厨房备有上席两桌，照例请监试收掌八房同饮，饮甚畅。谈间知李岑秋精于医，晚间请其来诊，为余等各立一方而去。余方云，左寸濡微数。左关大石重按濡，左尺濡短，合三部有弦象，右寸实大浮数，右关濡滞，右尺小弱。湿痹之验，上实下虚。是为流注，宜由肝家治其筋络，拟澹渗温法，药味详上方。时已更深，不及取药矣。藩署来移文一件，移来颁发书籍二十二种，内有五种残佚不完，余等皆携有石印者，室中又无位置之处，乃命分经房书吏，敬谨收贮，毋庸呈送。"衡鉴堂"三字额，犹康熙朝刘荫枢所题颜体书也。堂外有楹联云：此中有循吏名臣，况当侧席求贤，梦萦岩野；何字非笔耕心织，记否携朋观榜，泪满儒衫。不知何人所撰，为癸卯年贺耦耕先生长龄抚黔时重书者。言婉而讽，司文柄者宜鉴焉。筱苏云，若改儒衫字为秋衫，则尤浑成，味之良然。贡院虽狭小，而余等居室尚宏敞。惟庭中满张布幕，为八房障日而设，案头未免少暗。各房供给鸡鸭，皆畜之庭中，昕夕长鸣，殊觉聒耳。室中陈设尚不简率，惟木器粗恶，于方杌后置一木板即谓之椅。身重者坐之，几有不胜之势。几案亦然，不堪隐伏也。本日周旋时久，颇觉疲倦。不敢贪凉，着棉衣焉。张顺张福以小事争吵，呵之。

　　页眉一：自中丞以次无一着朝靴者，乃知非朝靴者不可之说诚不足信，彼盖欲借以开销耳。

　　页眉二：云茯苓四钱，木防己三钱，宜木瓜三钱，桂枝三钱，木通三钱，白芍三钱，生知母二钱，炙草二钱。

初七日

辰正起，天气时阴时晴。印图记一纸，送与内监试，以为取物之据，且藏图记于密所，防盗冒也。午后，岑秋方药始随供给递进，即煎服之。与筱苏商定头场题目。供给所例送食用等物二十余种。分经房吏呈题纸中添注涂改格式，为之核正数处。又循例请发头场诗题所限韵字付刻，余等以恐泄题，未许。晚约内收掌承述之来共饭。饭后约岑秋来诊视，仍用原方。并约喻济丞同年与岑秋明日相助监刻题纸。二更后，内监试赵秀升前辈亦来面商刻题关防一切事宜。分经房吏在孝廉船钤印题纸各关防，人声庞杂终夜。卧后闻秀升前辈又来，与筱苏谈许久，不知何事。病中懒起，若平日则必起而询之矣。夜眠多梦。李明患痢，不思饮食。

初八日

卯刻即起，天气大晴。足仍不能轻举。问筱苏昨夜秀升前辈何事重来，则以昨晚发去诗韵系限三江，科场不准限险窄之韵，<small>如江佳咸之类。</small>例有明文，请易之，故已易限十四寒韵矣。旧例，刻题于玉尺楼上。楼近民居，往往漏泄于外。自戊子科监试府邹元吉移刻于孝廉船，关防始密，后皆因之。昨与秀升前辈约辰正齐集。至时，余等各携二仆，公服至孝廉船。监试，收掌房官诸人继至。监试亲锁前门，门外复以绳周遮之，防人于门隙窥伺也。部署未毕，外帘继进。头场供给，须监试亲往监视，直至巳正，始复来。斯时遥闻外帘点名，号炮隆隆不绝矣。于是呼刻字匠十三人立于孝廉船后门外，_{门用栅栏，距衡鉴堂门仅三尺许耳。}名单呈之案上。筱苏命余点名，乃执朱笔，每呼一人入则点之。既入，闭门而不加锁。自是，除主试监试外，无论何人，只许入不许出矣。贵州题纸，例用宋字，无须自书。乃令匠人先书诗韵。既毕，筱苏乃出自书题目令书，久之书毕，然后一并上板。题纸向刻三板，题与诗韵宜各写三纸，命三人分书之，则易集事。余以病故不能作楷，诸事多筱苏偏劳。匆遽之中，只书得一纸与之，故书就甚缓也。命庖人备肴数品，与监试诸人共早饭。昨供给所送者有四川渝酒一坛，取而饮之。岑秋饮甚豪，济丞亦不多让。午正二刻，题板刻竣，命刻工退处一隅。呼刷印匠十人来，亦唱名而入，又命分经房吏五人，抱题纸入。匠三人共一板，以高二尺横三尺之贵皮纸印之。先各印一纸呈验，中有误字脱画。饬令刊正。未初二刻始刷印。房吏从旁点数收叠，并命仆辈佐助之。破碎模糊者剔出，置于余等座侧。漏印关防者另置以待补印。每盈百纸则以绳束之。监视之际，又请岑秋诊视，另立一方，言须缓缓图功，痊愈非旦夕所能。余亦深自知之，未敢求速效也。日夕倦甚。大家劝余少歇，因入房睡片刻。起时已暮。见堂上设有烟具，盖述之、济丞二人皆吸洋药，因关防严密，不能随便归房，筱苏恐其瘾发不支，故令设具于此。时述之已吸毕，济丞正在吸食，遂出与谈。济丞力劝余吸，谓与病有大益，情意甚殷，不忍却，吸数口焉。戌正一刻，题纸印毕。共皮纸者四千一百余张，红纸者百张。印工艺有高下分，纸同而印之迟速不同。然先竣者决不肯为未竣者之助，虽监试促之不听。监试亦不强之，恐其后相率而为缓怠也。晚膳仍余等备。饭罢，监试先往通知外帘，使迎题纸。是时诸匠犹未放出。久之，监试命开孝廉船前门，始各散去。已而监试遣人请余等花衣补服出送题纸。房吏已将题纸改以红纸束之，置于桌上，舁之前行。余等随其后，送内帘门，坐而俟。少顷，门外击云板。门内答以梆。门开，监临，提调，监试，两道与余等隔阈互揖，立谈数语。然后将题纸一一点数送出。又与监临等一揖而退，已亥正二刻矣。四书题：子曰事父母几谏，一章。贱而好自专，一句。为天下得人难，一句。诗题：寒山远水江村暮。得寒字五言八韵，宋谕汝砺《咏锦屏山》诗，见《贵州通志》七绝诗类。是日关防甚严，工匠饮食只许送至门外，由仆辈代为传进。围芦席于堂隅为便溺之所。有吸洋药者，任其纵横高卧不禁，惟不许出门一步。是以毫无漏泄，未监刻之各房官均未能预知为何题也。晚仍服岑秋药，本日所易之方随题纸送出。药未能送进。

初九日

辰刻起。病不见减。饮食不畅，见肥腻辄厌之。饮姜附水，忽然作呕，吐水斗余，且有涎沫。泡乌梅水饮之。口中似生厚膜，频频思饮。五经题筱苏已经拟定，折角示余，嘱加斟酌。观其所拟，皆有深意，极为妥善，无须更易。且余为病魔所扰，苦于用心，妄为更易，转恐贻误。因将拟就五题，楷书三纸，为二场刊题之用，送交筱苏收藏。筱苏语多谦让，而不知余书此三纸，已有筋疲力竭之势焉。能细加思索改动题目耶？午后，右手忽痛，食指中指之间有肿意，似凝结在此，他处皆因此牵引作痛者。欲握管作字直不可得。请岑秋诊视，据云，曾有友人疾与余同，服药而愈，尚记其方，即为录出，令照方服，昨立之方不必服矣。本日，外帘扃门，不进供给，昨日方药尚未送进，今日之方更未能送出，只可俟诸明日矣。天气终日阴晴不定。夜眠不安，梦境迷离，汗出甚多。李明病不见减，亦求岑秋诊视。

初十日

辰刻起。大雨逾刻而止。右手仍肿痛，行步微觉轻松。因岑秋善饮，馈之渝酒一器，约十斤。岑秋送余肉桂一块，重五钱余，以药方中有此品也。饭后，与筱苏在孝廉船闲步。筱苏登玉尺楼，余未能也。待其下而问之，乃知堂五楹，而楼仅四楹堂之最西一室，上无楼，楼之东西北三面皆墙，惟南面置窗槅。楼之正中有"玉壶冰鉴"额，贺长龄书。前额乃雍正年间沈敬宗题"玉尺楼"三字八分书。[①]旁有联云："称从天授人双玉，眼并秋高月一楼。"李象鹍题。楼上未贮他物，惟朱顺、张福、老徐三人居于西偏余室之上。孝廉船前门外西偏置巨缸一，缸上有木沟，穿墙而出，达于外帘。时有流水涓涓而来，足供内帘之用。内帘无井，而水未尝缺乏，以此之故。闻水自龙井汲来，其甘美为省城之最云。服岑秋初九方药。岑秋送来拟作一篇，筱苏圈

---

① "分"字上原缺一"八"字。

点加批，余亦批数语。手痛未能多写，且欹斜不成字。监临送余等上席各一，媵以家人等中席各一，循故事也。席皆书券。可以随便由厨房取用。房吏、工匠因刻印头场题纸来讨例赏，分经房吏十四人，每人肉三斤，酒二斤，书手四人，每人肉三斤，酒三斤，刻工十八人，印工十五人，每人肉一斤，酒一斤。此本监试之事。然非余等书条，则供给所不发也。不知何故。二三场赏亦如之，但无须再书条耳。其人数未免以少报多，历科皆然，任之可也。乡试录后序，在京即烦仁安拟就，起处即由去岁变乱说入，筱苏以为不必如此。余病中未能为文，且一二日内即须阅卷，甚为着急。筱苏曰，试烦岑秋为之，不允，则余代为捉刀。晚请岑秋来烦之，慨然应允。因将《贵州通志》《癸巳贵州乡试录》，及仁安拟稿，一并交岑秋携去。夜眠仍多汗。日间检出首题三题陈文数篇，令房吏另誊一通以爽目。次题无陈文。

十一日

卯刻起。病仍如昨。天气大晴。岑秋将昨日携去之书缴回。云夜间感冒风寒。大吐不止，颇觉委顿，不能构思，后序请另倩人代拟。因请济丞来，烦其代作。济丞允诺，携书而去。辰正莅船厅，刻二场题纸。改约戴镜湖，朱淮卿监刻。是日忌辰，常服不挂珠。巳正发题命书。午初付刻。未初刻毕付印。戌初二刻印毕。共四千四百纸，关防一如头场。亥正常服出送题，亦如头场之仪。易题：通其变至使民宜之。书题：元首明哉三句。诗题：于铄王师四句。春秋题：晋荀林父帅师及楚子战于邲，晋师败绩。礼记题，皆有安居和味宜服备用利器。送题时，监临袖出行在电报与观，报言两宫圣体大安、特传知各省将军督抚，以慰天下臣民之心云云。前此两宫并无不豫之事，今忽传此电音，闻者无不惑之。晚仍服前方药。秀升前辈云：外监试传监临之命，今科如有拟墨者，一概不许刻入闱墨，亦省事之一端也。提调、监试，两司公送余等上中席券各二，与监临同，亦循故事也。夜眠仍多汗。食物口中常留余味，嚼缩砂以解之。

十二日

辰刻起。右手痛肿稍轻，左手又有痛意。天阴。方守之、詹介亭各送来拟作一篇，筱苏圈点，余只加批数语。午后微雨，未几而止。遣人问岑秋疾，言已痊愈。济丞送来拟就后序并携去各书。已而岑秋亦送来一篇。与筱苏同观斟酌之。岑秋所作有才气而不如济丞之平稳无可吹求，因用济丞所作，筱苏又代为删润焉。请岑秋来谈，就便诊视。伊因验方不验，又改用仲景法。岑秋言，见头场后八房皆欲拟作，因监临不许发刻，遂有中止者。惟四房有拟作耳。然余等只见其三，济丞一篇尚未得见也，本日方出，药不得入，仍服前方。

十三日

辰刻起。雨作逾刻而止。右手痛减，可以勉强执笔，裁批条数纸。筱苏见余奏刀费力，代裁十数纸，约足用乃已。学筱苏法，立阅卷簿八本，每房一本，本五十页，页载一卷，首书某字某号某日荐，次书荐批，又次书堂批。簿外面贴红格纸

辛丑日记　191

五行，行二十格，每两格载荐卷字号一，作为目录，以便检查。左方大书第几房字。内面载房官衔名、籍贯。经营甫毕，监试遣人来请升堂分卷。往科皆十二日分卷，今科独迟。已正，外帘始进卷。午初三刻，余等公服莅船厅，监试收掌八房均至分卷，一如分房之仪。筱苏掣房签，余掣第几束签，掣讫然后对号盖戳。未初始毕。由书吏分送各房官案前。旧例，房官必于堂上阅荐一二卷，然后退归私室。今余等于分卷之后，即令携回，惟嘱令今日必须荐卷，不可再缓。各房官皆欣然而退，盖至此尚未早餐也。三场题，筱苏因余不能作书。已于初九日重加斟酌，正书一通收藏。分卷后。监试请发策题，携回监试堂命书手书之，当即发交。喻济丞同年送来拟作一篇，甚佳，足为拟作四艺之冠，加批数语。本日各房共荐卷十五本，陆续而来。夹有监试来条，①一并收下，付以收条而去，以便核对。条以厚皮纸印就，第（）房（）字（）号（）场卷（）本平列三行②，上下两层，后列月日及东西院收条字样。闱中以正主考为东院，副主考为西院，东西二字，另刻小戳，置之案头。用时则以印色印之。余与筱苏于前两日暇时，已预印好数十张备用。收卷时只填写房分字号以及月日而已。收卷后，令高福、李明二人将字号批语按房登簿。堂批则余于簿上书就，覆视无误，然后再书批条，恐病中精神不足，或有讹误，致遗笑柄也。李明病痢多日，甚为惫倦，书不数行，辄思

---

① "夹有"，原文作"来有"。
② 此句中括号处原为"空格"二字，为便于读者理解，以括号代替。

偃卧。告以此等病不宜久卧。强起做事，即可减轻；在家时曾患此疾，依然终日忙碌，所以速愈，是其验也。伊闻之不甚入耳。本日只阅三卷而止。服岑秋第四方，以黄芩太凉，检出未用。夜眠仍汗。三更后雨作。

十四日

辰刻起。右手较昨见轻，而左手肿痛矣。昨晚策题书就，已送来校对无误，今仍刻于船厅，未正而毕。余等以阅卷，未往监视，只秀升前辈一人督之。申初付印，共印四千三百纸。亥初二刻，公服送出，亦如头场之仪。策题：一问天文算学，二问农政，三问矿务，四问军械，五问贵州地理水道。前四问均及西法。送题时，监临以云南头场题见示，四书题：子路问政一章；道前定则不穷一句；人有不为也二句。诗题：别裁伪体追风雅。内提调，监试，两道公送余等上席券各一，与监临两司同，供给所送节礼十六色，俱收。本日共来卷四十本。阅二十四本，共余二十八本。仍服昨方，并黄芩亦服焉。李明又服岑秋之药，仍不见愈。终日天阴，殊觉闷人。

十五日

辰刻起。疾如故。右手以作字多，故时觉痛楚。左手痛减轻，阅卷时以左手加点焉。监试以下皆来贺节，谢未见。旋衣冠往答之。筱苏与余商，晚间令厨房备两席，约监试以下十人小酌。乃薄暮时，筱苏忽然胸膈胀闷，噫气不止，竟和衣而寝，不能入席。述之，岑秋亦以疾故，辞不到。两席只宾主九人，殊觉寂寞。饮亦不畅。天气沉阴，无月可赏。草草终席而已。入视筱苏，方起坐，令发工推摩。问所苦，则方大吐一次，皆午餐所食，似有未尽，时臆间犹格格作痛耳。本日未服药。来卷三十三本，阅三十本，共余三十一本。进供给时，监临以下皆以帖来贺，亦以帖答之。

十六日

辰刻起。疾仍如故。筱苏亦苦气痛，延岑秋诊视。余亦顺便请其一诊，未改方。筱苏促余选文发刻。文无完璧者，须另纸誊出，交本房删润。而仆从中无善书者。商之监试，拨分经房书吏一人，携卧具来居于玉尺楼上，专司誊文，饮食一切皆供之，不许外出一步，防漏泄也。余欲刻文，必质之筱苏，以为可，则发交房吏誊写，以为否，则置之另选。余向不敢自作聪明，今在病中，更恐失神贻误，筱苏亦绝不世故，无不尽之言，令人感佩不止。本日仍服前方。来卷三十本，阅二十三卷，共余三十八本。终日阴。

十七日

辰刻起。左手痛甚，置之案上，不能自举动，必以右手曳之乃可。终日危坐，疲倦特甚。不敢就卧，恐耽误阅卷工夫。时而曲肱作枕，伏案假寐片刻而已。本日来卷二十四本，阅三十本，共余三十二本。筱苏请岑秋诊视，余亦就诊。岑秋云，非用通利之剂不可。然此时正在阅卷紧要之际，不敢下手。余亦因此次病不似乙未年之甚，尚可勉强动作，不敢妄服方药，深恐稍有错误，致如前次之卧床不起，动辄需人，于公私皆有未便。遂不强其立方，仍服前方。天气早晴晚阴。夜眠仍不适。

十八日

辰刻起。天气大晴。左手痛减，两股之痛有加。分经房吏请发乡试录付刻，余等各将序稿付之，已而持回，并有监临手书一纸，因前序中有地近夷疆句，以为不可用夷字，请易之。语甚委婉。幸而余之后序另倩人作，若竟用仁安所拟，此老必多饶舌，益服筱苏之有先见矣。本日来卷六十本，阅三十一本。共余六十一本。筱苏因服药无效，遂不服药，日服洋参数钱。劝余亦且止药，以炒薏苡与生者等分泡水代茶以解湿，久或有效。余从之。

页眉：岑秋所拟，此老亦未必谓然。

十九日

辰刻起。病如昨。筱苏将乡试录前序改好，仍发分经房。已而监临来字，盛称改笔之佳，有"点窜《尧典》《舜典》字，涂改《清庙》《生民》诗"二语，可谓工于颂扬矣。岑秋来谈，告以停药，只饮薏苡水。岑秋以为然。余每口燥，饮杭菊则津润。质之岑秋，亦以为可。本日来卷四十一本，阅三十本，共余七十二本。阅卷数日，虽发刻数篇，实无足以冠多士者。筱苏之卷亦然。因相约无论谁得元文，当置酒以贺。二更后，请监试赵老前辈来谈，问历科何日止荐。监试云，贵州向无止荐之说，发榜前一二日尚有荐者。余等以为不可，请监试传语各房，于二十二日止荐。如后得有佳卷，可合二三场补荐，以示限制。两日未服药，病亦未加剧。天终日晴。

二十日

辰刻起。两手均不甚痛，而未能用力。束腿束罱，皆张顺代为之。本日来卷十二本，阅三十卷，共余五十四本。监临以三场朱卷一律进毕，明日返署，遣人持柬告辞。余等报言，明日临门送之。监临固辞。晚间，监试来言，监临出闱甚早，恐不及送，不如遂从其辞。余等曰诺。天气早阴午晴。李明痢仍如故。

二十一日

辰刻起。疾如故。早饭，张福以水饺进，食一枚忽然作呕，并先所食之饭全行吐出。吐后，腹中绝不难过，不知何故。问之张福，其水饺则以羊肉与韭作馅也。二者皆热性，胃不能受，呕吐或由此兴。本日来卷三十五本，阅三十四本，共余五十五本。终日天晴。

二十二日

辰刻起。疾如故。房吏开呈三场试卷实收数目，头场收三千八百七十三卷，二场收三千八百六卷。不到者六十七。三场收三千七百七十九卷。不到者二十七。本日来卷十八本，阅三十六本。共余三十七本。荐卷以今晚截止，统计所荐卷数，一房三十八卷，二房三十卷，三房四十二卷。四房三十五卷，五房四十三卷，六房五十三卷，七房四十卷，八房二十七卷，共三百八卷。

二十三日

辰刻起。疾如故。头场之卷均阅毕。除录旧，雷同外，_次
_{题无陈文，竟有雷同者。}其剽袭陈文词意，移步换形，大同小异者，
几于十居八九。三艺俱佳者固不可得，即就一艺而求其字句斟
酌，惬心贵当者，亦属寥寥。筱苏取第六房礼字九十一号卷为
解首，然其中疵累甚多，尚须删润。夜请喻济丞来，以其文授
之，且指以应改之处，嘱加笔削焉。众仆以余疾久不见愈，力
劝余吸洋药，云此物最能去湿，每日少吸些须，自能见效，亦
不致成瘾。重拂其诚意，乃稍吸数口，自今夜始。仆人朱顺向
吸此物，即用其烟具。余手尚未能自烧，李明代烧之。吸毕已
将丑正。方就寝，忽闻人声喧杂，已而履声囊囊，仆从皆起。
询之，则贡院之东火起。病中起坐维艰，未知火势如何，且静
卧以俟。无何，闻筱苏已起。监试来与筱苏商，欲开内帘门。
知火势甚烈，方徐徐而起。筱苏又来呼唤。幸自抱病以来，往
往和衣而卧，起尚不需多时。命仆扶余下床出视。则见火光烛
天，其焰熊熊，照目如电。正在贡院东墙外，相去不过数十
步，其南北之长，则自衡鉴堂后，直达外帘焉，幸此刻无风，
火不横扑。墙内又皆号舍，屋矮于墙，可免殃及。不然则贡院
危矣。然事不可知。仍命诸仆将卷箱扃锁以待。余等频在船厅
前后观望，夜气甚凉，特加衣焉。良久，见火势稍杀。外帘传
语墙外已拆出火路，水龙均到，足保无虞，请放心。乃归眠，
已卯初矣。

二十四日

辰刻起，疾如故。询问茶夫，知火至天明始熄。进供给时，又询知共焚五十余家。起火之家大小男女七人均烧毙。方延烧时，贡院门开，街人争入而避之。人物杂沓，庭院几满。若再开内帘门，则此出彼入，必更纷乱，且恐奸宄混入其中，乘间攫夺，无从查究。于是乃恍然于提调监试两道之坚不开内帘门者不为无见也。本日将所取之卷按房排列，复加删汰，粗定前后，暂取如额。自十七日即刻闱墨，每誊出一篇，先发本房删改。而各房改笔，往往敷衍了事，仍须自加修饰。余在病中，不能用心为文，甚为着急。筱苏窥之，谓余曰，今而后，改文之事，余独任之。于是各房改过之文皆送筱苏覆阅。筱苏一一改之，或数十字，或一二百字，且有改至半篇者，笔不停挥，每至丙夜。一人独劳，而余坐享其成，心滋愧矣。计惟有不多发刻，庶省筱苏之事。所以头场文余只发刻十篇，二场文只刻一篇而已。并劝筱苏亦不必多刻。明岁即不考制艺，此次为八股末运，不能不刻闱墨以存名目，谁其如从前之悉心揣摩哉。筱苏颇以为然。二场卷有送来者，本日阅二十卷。

> 页眉：内监视赵秀升前辈六十余矣，而文兴勃然。每于发刻之文删改一二语，思笔迥非凡手所能，谈及陈文背诵如流，是于此道三折肱者。

二十五日

辰刻起。两腿运动，稍觉轻爽，两手仍不能用力。监试来问揭晓之期。在行台时，余与筱苏阅时宪书，以九月初四日为寅日，又系黄道良辰，已拟于是日发榜。缘贵州为小省，科场条例，有小省揭晓不得过初五日之说也。惟未定时刻。今值监试来问，与筱苏商酌，本月小建，为日已迫。若初四后半日发榜，可于初四早间写榜，则宽裕一日；若初四前半日发榜，则须于初三日写榜，然发榜时刻似不宜太晚，统计尚有五六日头场卷已阅毕，二三场卷易于藏事，闱墨亦刻毕一半，大家努力为之，可不争此一日。遂定于初四日子时揭晓，达知监试，筱苏又改文四篇发刻。计头场共刻首艺十八篇，次艺九篇，三艺五篇，凡三十二篇。二场卷陆续而来。本日阅四十卷。终日阴。

二十六日

辰刻起。疾仍如昨，阅二场卷一二五七八五房之卷皆毕，一房有一卷已录取矣，而二场卷竟未到。犯规被贴耶，患病未入场耶？殊为可惜。七房补荐二卷，其一卷前两场俱平平无奇，三场第一策谓代数有真数假数之分，误以对数为代数，是从钞胥而来，非知算学者。其一卷第一策亦然，而二场易艺多习见语，诗艺不切武王，泛论用兵，头场次艺有犯下字。均未录取。先是，筱苏与余约，每人取中正榜五十名，副榜八名。余以佳卷未必如此适均，余久病，精神不足。万一致头脑冬烘之诮，则吾两人共之，请无分畛域，佳卷多不妨溢额而取，定草榜时合而校之。筱苏不愿。今七房补荐余等各两卷。筱苏取其一卷，来问余有不惬意之卷否。

无可剔换。余因一房有取定一卷，二场未到，尚未得足以补缺者，即请筱苏多取此一卷以足额。盖筱苏非有意见，故分彼此，诚以无所限制，彼此必皆多取。兄弟文章居多，将来合校，徒费工夫，未必毫无遗憾。若一二卷之间则固不妨参差也。筱苏戊子科曾典闽试，故深悉此中况味。余初次衡文，只知虚心，未尝细加思索耳。筱苏发刻经文四篇，诸卷诗皆不佳，曾令八房各拟作一诗以备刻，陆续送来，今日始齐。七房李岑秋拟作二首，二房诗有应改处，筱苏就余商改，改定一并发刻，共九首。终日天阴。

二十七日

辰刻起。疾如故。阅二场卷三、四、六三房皆毕。先是，传知各房，凡二、三场卷有出色者，将批条高贴，令露于卷外，以为识别，阅时先阅，拟中之卷如无疵类不须摈斥者。则不加点，待房官于磨勘时加圈。落卷则阅过后点五个小讲而止。首场雷同录旧有大疵之不可救药者，二场即不复阅。其高贴批条者则细阅一过，妙在高贴批条者头场多已拟中。未经拟中者，虽高贴批条，不过篇幅稍长，词句饱满，不率而已，并无奇特异常可惊可喜之作可以挽回头场，因此命中者。所以二场卷阅毕，而拟中之卷并无更动。第七房三场卷已送齐，随即阅毕。其余各房三场卷均未送来。筱苏发刻经文三篇，其《礼记》一艺，本非出岑秋房，筱苏因岑秋笔下有才气，特命改之。原文摹选体用韵而未能一律工丽，经岑秋删改，则光怪陆离，蔚然可观，篇长九百字，到底不懈，亦难得矣。岑秋来时，问何以阅卷如此神速，则以病故，恐致误事，特请分经房一人帮忙，其人，丁忧廪生也。闻向来外省分房人员多有携带文人充作家丁入闱襄事者，岑秋名士，又作吏不久，当不出此。所谓倩分经房人帮忙者，真欤？抑托词欤？不敢断也。然既自任有人帮忙矣，未则分经房人与自带之人又何以异耶。岑秋之言谅非诬也。

二十八日

辰刻起。近数日，痛处仍如前之移动而较轻。饮食亦稍见增，不甚厌肥腻矣。催各房三场卷，令无须每本加批，随即陆续送来。惟三房最迟，筱苏书条，先取拟中之卷，余亦如之。随后亦即送齐。穷日之力一律阅讫。有一卷三场未到，是未经录取者。阅三场卷，如二场之例，其无可以因此命中者，亦与二场同。盖高贴批条者不过未尝直书策题而已。看似详明，实则答非所问，但钞书耳。有一卷照策题而书，并口气未改，大有你问我，我亦问你之意，特批之。筱苏发刻经文一篇，即余所选之礼记文，八房詹介亭改后，经筱苏复阅者。统计二场共刻易诗礼艺各二篇，书春秋艺各一篇，凡八篇。二房补荐余二人一卷，筱苏阅而未取。天气早阴晚晴。

二十九日

辰刻起，疾如昨。次第各房中卷。一房、三房、五房、七房、八房均六正一副，二房七正一副，六房六正二副，四房六正，共正榜四十九名，副榜八名。一房有一正榜卷，头场三艺录陈文数语，殊不惬意，备卷皆有疵类无可易者，姑仍之，而心终不安。筱苏卷亦中定。一房四房五房皆五正一副。八房六正一副。三房七正一副。七房九正二副。六房十一正一副。二房三正。共正榜五十一名，副榜八名。卷虽中定，未曾互阅，恐不免雷同者。筱苏因改乡试录应刻五策无暇，余乃取其卷而复勘之。头二场遍阅一过，尚无与余卷雷同者，似曾相识之语在所不免，然而落卷甚多，难于核对，亦不敢苛求，苛求则不能足额矣。筱苏选第十名五策，刻入乡试录中，先发本房李岑秋删改，仍不惬意，遂自改之，令余改第一策。余为改八线、代数、微积三条，微积之学余尚未通，虽勉强改之，终觉隔膜，未知有误否也。五房补荐余二人一卷，筱苏阅而未取。已而又补荐余二人一卷，余加点而筱苏加批，亦未取。筱苏选刻乡试录经文书艺，苦无佳者。元文书艺虽已刻入闱墨，^①而嫌其冷淡。因七房补荐未取之卷书艺尚富丽，欲取中而用之。即补余一房有陈文语卷之缺。又因自己取中太多，未免偏枯。令余批补荐之卷，而批余落卷一本。彼此互易，以符卷数。余从之。已将余处岑秋补荐未取之卷送去，易来欲取之卷，批定矣，晚间筱苏仍将余卷送回，索去欲取之卷。问其故，则曰刻乡试录之文，名次不能太低，必须在前十名内，其卷书艺虽可取，其余疵类甚多，不能前列，仍以用元文为是。此卷既不用以刻乡试录，则不必取中，盖七房中卷，为数已不少矣。余以为然，遂定议。此卷失而得，得而复失凡两次，不知冥

---

① "元文"的"文"字，原文作"之"字。

冥中主之者谁也。功名之有命其信然矣。天气早阴午晴。夜雷雹大雨。

九月

初一日

辰刻起。疾仍如昨。一房补荐余二人一卷，余加点而筱苏批之。头场次艺甚佳，经艺亦胜，取中之，而将余一房有陈文语之卷撤下。午后与筱苏公定中卷，十名以内筱苏得六，元二四八九十。余得四，三五六七。十名以外，则各依所排之次，参互定之。筱苏得奇数，余得偶数，副榜亦然。房吏呈红折一扣，折内预书名数，惟空某字某号，以便填写，即所谓草榜也。筱苏令范和代书。余以近两日作行草字不觉吃力，置笔墨于面前自书之。每定一名，于折内填写字处，不令外人见之。每卷一套，以红纸作圈束之，圈上预书第几名，亦房吏所呈也。约时许乃毕其卷，贮满三箱，统存筱苏处。草榜既定，乃请监试及喻济丞来，询以填榜之前一切章程，以济丞曾两充房考，诸事谙熟，故兼问之。草榜除余等各执一纸外，尚须二十二分，俟填榜日，分致监临以下各官，乃命誊写朱卷之房吏仍在玉尺楼书之，并命高福、老徐二人监视，防红号之预泄于外也。天气阴晴不定。夜大雨。

页眉：李明欲代余书，筱苏以其疾不宜劳代，为遣去高福，时正监视刻匠修补闱墨板，余仆则均未能搦管。

初二日

辰刻起。疾仍如昨。筱苏拟就磨勘中卷章程七条，持来问余尚有未想到者否。视之，详细周密，毫无遗憾，遂令各房传观，各录一纸，以便照办。饭后，请济丞来核对默写小讲。岑秋来书红卷中定名数，并请监试收掌公同监视。述之久未晤谈，今见面，谓余气色光彩不似从前暗淡，是病愈之征。余问其日来作何消遣，代人捉刀否。则亦抱病多日，近一二日始就痊可也。济丞阅得第十五名成字六十五号卷，三场默写二场首艺小讲，一字不符。若图省事，惟有撤下不中；另以备卷补之。然未知咎属何人，实未敢冒昧从事。且此卷为筱苏得意之卷，首艺已经发刻，更不肯轻于割爱。乃请监轼从外帘调取墨卷核之，如墨卷与红卷同，则撤下不中，在该生咎由自取，余等亦理得而心安也。无何，墨卷调至，与筱苏共阅之。小讲并无不符，再阅五策，则与红卷大异，乃知是外帘于红卷盖号戳时，将此卷与他卷互误，于考生固无干也。于是照旧取中，俟榜后再行详查。济丞又阅得两卷，均漏默二场小讲，其为誊录之失，显而易见。若墨卷漏默，早登紫榜矣。惟有记其名数，俟填榜时，取墨卷核之。余卷皆无错误，偶有字句不符者，固无害也。两人一对一写，戌初始毕。余等校阅一过，然后将中卷五本一束，自第六名至一百名为十九束居前，前五名逆数而上为一束次之，副榜为三束又次之，共二十三束，依次纳入卷箱，以便写榜时依次取付榜吏也。略备酒肴，留四人共晚饭，亥初始散。草榜二十二份，一人书之，恐有迟误，又添召房吏一人助之。至晚始毕。写榜之先，须发中卷字号于外帘，令将墨卷按号查出。墨卷甚夥，检查非咄嗟所能办。余等以本年中额加倍，写榜宜早，拟今夜预发字号而不书名次，请监试商之外帘。而提调、监试、两道以为外帘已撤关防，闲人出入无禁，字号一出，则不待揭晓而通国皆知矣；监临位尊威重，足以镇遏闲人，当俟其至而后发，必不得已，亦须俟两司齐集再发，余等断不敢任其责也。余等闻其言，乃改于明晨径发草榜。随取草榜一分固缄之，面交监试，请其于明晨相时而发。闱墨每刻成一艺，先以朱印一纸，并板送来请校。校有讹误，即召刻工来船厅修改，改好即将板索来，藏之余等室中。杜盗印也。十余日来，随送随校，至今夜只刻成文三十七篇，诗九首，余文三篇未刻。房吏忽来禀请付印。问其未刻之文，则曰俟榜后补刻。刻成者有一艺，筱苏嫌其篇幅太长，且有不妥处已经删改，令其将板修削。亦曰俟榜后。盖写榜之时，自主考、监临、学政以及内外帘各官之入座者面前须各置闱墨一本，谓之铺堂卷。共须二十四本，与草榜同，必须于今夜印成，迟则无及，缺欠数篇，固无妨也。因将已刻成之板发付之。房吏呈揭晓及鹿鸣宴礼节单。终日阴。三更后雨少顷而止。卧后闻筱苏唤从人，仿佛有事，又闻其与人谈，且同声相应，似有所核对者。良久乃寂。余疾虽较减。动转犹未轻便。故未起询。若在平时，岂肯闷此半夜哉。

　　页眉一：首艺起二比经筱苏墨笔浓圈，为他卷所无。

　　页眉二：修板时必派一人监视之，盖刻闱墨在监试所，监试董之来船厅，修补则余等之责也。

初三日

卯刻起。疾仍如咋。本日写榜，须于墨卷填写名次。久不作楷，恐不能成字，取纸墨试之，尚勉强能写，始放心。见筱苏，问昨夜何事，则以草榜发出太早，非慎重关防之意，因将红号另录一通，隐其名次，以字为类，核对无误，固缄送与监试。仍将草榜索回，故呼唤从人，部署良久。今早无事，取印成闱墨阅之，仍多讹误，校出数处，以告筱苏。乃筱苏校出之错较余尤多。巳正即早饭，昨约定午刻登堂写榜也。不谓外帘坚欲俟监临既至，方领红号，虽屡促之，终不肯应。待至午正，监临至，始发红号，并将草榜一纸交监视转呈监临，以监临亦自有关防，固不虞其漏泄也。自午至申，寂然无信。已而外帘送入开榜宴两席，云俟宴毕，然后写榜。乃请监试、收掌、八房至船厅同饮。问济丞，昨询写榜日事宜，何以不言及此。则曰，向来此席设于写榜毕后，彼时人多疲倦，往往设而不饮，有名无实，今科移于写榜之前，实创举也。时将申正。草草终席。内帘门启，乃花衣补服而出。监临、学使、内外提调，监试均迎于门外，葛李两巡捕亦来站班。至至公堂入座。堂上南向四座，筱苏与余居中，监临在左，学使在右，东西向各二座，两司两道以次列坐，余皆坐于堂下。堂基故不宏敞，侍立之从官：执事之吏役及各官随侍之仆从已不只数十人，而闲人闯入观榜者更不能以数计。堂之上下几无容足之地。贵州积习，历科皆然，而今科尤甚。故堂下列坐各官，不知在何处，亦不知内帘官外更有何人也。入座未几，书吏请发红卷对号，往取墨卷。拆视之后，不送本房磨勘，榜条亦不由房官自书，别有官六员，设长案坐于余等之前，每拆一卷，伊等朗诵小讲，互对无讹，即有吏以阔寸许长半尺许之小白纸写榜条，由旁侍之巡捕小官等呈于案上，朱墨卷亦随至。筱苏于朱卷第几名之下书举人姓名，余于墨卷右上方书名次。每书一名，即于草榜将姓名、籍贯、某生注明。书毕，即有一人在侧将朱墨卷以纸绳束之，纳于卷箱。写至漏默起讲之卷，翻墨卷视之，均未漏写，果誊录之失也。戌刻写至百名。不复停息，接写前五名。但见烛光照耀，布满阶庭，皆照五魁以求利市者。不料观榜闲人争起夺之，夺烛不得，遂夺书榜者之笔。榜吏良久不能成一字，而照魁之烛亦一时俱熄矣。前五名甫书毕，闲人又争趋余等案前，欲夺笔墨及案上陈设之物。众役以竹梃痛击之乃稍却。而余案上之牛角风灯已碎其一。于是众役围护，勉强将副榜名次书毕，笔墨等物皆收起。闲人无所觊觎，乃稍稍散去。榜既写毕，榜吏恐有错误，又从头朗诵一过，视榜条一一相符乃已。副榜亦如之。讫事时才戌正三刻。丁伯厚前辈辛卯科典黔试日记云，戌刻写榜，寅刻始毕。今年两科并行，中额加倍，发榜又定于子时。就伯厚日记推算，至迟不得过午时写榜，方可从容蒇事，至申刻毫无消息，余等已满拟今日须坐堂终夜矣。孰料竟如是之速哉。此时距子刻尚有两小时之久，势须静以待之。不意监临预嘱鼓吏。促传更点此时已交五鼓。监临曰，时已五鼓，榜可出矣。众遂拥榜而出。此与掩耳盗钟何异。殊可笑也。榜既出，余等遂返。监临、学使、司道诸人又送入内帘门，隔阈一揖，然后别去。正副两榜之硃墨卷共盛五箱送进，仍藏筱苏室，以便明日发房磨勘，并写批语。八房来贺得人之喜，谢未见。寻差帖至各房贺喜以报之。首县杨仲三来谈片刻，送来筱苏家信一件，询知寓中均安吉，惟五月间宁国府淫雨，河水盛涨，寓中水深尺余，然不过逾日即退云。又筱苏于六月朔得外孙，即汪竹溪同年之孙也，喜而告余，余揖贺之。供给官曹致堂大令履中，湖北人，辛亥年伯曹公贻诚之世兄。来见。言科场供给，历科皆由首县承办，以吏役人夫皆其所辖，事事不敢违命故也，去岁庚子科，伊适摄首县事，承办供给，百物俱备。寻以停试中止。今年伊改摄清镇县篆，而上宪欲以伊始终其事，遂仍调办供给，则事事棘手，迥不如前矣。他不具论，即如监临去后，其室中什物无一存者，甚至窗纱亦为人窃取罄尽，各号号板，三场后亦无一片存者。此等情弊历科不免，然无如今科之甚者也。天终日晴。

页眉一：早饭前，房吏于船厅查点落卷，与筱苏步出取数本视之，则皆四字泛批，如平正通达词意明顺之类，无作斥绝语者，文则以蓝笔轻点无勒帛者。各房一律，深得远怨之道。时厅奥卧，有一人见余等出，即起而长跪，入则复卧问之，则刷印匠也。昨晚印闱墨时，伊于额外多印，思窃出以获利，秀升前辈廉得之，笞其臀数百，锁于此以警众。凡示众犯人见长官例应起跪，伊盖恪遵令甲也，然令甲未尝许人窃印闱墨，伊何以竟不遵哉。利令智昏大率类此，刷印匠其不足责备者也。

页眉二：写榜之顷，庖人进小食数次，循例也。

页眉三：丁日记云，将写五魁时，每人设酒为贺，本科无之。

页眉四：榜出后，复传更筹依然，二更耳。

页眉五：曹年伯，癸丑进士，与筱苏尊人同年。致堂，与筱苏亦世兄弟也。

页眉六：此亦致堂之诳言，闱中供给与沿途办差不同，州县到任置铺垫等物一分，有差则用之，任满则携去，后来者再置，是有主之物不宜取也。闱中供给每科皆有领款，需用各物按直报销，供给何人即为何人所有，其人不取，必致群起而分之，有不罄尽者乎？即使终无人取，试问此物何归？留待下科，下科另发款项，另派人员无所用之，且三年之久何人监管？亦必损失。归之致堂，致堂以已经报销之物入己，名亦不正也。能将原直缴出而后取乎？必无之事也。

初四日

辰刻起。疾仍如昨。将落卷分发各房，均取有收条。寻又将正副榜朱墨卷分发各房磨勘，加墨圈，并拟例批焉。惟第十五名之第三场卷嘱介亭勿加墨。午已过尚未早饭。问之，则曰供给所本日未送供给，厨房一无所有。令差役催取之，至未正始得食，而肴馔殊草草。下午邓中丞来拜，谈许久。监试赵秀升前辈事毕出闱，以帖来辞行，余等亦以帖送其行。房官仍须磨勘试卷，虽晚间有回寓者，而每早必来，终日不去，须俟磨勘事毕乃已。余等则仍居闱中，不复移至行台，盖沿旧例也。与莜苏共阅题名录，检查各属取中人数，计贵阳府属共中正榜三十八人，副榜五人，府学正十五人副二人，贵筑县正十三人副三人，修文县正九人，贵定县正一人。思州府属正榜二人。玉屏县一人，清溪县一人。思南府属正榜十人，副榜四人，府学正五人，安化县正三人副三人，婺川县正一人副一人，印江县正一人。安顺府属正榜十二人，府学五人，普定县一人，清镇县四人，安平县二人。都匀府属正榜九人，副榜二人，府学副一人，都匀县正二人副一人，麻哈州正一人，独山州正三人，清平县正三人。大定府属正榜五人，副榜二人，府学正二人，平远州副一人，黔西州正一人，毕节县正二人副一人。遵义府属正榜十三人，副榜三人，府学正三人副三人，遵义县正八人，绥阳县正二人。解首余沅芬即遵义县学廪生也，镇远府属正榜三人，府学二人，黄平州一人。黎平府属正榜一人，古州厅。兴义府学正榜一人，石阡府学正榜一人，平越直隶州正榜二人，普安直隶厅正榜二人，松桃直隶厅正榜一人，其中兄弟同榜者三家，十三名陈廷菜乃二十四名陈廷策之弟，六十二名王宗彝乃六十七名王怀彝之弟，三十八名蔡锦乃九十一名蔡铣之弟，三家皆弟先兄后，名次皆一奇一偶，为余两人所分中，亦一奇也。修文县靳光墦，壬午科副榜，其后又两中副车，均于写榜时撤下，另补他人，今始获隽。贵阳府石祖培，终场后不数日即病故，虽中式不及知矣。误印字号之第十五名成字六十五号胡宗仑一卷，昨已饬房吏于落卷中详查，今已查得，系与成字六十四号卷互误。其卷为第五房未荐之卷，乃发交介亭，嘱其将两卷外皮互易焉。淮卿来言，其房有周鸿滨一卷，第三场真草不符，其人已经来谒，告之，故伊愿换卷另誊，乞俯如所请。余等以真草不符，考生独任其咎，于主试房官均无干，从其请绝无私心，不从其请则有乖恕道，已成功名他人尚思保全之，况师生耶，从之。葛李二巡捕自本日来此住宿，以待差遣。李明痢仍未愈，不知从何处诊视，持方来请余阅。余向不知医。抱病以来，服药无效，因止不服。所以病虽未痊，亦未加剧，劝其以余为法。不听，竟服之。天终日阴。晚有人于船厅查点落卷，叫呼之声不绝于耳。夜半卧后，忽闻争斗之声，若数十人相哄者。贾成呵之不听，曹致堂来禁之亦不听。致堂大怒欲笞之乃止。未知何事。

　　页眉一：中丞言，两宫八月二十四日由西安启銮，现在已过潼关。

　　页眉二：贵州知府除遵义府外，皆如他省之直隶州，自有所辖之地，居其地者籍贯即书某府人。岁科两试，学官先试之，一如县试，然后与各县共应府试，其学额即由府人取入，各县无所谓拨府之说。题名录但注府学者，即府人也。遵义府先隶四川，后改隶贵州，故独异然，其府学诸生应乡试，卷面亦不注为何县人，为一律也。题名录照卷面刊刻，故只知为府学生而已，无从区别也，铜仁府属虽未中人，而松桃厅则附铜仁棚考试，以学使按临之处计之，无脱科者。

初五日

辰刻起。疾如故。询问昨晚之事，则道署房吏来取落卷，索卷箱不足，相率闯入差纪室中，击毁什物，殴打差纪，差纪不甘受，故争吵也。又有一人蹲筱苏窗下良久不去，贾成见而问之，亦该吏之属。疑其行窃，以告致堂，记其名姓拘之供给所中。适致堂来问所拘之人若何处分。筱苏曰，彼无行窃实迹，不必深究，可释之，惟该吏等以需索不遂，擅敢纠众滋闹，抗不受命，则不可恕，宜告粮道使惩治之。致堂以为然。开拜客单，并注应用何帖，交号房。午后出门拜客十余处，见抚、学、藩、臬、粮道、监视道、首府严绍光，隽熙，江苏吴县人。余均未见。归时已逾申正矣。严绍光太守来答拜，又谈许久。绍光年已六十五岁，精神矍铄，声音洪亮，口若悬河，滔滔不绝，具有条理，范孙视学时即任首府，范孙设立学堂书局，一切绍光与有力焉。谈间频问范孙近况，余详告之，并代范孙致意。范孙在贵州刻有《先正读书诀》，板存书局，又携归《輶轩语》《书目答问》两种赠人，其板亦在书局。本日见藩台邵实孚前辈谈及之，请代印，实孚以告绍光，今绍光来问需印若干。余二人每种各需百部，绍光允诺。曹竹铭世伯言，冯伯岩归至洪江，舟泊河干，忽不知何往；其从者四出寻之，弗得，近有自洪江来者言之，亦异事也。又闻一叔病故。及家中近况甚悉。一死一生，乃见交情，此老犹敦古道，可感可敬。晚间致堂葛巡捕二人开来应送联扇单已五十余人，再加同年同乡之不在单者约六十余人，极力删减尚有五十余人。余所备联扇共五十份，自用一扇，在京时友人用去一联，出京后沿路送人四联四扇，至是只有四十五分，不敷分送，因请致堂来商之。致

堂言省城纸肆扇可用，联不可用。筱苏存有为庶常时拜客所
眷已写未裱之八言橘红冷金联，出视致堂，问可用否。致堂
言省城欲购此纸且不可得，何不可用之有。余等恐不及裱，
致堂言明日召裱匠来商之，如不及裱，不裱而送亦可。于是
筱苏给余一束，计十八联。余嫌其多。筱苏曰，恐有意外需
用之处，不妨宽裕，此种字纸皆劣，可择无甚交情者送之，
将佳者易出数份，以备不虞，从之。天终日阴。李明服昨方
药，痢愈甚，日数十次。赵仲莹同年去岁丁内艰，近始扶柩
归里，于初七日开吊，送余两人讣闻。筱苏与余商送奠敬，
余拟送八金，筱苏亦如之。余以与仲莹同年，须较筱苏加厚方
合。筱苏以为不必，余意终觉歉然。本日见客数处，虽言明不
行礼，而升舆、降舆、升阶、降阶，较不出门时劳动多矣。乃
晚间举步转觉轻松，可见勉强支持，于病体不为无益也。

页眉：真草不符，固违式，然草稿可以涂改，独其
卷四书首艺似曾相识，所以急欲换卷也。余所阅卷似之
者不止一本，均以习见摈斥，伊乃竟为筱苏所取，复核
时见而疑之，遍察诸卷，偶有一二语与同者，其极相似
者，卒不可得质之。筱苏则曰"不得的确蓝本，未可轻
易佳卷"，已尽舍此取彼，又何以异，遂仍之，是殆所
谓命欤？

初六日

辰刻起。安睡一夜，而两腿举动反不如昨晚之便。学
使赵芝珊来答拜，谈许久。问仲莹送讣闻否，曰送。何以为

礼，曰送幛。筱苏问送八金何如，曰甚厚。六金何如，曰已
为不薄。贵州局面甚小，当道诸公尚未必多送，况我辈之客
居者乎。邵实孚前辈，黄让卿年伯，蒋蓬史太世叔先后来答
拜，均见之。黄年伯常阅医书，议论余病，甚有见地。以服
过之方与看，皆以为不然。告以久未服药，如不闻者，书纸
视之乃解，盖两耳重听也。闻其已逾八旬，而健步善饭，气
足神完，惟不聪耳。谓余疾宜服肉桂。候补道张翼卿_{胜岩}曾
到安南，存有佳者。嘱向索之。曹竹铭世伯来，谈及余病。
自云自己丑年患此疾，时发时愈，在云南时，疾发最重，遇
一九十余岁老民，善医此疾，云须令先痢后疟，然后疾愈。
服其药果如所言，痢十余日，疟百日乃起，宿疾尽除。然
而血气虚弱，至今未能复元，以从前服药多误也。切记此
疾总宜温补，断断不可服凉药，鹿茸尤要。不敢服关东茸，
可先服云茸，云南浪穹县产天生黄，不敢竟服，以之煮鸡豕
而饮其汤最妙。监试赵秀升前辈为浪穹人，存有此物，可向
索之。又详询京中诸熟识遭乱后景况，谈约时许而去。余在
京见竹翁时，状貌魁梧之至，乃前月初六日在抚署中，但见
颓然一老，意揣而知为此公，若在他处，竟不识也。今日痛
谈，始知因病，而衰病之损人如此，卫生之道可不急讲哉。
余等之至臬署也，茶话之顷，以小食进。今竹翁来，爰命庖
人备小食以报之。乃久坐寂然。问之以未进供给对，如前日
然。筱苏怒召差役责之，始草草而具，劣不可食，徒有其名
而已。监试安顺府知府赵秀升前辈，电报局候选府潘企曾_光
_{照，江苏人。}同来，延见之顷，从秀翁索天生黄焉。解试卷委员

通判锡丽堂，明京，旗人。候补通判谈贵生，仁熙。候补知县储荫谷世鑫，俱江苏人。荔波县知县汤啸庵柄机，安徽人。同来，见之。时已未正，客来不绝，因命巡捕有续来者概谢弗见。乃早饭，饭亦于是时始熟。饭毕，有门生彭书年来见，因有客在座，已待许久，见之。复出拜客二十余处，惟见黄吉裳年伯卓元，本地人。蒋济川福珍，贵州人，带抚标右营。祁子修以德，江苏人，带贵阳营。两营官，余皆未见。学使赵芝珊来信言，闻得当道诸公送仲莹奠敬均不甚厚，自己于祭幛外送四金，君等所拟，实不为菲。于是筱苏定送六金，余仍送八金，较筱苏加厚而又不太多，适得其平。余等非不欲送幛，以送幛则必由供给所代办，供给所肯向余等索钱乎？是明明取巧而扰之也。制就联扇锦匣各四十五个一并送来。由供给所发裱八言对十八副，代购折扇十八枋。供给所送来鹿鸣宴杯盘一副。红绸一端，金花一对。房吏请发三场各艺，刻入乡试录。头场皆用元作。二场易用第八名邹翼作，书、诗、春秋亦用元作，礼记用第九名朱焯作，三场五策皆用第十名于德坤作。余在北方，无论冬夏，床向无帐，今年南行，携来实甫真珠罗帐以避蚊。入闱后，供给例有绸帐，遂悬挂未去。久病畏寒，拟作洋布帐一具，为归途御风之用。商之筱苏，以为惟有令供给所代办而给其直。于是告之致堂，致堂命缝人购制焉。天终日阴。李明痢仍不减，来言病中习静，而诸仆以供给不备，终日促其催索，殊嫌聒耳，请另派人充其役，以便养病。乃使高福摄之。

页眉一：至抚署，见正副两榜高张照壁，纸之长阔，字之大小，较顺天榜不啻过之，舆中遥望，罗罗清疏。昨揭晓时，榜吏席地而书，距公座甚远，中间人多目为之障，固未及见也。

页眉二：藩署大门联云：咸则三壤成赋；敬敷五教在宽。集语工切。

页眉三：此事未确。

页眉四：同寅皆呼为黄龙翁，所属皆呼为黄龙宪，称谓之奇，令人喷饭。

页眉五：拜客得见者多以茶点并进，不止桌署也，想贵州之风气如此。

页眉六：吉裳年伯，乡居数载，精神较在京时加健，貌亦加丰。余到贵州，则一病缠绵，月余不愈。甚矣，迁地之弗良也。

页眉七：方杯只耳，承以方盘，皆银质。盘中崭有庚子辛丑恩正两科鹿鸣大宴字，金花则铜质而镀金者，红绸薄如蝉翼，色尚鲜明。

初七日

辰刻起。疾如昨。门生来见者九人，丁乃昌、周鸿滨、颜照奎、张锦江、刘炽昌、杜沛霖、刘钟俊、何培瑛、张绍銮。午后，筱苏吊于赵仲莹。余以不能拜跪，未往，令高福送去奠敬八金，并持年愚侄素帖上号，说明不能亲到之故。蒋济川、祁子修同来答拜，见之。各房磨勘中卷有已毕者，并拟定正榜八字，^①副榜六字批语，每卷三条。送来。因筱苏出门，暂扃诸箱，存余室中。首县杨仲三来，持来初九日自中丞以下二十余人公请之帖。谈许久，言来已数次，皆以有客在座，未获晤面。即用知县刘镜川_{增泰，陕西人。}来见，年已六十余，景况甚苦，以同乡故，_{贵州有北五省会馆，奉直、八旗、山东西、河南、陕甘、吉林、新疆皆论同乡焉，闻云南亦然。}乞见上宪代为吹嘘。问其科，则乙亥，庚寅，有年谊焉，许之。伊今科派外帘差。昨日拜客，已到其门，不知有年谊：用乡愚弟帖，因而当面谢过。伊唯唯而已。人甚长厚，无官场习，无怪乎不得意也。黄吉裳年伯来言，适到首府处，以筱苏在座，谢未见。昨在吉翁处，谈及余病，似甚知医，天晚匆匆辞出，未得细询。今日谈及，果精于此，因请诊视，以为有寒，为书一方，并嘱勿服凉药。又详问一叔病故，京津去岁遭乱一切情形。与曹竹翁同谈良久始去。厘金局提调王少卓，_{继先，顺天人入大兴籍，而家在涿州。}善后局提调胡衢农，_{汝霖，湖北人。}保甲局提调李孟仁_{士麟，四川人，辛卯举人，戊戌进士。}三知府来答拜，见之。衢农为支继师庚午乡试房师，胡朴庵太夫子_{有诚}之子，称世叔焉，精岐黄术，李巡捕曾屡誉之。今晤面，请其诊视，据云诊脉以早起为准，时已向夕，不如明早便衣来诊为妙，从之。谈间，筱苏适归，又谈片刻。衡鉴堂逼近庖室，煤气殊不可耐，送客亦嫌太远，榜后即欲移居监临堂。致堂

---

① "并拟定"原文作"并拟字"。

以监临堂尚须收拾，请缓数日。至今日午后始请移居。乃一面会客，一面饬诸仆搬挪什物，至暮始就绪。监临堂中一间为内外帘出入之路，左三楹而右两楹，以左边近中一楹为会客之所。余等各据二楹而居，虽不如衡鉴堂之宽绰，而院宇宏敞，几净窗明则过之。前为至公堂，其左右夹室可以居从者，令高福李明居之。明日鹿鸣宴，中丞请帖一，提调、监试、司道四人请帖一，仍用销金龙凤大柬，与会同宴同。徐月亭统领_{印川，安徽人，现充练军统领。}来，言贵州广西接壤之处瘴气极恶，自三月至九月，每雨后，即有气自地中出，两色、三色以至五色不等，若虹霓然，人嗅之而香者，逾时即毙，十无一生，若作臭气，尚可治也。忆昨曹竹翁言云南瘴气亦如此，而泸江之水尤甚。泸江距永昌府仅一日程，五月渡泸，即此水也。江上有铁索桥，长半里许。其下水作黑绿色，浊如面浆，气甚毒恶，若非土人，行经此桥，往往有触其气而立毙者。水中鱼皮极坚厚，如牛皮然，非刀斧斫之不断也。[①]竹翁曾守永昌，故知之甚详。罗斛同知继竹楼，_{文，满洲人。}候补知县古燮臣_{尚贤，四川人，癸酉举人。}同来，以为皆同乡也，延之室中。谈间，始知古君非同乡，乃筱苏之同年来见筱苏者，号房误以为欲见余也。承述之来答拜。李岑秋出闱来辞。余等因云贵总督兼辖两省，在应送联扇之列，寄时须有通候例信一函，因烦岑秋捉刀。各房陆续均将磨勘之卷及

---

① 此句原文作"水中鱼皮极坚，厚如牛皮，然非刀斧斫之不断也"。

拟就批语送来，惟淮卿房周鸿滨一卷未动笔，另置之。以该生欲换卷也。约定镜湖、淮卿、岑秋三人，于初十日来写中卷例批。晚间接麻哈州知州杨润泉_{绍宗，天津人，乙酉举人}。公文一角，拆视之，官衔手版一，履历一。四六禀一。已而又送来一信，言去岁选缺，正值变乱，川资未措，匆匆起行，沿途告贷，始得到省，而家中田宅亦荡然矣，此缺瘠薄，不足以清宿累，特请其令叔筱元世叔持信来省见余，详谈一切，乞于见各上宪时极力吹嘘，求调优缺以调剂之云云。嫡亲同乡州县中只此一人，又为自己同年，即不来信，余肯置之不顾哉。天气阴晴不定。李明痫如故，今日照料移居，颇觉不支。写扇四柄。

页眉一：丁乃昌之尊人，名凤扬，丁卯举人，本人以增员生报捐教职。周鸿滨原名瑾，年三十余，乡试已数次矣。

页眉二：少卓年六十余，与谈涿人，茫然不知，盖到省多年矣。

页眉三：高福持来仲莹处谢帖，并彩绫一端，已而仲莹送余等席券各一，以报唁也。俱璧还之。

页眉四：竹楼以教案撤任，故在省。

页眉五：三月选缺，请假两月，假满到京，乱已作矣。故同乡均未晤面，仓皇领凭而去。

初八日

辰刻起。疾如故。候补同知潘樵孙_{家怿，企曾令郎}来。伊本科充受卷兼誊录官，据言试卷犯规应贴者数百本，中丞以为数太多，仅将其不可救药者登诸紫榜，其余悉从宽免。又言三场试毕，中丞急欲回署，乃添募誊录生三百名，至有考生改名应募者，殊失慎重关防之道。请胡矞农世叔便衣来诊视，据云疾系湿痰化热，凉药固不可服，热药亦先不宜服，立一方，令频服之，十剂后当有效验。且云，医者惟认疾不真，所以今日用此药，明日又用彼药；若认疾既真，则无须更改，即改亦不过一二味之间而已。余见其方用甘遂，以为太猛。则曰无虑，尽放心服之，非此不能愈君疾也。杨晓元世叔来，携来程仪百金，随仪四金，领之。谈许久，言润泉问归期，拟到清平与余晤面一谈，以麻哈州距清平甚近也。午正二刻，中丞等已送帖两次催请。亦与会同宴同。余等乃服朝衣朝靴升舆，仪乐前导，至抚署。入仪门降舆。中丞等迎于大堂下。登堂，揖就座。加朝冠披肩，然后步至庭中，东向谢恩，行三跪九叩首礼。余仍用高垫，仆人扶掖，如会同宴时。礼毕升堂，去朝服，余所服系少兰叔之全身朝衣，不易脱，遂仍服之，只去朝冠披肩，乃就席。两司送余二人酒，两道送中丞学使酒毕，然后以次就席坐定。赞礼生引新举人二十余人升堂，北面行谒见礼，先拜余二人，中丞学使次之。司道又次之，府县及内帘各官又次之，均行一跪四拜礼。礼毕乃退就席。于是庖人献肴。才进四碗，旁观者争来夺取，甚有负席而走者。一时人声鼎沸，器碎桌翻，羹汁淋漓遍地，不知凡几千百人也。是名抢宴。各省皆然，向例不禁，亦不能禁。此等筵宴，只取其名，若无人抢，转觉索然无收束处，似更不可禁也，余等欲观之，无如立足不定，乃退入二堂。中丞约余二人及学使至二堂西偏之梅园。园中有厅五楹，曰五福堂。入而小坐，见门之上方悬一横额，曰"悠然见南山处"，未审何人所题，只加一字，无殊点金成铁，实堪捧腹。少食茶点遂辞出。便道往拜各房官及外帘执事各官，同乡同年之前所未能拜及者。归已申初矣。委署龙里县令联星三，魁京，旗人。抚署文案准补开泰县令王彩臣，人文，云南人，壬午癸未联捷，丙戌补行殿试。先后来答拜，均见之。晚饭后，致堂来谈许久。臬署家人李升，高熙亭前辈所荐之旧仆也，去岁京师乱后，曹竹翁曾为熙亭寄银。伊亦附寄数十金，至今未得回信，因来见。余问熙亭消息，告以现已回籍，请余为熙亭带一信，许之。署台拱营参将赵辅臣，万忠，天津县，武进士。遣其标下六品军功蓝德斌亦天津人持来一信，言自去岁天津乱后，至今未接家信，询问津中情形，并因台拱水土恶劣，眷口多病，乞见中丞说项，调署上游各缺。服胡衢翁药自本日始，二煎已好，张顺暂置火旁以待服，茶夫恐其干也，加之以水，张顺以为大忌，弃不复进，遂未服。天终日阴。李明痢如故，终日未起，令人焦灼。写扇五枋，作行草尚可，未能作楷。布帐作成送来，未索直。

页眉一：惟会同宴、鹿鸣宴两次前导有鼓乐，余日则仪仗鸣锣而已，鹿鸣宴后便道拜客，亦无鼓乐。

页眉二：芝珊学使言，江西新举人赴鹿鸣宴，一人须费数十金。故每科到者不过二三人。今贵州竟到二十余人，必所费无几耳。

初九日

辰刻起。疾如故。门生来见者一人，黄自明。曹致堂已补瓮安县缺，杨仲三调署清镇，致堂昨言欲到清镇算交代，数日即归，每日供给已开条交仆从按日索取矣。今忽来言，昨到藩署禀辞，方伯大怒，谓主考未行，尔擅敢远离，足见不以公事为意，闻尔近日供给草率，得罪主考，吾将于大计时署尔下考，尔其慎之，不准赴清镇。盖初六日供给不至，廉访实亲见之，故方伯得知也。致堂惧方伯之终不令赴任，乞余等为之缓颊，许之。门生周鸿滨来，言卷不能换，请将原卷发出，伊携有笔墨，即在此将三场草稿改正，并磨勘加圈，允之。检卷发与伊，并约一友来，即在会客屋磨勘。因会客不便谢，未见者凡十人。饭后，因致堂事，特出门往见两司，言致堂若因公被处分，绝不敢干预，若为供给小事，则断断不可，余等不受其名也。实翁曰，我特以言恐之，欲其知警耳。竹翁言，致堂在清镇日，有遇盗者赴县报案，稍增失去银数，致堂以为诳报，笞而禁之，失主愤而自缢。未几，致堂以事到省，往谒首府，方入门，忽有人自后以粪汁灌顶而下，淋漓遍体，急不暇择，适傍有吏役濯足水盆，遂就洗之，群呼为屎大老爷，今年四月间事也；及调办供给，共领款二万六千金，而事事从刻，上下无不怨之者；方伯性极和缓，今忽大发电霆，其深恶之可知，君等虽言之，不过暂宽一时，恐终不能免也。两处共谈时许而返。早间代杨润泉、刘镜川各书一衔条，见藩台时，均已面交，并为惇托，藩台许诺，且言杨绍宗做官甚好，吾稔知之。见臬台时，亦托为润泉说项。臬台亦深赞之，言其到任时，于途中即代邻封办一案，能手也。抚学司道府县及内帘各官_{外帘亦有列名者}共二十余人公宴余等于新城之四川会馆。申初始往。宾主共七席。以两宫在途，不忍演剧，清酒而已。陪余饮者曹竹翁、蒋蓬翁、李孟仁、喻济丞。蓬翁曾官河南，与辛蔗田太夫子有旧，询其家近况甚悉。竹翁又详问京城景象及同人之未曾问及者，且谈且饮，量似甚豪。问之，则曰余病半由于酒，近尚不敢饮也。戌初始散。归途见市肆门前皆贴纸书神位，焚香烛。字小不能辨识，不知所祀何神，想重阳之所应祀也。省城别有新城，在旧城外门之外，与旧城相属。官廨皆在旧城，新城则绅商所居，有所谓南京街、广东街者，盖慕其繁盛而名之也。四川馆规模闳阔，为省城公所之冠，历科公宴皆假焉。思流览之而竟不得间，惟厅上设席时，杨仲三引余等及中丞学使于一小阁中坐待，隔窗遥见亭池一隅而已。学使言黔地寒燠不时，五月按试大定，一日五鼓点名，服重棉犹形瑟缩，加羊皮外褂，始免于寒，五月披裘，信非诬矣。中丞言云南有烟瘴，居民不敢大启窗牖，辟小窗以透天光而已，有人晨起推窗，瞥见一物若狗头形者塞窗而入，以竿击之，旋击旋散，以至于灭，方知为瘴气也，较之所谓五色者奇而又奇矣。首府严绍光，精神有余，余等有所不及，伊辄匡之服药。天终日阴。晚微雨，入夜不息。李明仍未起。写扇四枋。述之断弦，请假。

页眉一：王鹤亭云，黄自明本苗人，改归汉籍者。

页眉二：在藩署见行在电报，两宫初七日到陕州灵宝县，初八日驻跸一日，初九日启銮。到臬署，携胡衢翁药方，质之竹翁，竹翁以为可服。

页眉三：酒席价极昂，燕菜烧烤全席需十六金。

页眉四：门生颜照奎呈其尊甫望眉山人著作凡数种，望眉名嗣徽，字义宣，庚午乡试第一，现官广西归顺直隶州知州，又另纸录其自己杂咏诗十余首呈政，于时尚有蝉吟。

初十日

辰刻起。疾如故。吴襄山同年 开南，四川人，乙酉举人。来谈许久，并见筱苏。持来其同乡候补佐杂郎遇盛名条一纸，请交藩台，言其人委差已有消息，乞君一言，庶可速发委札，留之。镜湖、淮卿来书中卷批语，即命在船厅设案，命分经房吏侍侧，每写一纸，随即贴于卷上。岑秋新得差使甚忙，未知能到否。门生何士瑗来见，其卷出淮卿房，即留之为淮卿帮忙焉。介亭、友琴、少卿、守之、济丞先后至，均到船厅。少卿房卷墨批均未揭去，特告之，令按名揭下。留镜湖、淮卿早饭，帮忙之门生与焉。午后，筱苏因余手尚未能作楷，代余题联款七分。巡捕与诸仆商议为李明请贵筑县学黄老师诊视，老师名明，丙子举人。余以入家人室，未免亵渎，乃延之余室，令来就诊。余亦请其一视。皆谓无甚大病，各书一方。李明之方多补药，久痢而亏，尚为有理。余方则多凉药，似觉未合。门生徐天敍、靳光璠、张泰铺、于德坤、张希白、王宗彝、王怀彝、何福卿、刘元夔、张光辅、李启艺、廖福林、陈廷策、陈廷莱、熊朝滨陆续来见，先后共十六人。岑秋日夕来霎时。余拟请岑秋代写扇款，闻其来而出见之，则已去矣。李巡捕令叔，本任贵筑县，现署开泰县，坚山大令应华，壬戌举人，辛未进士。送余等程仪各二十两，以无渊源，未备联扇，尚须补之。此即筱苏所谓意外者也。善后局送来公费银二千两，随分百二十两。上灯时，镜湖、淮卿将批写毕，门生何士瑗已去，亲视将卷箱固扃加封，然后与镜湖淮卿共晚饭。饭后，令巡捕率房吏持帖送卷箱于道署。已而持回，云道署书吏均已归家，无人收管，请俟明日再送。闱墨补刻已齐，详校讹误，令其改正，及印样本来，讹误多未改动者，筱苏大怒，痛谴之。晚与致堂谈及写扇款事，致堂愿代余劳，期以明日。惟明早即须为各当道送礼，不能再迟，灯下勉强自写扇款七枋，尚可支持。惟许久始书一枋，而澜字右一直笔甚觉费力，往往一笔未能送到，手即欲战，须少停再接写之，亦云苦矣。服药。李明除视疾外，终日未起，服黄老师药。

　　页眉一：纸长阔与卷同，上方印主试爵姓，及批取批中字，先副而后正，下方书荐取中各批，先蓝而后墨，其同考官爵姓，荐卷时已于卷面印蓝戳，不再及。

　　页眉二：王怀彝同母昆弟九人均长大，无幼殇者，实为难得。何福卿为现署贵州提督何东山之孙，东山名雄辉，本江西人，寄籍广东而奏请入籍贵州者也。福卿应试贵阳府，人阻挠之，严绍光太守力排众议乃息。张泰镛，即初一日友琴补荐之卷备优贡也。见门生时，问曾赴鹿鸣宴否，有去者问需费几何，则曰一二百文。

十一日

辰刻起。步履微觉轻便。仍命巡捕率房吏持帖送卷箱于道署。未几来言。须先送抚署，由抚署送道，由道送司。乃易帖命送抚署。考试事至此始毕。请致堂来书联款十余副。送中丞以下各官礼物凡七处，收送礼物，另有簿详记，兹不复赘。致堂午间有事未来，余自书联款十余副。系送房官收掌诸君者，一概行书。写扇五枋，并填款新添之十八扇均写毕。岑秋送来代拟致制军信稿。闱墨一律改好发印。贵州公事无一不疲玩，就闱墨一事而论，非筱苏怒谴之，恐尚未能刻竣也。门生来见者三人：何增仑、钱瑗、刘昭汉。李明仍请黄老师诊视。发裱之橘红八言联均裱好送来。藩台送余等烧猪二，一品锅二，酒八瓶。以一分公送两巡捕，其一分约致堂来共食。将岑秋所拟信稿交致堂，烦其代书。晚间杨筱元世叔来谈，送余虎骨胶一包，因余疾或须用此，从夏殿撰同龢令叔处寻来，胶为夏所自熬，较购诸药肆者佳。皋署家人送来上高熙亭前辈禀一件，送余方普洱茶四块，云从云南购来着，尚非赝鼎，留之。服药。天阴微雨。

> 页眉：去岁润泉出都，遇夏于途，结伴同行，患难

相依，深相契合，夏麻哈州人，适为润泉治下，其兄名同彝，乙酉拔贡，又有年谊。

十二日

辰刻起。步履如昨。书联款十八副，新裱者皆毕。大挑知县外帘受卷官苏晓泉桂芬，云南人。来见，谈许久。致堂将魏制军信写好送来，又代书扇款二十余份。门生来见者五人：黄宝森、何照贤、邢端、周澐、刘春沛。送省城各官联扇十四份。致堂为藩台唤去，尚有未书扇款数份，余自书之，而手居然不战，若非作楷，尚不知疾之轻减也。赵秀升前辈来辞行，并送来程仪及天生黄、茯苓、鸡枞菌、野荸荠粉四种，云明日回任，延见之。谈许久，问明日果行否。答以未必然，至迟不过十五。索闹墨，尚未印得，许明日送行带去。首府严绍光来谈良久。公宴日有菊花鱼羹，筱苏以为美，昨与致堂言之，致堂今晚特备以饷余等，并约济丞来同食，食毕，友琴适至，谈甚畅。出天生黄、茯苓请友琴视之，茯苓共四团，喻赵两君揣测各团斤两，互相争论，命仆称之，各有得失。友琴亦浪穹人，因秀升前辈所赠之天生黄太少，又从友琴乞之，友琴云尚存署中，然相距不远，令人往取，两日可至也。友琴言浪穹有潜龙庵，为建文入滇所居，傍有二冢，乃从臣死而埋骨者，有人于庵中题一联云："祖以僧为帝，孙以帝为僧，弹指迭兴亡，法席难追皇觉寺；君不死竟归，臣不归竟死，抚膺悲宇宙，梵钟莫认景阳宫。"谈至子初始散。服药。天终日阴。李明服药无少效，仍终日不起。张顺因日间赵秀升前辈言天生黄治久泻如神，请令服少许，余以其近日所服皆补剂，或者有效，乃倾二三厘与之，令以滚水送下。

页眉一：刘春沛，年四十余，己卯科始乡试，今已十次矣。

页眉二：邢端之祖，名士义，辛亥乡试第一。

页眉三：周澐之弟沅，甲午会试出少兰叔门下，今伊又余所取中，何与华氏之有缘也，其尊人名锡晋，乙亥举人。

页眉四：济丞言张季端殿撰（建勋）视学云南，差竣归时，至镇远买舟，将舟价及火食一切按站均分，每站该银若干载之溜单，此外一无所取。船到如数付银，银到即行开船，既不耽延时日，仆辈亦不能借端需索，沿途州县皆便之，可以照办。余等以济丞为本任镇远县，即烦其写信知照署令，待余等到时如法办之。

页眉五：又言解元余沅芬家极寒，以资斧告竭，不试而归，去省之夜忽梦有人决其首，以为佳朕，称贷复回，解装逆旅，已而视其招牌，则"第一店"三字也，榜发竟领解，然则功名前定之说，信有之欤？

十三日

辰刻起。疾见轻减。将外寄联扇检齐送府署，托为分寄，其中有十三份新裱之联，粗劣不堪，并托首府代函告歉焉。送省城各官联扇九份。送礼之事皆毕，共计省城所送三十份，外寄二十四份。致堂来言，有事须到清镇一行，午后起身，明日即回，各上宪处均未禀知，如见面，幸勿言，允之。取宣纸十张并裱好未书之联，共烦曹竹翁写对十二副，屏八幅。出京时，少兰叔嘱代烦竹翁屏四幅，对一副，余自求屏四幅，对两副，余为送戚友之用。写签贴齐，饬人送臬署，并将润泉联扇一分，送交筱元世叔带往。催取闱墨，送来四十本。午后，出为秀升前辈送行，未见，各送其闱墨十本而还。门生来见者三人，胡宗仑、周械、周树杰。自到贵州，以纸求书者络绎不绝，以病故未能握管，皆束置之。今病小愈，乃取出陆续书之。本日书纨扇八枋均毕。服药。李明服天生黄，似有小效，仍令服少许。天阴，夜半雨作。

　　页眉：周械丁酉拔贡，与实甫同年，其尊人印，文澜，乙酉拔贡，与余同年。周树杰亦丁酉拔贡。

十四日

　　辰刻起。手足俱觉轻便，惟左手尚作楚。写折篑便面等。调署首县本任龙里县陈杏圃价，云南人，壬午举人。来见，谈许久。特补备联扇一份送之。昨锡丽堂明公送余等一品锅，蒸食四盘，未食，今早以其肉包为点心，饭时始食一品锅焉。余等各送黄吉裳年伯闱墨二本。李明病不见效，心中发热，又有藩署人荐一医来，所用仍多燥药。适岑秋来谈，令其来就诊视。数日未见，而面目枯黑，步履塞涩，大不如前，甚为可虑。岑秋诊得脉已八至，恐难见效，勉立一方，皆滋阴之品。即令舍彼服此，冀侥幸于万一。述之来谈，问其夫人何疾，何时仙游。则病痢已久，八月初六日伊入闱后即已化去，家人以其在闱中，未报伊知，得便问之，则以见好对，出闱始知之。幸有多年如夫人足以部署各事，不然，女孱子幼，送死治生，谁其任之，他乡远宦，难可知矣。述之已报捐知府，惟无力引见，乞余等见各大宪为之说项，调一优缺，允之。至暮未见致堂，遣人视之，尚未归，以为竟不归矣。无何，致堂来谈，果不失信。烦供给所为李明制棉绔袄一身，以备不虞。写对联屏幅十数事。服药。天阴夜雨。李明服岑秋药，尚安静。

十五日

辰刻起。送李巡捕礼八色，缙绅、对联、折箑、扇套、眼镜盒、褡裢、刀箸、金顶；葛巡捕则仅送联扇而已。吴襄山同年送来程仪，补送联扇以报之。余等送联扇至知府而止，候补府之奉差于外者均未送。州县除收掌八房首县供给所外，惟有渊源之实缺者送之。轺路所经，镇远县与府镇同城，此送彼否，见面时似难为情，亦送之，余则概不惊动。襄山虽同年而尚在候补，故先未送也。江南会馆，一名九华宫，在东门外里许，为上下两江宦游者之公所，中祀范文正及朱子。每年九月望日有朱子会，同乡于此演剧饮酒。今日适值会期，于是江南同乡二十二人，已迁他省之原籍江南同乡十五人，公宴筱苏，并约及余，余逊谢之。严绍光曰，吾知尔原籍无锡，亦同乡也，何须谦让。因问作主人之原籍江南者大约皆何时迁出，则远近不等，若戴镜湖、朱淮卿、陈杏圃、苏晓泉诸君之籍隶云南者，皆明初迁出，然则余家嘉靖年间始到天津，原籍本家至今往来不绝，谱系且刻自无锡，支派辈分历历可考，与论同乡，诚不为牵强也。午后，筱苏有事，先到府署，余亦同往。谈许久，约伊同行。既出，余等便道答拜陈杏圃，未见。及至会馆，绍光已前至矣。降舆，先谒朱子，行二跪六叩礼。地铺寻常拜垫，仆从亦未扶掖，虽觉勉强，竟能成礼，疾之轻减，于此始知。至敬止堂，文官绍光为首，武官徐月亭为首，以次相见毕，乃坐而观剧。其调在秦弋之间，科白关目，多不可解，衣冠帘幕之属，皆破敝不堪。闻贵州之剧只于如此，无更佳者。然价值甚廉，堂会名目最大，一日夜所费不过五六金，他可知矣。良久乃入席，筱苏以在伊馆，让余首席。酒初进，发加官，赏制钱一百。将终席，又赏伶人制钱四千。皆主人传语令自备者。更余始散归。会馆基址闳拓，闻其中亭池台榭，结构极佳，惜为时太促，又为衣冠束缚，未能遍览其胜耳。敬止堂之侧有张公祠，所祀乃前云贵总督铜山张公亮基也。写联条十数事。服药。杨筱元世叔来辞行，灯下谈许久。天终日阴。李明今日服药，不如昨日，二煎下咽，全行吐出。每易一医，初剂见效，再服则否，为病家所最忌，疾其不可为矣。朱顺终夜未归，不知何故。

　　页眉一：筱苏送葛八色，送李联扇。

　　页眉二：共三十七人，官街名号另有单。

　　页眉三：堂上布席，去戏台远，酒半移台前，始见庐山真面。

十六日

辰刻起。晴日满窗，雾消云敛，为移居监临堂来初见之景。写对联数副，八房所烦者皆毕。召朱顺来责之，伊口虽剖辩，而其气甚馁。张顺等又为李明请藩署所荐之医，病势至此，已无可如何，听伊等所为而已。未几医来，开方仍如前日，谓诸仆曰：服吾药后，可以瘦猪肉作糜食之，伊即思食，两三剂后，定必痊愈。张顺持方来告余，余冷笑置之，曰肉糜待上供耳。午后，张翼卿观察_{胜岩}来，言前因抱病，甚形疏慢。谈许久，从之乞肉桂焉。今日内收掌及八房公宴余等于翠微间，并约致堂。早与诸君言明，大家便衣。预烦致堂代借三人肩舆二乘。至时，令仆从乘马先行刻许，余等始升舆，帷幕悉垂，屏仪仗，不声炮，不鼓乐。出南门，折而东约半里许，过浮玉桥，穿涵碧亭，而至万佛寺。入门，升阶十余级，为观音阁。循阁东行，越门两重，至翠微阁。茶罢而起，凭栏四顾。阁下有水曰南明河，弯环如带，水声琤琮，对岸三峰鼎峙，屹若屏风。河干居人数十家，临流结屋，高下参差，绿树阴浓，扶疏掩映，远望若画图然。久之，乃相与至翠微阁后及观音阁等处流览一周。联额甚多，不能悉记。是时致堂始至，乃同步出寺门，复过浮玉桥，至丞相祠堂，肃瞻诸葛武侯遗像。左右陪祀者九人，前明二人，国朝七人，皆督抚之卓著者。只立木主，无像。殿隅有一立像，短服蛮装，神采奕奕如生，则武侯南征时投诚之蛮酋济火也。祠与鄂文端公_{尔泰}祠相接，出西角门，即至鄂公祠。祠宇荒凉，染人于此染布。廊庑之间，悬布几满。庭中有碑，亭镌御赐祭文，字半模糊，不可尽识。既出，仍过浮玉桥，至甲秀楼前，观鄂文端及勒保征苗纪功铁柱。柱凡二，皆六棱，围三尺许，长约丈余，铸有衔名铭词。楼下正中有额，书鄂公登楼七言二绝句。左右壁间题诗石刻约有十方，皆咏鄂公之功及和二绝句者，楼凡三楹，久未修葺，故未登眺而返。设席畅饮，宾主十二人共两席。戌刻酒阑，撤席茶话。皓月东升，万籁俱寂，风景尤佳。筱苏昨翻阅门生手版，见邢端之帖并无黑皮，且另页有书姻愚弟某顿首拜者，有大书邢端二字者，以其少年得意，如此随便，实为骄盈之渐，特携来示其房师朱淮卿，令训导之。济丞言，有同乡候补都司王鹤亭_{洪明}为前任巡抚王鲁香_{毓藻}之族侄，现拟携眷回里，愿自备资斧，与余等结伴同行，未知可否。余等许诺。各房烦书之物均带来分缴之。来时逆知归必不早，令将小轿舁回，易大轿带灯来接。时已毕至，遂与致堂同归。致堂旋复来谈，李明气喘汗出，呼之不应，势已垂危。前日筱苏见其病剧，以所居为提调监试之室，恐有禁忌，欲令移出。余谓移出必伤病者之心，且近处无可移，远处必须派人往伴，人既不敷分布，有所需用，亦觉呼应不灵，乃就致堂问之，果有禁忌，再为设法。致堂言，提调监试皆另有住所，此为闲屋，考试时，舆台辈居之，无所禁忌，遂不移。今筱苏又以人死官地，魂不得出为言。余虽不信幽冥之说，亦不矫同立异。惟为时已晚，仓卒间无可去处，只有明日再议。乃方交夜子时，已溘然逝矣。伊辛巳年才十七岁，自田间来，即佣于余家。余家只用一仆，无事不责成之。伊勤慎耐劳，从无贻误。余通籍后，伊颇存奢望，暇则习字观书，求通文义。每届考差，盼望尤切于余。今年典试来黔，派为前站，时闻诸仆窃议其无能，且有波及于余，谓非此主不用此仆者。其未尝因财丧心，已可概见。不料年未四十，遽以微疾作鬼他乡。伊命固穷，而余以二十载相依得力之仆，一旦死别，亦足伤矣。筱苏为余筹划，谓携枢北去，诸多不便，所费亦不赀，不如葬之此地，厚恤其家。余则必欲携之归里，费用在所不计。筱苏又同致堂商酌，得一善策，由省城畀至镇远，由镇远自买一舟，遣人送至汉口，汉口已有轮船，轮船向有包送灵枢之例，约须五六十金。今冬大沽封口，明春必能送到，大沽河冰后，由烟台至山海关外，去汤河火车站五里之秦皇岛，往往尚有轮船，然不能运送灵枢也。预付银两，立好凭据，将枢寄存趸船，则送枢之人，即可由海道回津，如此较为简便。从之。月食不甚，亥刻初亏，子刻复圆，高福来言，学署家人鲍福者，直隶冀州人，以水土不服辞归，乞随余而行。商之筱苏，筱苏曰，芝珊有言则可，不然则否。如其言，令高福传知之。服药后眠，已丑正矣。

页眉一：万佛寺有佛一，上下左右皆有小佛拥之，不啻千百。

页眉二：翠微阁先只一间，陕曲不足布席，乙未年，经嵩书农中丞重建，遂焕然改观。喆嗣庆博如(珍)

书有联额字甚瑰异，阁中悬范孙一长联，对之如见其人，心神俱适。余联尚多，皆时人手笔，惟"翠微阁"三字额，则阮文达公八分书也，中丞名嵩昆，满洲人，前贵州巡抚，与丁卯年伯嵩祝三宫赞（峋）兄弟也。

页眉三：方守之为杨少泉、李柳溪二人门生，去年乱后曾为二人寄炭敬，未见回信托余晤时一问。

页眉四：邢端见余之帖，亦无黑皮，然尚非用过旧帖。更有刘春沛者，于手版"受业某人"之下注"字筱泉"三字。

页眉五：如恐人地生疏，可托潘企曾为汉口招商局总办写一信持往，如秦王岛亦无轮船，则送枢之仆司在宁国府度岁，明春再行返津。皆筱苏云，其代余筹划，可谓周至矣。鹤亭自本日见后，每日必来一二次，似欲效劳者，余等因托其购物一二种。

十七日

辰刻起。以银二十两交致堂托为李明代购棺木。致堂带余仆一人往阅视数处，论价良久，始以十八金购得一具，已漆过者，尚须漆里。致堂又言王鹤亭事，告以济丞已经言及。已而鹤亭来见，谈许久。去后，筱苏与余言，鹤亭家黄冈，归途必经汉口，枢船若托伊照料，则无须派人往送，省事多矣。伊地方熟悉，办理必能妥善，特未知其肯否，俟与济丞、致堂商之。门生邹翼来见。候补县马敬斋，<small>安礼，四川人，癸酉举人。</small>筱苏之同年也，十余年未得一差，光景甚窘，曾乞筱苏向两司为之吹嘘，今送筱苏礼四色，送余亦同。余欲却之，筱苏以为不可，因择其轻者受之，收竹参香菇二色，府绸普茶璧还。余等本定二十日起身，以李明死，须料理之，不及检理行装，乃改于二十二日。筱苏令余往见首府，言明起身改期之故，并请其为沿途州县写信，自省城至镇远一路，令备舁送灵柩之夫。午后到府署，见绍光言之。绍光谓仆从之柩，不宜惊动地面，自雇夫役，一切在内，亦不过四五十金，伊曾办过数次，当为代办。随即饬役呼夫行来告之。夫行索百二十金，绍光怒不允，请余先行，办有眉目，即来告。遂辞出，便道到马敬斋处投刺，未见而还。高福言，镇远随来夫头愿送柩至镇远，共索四十三金，二十八日准到。余谓俟首府来信再定。向夕，首府遣人来告，已与夫行讲明，共需六十金。余以相差太多，呼来人入，告以此处有索四十三金者，归禀贵上人问之，彼行能如此价则用之，否则舍彼用此。唯唯而退。视其人非仆从，似隶役之供奔走者，恐其语焉不详，拟再遣高福前往，忽闻人语嘈杂。问之，则夫行也。盖两处所议，实一行，伊等预未关会。故索价参差，因而互相责让。然则趁此即可定归画一，不必再往府署矣。令高福与议，而镇远夫头定索四十五金，谓前索之价同人怨其折阅，特加二金，不能再减。遂令写收管来，准于二十八日送到，迟一日罚银十两，十九日清早首途先付银四十两，余五两到镇远再付。赵友琴送来天生黄一小罐。张翼卿送来肉桂一段，重一两有余，其薄不过分许。首府送来《先正读书诀》二百部，《书目答问》《輶轩语》一百部，言为日太促，《书目答问》《輶轩语》篇数甚多，未能如数印成，各得一半可也。晚致堂备肴，约胡衢农、喻济丞、詹介亭来与余等共酌。余服衢翁药已九剂，因请再诊，改药两味而已。谓以后须常服丸药，待拟一方送来。济丞又烦书折篦一柄。与济丞、致堂商托鹤亭带柩到汉口之事，二人均以为可。衢翁言，黎平府属有变苗者，亦苗之一种，凡妇之少艾，若尻际生尾，不出三日必死。死后葬山中，越三日必复苏，破棺而出，走归其家，操作如常，亦识家人，唯力大于昔，不言不食而已。若过七日则害人，故家人于其归也，辄讽之使去。不从，取鸡一头以示之。彼见鸡，思攫人，故持鸡而走，彼必随而逐之，诱入深山，然后放鸡使飞，彼逐鸡而往，遂不复知返。久之，变为彪，出食人矣。然惟少妇有之，老妇及男子则未闻也。有生尾而死者，家人虑其为害，以石棺敛，使不得出，其魂即至家为祟，不令少安。此真事理之不可解者。谈至二更始散。天气清朗，月光满庭。送客出，在至公堂前步月良久。李明仍未收敛，问之，则以今日犯重，不宜对。何禁忌之多也。仍服未改方之药，改方时，药已煎矣，至今日共十剂。

页眉一：某科贵州考官，顾公（奎）卒于贵定，江苏人也。绍光以同乡故，由省城市棺往为收骨送之还乡，所用舁夫索之沿途州县，一路耽延逃遁，百弊滋生，绍光大受其窘，故谓余曰"主考且然，况他人乎？若不自雇，恐君到北京，柩尚未到镇远也。"

页眉二：晡时，赵仲莹同年来谈许久，伊近亦患病，消瘦之至。

十八日

辰刻起。促将李明收殓，置之僻所。购府绸四匹，雄精器皿三斤余。赵友琴来辞行，言明日回任，见之。学使遣人来，问何时得暇，拟来谈。答以请在署候，今日余等必到署辞行也。马敬斋便衣来谈，此时尚着大衫，自道困苦之状，至于流涕。宦海无边，前车可鉴，求官者勿徒作得意想也。今日本拟到各处辞行，乃为汇兑事纠缠，竟未得出门。黔省汇号只两家，百川通，山西人；天顺祥，云南人。致堂先与百川通议，汇款汉口，每百金需费二两五钱，天津尚不能汇。一日，百川通同人郭姓者来拜余，言天津亦可设法汇兑，惟每百金需费六两，余令仍与致堂议之。致堂数日来屡到该号与议，今姑议定汇汉口费一两八钱，天津则必需六两，不能减，且款项不能见信即行全缴，须分数次缴清。余以汇费太多，又不能克期到手，拟交筱苏汇至汉口。筱苏家有钱店，由汉口到上海一节，可由钱店拨账，无所用费，到上海，则易为力矣。筱苏亦以为然。今日郭姓者来，将平银矣，致堂与言，此处乃库色足银，票中必须注明于汉口兑付估宝实纹，方足相抵。盖汉口估宝有升批之说，<small>如五十两之锭，公估局批升三钱，则于原重外加二钱算。</small>注明实纹，则就重论重，无论升批若干，皆为我有，该号不得沾溉矣。郭姓谓黔汉汇票向例无写估宝实纹者，但写估宝银，自无加算升批之事。致堂不许。郭姓请归商之，遂不复至。已而天顺祥同人陈大章者，从致堂请汇此项。致堂复以沽宝实纹为言，对如郭姓。致堂不许，亦请归商之。未几复至，言改写汇票，实难从命，无

已，请减汇费为一两四钱可乎。致堂仍不许，遂去，亦不复
至，而时已暮矣。致堂计无所出。筱苏曰，彼既减费四钱，
即令升批加算，每百金所损不过二钱耳，不如遂许之。乃夜
召陈大章来定议焉。书联扇屏幅数事。筱苏前交折篦二枋，
令作楷书，亦一律书毕。于是净洗笔砚，不复书矣。服药。
天气晴暖。

　　页眉一：府绸之无花者，匹价银四两五钱，有花者
　　倍之，以其值太昂，只购无花者，雄精斤四五钱不等，
　　以工之精粗为差。

　　页眉二：烦曹竹翁所书对联屏幅，均写就送来。

十九日

　　辰刻起。李明之枢启行，拆墙出之，令张顺送之城外，
致堂患感冒，力疾往天顺祥监视平银。余等令范和、高福二
人携银从往。筱苏汇三千金，余汇二千八百金。该号按善后
局平，以制钱穿成五十两法码一，此收彼付，俱以为准，用
纸封固，交去人持回，带至汉口用之。票一纸，但注估宝
银若干两，加算升批与否，听之而已。余将票与法码均交筱
苏，清单一纸自存之。巡捕李范吾托寄信二件，土物三种，
一交陈玉苍京兆，一交林廉孙农部。陈癸巳典试来黔，伊曾
充巡捕，林则其表叔也。并交衔条一纸，云古州厘金现在出
缺，乞向藩台说项，委伊接办。未初出门辞行，见抚、藩、
臬、粮道黄、候补道张、首府严，余均未见。见中丞时，交
赵辅臣，承述之衔条各一纸。见方伯时，交李范吾及吴襄山

同年转托之郎遇盛衔条各一纸。两处均代致堂求情。见学使时，谢昨日失信之过。到来鹤楼一视。楼在客厅之后，地势高敞，可以眺远，学使书房，即设于此，学使言及鲍福从行事，允之。谈间，偶及其视学陕西时事，据云，陕西学署，在三原县，距省九十里，国初本在省城。年羹尧督川陕时，以抚学两院鸣炮与己同，禁之。而学使考试必有号炮，独不肯从其禁。年恶之，乃托词奏徙，至今因之。筱苏因言，各省学院，向惟知江苏，安徽不居省城，今知陕西亦然，可成鼎足矣。见张翼卿观察时，谢肉桂之赠。据云，安南桂有二种，清华桂为上品，猛桂次之，昨奉送者乃猛桂，清华桂不易得也。问何以分别，伊言清华桂皮肉之交必有丝纹一道，或紫或黑，其色不一，猛桂则无之。服肉桂之法，以滚水泡之，俟凉而服，畏凉则温服，断不可热服，热则作燥，凉则较热服见效加倍。收藏之法，须取食力人汗气污透之小衣裹之，取其汗气以养桂，不可嫌其垢而洗之也。昨闻臬署有紫泉，如廉访有喜庆事，水必预泛紫色，故名。心异之，今见竹翁请观焉。听事西偏有池，大可数亩，残荷在水，茎叶离披。近厅处有小桥，竹翁指桥左谓余等曰，此即所谓紫泉也。过桥有亭数所，多残破，惟梦草亭尚可观。亭凡三楹，回廊绕之。亭外一联云："好邀佳客来题句，共趁春时一补花，"为林赞虞年伯绍年所题。"梦草亭"三字横额，则黄让翁手笔也。池荷犹赞翁所植，夏间花开并蒂者二，赞翁以为佳朕，未几，果开藩云南，然则只应其一，其一当为竹翁兆耳。见首府时，问印书需费若干，则曰奉送不取直，余等揖谢之。又言提督何东山之孙居然中举，伊家从来所未有，已为写信，令其多送程仪，制台处吾已去电报，问送几多，俟有回电，当即垫送。办事如此，可谓直爽之至。归后，胡衢农世叔送来丸药方一纸，致支继师信一件，炭敬三十金，托带交。晚间鲍福来谒，年四十许，令明日来此帮忙。天晴而暖甚。出门时，在舆中扇不停挥，汗仍涔涔下焉。服药。

页眉一：夜梦初醒，室中忽然风起，器物震动有声，地铺竹席似人行走其上，喝问无应者，搴帷视之，残灯犹明，寂无所见，诸仆皆起烛之，各室门扃如故，毫无形迹，谅非宵小，乃复眠早起。

页眉二：筱苏问深夜尔室尚有人声，眠何迟也。具告之故，筱苏曰，其李明来辞行乎。

页眉三：电报局在抚署大门内东偏，为潘企曾辞行，未见，令跟役交其发津电报底一纸，计共二十字曰：天津镇署西华叔，明二十二起身，李明十六夜病故观。

二十日

辰刻起。鲍福来，令同诸仆检理行装。方伯黄张蒋三观察同来。中丞来。廉访来。曹竹翁年未六旬，以久病，颇形龙钟，步履迟缓，今日送出升舆，舆已肩起，一足犹在舆外，几乎倾倒，潘企曾来。徐月亭来。榜后门生来见者三十九人，公送余等土物各十色[①]。来见而未列名者五人，

---

① 公前有"今"字，为衍文。

周械、刘春沛、靳光璠、张绍銮、刘昭汉。列名而未来见者一人，吕启瀛也。午后陈杏圃来。门生刘炽昌、王怀彝便衣来，送余等石拓《经世学堂章程》各一份，寄范孙一函，内亦学堂章程，请余带交，缘范孙去时尚未刻成也。龙益三同年友松，江西人，乙酉举人，大挑知县。送来程仪，先未送伊联扇，今已赶办不及，竟无以报之。天阴微雨。昨辞行未遍，拟今日复出，以送行者络绎不绝，天又阴雨，巡捕云，亲到亦皆不见，无妨差帖，乃遣人持帖而往，然于心终歉然也。李岑秋来。朱淮卿来，持来邢端手版，请将前帖换回。据云昨遣人唤伊，伊今早来，已训饬之，伊深自引咎；盖伊初来见时，只备红折三个，到号房始知须用两份，仓卒间误信号房之言，遂以旧帖补数，以为衙署中人当知规矩，既曰可谅，无不可也。余等谓因其年少，诸事宜虚心，不可自作聪明，故介君惩戒之，庶此后免于获戾，师生谊重，本无所苛责，帖不必换，可将手版还之。此外送行来者尚多，均谢未见。惟王彩臣同年便衣复来见。余托带交刘荔孙一信，购皮果盘珠合等数事。致堂今日已愈，晚来谈，至丑初始去。服药。

　　页眉一：企曾言，昨接行在电，乘舆已入河南省城境。

　　页眉二：与怀彝谈及算学，伊已入门，但未深造耳，然非范公造就之力不至此。

　　页眉三：邢端榜年十六岁，实年十九岁，芝珊今年岁考取进之新生也。

　　页眉四：赏贡院各项当差人役共十金，令巡捕葛分给之。

二十一日

　　辰刻起。数日来疾大见减，惟左手尚微肿痛，学署送来小箱竹篮各一，烦带河南省城，交准补祀县正堂蒯。如銮舆回京，不到河南省城复命，则于到郑州时，托州尊转寄。已而芝珊来，又交信两件，一即蒯信，一带京交南丰馆赵，如赵不在京，即交朱艾卿同年收阅。杨仲三戴镜湖同来。延见之顷，前以世愚侄帖来拜之杨兆麟亦便衣来见，其人甚猥琐，不类世家子弟。前云二三日即赴云南，故榜后未曾往拜，何以至今未行。其官已保至道员，分发广东，且两次出洋，何以并衣冠而无之。不拘形迹，是必交谊甚厚也，而实毫无渊源。妄为大言，或者借以招摇也，而实无所请托。如此君者真令人不可解矣。行装今日必须束齐。而供给所习于延玩，凡油纸麻线之类，每索一种，必阅数时之久而后应付，又必不如数。闱墨题名录至暮亦未送齐。红白杠昨晚始动工。行舆自到省即开单发交收拾，至今亦未送来。明日大有不能首途之势。适承述之来送行，闻之，谓如明日不行，须早知照首县，令其通报各署，以免出城待送。余等将从之，致堂始急催赶办。已而喻济丞来送行，又代致堂指挥一切，告余等明日必可成行，万一不能行，明日清早再知照首县不迟。余等本不欲改期，闻其言遂止。致堂昨言今晚备肴为饯，仍约济丞，以忙故亦未践言。晚饭后行舆始至，草草收拾而已。筱苏之舆顶上，曾被道旁树枝穿一孔，遇雨则漏，视之依然未补。致堂乃令人以布糊之。问何不照单收拾，则曰单于失火日不知所在，托词也。至三更后，始稍稍就绪，而杠犹未齐，只装红杠十四，白杠二三而已。余等逆知杠较来时加多，预告致堂各加覆杠油布十张。乃今日午后始加油，至夜未干。服药，前后两方共服十四剂，本日又取十剂以备途中之用。沿途各处不皆有药店，既有之，亦不如省城之药良也。寅刻始眠。终日天阴寒甚。

　　页眉一：蒯名钺，字希彭，浙江人，顺天籍。

　　页眉二：与筱苏约榜后游览贡院一周，以疾未愈不果，今将去矣，此愿终未能偿，仅就所见者录如左：衡鉴堂五楹，前后皆有廊，中为会客聚食之所，合座两傍皆为门以通后院。西偏门内又有门，东向置楼梯焉。左右夹室各二楹，又中分为四，皆有后门，惟余卧榻后因置楼梯又隔以板壁，遂无后门。堂前中为孝廉船，左右为八房为收掌为房吏为差纪所居，堂上楼四楹曰玉尺楼，孝廉船前即内廉门，门外隙地弓许上有覆宇，前则监临堂六楹，西偏少一楹，厨房在焉。再前则至公堂五楹，阶下有栅门，门外左为供给所，右为听差各房，再前有栅阶十数级，左右皆号舍矣。号舍之前又有栅门，门外则明远楼，而龙门，而大门，大门外有照壁，院甚宽敞，设亭四，约是点名之处。辕门即"明经取士""为国求贤"两坊，与街等阔，行人往来必行其中，无别径也。号舍西皆三十四间，东则多少不等，有十三四间者，以有监试提调等居占之也。号舍直达内帘两傍，亦西偏多而东少，东偏房官室后尚有内监试堂也，衡鉴堂后院则厨厕茶室而已。

页眉三：晚间分经房吏送来写就乡试录请校，取而阅之，讹误甚多，亦并未写齐，仓卒间校对不详，乃还之，令一律写毕后送六房、七房、两位详校，于是房吏求赏，与筱苏共赏三金，乃知乡试录之送，为求赏计也。

二十二日

辰刻起。昨本定八点钟动身，今始起，已七点余矣。即催杠。良久始齐，计共红杠十四，四人者四，三人者十。白杠十五。四人者一，三人者二，二人者十二。杠齐而夫又不至。昨首县来问需夫几何，以杠未齐不能定数，故今日如额甚难也。致堂带其世兄来见，六七岁耳，见人打蜷为礼，甚为聪达。时至巳正二刻，夫尚未集，余等殊深焦急。致堂乃请余等先行，渠代为催夫，必无贻误，盖致堂闻各大宪已出城候送，恐余等迟行，各宪将以供办行物未备归咎于渠也，余等不改行期即为此，今闻其言遂从之，乃留二仆待杠同行。余等升舆，出南门，至接官厅，中丞、学使、司、道、府、县俱集焉。入而少坐复行。杨兆麟又便衣来送。不数武，练军统领及三营官亦于武官厅候送，又入一茶而别。既出，候补州县以下江南人居多及房官六人友琴回任，介亭未至。皆立送于道左，降舆答揖，谆托济丞、岑秋二人校对乡试录，立谈片刻复行。不半里，各营哨弁列队道旁，约长半里许，皆鹄立而送，但于舆中拱手而已。去省城十里至图云关，门生二十九人假关帝庙公设祖饯，入饮酒三巡，别而行。道遇卸篆下江通判杨霁初煦荣，湖南人，乙亥举人。与筱苏有世谊，昨以事干筱苏，故候见于此，余亦降舆揖之。去图云关五里至龙墩铺，马敬斋候送于此。节节周旋，直至申初三刻，始抵谷脚搪饭尖。今日天晴寒减，而行馆已设烘炉，令撤去之。申正二刻复行。十五里天色已暝，戌正始抵龙里县。大令联星三魁沿途饬人备火炬相待，昨逆料及此，嘱首县函告之也。行杠仅到十余抬，卧具未到。星三适在行馆，从之借衾枕焉。至丑刻余杠不至，乃眠。

二十三日

辰刻起。杠犹未至，乃留居龙里一日以待之。未初始陆续毕至。问何迟也，则余等行后，致堂亦去，并未代为料理，家人自往县署催夫，下午始克成行。行三十里，天已昏暮，遂投旅店宿焉。仆从言诚不足信，然以痰合一事例之，非尽谰言。筱苏怒致堂行不逮言，作书讽之，余亦列名焉。晡时，答拜龙里文武官四处，唯入县署与星三谈许久，既而星三又来谢步，因言曹致堂于所领供给之款，私汇六千金回籍，而声言赔累数千，事事减刻，不循旧章，故上下无不怨之者。有普安文生黄兴德、贵筑武生萧同春等公递一禀，条陈黔省事宜，大旨以练团兵，设文武学堂为主。据言黔中烟户共有七百万家，每家日出钱三文，岁可得七百余万串。余等以其所言团兵额饷学堂膏奖之数计之，岁需钱五百万串，其余以充团营及学堂公费。自无不足。乃见二人，叩以黔省烟户果否实有其数，二人皆隐约其词，盖皆好为大言者也。

因将其条陈还之。晚间星三送来家信一件，烦带京交其少君。天气阴晴不定，夜微雨。

二十四日

卯刻起。微雨，少时即止。辰正夫独未齐，余等乃先行。星三送于城外，并派兵丁四人随行。二十里逾一岭，曰云顶关，上下约二里许。来时不知其名，故未详及。午正尖新安搏。未初复行，汛官邓明仁送于道左。二十余里至牟珠洞，来时未游，今入视之。洞前有庙，庙外有亭，为行人往来憩息之所。入亭降舆，拾石级数重而入庙门，又十余级而至佛殿。殿后因山为院，又拾数级而入。右行数武，遂至洞口，广八九尺，高可丈余，当门有石一茎，下柱于地，上镌观音小像，香火奉之。洞内石骨嵯峨，上竦下垂，其形不一。老僧指以相示，若者为悬灯，若者为倒瓜。若者龙矫首，若者象垂鼻，其名甚夥，不可悉记，然皆不过略具形似而已。再进则昏暗不能辨路，有人秉炬前导，复入数十武，以次而高。闻其深尚有一二里，必须猱升而上。余等畏其滑溘，且恐耽搁程途，乃废然返，老僧瀹茗相款，少坐而出。酉初三刻抵贵定县。大令石郑卿同年郊迎如初。抵行馆后复来谈，因行杠未到齐，请其派人持火炬迎之。晚饭约郑卿来同饮。饮毕谈良久。其侄孙年七八岁，亦来嬉戏，与之同归。更余张全始至，言有十余杠尚在二十里外，终日天阴。夜复雨，微寒。

页眉：行舆中痰盒一只竟不见，筱苏谓下暖帘时此物必不可少，求之弗得，致堂许为饬人往轿店索取追送至谷脚塘，筱苏曰："如赶不及可送至龙里县。"致堂曰："断不至若是之迟，君至谷脚塘时，必送到也。"已而寂然。

二十五日

黎明杠始毕至，即起。拟早行，而郑卿适至，言今日山程艰远，杠夫终夜未息，筋力已疲，请汰尽其孱弱者，更易壮夫，发杠先行，君等留此一日，则行杠自无后至之患，余等从之，乃发五十杠于今日先行，郑卿派役护送，余等亦各遣一仆随往，仍留载卧具及随手应用等物十六杠明日同行。余等共六十杠，余六杠乃王鹤亭物也。鹤亭与致堂同乡，故致堂代为办杠，杂入余等杠中，图省自省至镇远之费，至龙里时始知之，然木已成舟，未能烛照于先，何贵察察于既，且其人尚未来到，势不能委而去之，惟有含忍而已。城中有兰皋书院，郑卿约余等往观之。饭后往，郑卿先至，瀹茗以待，并召斋长喻善臣茂才相陪。书院为同治七年所建，中祀王阳明先生，地势甚高，当门一览，城内外历历在目。城以石为之，随山高下，周可七八里。城中居民千余家，较龙里几两倍之，惟城北居民差少，隙地尚多，由书院至县署答拜郑卿。郑卿具笔墨乞书楹联。俄而合署之人皆以纸来，并有代武营烦书者，余二人更代书之，至暮而止，犹未尽也。其侄孙亦以一扇一纸乞书，筱苏为书横幅，余为书扇，欢跃抱持而去。署之东偏有亭曰环山亭，建于小阜之上，郑卿导余等登眺，其高与书院等，徙倚片刻而下。在署晚饭。郑卿言此为新城，因驿路所经，故移县治于此。旧城在新城南五十里，至今犹称旧县也。郑卿饮虎骨酒，余索饮数杯，陶然而醉。戌刻归。登床酣眠，阅时方起。鹤亭今日已到，来谈许久，竟不知也。天终日阴。

　　页眉一：到谷脚塘见范和手执水席票一束发与舁夫，问之则差纪托为代发者，舁夫二百余人一一饭之，所费为不少矣。

　　页眉二：前科旧账之开销多者致堂竟撕去数页以灭迹，骑封印花不合，弗顾也，亦星三云。

　　页眉三：哨官杨通富亦来送兵丁，即所统抚标营兵也。

　　页眉四：有细果红若珊瑚，鲜妍夺目，遍山皆是，令舆夫折一枝来视之，木本而尖叶，枝间多刺如棘，果壮如柤，而较樱桃尤小，询诸识者，盖禹余粮也，凶荒之岁可齑以疗饥。

　　页眉五：若太激烈无以对曹喻二君，亦与许伊同行之初心相刺谬。

　　页眉六：书院门傍有柿树一株，叶作红色，绚烂可观。

二十六日

　　卯刻起，郑卿来谈，与约在此揖别，切勿远送，我辈毋庸虚文也。辰初行，郑卿仍送于郊。四十二里，午初三刻尖于黄丝塘。未初复行十里，过西阳驿，平越营哨官迎于道左。又十八里，申正二刻宿马场坪①，平越州牧瞿子浚以州考未至，昨日先行之杠宿黄丝塘，今午至此，以驿纪仓卒雇夫不集，不克前进而止。盖在省城濒行时，造杠未成，不知需夫若干，首县预备长夫百七十名，及杠成而夫不足，乃现雇短夫五十名，初日行杠起程所由甚晚也。短夫每站更替，而沿途又无夫行，须远募乡夫。年岁顺成，乡人不肯轻出，故一时难集，若杠早报齐，则尽用长夫，各县省事多矣。是皆曹致堂一人之过也。终日天晴而暖。

　　页眉：在省闻曹致堂言，始知子浚之尊甫为辛亥举人，世兄弟也，因于聊扇款加世字，乃来此竟未得见，恐彼尚未知称谓何从耳。

二十七日

　　黎明起，即令催夫。卯正三刻，杠发已毕乃行。晓雾未收，霏微如雨，咫尺而外，不可辨物。巳正尖于杨老塘。哨弁周文麟、陈文谟郊迎如初。到行馆后，周来见，并派练军四名护送。龙里之兵乃辞归，余等共赏洋二元。午初复行，_{天晴而暖。}周又郊送。途遇云南迤东道联陞赴任，遣人持帖来请安，云未具衣冠，即不下舆矣。已而两舆相遇，拱手而过，申初一刻抵清平县，郊迎者四人，大令黄采九，_{凤祥}候补州判署典史周著原，外委谢仁厚，其一人则杨润泉也，到行

---

① 　"马场坪"，原文作"马肠坪"。

馆后俱来见，延见黄杨二人，谈许久。薄暮复约二人同来晚饭。饭后采九先去，润泉留谈，因取其履历手版还之，良久辞去。二更后复来见，余延之卧室，告以已代写衔条，谆托方伯，方伯见衔条，深加奖许，又与臬宪谈及，臬宪尤为垂青等语。润泉亦问天津一切事甚悉。问何时回署，答言来已三日，明日送君后即归矣。谈至子正乃去，采九来信，言夫马均已备齐，共银一百六两，惟尊纪范高二人尚多方需索，碍难照办，请示定夺，时筱苏已寝，余乃唤二人归，问之，则曰并未格外需索，不过折席一切，欲照来时数耳，差总亦并未不允，只曰少待，故待至此时，此信不知因何而来，可请本县来质之。余固不信家丁之言，然知采九人甚仁柔，非敢作敢当者，虽有信来，如果面质，必至讷讷不出，不肯直言，徒多一番纷扰。惟诫二人，无论给否多少，只可静以俟之，不许尔等再出行馆一步而已，迟明再请筱苏处分。已而他仆来禀，县署已送银来，且较来时多四金。来时八金，今十二金。因思有例在前，相差不能太多，此四金者，当即所谓多方需索者也。然既肯加银，又何必来信，或润泉从中调停之力欤？丑刻始眠。

页眉一：润泉少余一岁，竟已留须，然面目间绝无老气，望之三十许人耳，采九与润泉同岁，虽无须而老苍多矣。

页眉二：范孙日记载，甲午科主考入境玉屏，差信底稿有前站明四金暗四金云云，彼时范仆随吴棣轩前辈来黔，稔知之，今所多之数或即所谓暗四金者，来时已饱私橐，今为众目共睹，不能隐欹。然则固未多方需索也，总之此中曲折繁多，明者不能察，况余乎？

页眉三：余出采九信请筱苏观之，范和亦来禀明其主，筱苏以事属已往，亦未深究。惟责其不应在县署久待而已。

二十八日

卯刻起。辰初二刻升舆，答拜采九、润泉及周典史，俱以出城候送未见，乃就道。诸君送于郊，行过大风洞，忘未入视，心殊耿耿。午正一刻渡河，尖重安江，未初一刻复行。酉初二刻抵黄平州。刺史熊洁轩、吏目周筠、都司陈敬修郊迎。到行馆后又来见，饭后笼烛至三处答拜，惟见洁轩，谈及曹致堂。洁轩谓致堂之言而无信，彼所深知，因历述其巧伪贪吝诸事，邵方伯最心恶之，恐终难逃白简也。谈约时许而返。终日天晴。

二十九日

卯刻起。辰初一刻行。尚未出城，行舆右窗之玻璃忽然堕地而碎，盖玻璃既小，木框又仄而薄，相入者止一线。去贵定日，途中舆踣，即震而出，幸倒向内，为绸幞兜住，仆辈照旧嵌之，益不固，今竟碎矣。不顾而行。熊周陈三人送于郊，十里过十里桥，桥长约三四十步。午初一刻尖蓝桥塘。午正二刻复行。去施秉六里许，筱苏之舆肩杠忽折，更易需时，余乃先趋。将至城下，停舆道左以待之。及筱苏至，则舆左窗之玻璃亦落，二人相视而笑。乃同行至西门。署令杨升舟，外委杨玉龙，练军哨官李中林迎于门首。至行馆，询知筱苏易杠之后，舆又蹭，故玻璃震落，然亦倒向内未碎也。升舟来见，谈及余疾，伊精于医，谓余气色不佳，疾尚未去，急宜服药，不然，一年之后，恐成瘫痪。即请其诊视，为署一方，时已上灯，即留其共饭，饭间，谈及施秉与八属为邻，八属之中，皆有施秉所辖之地，最远之处有行八日始至者，而出城不及半里，又有不隶施秉而转隶他属者。盖黔省州县皆插花地，岑襄勤公抚黔时欲改定疆界，未及行而迁去，后人皆畏其难，终不果行。升舟问余等共用夫役若干，告以共用夫二百四十名，马八匹，伊言溜单于夫役浮开百余名，马则倍之。因问七月晋省时溜单所载夫数若干，伊言共二百余名，核之实数，亦浮开七八十名。乃嘱升舟将前后溜单检齐，差信照录一通。送来溜单果如所言。此次差信只云仆从凶横，十分难办。来时差信则有与范某商定云云。筱苏谓余曰，此行吾不敢断，来时纯是范和一人作怪，尔之李明，人甚老实，且初次出门，尚未染恶习，观其出言无大声，一路来从未嗔怒驿差，呵叱夫役，可见非擅作威福之流也。昨熊洁轩言，施秉至镇远水路可通，余等畏山路之难，闻之甚快。今与升舟商欲舟行，升舟因有恶滩，固谓不可。余等亦固言之，升舟乃命唤船四艘，一为坐船，一为轿船，余二船载仆从及二人杠二十八，其三人四人之杠仍由陆路而行，以船只只有四艘，不胜载也。无何，两巡捕又以水路险恶来谏止。闻巡捕每人每站由省领费二两四钱，而沿途又别索夫马之费，若由水路，夫马遂不可得，故不愿舟行，特来阻挠。余等曰，船已唤定，不可改也，乃唯唯而退，夫头来诉，县中发价太少，赔累不堪。差纪来告，夫头索价无厌，请申饬之。余等以非分内应管之事，概置不理，县署即在行馆隔壁，有门可通，卧后闻升舟喝骂夫头良久，夫头由县署至行馆一路作怨声而去。终日天晴。护送兵丁共赏二元遣归，舟行无所用也。

页眉一：百姓尤不愿改定，盖疆界混淆，觉察难及，易于作奸也。

页眉二：李明曾向余言，到保定时范和以其诸多未谙，许为合办，指天誓日以示不欺，乃日来每觉其与差纪狼狈为奸，虽与同行竟不能伺其隙，殊属狡猾云云，余未之信，因举托人莫疑之说开导之，今见此信，乃知李明之言为不诬矣。

页眉三：来时不知有门可通，知之则必往慰伯岩矣。

页眉四：筱苏之陈仆，坚不乘船，筱苏令其随杠陆行与张全互易焉。

三十日

卯刻起，间道步至县署，答拜升舟，少坐而返。先发陆行之杠，仍派仆二人随往。沿途无人备饭，各与制钱二百文。后发船载之杠，船中不能造饭，饭而后行。升舟来共饭，云送余等至诸葛洞而后返，盖恶滩以此为最也。已初登舟，舟长五丈，篷顶亦高，可以起立。余等与两巡捕、升舟共一舟。巳正解缆，倒行十五里至诸葛洞，本拟至此登岸，步行过滩，舟子力言无事，乃已。但见滩有三层，层高尺许，水为两山所束，浪叠如雪，声沸如雷。舟子篙桨并施，从巨石纵横中悬流而下，稍一失手，则舟碎矣。舟中人无不愕然变色者。既下滩，升舟乃别去。又十五里八角滩。又十五里马脚岩。此二滩亦奇险，然不如诸葛洞之甚。其余数十滩，险夷不一，又不及此二滩之甚矣。一路皆从山狭中行，两岸高峰，插天蔽日，路随山转，绝而复通，向日处煦若春和，驶入山阴则倏尔已瞑，冷气袭裾，一时之间而气候不齐，真奇绝也，共行七十五里，申正抵镇远，于南岸舍舟而舆。自镇军太守以下文武凡十一人皆在接官厅候迎。过桥时，望见仪仗，乃以无人侦伺，呼应不及，竟未见一人。到行馆后，岑润之镇军_{有富}，区丽泉太守_{维瀚}来见，大令谭伯阎_{希杜}来见，即与商买舟包水脚事，问喻济丞曾来信否，答云已得其信，当即照办。撤省镇远府知府谢秀山世叔_{文翘，云}_{南人，乙亥举人，庚辰进士，丙戌同年谢履庄检讨崇基之胞叔}。来谈许久。清江通判吕辅廷，_{锦纶}文节公幼子，筱苏之族侄孙也，与筱苏久未见面，筱苏以清江距镇远只百六十里，预烦贵阳府严绍光寓书，召其来此相见。今日到行馆时，伊随班堂接，已复同众来见，年五十余矣。晚饭后，又便衣来与筱苏谈，并请余相见。二更后始去。送余程仪。余拟以联扇报之，筱苏以为无庸，遂不送。王鹤亭本日亦到，晚间来见。问何以先迟后速，据云，二十二日，夫役尽为贵筑县募去送差，未曾雇得，次日始行，舆夫二人者，眷口动身，又不爽利，故三日始至贵定，今为预雇船只，一人驰行而先，故追及公等，余人约须明晚始能到齐也。高福来禀，李明之枢已于二十八日异至。天终日晴。

页眉一：余表兄陈季昌在通州司醝务，最畏舟行，癸巳秋余随少兰叔旋里，由张家湾登舟，季昌与焉，危坐舟中一言不发，入夜不敢安眠，舟一摇动辄目眙色变口作夥颐声，蜷伏不少动，抵家登岸，欢笑如庆更生，以之处此，不知又当如何。

页眉二：晚间行馆后院蛩声络纬，声相答，有似初秋。

十月

初一日

辰刻起。送枢之夫头索去未付银五两，并将所写收管索回。差纪来禀，船已雇妥，共六艘。吕辅廷来谈，留共早饭。伊已饭毕，又啜粥焉。饭后，筱苏烦辅廷携仆人往看船只，余令高福同往。王鹤亭来，少坐即去，言眷口已到，船亦雇有眉目。午正出门答拜各官，文官皆在河北，区谢两太守，经历郭南澧，典史史云均未见，惟见谭伯闿一人。辅廷明知其未在寓，亦到其饭店投刺焉。辅廷为壬子翰林，吕画堂年伯锦文介弟，用世愚侄帖。武官皆在河南，过板桥，入卫城，中军游击黄戴才，右营都司蒋甲荣，左营守备汤懋昭，管带练军张万名均未见，惟见镇军岑润之。润之为岑云阶同年族兄，用年愚弟帖。见面时，因其曾在安南，从之索肉桂焉。未刻返行馆，辅廷已回，言船甚宽绰，坐船一十铺，一八铺，尚有会客之所。辅廷又送余等白面共四十斤，备舟中伙食之用，又持来宣纸十余张，请筱苏书屏对，为送人之用，余亦为书对联二副。本日日食甚晚，时已薄暮，未之见也。留辅廷晚饭。赵辅臣又遣蓝德斌送信来，言本欲自来，为事所羁，其信托到津询问乃兄下落，如度日无资，乞为通融，伊当寄还。岑润之明晚在署招饮，已送帖来。更余，区丽泉太守，谢秀山世叔均便衣来谈。辅廷二更后始去，为赵辅臣写回信，交蓝某。

页眉一：辅廷言省城有《相台五经》，板甚精工，惜在省时不知，竟失之交臂，怏怏者久之。

页眉二：秀山世叔初三日在青龙洞招饮，余等定于是日开船，谢之。

初二日

辰刻起。差纪送来船票，坐船二，共价百三十四金，从船二，共价八十四金，舆船二，共价八十金。从喻济丞之言，嘱差纪开明溜单，举船价，席费及一切开销，按站均分，由余等自行支发，饭食亦自备，不需州县供给。如此，则家人无从需索，沿途亦不至稽留矣。及溜单开来，每站派四十四金，自镇远至常德共十六站，到常德即须下船住行馆，供应如常，无所折纳，除去不算，尚有十五站，共折六百六十金，嫌其太多。差纪曰，地有肥瘠，所辖之境驿站有多少，地瘠站多，各处必不能如数应付，所以稍有虚头，非敢方命也。辅廷亦以为言，乃从之。除船价、饭食、杂用之外，有余当悉以分给家人，虽不能如数，亦不能较来时减少，独不利于蒙主作弊之人而已，余三船共价百四十九两，在此预支八十六两，即付之，至沅州再支三十八两，余二十五两至常德付清。午后，伯闿便衣来谈，适船家来讲神福犒赏，经伯闿与之言明，沿途神福六船，共给制钱十二千，犒赏至常德酌给，不能预定也。辅廷自午前即来谈。两巡捕来辞行，明日回省。按例巡捕须送至省界，因余等舍舆而舟，即不复送。余等各赏其家人二金，饬诸仆发行李入船。此处所用多担夫，令其抬原杠以往，必不肯，盖抬者与担者各自有行，不相假借也，戒诸仆听之。至酉，行李毕发，然后赴润之之约。辅廷亦在约中，先行片刻，余等随后即至。陪客尚有谢秀山世叔，谭伯闿大令，宾主共六人。饮甚畅，昨请润之派炮船相送，润之许诺，今又云船尚未备，势须少待，而秀山世叔遂乘间坚约赴青龙洞一游，其意甚殷，不肯再却矣。因而揣及，炮船有何不备，润之之言，秀山世叔为之也。戌刻饮毕登舟，辅廷随至。坐船名曰官艇，广八尺余，长约七丈有奇，其高过人，可以随便行走，无妨帽碍眉之虞，与来时所乘形式相同，而大则过之，舟子名孙加铨，筱苏之舟子名舒自和，皆麻阳人。区太守来舟送行，辅廷誉其善画梅，因索画焉。县署送来鸡鸭肉面四色，收之，又从索风灯、茗盏、红披垫等，为沿途会客之用，此站例不送船价，依然照旧办差也。秀山世叔又送帖来。

初三日

辰刻起，移船过石桥，泊于南岸。此处有码头，便于登也。已而镇军所派炮船亦至，足证昨言之诳，其哨官杨荣，字华亭，云南人。待辅廷早饭，久不至，遣人促之，方行而辅廷已到，因往各处辞行，故来迟也。岑润之送清华桂一节，肉薄皮细，而色微青，谓以沸水泡之，水仍白而不改色，此节可分八次服之。质之辅廷，以为乃肉桂中上品，不可得也。又虎骨胶一块，乃纯用虎骨自熬，不杂皮肉者。又五加皮一包，产自云南者。午后伯闿来送行。秀山世叔来，谈至申刻，乃先往青龙洞以待。申正二刻，余等乃同辅廷前往，登岸，让辅廷先行，洞在南岸，舆夫竟肩舆过桥而北。知其误听而告之，复折而南。既至，拾石磴盘旋而上，凡历百数十级，始达听事，额曰"问渔船"。坐甫定，而遥闻呵殿声，镇军至矣。青龙洞尚在岩上，相与登而观之。又历百余级始至其上。洞宽广仅亩许，其中构木为屋，以祀真武，额曰"通明宫"。又有一匾曰"泽被群生"。为同治十四年阳湖恽敬题，恽子居非同治间人，同治亦无十四年，甚可怪也。洞口西向，凭栏俯视，河水弯环，循岩东下，两岸城郭室庐，历历在目。王子安所谓"层峦耸翠，上出重霄，飞阁流丹，下临无地"，此境仿佛似之。瞻顾良久乃下。听事之北尚有佛舍数处，皆依岩石为之，其下为万寿宫，楼阁壮丽，环抱岩腰。万寿宫再北为中元洞，据云其中妙境与飞云洞等。惜此二所皆不相通，未获一览。时已薄暮，乃还听事入席，谈饮甚欢，余竟陶然而醉。戌刻散归。登舟之后，辅廷、秀山又相随而至，谈极久。余勉强相陪，频入睡乡。秀山先去，辅廷继之。送辅廷出，退入舱，顿蹐于地，幸未受伤，乃早眠。连日天晴，今忽阴。

> 页眉一：辅廷赏余等家人制钱各四千，鲍福亦来随众谢赏，爰命五人均分之，不必入账。

> 页眉二：秀山世叔现寓考棚，考棚在河北，舆夫只知谢大人请酒，以为必在本寓，故过桥也。

> 页眉三：翠微阁联有署名桂馥者，与未谷先生同姓名而不同籍，阳湖一县竟有恽敬者二乎？然同治十四年则断乎未有也。张策辨古鼎铭以黄初元年无二月知为伪作，此匾亦然，皆不善作伪者也。

初四日

天明即鸣钲开船。已而微雨，冒雨而行。五里山门滩。又十五里大王滩。河干有金龙四大王庙，舟子焚香楮以敬神，然后众人登岸，倒挽竹绹而徐放之。炮船自哨官以下，俱来助挽。前舟既下，后舟再行。乃筱苏之舟方入溜，绹忽中断，舟遂随溜疾下，势如奔马，礁石棱棱森立，水面众篙并举，左趋右避，幸而无事，又一里二王滩。又八里八路滩。又一里泊蕉溪早饭。午正复行。五里叫化滩。又五里平马塘。又四里鲍母溪。又二里罗汉溪。余舟触于石，穿一孔，停舟戽水，以板塞之，良久然后得行，筱苏亦停舟以待。又三里金盆滩。又十里九脑水。又三里月子村。又二里，酉初泊浦田。青溪县属。共行六十四里。早晚饭皆过筱苏舟食。灯后杨华亭来见，谈片刻。王鹤亭登舟闲话，久之乃去。夜召舟子，访以所过滩名，舟子不识字，语又不甚可解，姑依其音记之，是否此字，无从辨证也。舟子所言，皆滩之有名者耳，其无名者尚多，不能强名也。自镇远至洪江，水程六百余里，两岸高山，皆生寒树，水色缥碧，清澈见底，乱石纵横，激成湍濑，舟行其中，迅如发矢。时际冬初，水渐枯涸，其浅处则需人入水推之，其险处又需人登岸挽之，节节稽滞，故一日仅行数十里而止，不克兼程并进也。然较之陆行则安逸多矣。自八月初七日起，以疾故未书日记。虽有可以勉强作字之时，而阅卷每至夜分，固已疲惫不堪，懒再握管。发榜后疾仍未愈，而酬应繁多，日不暇给。遇少差日。辄于晚间书联扇等件，然运笔迟缓，亦未能多书，更无暇计及于此，积日既多，更事又夥，欲补记之，非心静身闲，穷数日之力不可，舟行至常德，势须兼旬，终日危坐篷窗，何所事事。乃自今伊始，追忆月余所历而详书之，事虽如在目前，而某事在某日。则已强半遗忘。幸有筱苏日记为蓝本，其公共之事固不待思索，即余一人之事，筱苏亦多记及。其不及者，皆触类而得之。至于阅卷之多寡，则有卷册可稽。宾客之往来，则有门簿可考。间断数十日之久，竟获一一补书，无所缺欠，亦快矣哉。夜雨又作。

页眉一：区丽泉太守送余等茶食四盒，牛油烛四包，墨画梅花各四幅。

初五日

天明解缆。五里塘防边。又二里牛板塘。又三里将军岩。又三里铜鼓浪。又三里上风梁。又五里下风梁。又一里，午初抵青溪县南门外，停船午饭。县备仪仗，列队伍，迎于岸上。大令李谢廷，把总杨荫廷，练军哨长宋卫臣_{家宾，}_{云南人}。登舟来见。谢廷言，青溪乡试，脱科已历八十八年，某在此多方培植，今科竟获隽一人，_{五十四名李卓元}。固足为某增光，亦足以励读书人之志气也。与谢廷言折纳船价席资之故，出镇远溜单与之，谢廷欣然持去。未几，如数交纳，毫无难色。余等向耻言折钱，恐为有司所鄙，今因家人需索太甚，防范难周，不得已而出此，乃有司竟以为甚便，则始念之所不及料也。然必核实之外，稍增其数，以为家人酬劳之地，但不宜过于浮冒也。未初复行。二里桥埂滩，又一里剪刀滩。又二里雷打岩。又三里毛毛塘。又六里麋背滩。又八里响水滩。又五里杨坪。又五里一碗水。又三里，酉初泊河口。共行五十七里。河口属玉屏县辖。今日惟牛板塘，响水滩二处用竹绹倒挽而下，余皆否。杨坪以上，灌田机轮甚多，来时已经详记。惟彼时在岸上行，设于对岸者始能望见，究辨识不真。今在水中央，两岸所设，均一目了然，乃知木板只用以转轮。别有竹筒数十，斜置轮边。近水则口向下，入水则横在水中，水为之满，满则口向上而行，至近沟处复横，则水注沟中，再转则口渐向下而水尽。如是周而复始，不费人力。不问天时，而田优渥矣。谁谓华人之无智哉。其障水之坝，水势激跃，与湍濑同，而无礁石之险，最利于下水船云。终日阴晴不定，写日记。

初六日

天明解缆。三里石灰滩。过此忽然大雾，舟人谓之罩子。不能辨途，停船数刻。又三里办岩。又五里田家垲。又四里北门滩，即玉屏县北门外，时才巳初二刻。泊后，大令孔鲁峰，把总万炳南来见，玉屏新中第八十四名举人郑嘉复来见。余等各送其闱墨一本。此处箫笛有名，持以求售者甚众，而苦不精良。烦鹤亭入市购求。亦无佳者。乃以银四钱购箫三对，笛一对。最后有持郑芝山箫两对来者，云箫以郑姓者为优，而芝山所作尤良。然余不知音，不能辨也。取视之，刻工稍精，又以制钱六百购之。未初二刻，水脚银、溜单、印结始至。方欲解缆，舟子求余等向县官代索小费。不许，竟把持不肯起碇。怒召船主责之，然后开行。三里万卷书岩。又三里沟寨滩。又四里王垞。又二里挂榜滩。至此，筱苏之舟胶浅良久。又三里秋玉滩。又二里包东滩。又五里穹滩。又二里，酉初二刻泊马泥塘。仍玉屏境。共行三十九里。今日天晴，见新月焉。在贵州境内，凡经过州县，皆送闱墨、题名录。写日记。

页眉一：在省时门生来见者，门敬皆甚丰，往往门敬外又有所谓茶敬者，茶夫得之，颇疑伊等不免需索，今郑生来谒余等，亲望见之，登舟即见，未尝留滞，而贽敬四金，门敬则二金，茶敬且八钱焉，乃知此处风俗固与京师不同也。

页眉二：此中不免有唆使者。

初七日

先君忌日。天明解缆。一里杨庄滩。又一里观音滩。又二里鲇鱼槽。又一里牯牛岩。又三里小姑汀。又三里大姑泷，过此即湖南晃州界。五里青菜塘。又三里铜板滩，又四里大鱼塘。又十里鸡爪岩。又四里倒水湾。又五里龙溪口。此处镇市颇盛，临河有镇江阁，凡三层，又有一楼，额书“虫二”两字，是风月无边之廋词也，然而拾人牙慧矣。一里冲天涌。又四里震滩。下滩即到晃州矣。龙溪口以下，临河有石山数笏，不生草木，其色如铁，山椒有庙，题曰“小南海”。午初二刻泊晃州。葛心南、徐晖廷来迎，只见心南，心南言瓜期已届，不日即须卸篆，意盖欲省船席之费也。既去，果使人来言，银一两折纳制钱八百，共负来钱三十五千二百。却之未受。已而又负来，增至四十千，极言艰苦之状。核以溜单所载，尚少十三千有奇。耻与较量，遂命留之。申初三刻复行。二里磨沟滩，徐晖廷列队于岸，鸣枪相送。又四里新桥边。又四里，酉初泊新店。_{晃州境。}共行五十七里。终日天阴。夜微雨，写日记。

初八日

天明解缆。三里山门滩。又十七里过曹家溪。自晃州沿流而下，独此处属贵州玉屏县辖，亦所谓插花地也。其地周回仅半里许，以外皆湖南地，并无居民，只有厘局一，所居者皆局中人役，不过二三十家耳。厘局岁入仅三万余金，盖地落湘中，湘人性极刚悍，讥察不敢过严，严则激生事端，而纠众毁卡之变起矣。此处入口税多，出口税少，入口布为大宗，出口洋药为大宗，洋药至此，已遍历黔境，大率已完厘矣，验票而已。又三里薄洲。又七里白水滩。又三里铜槽铁涧。又三里次滩。又四里皇后滩。又三里满天星。此滩极险，长几半里，乱石错落，森列水面。左有石滩七行，每行相去六七尺，编竹为梁，凡六分，置其间，水从梁上奔腾而下，涛头滚滚，声若雷鸣。舟人曰，此鱼梁也。右有水路一条，迫近山麓，而夹于礁石之间。官艇长大，碍石难行，每船用十余人倒曳竹絙，徐放而下。又四里黄瓜溜。又三里晒谷坪，即便水驿也。毅字一旗哨官叶发清_{字焕廷，湖南人。}列队于岸，鸣炮以迎，时才申初一刻，以风逆滩险，恐此去难寻宿处，遂泊焉。共行五十里。叶焕廷来见，言毅字凡三旗，旗四哨，哨七十五人，合之统领亲兵，千余人耳。本是毅安五营，经张香帅于每营裁去二百人，而改中营为一旗，驻沅州，前营为二旗，驻麻阳，左营为三旗，驻荆州，均由制军发饷，其右后二营，则由湘抚调驻省城矣。终日天阴。时有微雨。夜雨大作，写日记。

页眉：荆州当是靖州之误，语音未辨清也。

初九日

天明解缆，即过鱼落滩。又五里老鼠钻洞。又五里白马洞。又五里陡滩。又二里湾滩。又八里大卦滩。又二里王八滩。又一里乌龟滩。又二里大鹅滩。又二里小鹅滩。又八里大官洞。又二里小官洞。又五里石灰滩。又五里长滩。又三里马王滩。又五里螺蛳滩。又十二里北门滩，即沅州府北门外也，未初一刻行至西门，县差于此设码头，遂泊焉。共行七十二里。管带毅字二旗补用参将眭小春列队迎于岸，既而来见，谢之。太守朱莼卿前辈，大令杜蓉湖，典史张绍青同来见。莼卿言，合肥相国以九月二十七日薨于京师，赠太傅，晋侯爵，谥文忠，饰终之典，备极优渥。在合肥早岁通籍，册载宣劳，垂暮之年，犹复只手擎天，保全危局，功成身死，可谓遗憾毫无。惟当此乘舆未还，议款未结，外交内政，胥待经纶，一旦丧此元良，国是何所倚畀。而吾津之昔沾惠泽，今待来苏者，如婴儿之失父母，更不待言。大苏祭欧阳文谓上为天下痛而下以哭其私，余今日有同情焉。又言，全权大臣已派王夔石，直隶总督北洋大臣已授袁慰亭。此二公者，未知能善其后否也。午后，从县署假肩舆登岸，遇江西桥，先到眭小春营中答拜。往返约十里，然后入南门，至府县各署答拜，唯见莼卿、蓉湖二人。莼卿言，河南首府文仲恭太守（佛）上书，力阻回銮，且以身殉，法古人之尸谏也，惟系得之传闻，未知确否。又言，张香翁于五六月间与两江刘制军合词条陈变法事，共三折，约万余言，具已付梓。余等索观之，许为送至舟中。由府署出，又拜统领颜茂园，以来时未能答拜也，亦未见。酉初始归舟。蓉湖送酒肴来，却之。晚间莼卿送来张刘奏折两份，每份三本，与筱苏于灯下观之。第一折凡四条，设文武学堂、酌改文科、停止武科、勉励游学。第二折凡十二条，崇节俭、破常格、停捐纳、课官重禄、去书吏、去差役、恤刑狱、改选法、筹八旗生计、裁屯卫、裁绿营、简文法。第三折凡十一条，广派游历、练外国操、广军实、修农政、劝工艺、定矿律路律商律、交涉刑律、用银元、行印花税、推行邮政、官收洋药、多译各国书。皆香翁手笔也。余等送朱杜两君闱墨各二本，天阴，晚微晴，写日记，发船价三十八两。

页眉：此事未确，不知从何说起。

初十日

早颜茂园来谢步，余尚未起，未得见。起后问筱苏，亦谢未见也，芷江县自便水驿至怀化驿应交四站之费，昨蓉湖仅送八十余金，余等却之。延及今辰，往返数次不决，筱苏开一清单示之，何者可省，何者不可省。待至午初，始送百三十金，仍减去四十六金，且言，湖南办差，不似贵州，向无公费可领，无论所费若干，仅依勘合详报，今镇远县取巧图脱，贻累邻封，乞致书戒之，令此后切不可如此。余等恐差纪之言不实，未之应，遂留其款亦不复与校也。午初开船，穿江西桥下而过，桥凡十五洞。既过桥，毅字二旗哨官蒋寿廷列队河干相送。蒋于黎明时即来此，余等以船价未送，恐其久候太劳，遣人谢之，蒋坚不肯去，心殊歉然。行二里炮台湾。又十里杨溪河。又二里七里桥。又四里虾蟆口。又六里火烧铺。又六里八洲。又二里沟阑岩。又十里罗旧驿。又三里富连塘。又十里张家湾。又一里道人潭。又九里公平驿。芷江至此为一站。又五里懒马头。又五里，酉初二刻泊贵筑滩下，共行七十五里。自晃州以下，河面渐广，流亦渐深，无复胶滞之患。惟晃州至沅州险滩极多，舟子时有戒心，沅州而下，滩溜渐平，无甚奇险之处，两岸之上亦渐远渐卑，而河又益广矣。终日天晴。写日记。

页眉：开船后，前站船又掉回，问故，则曰舟子有登岸未归者，语近含糊，闻范和送此处差纪礼甚整，不知又弄何狡狯，然高福亦在舟中，恐未能出淤不染也。

十一日

天明解缆。五里蓝溪。又三里鱼梁滩。又十里石灰窑。又五里榆树湾。又五里仙人桥。又五里湾滩。又八里枫木塘。又六里鸭子岩。又五里白岩塘。又十里中方停舟午餐。十里周站。公平驿至此为一站。又五里七里长滩。又三里设鼓泷。

又三里牌楼坳。又一里高丽洞。舟行至此，迫就右岸石壁而下。壁上有重楼，为杨四将军庙，俗号王爷庙。庙前水势如高屋建瓴，湍流甚箭，左右叠石磊砢，一线通舟。舟从石中盘绕而下，真险绝也。旁有上水船一，误触于石，在此下货，睹之尤为惴惴。舟子于此处领神福钱一次。又九里桐木窑。又一里桐木洞。又五里汪塘，又八里，酉初二刻泊红崖山。_{黔阳县境。}共行一百七里。自镇远开船，船皆去舵倒行而下，_{上水者则否。}须至黔阳，然后安舵掉头顺行，盖河流至此始盛也。红崖山距黔阳仅十五里，故泊舟之后，舟人遂皆安舵，丁丁之声良久始息。晚鹤亭过船谈至二更后。终日天晴。写日记。

　　页眉：又自镇远而下，不用帆樯，不论风之顺逆也。若过常德，则下水亦不眠桅，遇逆风但不张帆而已，与上水同。

十二日

　　卯正二刻开船。三里烟溪，大雾迷漫，停舟一小时许，辰正二刻复行。六里棺材岩。又六里黔阳县。_{沅州府属。}署令胡粤生_{日升，江苏阳湖人。}棹小舟来见。筱苏以地非驿站，河干未必设码头，舟亦不能久停，遂不待余而先见之，已而余亦见之。粤生言，湖南办差果无公费，惟本省学使过境所需夫马，有民雇者，有官雇者，有官民合雇者，各属情形不同，其余各差则皆出于官而无从报销也。粤生去后，船亦抵岸。码头灯彩预备整齐，乃知粤生之棹舟而来，取远迎之义也。

少时，粤生送上中席各二，余等以黔阳例无供给，却之。伊执地主之谊，再三固请，辞不获已。受其半焉。停舟又一小时许。午初复行，仪乐二船送如迎时。二里牛屎滩。又三里白庄。又二里分水滩。又十里白马阁。又十三里沟阑崖。又十里大鸬鹚滩。又十二里连洲滩。又八里，未正抵洪江泊焉。<small>自周站至黔阳为一站，黔阳至洪江为一站。</small>自黔阳至此，两岸皆高山，滩流最险，近因水涨数尺，溜虽急而不觉其险，舟行亦较他处为速。共行七十五里。帮带湖南长胜水师补用副将曾镇卿<small>友亮，长沙人。</small>来见，言已备炮船一艘，派哨官文茂贤<small>号苍田</small>护送至常德，替回镇远炮船。晡时，杨华亭来辞行，赠以礼扇、差联、小刀、荷包四色，又以八金犒其水手。筱苏亦如之。洪江为靖州府会同县地，上下皆属黔阳，惟此处属会同，为自镇远至常德水路间第一巨镇，辰沅两府所不逮也。物产惟木器，他物皆自他处运来者。购木盆数个，以杉木尖为板，每片皆有正圆红心，攒聚成盆，红白相间，若有花然，北方所未有也。令仆人购扇，拟送杨华亭，以非其时，竟无售者。晚邀鹤亭同饭，谈许久。天晴。写日记。

　　页眉一：学使按临，民以为是专为我考试来也，故应差。

　　页眉二：此处河有支流。

十三日

　　早大雾漫空，咫尺若不相见。待至巳初二刻，雾消日出，然后开行。二里五瓜花。又一里鹭鸶崖。又七里滩头。

河中木筏相属，绵亘里许，有炮船驻泊，厘卡在焉。炮船声炮迎送。哨弁李本标且掉舟来见，谢之。又二十五里沙湾。此处有滩曰"倒挂金钩"，过去停舟午餐。饭罢复行。二十里卜冲坳。又十里安江。洪江至此为一站，少泊复行。十里，酉初二刻泊官坪。黔阳县境。共行七十五里。鹤亭言，此地向系荒村，居民稀少，近有油商张继昌捐资建造，廛舍一新，货别隧分，街道平整，遂成市镇焉。天晴，写日记。

十四日

早依然大雾，不可以行，仍至巳初二刻开船。五里黄狮洞滩，凡三折，猛浪若奔。一轿船驰入浅处，良久乃移出，岸上有杨四将军庙。余舟下滩后，回视后来者，其疾如矢。又四里大碗盏。又一里小碗盏。又七里兔窝滩。又六里大旗滩。又二里小旗滩。又六里新路河。又二十里桐湾。安江至此为一站。又十里狮子崖。又十里，酉正一刻泊龙头庵。辰溪县境。舟行以来，无如今日泊船之晚者。共行七十一里。黄狮洞、新路河均有炮船驻泊。舟过之时，然巨炮迎送如仪。龙头庵有居人三百余户。其山沟之水凡九曲，流经镇市，而入于河，若游龙然。河干有庵，恰当龙头，故以龙头名庵，而地又以庵名名焉。舟泊庵前，岸高逾丈。仰视庵内有楼翼然，欲登之，一览水月之胜。乃与筱苏、鹤亭笼烛登岸。路极倾仄，扶掖而行。步入庵内，中为佛殿，左文昌阁，右南岳殿，皆有楼。筱苏、鹤亭登南岳殿之楼，余亦拾级从之。尚未上楼，已见顶低于艇，规模卑隘。又闻筱苏言，只有北窗，不能见月，遂不复上。已而筱苏鹤亭亦下。庵内到处皆设神龛，龛然一短檠，满室光明而无可憩坐之处，遂出。以路险难行，唤一小舟渡归。与鹤亭闲话以破岑寂。洪江以来所见之山，或远或近，或高或卑，或险峭，或明秀，或青林红叶，错采斓斑，或道观僧寮，凭虚缥缈，一时之内，随地改观；尤奇者，每夕阳欲下，暮霭初生，斜映林峦，翻成紫翠，设色之妙，有非画工所能者。终日天晴，甚暖。写日记。

十五日

卯正开船。十里黄溪口。又五里小鸬鹚滩。又五里仙人湾。又三里辰州滩。又七里茶湾。又十里港口。<small>桐湾至此为一站。</small>管带毅字二旗哨官补用参将李亮功列队于岸，迎送如仪。又十里牛角坪。又五里沙堆。又五里西峰塘。又五里白面崖。此处有滩曰三沟滩。又十里牛舌崖。又五里，酉初一刻泊修溪口。<small>辰溪县境。</small>共行八十里。仙人湾、西峰塘均有炮船停泊，其哨官熊大福、熊国昌皆请见，谢之。旋答以刺。写日记。天终日晴。

十六日

黎明开船，五里木洲。又十里大洑滩。又十里，辰正一刻抵辰溪县。大令陈诠敷往送柯凤孙学使<small>劭忞</small>，又未得见。辰溪水程虽过三站，而陆程仅占一站，故船席之价亦如之，以驰驿例不许舟行也。差纪于折价外更送一席，辞未受。午正二刻，溜单印结毕至，乃复行。船甫离岸，遥见大令之舆，船渡而归，少迟一刻，必来见矣。三里塔湾，又十二里张家流。又十五里浦市。_{港口至此为一大站。}人家繁盛，亦乡镇之大者，有炮船驻此，哨官江仁山请见，谢之。又十里毛家滩。又二里鹿耳洞，_{辰溪县境。}时才酉初一刻，以微雨不复前进，遂泊于此。共行六十七里。贵州境内，沿途多卖柿者，状虽不一，而汁浓皮嫩，皆如北方之鸡心柿，而大则过之，且有大至数倍者。一入湘境遂少见，而卖柑柚橙橘者甚众。今泊辰溪，柚直极廉，一枚仅索钱五文，柑橘二三文耳，各购数枚。辰溪道中，削壁危岩，奇峰怪石，目不暇给。闻大酉、小酉二山均在辰溪境，惜不知其处，无由访之，又闻山洞中藏书甚夥，游人多往观之，后将洞门扃锢，遂湮没于榛莽中，不可复见矣。晚与鹤亭闲话。连日晴明，月色甚佳。今又阴雨，甚为闷闷。写日记。四更大雨。

页眉：河干有荷锥求售者，以百余文购一头，食而甘之，往在京津食锥者数矣，皆味同嚼蜡，以为实不副名，今乃知其不然，盖向者我取其陈也，筱苏在吾津食蟹，而恶与余品味，辄谓津蟹不可食，大约类此。

十七日

早大雨未止，不可以行。巳初三刻。雨势渐杀，乃开船。八里铁水塘。又十里神仙峡，舟人呼为马嘴岩，岩石壁立如削，俯临河流。岩半一洞，有木箱一。横置洞口，上下俱非人力所及，不知何以置之。又有败舟一，亦在岩半，与箱相距不远，或云神仙所置，其说似诬。石壁横亘数里，有若刀斧乱斫者，有若书叶重叠者，有溢出数尺若檐之覆者。

其石有若老树轮囷者，有若冰筋倒垂者，有上大下小若首戴物欹侧欲坠者。千奇百诡，不可名状。观之令人忘倦，又十里油坊湾，有炮船驻守。哨官高紫阶来见，谢之。又十里过泸溪县，_{辰州府属。}非驿路所经，县令未出迎，遂未停舟。此处河有支流，绕城而西，问之舟人，则通乾州之路也。又五里任溪桥。_{浦市至此为一站。}又二里，酉初一刻泊山洲脑。_{沅陵县境。}共行四十五里。今日无滩，河流平缓，又值东风料峭，故舟行颇迟云。鹤亭曾随王鲁香中丞宦游广东、四川，颇知两省风俗，言川南每于歧路立石柱，镌佛像于上，过者辄有所祈，应则以洋烟膏涂佛口而酬之，口为之满。又荣经县一土地祠，有求必应，酬神者亦以烟膏灌神口，酬者既多，神座下有微凹，膏从口流下，注于其中者几满，贫无烟赀者，往往求贷于神，及获余赀，必速偿之，不然必病，人皆畏其神无敢窃者。又广东顺德县嫁女，有吃烧猪之俗，女归夫家系处女，则婿家于三日后以鼓乐送烧猪于女家以荣之，多者至二十余口，否则购一豕首，以沙缶之无当者笼之，系女舆后，退还其家，此女遂不为人所齿矣，又顺德有十姊妹之俗，十女为一盟，订盟后各不归家，别购一室群居之，织多罗麻以自给，余赀储待嫁奁之用；一女有难，众争赴之，虽死不渝，及嫁，姊先妹后不稍紊，不如约，则绝之，有羞而自尽者，虽父母莫能禁止；若婿家必欲娶之，亦无不可，惟合卺之夕，必着绔十余重，不与婿合，迫之则以死自誓，三日后仍赴姊妹之所不复归，必俟姊尽适人，然后成婚；婿家有因此构讼者，女宁出资为夫置媵，终不肯夺志，有司曾悬示厉禁其俗，终莫能革也。弱女子能如此坚定，士大夫对之有愧色矣。终日阴雨，时大时小，入夜未止。写日记。

　　页眉一：又有败篙数根，庋处亦当洞口，洞虽甚高，或下方另有来路，亦未可知，惜无暇于山之前后左右细寻之也。

　　页眉二：炮船巨炮为雨所湿，然之惟见门药发光，而不作声，数次皆然，每一次则舟人大笑之，卒不然，乃放三眼枪以迎。

十八日

天明开船，尚有微雨。不半里即过山洲。又八里火烧湾，又十里耍溪塘。又十里南溪河。又十五里清平塘。又五里，午正一刻抵辰州府，泊南门外。共行四十八里。大令万伯任来见。太守吴春山、管带威字右旗候补副将周明标均差帖迎候。故余等亦以帖答之，未登岸。沅陵县自船溪驿至界亭驿，应送四站之费，而伯任仅送三十余金，余等却而未受。辰州楠木器皿价甚廉，惟铜饰薄而不精，木亦无香味，北路车行尤不易带，仅购数事而已。天阴而寒。写日记。

　　页眉：伯任言辰州府八月间已岁试，武生童应试如故，以奉旨停武科在辰州考试后也，现学使由永顺赴沅州，不知如何办法矣，舟行时见山下有习马射者兴致勃勃。遽停考试恐激生事端，急筹变通之法为是，未知当轴者念及此否。

十九日

早起。西南风劲，天气晴明，船行下水最为难得。乃县中船席之价过午不至，甚焦急。请伯任来船面商。伯任来言，差由水路来者，折价向无如此之多，溜单每由家人私属任意浮开，最不足凭，所以不信。因出船票及筱苏在芷江所开清单示之，曰此次溜单，余等自执之，皆系实数，并非经家人之手者。伯任视之曰，船价之大过乎寻常，此镇远县之过也。余等曰，事已至此，咎之无及，君将何以处之。伯任请酌减其数，乃减四站为三站，如芷江例。伯任怏怏而去，暮送百金至。余等谓差纪曰，减去一站。以沿途折价，截长补[短]计之，仅足敷用，断不能再减，且如此斤斤较量，是市侩也。差纪乃持去，将及三更，始如数折纳焉。因思溜单所载，以黔省州县所领公费计之，每站除应付外，尚有盈余，固所甚愿。湘省向无公费，当一站者，尚可兼数站者，便以为苦矣。且船价诚大，闻舟子言，在镇领价时，六船共为差纪索去八十余金，然则坐船价不过四十余金，余船价二三十金耳。该县既不出费，复任差纪渔利浮冒，而不加察船价焉，得不大乎。然喻济丞官镇远久，与余等言亦未能抉其弊窦，是差纪之把持蒙蔽者有年，而前站家人之分利与否尚不可知，故奉使者更无从觉察也。欲去其弊，非该县熟悉地方情形，差纪不敢欺罔，按民雇实价开报不可。且非奉使者洞悉其故，少用船只，亦不可也。不然，虽力自贬损、明减或反暗增，仍不免于招怨，如余等此行是也。或谓船价虽大，较之陆行夫马一切所费尚少，何州县之无厌若此。日陆行乃驰驿之例，多费无如之何。夫马过多，州县亦啧有烦言，甚不可也。况各处情形不同，贵州夫马一切，官雇贵于民雇，故以折价为便，他处夫马及食用各物，有官价甚廉者，有有人应付毋庸官自倾囊者，一经折纳，则须自发实银，少且不愿，而竟加多，能无词乎。更有一种不知体面之人，性成贪吝，为仆从辈逼迫，一文不省，亦所甘心，若与之面谈，虽所费不多，彼仍多所借口，以图省之又省，以为使者必不致以钱财之细锱铢较量也。总之，驿站办差，变态百出，欲得其平，实无善法，宁人愚我，毋我扰人，庶几近是耳。鹤亭过船凡数次，日记补写已毕。购骨牌一副为遣闷之具。舟子领第二次神福钱。[①]

     页眉一：范孙受代北旋，在镇远雇艇船八十四金茅篷船六十金，亦只到常德，总较余等船价尤昂，恐亦不免中饱。

     页眉二：济丞或因前站家人从中染指，不肯深言，亦未可知。

二十日

天明开船。十里清明庙。又五里柏叶滩。以雾不得进停舟，至巳初三刻复行。五里高丽浅。又十里九矶滩。又十里横石滩。又十里杨家塘。又十里白溶，辰州至此为一站。有炮船驻泊在此。停舟午饭。又十里马良滩。又十里橘红溪。又五里板畓溪。又五里清明洞。又五里节滩。又五里鸦角峪，有炮

---

①   此处似有脱文。

船驻泊。又十里姚塘。又十里，酉正二刻泊滩口。_{白溶至此为一}

站。共行百二十里。仍在沅陵县境。舟子云，自橘红溪而下，即有神鸦，飞送客舟，至缆子湾而止。以此去有清浪滩最为险恶，舟过时，鸦送则吉，否则凶。鸦有二种，肉食者以肉掷空则攫食之，素食者以豆腐，掷以肉弗顾也。行至节滩，推窗望之，果有群鸦绕船而飞，倏往倏来，络绎不绝。惟吉凶之说则未知信否。晚鹤亭来谈。微雨。三更后，风起浪，鼓船动。未几大雨。

二十一日

早风雨未已。午刻雨止，仍有大风。舟人以过此即清浪滩，北风逆急，不敢开行，留泊一日。早饭后，约鹤亭来谈，留共晚饭，二更始去。节逾小雪，着一絮袍，犹有燠意，今日忽然寒极，乃加衣焉。

二十二日

早雾。辰正三刻始行。二十里洞庭溪。又二十里缆子湾。此四十里皆名清浪滩，一路礁石星罗，湍流震激，浤浤汩汩，动魄惊心。舟子言，此时水涨，中流而行尚不觉甚险，水浅时，须沿山麓而下，水为岩石所迫，涛头数尺，往往卷入舟中，舟为浪拥，时高时下，稍一失慎，即触石而毁，行者无不畏之。未至洞庭溪二里，所临河有庙，曰伏波宫，以祀鸦神，当门有额，曰"心平水平"，语最可味。群鸦绕舟索食，未备肉与豆腐，仅置饭于篷背，亦下食焉；过缆子湾，遂不复见，谓之神鸦也亦宜。又十里蚂蚁袱，有炮船驻泊。又十里鱼子洞。又十里界首，滩口至此为一站，桃源县境。
有炮船驻泊。又十里秣马口。又五里，西正二刻泊兴隆街。
桃源县境。共行八十五里。今日北风犹劲，非滩溜之处，舟行
不能速也。晚鹤亭过谈。天晴而寒。

二十三日

　　天明开船。二十里宁津滩。又十里穿石。界首至此为一站，
悬岩高耸，中有一孔，表里通明，可通往来，故名。又十里
柏子铺，有炮船驻泊。又二十里展家溪。又三十里，申初一
刻至桃源县，穿石至此为一站。大令胡玉山，鉴莹，安徽六安州人，己
卯举人，甲午贡士，乙未补殿即用知县。棹舟来迎，先登筱苏之舟。泊
后，余就见之，谈许久。自新店驿至府河驿凡三站，皆应桃
源发水脚，而玉山云，陆路例办三站，水路则办一站，自本
省巡抚、学政以及过境各差无不皆然。盖自桃源至沅陵，则
桃源送至界亭而止，自沅陵至桃源，则沅陵须送至桃源，不
得至界亭遂止也。余等取沅陵印结与观，只至界亭而止。玉
山以为此乃万伯任蒙混取巧，当函责之。余等别无依据，不
能与辨，听之而已。售桃源石者手提竹篮，往来舟次。令出
视之，湿布包裹碎石，大小别置，五色陆离，亦有可观。因
其索值昂而无用处未购。托鹤亭代购石器物，携来数种，价
昂而货劣，还之。绿布为此地土产，购七匹，并购元青布三
匹，费十二金焉。玉山送来酒肴，辞之，不可；以舟中狭隘
无处可置为词，则约余等至署共饮。恐重违其意，从之。日
暮往赴约。饮间详询益斋近况，始知其为益斋门生，因详告

之。戌刻归舟，报之以联扇。少时，玉山送来一切折费五十金。筱苏以其情文兼至，且有乡谊，不肯与争。余惟筱苏之言是听，更无异说。且统计所入，已经足用，有余不过饱从者之橐，更不必为仆受恶也，竟受之。晚与鹤亭谈至丑刻。归舟未眠，忽闻人语嘈杂，问之，将开船矣。

页眉一：汤味梅大令请假回省，玉山言其因时事艰难，有归隐之志。

页眉二：玉山口称如此，果否，无从证也。玉山未改书生本色，与染官毒者不同，或非诳言。

二十四日

寅正开船，十里铜瓜脑。又十里岩前塘。又十里舟溪。又十里河洑，有炮船驻泊。又十里沙木营。又十里大溪口。又十里娘娘滩。又十里草鞋滩。又十里，未初一刻抵常德，岸前预设一空舟为会客之所。武陵大令沈士登瀛，江苏吴县人。来见，谈许久，言可以由水路到荆州。余闻之甚喜，拟不换舟，减去二舟，仍与筱苏同行。已而舟子来言，赴荆州须绕道太平口一路，水涸不能行。然则不经过澧州、公安，他处皆不当驿站，例不支应，且须耽延时日，诸多不便，余仍拟陆行，筱苏则欲由水路至汉口，嗣又闻必至岳州始有小轮船拖带，洞庭湖不易过，不能克期而至，亦拟陆行。余甚愿多聚数日，极力赞成，议乃定。而天晚不能登岸矣。请鹤亭代雇小舟以载枢，鹤亭愿共一舟，各出半价，伊既无所忌讳，余何不乐从。晚鹤亭来言，舟已雇得，价二十千，稍谈而去。发船价二十五两，三次神福钱，俱毕。又与筱苏共赏六船酒钱十千，清算伙食一切开销。俱毕，尚余四十五金，大钱五千余，赏诸仆以代折席等项。

> 页眉一：自镇远至常德一路，滩名里数皆据舟子口报，与范孙日记多不符，孰是孰否无从知也，其旁加圈志者，皆险滩。

> 页眉二：前摄篆傅雨香大令现移署沅江县事，曹致堂与有戚谊托代致意，竟不可得。

二十五日

辰刻起。县署备舆来迎，乃登岸。先到府署，答拜汤伯温太守，以患感冒未见，遂至县署。此地无行台，试院有省派朱君居之，余等遂仍住县署。见士登，谈许久。诸仆发行李，午后而毕。购扇一柄，写送炮船哨官文沧田，并犒水军八金与镇远炮船，同送士登联扇各一。饬仆装行杠。昳时，士登便衣来谈，约余等到后堂晚饭。鹤亭来辞行，交其贵阳府护票。伊欲士登加钤一印，并请船封一纸，照办付之。并问其住址为有事通信之备。上灯后，赴士登之约。酒肴均精美。谈及其令舅谢友梅司马，_{桢，江苏人，浙江候补同知。}现充沙市招商局总办，士登胞弟清如即在其账房。筱苏托士登为谢写信，到沙市登轮舟时请其照拂。余亦为李明枢事，托士登请谢君转致汉口招商局。士登许诺。饭罢，为鹤亭书对联一副，尚有余纸三张，天晚墨不现成，恐城门禁夜不及送，乃平船价银十两，运柩费六十两，标柩封四纸，并筱苏日间所书对联，未书余纸，统令高福为鹤亭送至舟中。又为鹤亭写说帖，告知已托谢君招呼，详注谢君名号官衔，以便到汉口时述及。县署诸仆，日间曾乞筱苏书对联，今见余作书，又竞相购纸磨墨来求。以无事，为书十余事，犹未已也，张顺等恐余手疲禁之，乃止。士登送程仪，却之，不可，终却之。盖多留一日，以联扇答其情，沿范孙例也，士登误会，而送程仪，受之是真无厌矣。行杠齐备，余凡红杠十二，皆四人舁之，白杠十九，皆二人舁之，筱苏红杠十一，亦皆四人，白杠二十，三人者二，二人者十八，合之轿夫三班，挑夫一名，夫头五六人，共夫二百有奇。马不足用，随杠之仆乘丁拐轿二，总二百十一二人。差纪请于溜单虚报数名，为沿途亡去夫头赔雇之资，许之。单开二百二十名，伞夫则裁去不用。包马二，骑马八不用，引马共十匹，照数实报，差纪受命而去，士登送来致其令舅信，筱苏收之。少时，又送来未署名一信，似由行在来者，首言回銮遇大雨雪，途中跋涉甚苦；又言御史黄曾源参福建学政檀玑试事不谨，且语涉许制军应骙，已令许复奏；高枏亦劾檀，又参广西学政刘家模挟带私盐获利，已交漕督张人骏查办矣。阅竟还之。丑刻始眠。

页眉一：一路共收折价银四百四十四两四钱六分，制钱四十千，开除船价二百九十八两，短平二十二两二钱二分，伙食用十七两，船饭犒赏用十六两，余银九十一两二钱四分，各得四十五两六钱二分，在镇远易银十七两，短平加色去七钱三分一千一百五十，合钱十八千八百八十文，在常德易银十六两，短平加色去六钱一分一千四百，合钱二十一千五百四十六文，开除神福十二千，犒赏十千，船饭二十一日半，日十二人，人六十，共钱十五千四百八十，伙食钱三十二千四百四十六文，余钱十千五百文，各得五千二百五十文。

页眉二：鹤亭住湖北黄冈县阳逻镇粉边铺红院子湾。

页眉三：肴有生熟虾二品，生者如吾津之青虾，而小熟者则纯白色，问之并非二种，自今伊始屡食之，不复赘。

二十六日

卯正起。饬仆发杠。打坐尖。辰正一刻，士登送升舆。出北门不二里，有关帝庙，士登间道先至，瀹茗以待。茶话片刻复行。道路平坦，舆行甚速，惟舆夫多不娴熟，时有倾跌之虞。三十里，午初至三十里铺，借饭店茶尖。店甚陋隘，少息而出。又行三十里至大龙驿行馆_{武陵境}，才未初二刻耳。行馆甚宏敞，门三重，屋两进，皆五间。余等所居庭额曰襜帷暂驻，为光绪丙子重葺时胡启运_{姑孰}所题，堂额曰"？？桂轩"，为嘉庆甲戌许绍宗_{关中}所题，_{分书}许之图章曰辛酉翰林，胡则不知何许人也。一路未见一杠，到行馆，则杠已毕至。朱顺云，舁夫驯而速，为此行所仅见。

二十七日

天未明，忽闻人声嘈杂，似夫役抢杠，诸仆呵禁者。

及起问之，盖夫役于昨晚即潜入行馆，眠于杠侧，此时各欲择轻者舁之，故争吵，挥之使去，杠已舛午不齐，有已舁去者，物之失否尚未可知。辰初打坐尖。辰初三刻，行三十里至鳌山。此处例有茶尖，竟未预备，乃直行而前。又四十里至清化行馆澧州境宿焉，时才未正。巡检张樵苏传绪，四川华阳人。来见，谈许久，索闹墨一本而去。问差纪鳌山茶尖应何处备办，则曰应武陵办，然地实属澧州，不知其言信否。令仆人查点物件，幸未短少。

页眉一：粮房书吏求赏闹墨，与之一本，自看欤？送人欤？吾津戚友士而吏者多矣，彼其之子将毋同。

页眉二：诸仆云伞夫到处有之，均不用，折钱一二百文而已。

二十八日

卯刻起，打坐尖。辰正二刻行。十里林角桥。又十里李家铺。又十里桃花冈。又十里新渡河，河甚仄，顷刻而过。又十里黄沙河，既渡，沿河而行。又十里过多安桥，凡十一洞。至澧州，入东门。未正抵试院宿焉。强字旗兵在城内列队而迎，并以管带刺来。到馆后，刺史毛旭卿，隆章，江西丰城人。管带强字二旗提督贺西江长发，湘潭人。来见。既而学正麻笠亭，焯，凤凰厅人，癸酉举人。署训导刘保龄钟源，善化人，己丑举人大挑。同来见。均谈许久。州吏目陶树滋号小田，大兴人。来见，谢之。申刻出门答拜诸君，并拜前任刺史郭子钧前辈，赓平，江西人，庚辰庶常。皆未见。归后子钧前辈来谢步，谈许久。试院头门榜曰行台，堂下无号舍，始谓非试院也，惟东辕门外，又有门一重，额书文运天开四字，似为试院而言。询诸差纪，始知号舍皆在东偏，果试院也。

　　页眉一：高枬又参皖抚王之春娼优并进，刘聂皆其同乡，不免袒护，交漕督张查办刘家模事，并未令张查，误书也。

　　页眉二：堂后小院桂树两株，高与檐齐，繁枝攒聚，有若丛生，轩之取名以此。

二十九日

　　卯刻起，打坐尖。辰正二刻旭卿来送升舆。未行而肩杠忽折，己所存者已随行杠先行，乃借旭卿者用之行。出东门折而北。强字旗列队送于郊。三十里渡一小河，至张公垱，又二十三里渡涔河至北王垸。田地皆没水中，但见一片茫茫而已。又七里至顺林驿，乃澧州境，分司巡检李金谷镳，湖北光化人。来迎。未初二刻至分司署，宿于堂东偏之书斋，金谷来见，谈许久，据云八月间水大至，至今未能涸尽也。为金谷书对联二二。

　　页眉一：途间时见独轮小车，似吾津西门内外之辇水者，又有前端多一小轮者，渐有北方气象。

　　页眉二：行馆不如大龙之宏敞，而堂悬保险洋灯，光明可爱。

三十日

　　卯刻起。打坐尖。辰初二刻行。二十里渡一小河。又五里至界溪桥。强字中旗哨官游击夏荣廷列队郊迎。界溪桥为湖南北分界之处。一河横贯街市中，南属澧州，北属公安，名为桥而实无桥，但于河中筑土坝以通往来，水涨时仍须舟渡也。又十二里黄土铺渡河。又十三里，巳正三刻至章村铺。公安县借张氏宗祠备茶尖。祠甚敝隘，小坐复行。十五里蔡家洲渡河。又十里李家洲渡河。又五里抵公安县。大令王苇航同年_{光棣，四川人，乙酉拔贡，戊子举人，壬辰进士即用}。遣人持刺备仪仗来迎。入西门。未正一刻至试院宿焉。苇航同年来见，谈许久，知两宫十一月初四日由河南省城启銮回京；大阿哥废，赏八分公衔俸，不准当差；明年顺天乡试借河南试院，河南乡试改于十月举行，癸卯补行会试亦在河南试院。

页眉一：鳌山，地属安福县，行馆在焉。然安福例不应差，故武陵澧州互相推诿。

页眉二：本日晚食，居然有蟹，据云由省城来售者，制钱八十文一只也，然尚无黄。

页眉三：湖南练军分发、强、刚、毅四旗，凡岳、常、澧道属下所驻皆强字旗也。

十一月

初一日

卯刻起。夫不齐。饭罢，待至巳刻，仍缺数十名。呼差纪，已不知何往。乃升舆答拜苇航同年，借以催促。始辞不见，固请乃见。据云，地方瘠苦，城内居民仅二百余家，署中吏役几居其半，凡遇差过，须下乡征夫，故一时未能毕至，请余等先行，随后当送杠至。察其意诚，乃饬仆将未行之杠一一点交差纪，已正二刻乃行。三里至港关渡河，对岸即夏间来时泊舟处。此地河分三岔。又五里至沱孔渡河。又三十里至黄金口，借广升棉花行茶尖，时已未正。此地市肆繁盛，街道逼仄。茶尖时，门外观者如堵。行有去棉花子机器一具，两足承一盘，左右各两轮，联以皮条，右两轮之右，一大轮曲轴通之于轴之凹，联以铁条，下缀木板，足踏木板，则大轮动而小轮亦动。前两小轮之间又有双凹曲轴，上擎利铁如刀，紧逼盘底。盘之前端有隙，下有圆轴进退板各一，置子棉于板，板近轴时，利铁起而逼之，轴卷净棉片出而子留。板远轴时，利铁亦下，而子落矣。其大轮则加重力者也。自常德来，一路时闻轧轧之声。舆行甚速，顾盼间，但见轮转如飞，知为机器而已。今得详视，忆而志之，究未能曲尽形容也。略坐复行。二十里至李家口_{仍公安境}屠陵驿渡河，借郭永顺店为宿所。时逾申正，室暗如漆，然双烛尚不辨物，盖室与两厢相连，板壁隔之，无容光处也。中为堂，两楹之间树若屏者，倚以高椟以祀神，左右即为出入之所，不设门焉。左右壁各有两门。室中以芦席别为四室，余等据其前后，两室另有居人，灯光相射，鼻息相闻，殊嫌不便。堂后壁有门临旷野。有赛神演剧者，遥望见之。近门数武间，豚栅、鸡栖、纺车、糠盘，布列几满。仆从所居，则前辈皆敞，悬芦帘蔽风而已。闻门以内六家居之。以余等至，移出三家。余等所居凡三室，然则一家只一室矣。乃竟有招牌而谓之店，不知为何店，而郭永顺之郭，又于六家谁属也。行杠皆置之街，差纪派人看守。陆行所经，以此处为下下。

页眉一：旭卿言，粤督陶次方年伯模薨于位，国家又失一良臣矣。

页眉二：子钧前辈月之初八日交卸，以交代未清未还省，尚住州署，前由水路来。以去城远未得见故，今往拜之。

页眉三：大堂屏风之右有小板屋，为九澧神君行宫，善以方药活人，祈报者无虚日，大堂上下匾为之满，闻学使按临必拜之，余等则自居强项矣。

页眉四：旭卿与杨穗生同年，祖兰为谱婚姻，嘱晤时代候。

页眉五：老屋将倾，扶以坏木，短垣半圮，补以蓬茅，而当门有寒梅两株，蓓蕾满枝，行将怒放，颇觉可人。

初二日

未曙即起。拟早行，乃饭罢待至巳刻，舆夫犹未齐。严催数四，巳正始克成行。而行杠十余尚无人舁，留二仆待之。三十里，未初至弥陀寺。地属江陵县，应有茶尖，而竟未备。舆夫中饭，置舆路旁，少时复行。此处市肆较黄金口尤胜，转折良久始尽。又十五里，未正一刻至杨家尖子江口登舟，舆马另载。坐船为鸭梢船。舟子张，河南南阳人，以茶进，甚殷勤，言待此已四日矣。顺流而东，二十余里至北岸之烧酒洼，登岸缘堤行。七里入荆州府南门。申正二刻至试院宿焉。此处虽府城而不备仪仗。大令先以帖来，以为不来见矣，乃唤待诏来剃发。既闻差纪云大令将来谒，止之，期以明日。盖筱苏由此赴沙市登轮舟，须取护照，且欲到其令亲范赞臣处，余亦应到道府县各处答拜，均须留一日也。行杠到四十六余，十六杠及二仆均不至。荆门州探马已到。

页眉一：前闻湖北学政蒋亦璞前辈，请开缺代之者，为彭向青同年（述），今见苇航，始知彭非向青，乃少湘前辈（清藜）也，尚未到任。

页眉二：安徽巡抚王爵棠中丞(之春)开缺，另候简用。

页眉三：王胜之同年同愈以编修发往湖北，交张香师差遣委用。

初三日

辰刻起。购绒棉鞋一双。杨葆初大令来谈许久。答拜道台濮紫诠前辈，适值出门，见余等至，即回署以待，晤谈良久，年五十许，快人也。言同治初年曾在吾津做寓公数载，僦屋城内板桥胡同、袜子胡同等处，人地相习，至今恋恋不忘。因问天津乱后情形甚悉，盖其尊人直隶候补知府也。又问王晋贤世叔近况。均详告之。约明日便饭，以行辞，则改于本日晚间。且曰，非敢云宴，见我辈人不忍遽别，借饮酒以畅谈也。到舒畅亭太守，杨葆初明府处，均不见。筱苏往拜其戚范赞臣水部，余先归。紫诠前辈已来，不值而去。舒太守以来來。筱苏信来，已在范处早饭。余乃饭。饭后购风帽一。杠已到齐，而二仆尚未至。小憩片刻，晡时筱苏归，拟遣二仆附余北去，为之分账，核算良久；因送范君土物，并有交余带京之物，开箱寻觅又良久；礼备而带京之物竟未能检齐，贮之何箱，盖未详也。傍晚，范和、朱顺始至，言今早夫尚不齐，止赛神之剧，以其人充之始成行，伊等在后，故到迟也。道署来速，笼烛往，佳肴旨酒，谈饮极畅。出近日谕旨观之，和议将成，赏赉有加，张幼樵师以四五品京堂候补焉。饮微醉而止。紫诠前辈召其公子出见，年十五矣，美秀而文，论笔已有可观。紫诠前辈拟伙助王晋翁，故旧不遗，令人感佩。谈至亥刻始归。筱苏又写京信，交余带往，至子而毕。与筱苏共事半载，相视莫逆，形迹胥忘，诘朝分袂，依依不忍言别，谈至丑刻，然后归寝。风起天阴，少时而晴。筱苏之仆贾成交余家信一件，银一锭，洋六元，请寄阜城，交其妻赵。

页眉一：丁酉苇航曾一摄斯篆，以云贵会试火牌甚多，请代以避之，今竟向余等直言不讳，是尚未染宦毒者，惟局量微小耳。

页眉二：晚饭后贾成、张顺以一言不合互相口角，几至用武，贾成来讦，筱苏呵之，余亦申饬张顺乃已。

页眉三：张福云，郭永顺系织布店主人，居前院，余皆僦屋者也。

初四日

卯刻起。行装束齐，红杠仍十二，白杠则加七，为二十六，筱苏之陈徐二仆随行也。紫诠前辈来，送余等明张文忠公居正全集各一部，新刊印者；交余致王晋翁信一件，银三十两；谈及鹿乔笙在河南病故，为之黯然。乔笙与余乡会同谱，深相契合，丁酉秋以保送知府赴豫，道出津门，余适归里，鞠人亦至自新农镇，小聚一日，置酒言欢，不谓竟成永诀。闻其在河南办硝磺局事，署陕州，洁己奉公，宦囊无几，妻妾子女何以为生，结局如斯，亦可悲矣。巳初一刻饭罢，辞筱苏而行，盖鉴于来时四方铺之未备尖站，恐沿以为例，无所得食也。出北门。五十里至四方铺，时未初三刻。荆门州居然备有尖站，仍夏间余等所投逆旅，彼时后院中门未启，不知中何所有，今入视之，正室三楹，较向所栖止，胜且十倍，似专为办差设者。少坐而饭。饭罢，未正二刻复行。三十五里，酉初二刻抵建阳驿之龙蟠书院宿焉。巡检张暻以帖来。闻未到尖站时，舁夫遁去二人，未尝补募，止将四人之杠改为三人，亦一时同至，足见行李之斤两尚轻也。差纪颇殷勤，诸仆无呼哗者，缘直牧李绍远已交卸，代者为陈少石前辈，夔麟，贵州癸酉举人，庚辰庶常，乙酉拔贡，同年幼石夔麒、丙戌同年小石夔龙之胞兄，本任江夏县。故另是一番气象也。余性喜聚而恶散，今日乍离伴侣，独对孤灯，岑寂无聊，不可言喻，翻阅张文忠公全集以遣闷。夜梦仍与筱苏同行。

页眉一：鲍福之马，不肯登舟，跃入于水，马夫从而拯之，几溺。

页眉二：船名鸭梢，舟子云，然实与夏间筱苏所乘之鸭梢船不同，证以范孙日记，此船当是沙窝之大者，盖亦中低而前后高，前横一榻直接门□也。

页眉三：夏间登舟之玉路口尚在下游，距城较远，且水落沙湮，舟不能近岸而泊。故移码头于烧酒洼。

页眉四：筱苏嘱到津后将火车情形价值详细函知，并问余住址，以便明春到津见过。

页眉五：葆初年五十余，而须长过胸，颇有老态。

初五日

辰初起。差纪关异夫于门外，门启则十人入，异杠出则再入之，顷刻而杠毕发，无呵詈，无喧哗。事有纪律，易集如此，人多好为其难何哉。巡检张君以刺来送。辰正一刻行五十里。午正一刻抵团林铺尖。未初复行。天气极暖，脱帽去马褂焉。舆中阅《望眉山人文集》。四十里抵荆门州。民壮四名，皂役六名来迎，入南门。申正一刻至试院宿焉。刺史陈少石前辈来，谈许久。高福昨言江陵溜单，夫马酒席皆溢额，今面语少石改正之。少石索题名录，言至今尚未知获隽者为何许人，家中虽无人应试，而戚友之关切者甚多，急欲一视。乃闱墨箱尚未至，许与闱墨一并送去。晚饭绍酒甚佳，问之，果自省城带来者。独酌数杯不觉陶然已醉。红杠一，白横二晚尚未至，遣人持炬迎之，二更毕始至。即取闱墨题名录为少石前辈送去。

页眉一：范赞臣来拜筱苏，投余一刺，亦以刺报之。

页眉二：陈仆令随舆行，徐仆令同朱顺监管行李。

页眉三：陈仆购物甚多，并未向公账支钱，畏筱苏之知其多物也。问其杠数，则曰不过两抬，及核总数乃增七抬，问之高福，据云陈徐二人只五杠，差纪以此处有应差夫头八家，向例用夫足百名，则伊等有津贴，不及百则否，怂恿多装二杠。故从之以告筱苏，筱苏曰："岂有此说。"陈仆浼高福言之耳，伊等每以微隙相口角甚则反眼，若不相识，至主人有所稽查，又扶同蒙蔽，甘心分过而不辞，小人直难养哉，抑亦藐躬凉德不足以默化之也，然李明而在必不出此。呜呼，所以死欤？

页眉四：杠之轻重不一，每行则争取其轻者，恒先白而后红，若不极力呵禁，必遍试之。自武陵以来，每夫给百二十文，而红杠则以四人而给六人之价，于是又争异红杠而置白杠于不顾，往往攫夺挤踏，杠碎物倾，差纪鞭扑从事若驱牛马，喧哝聒耳，厌不欲闻。盖民雇有定例，二人舁至百斤而止，三人可百二三十斤，四人可百五六十斤，装载时夫头权之罔有差忒，价亦始终一律，故无争。一经官办，则役人者有懈心，役于人者有冀心，虽重不如程，犹苦力不能胜，又到处价目不一，欲弭其事难矣，甚矣，官事之弊也。

页眉五：自此以后，每易溜单必过目。

初六日

辰初起。发行杠不如昨日之得法，然尚不甚喧哗，人少于同行时也，辰正一刻升舆，先到州署答拜少石前辈，辞不见乃行。出北门。北风大起，天气极寒，轿帘吹落者数次。黄沙白草，一望无垠，无复湘黔红树青山景象矣。风大如此，江轮亦未敢畅行，不知筱苏已否登舟，或登舟而阻风何处，颇萦怀之。王鹤亭之过洞庭湖否，更不能逆料也。谚云，百里不同风，或江湖中风平浪静亦未可知。三十五里，午正一刻抵南桥，仍尖于天顺饭店。酒肴毕俱，非复来时粗具茶点之草草也。而诸仆畏寒缩瑟，略一举箸即辍。节逾大雪，浅水未冰，较之北方。虽寒犹暖，诸仆皆北人，何畏寒若此。疏纵之余，苦于约束，一说也。蒙恩之久，易于畏威，又一说也。夏间深夜过此，灯昏烛烬，暗无所见。今环顾之，楹间题字甚多，有连仲珊自南郡至鹿门六月六日阻雨宿此云云，旁注己亥二字。仲珊汉军旗人，姓侯氏，名连捷，为余丙戌同年，官编修时，颇以书法文章自负，而十年未得一差，愤嫉不平，出为湖北保送知府，卒以浮躁为大府所劾，降补同知，呜呼，浮躁二字，以余所见奇才异能之士，用此败者，不知凡几。其人类多不知自反，且有激而愈甚者，所以不可救药也。戒之哉。未初复行，风稍杀。二十五里，申初一刻抵石桥驿，借旧典铺宿焉。室中设烘炉，暖气融融，无复来时驻此之苦。薄暮又大风，晚息。五更又风。

初七日

辰初起。发行杠。行杠，马匹皆另置一处，有窃马夫屦者，马夫诛之急，则出之，伪为代求而得者，向马夫索酬钱百，马夫不与，来诉之仆从，仆从廉知其情，叱去之。辰正二刻行。微风而寒。二十里，巳初三刻至乐乡关茶尖。共行一小时许，绝无馁意，差纪以小食进，稍尝即辍。巳正二刻复行。在舆中阅张江陵书牍，四十里，未初不及一刻，抵钟祥县之丽阳驿行馆宿焉。差纪仍陈姓者告余，主人已为京城寄信寄银，接济向辰大老爷眷口。晚饭酒甚佳，饮数杯。饭后，呼陈纪来询，知性臣世叔本欲来此与余晤谈，以正县试未果；叔雨世叔以暴疾故于江西，鞫人现随扈北去；友梅调署济南府，有实授信息；少笙现已回署。陈又云，河南一路甚不安静。吴渔川观察永家眷行经裕州，伏盗突出，劫掠一空，幸未伤人，缘过荆州时，购缎匹等物，值数千金，备观察贡献之用，盗侦知之，一路随行至裕州，乃乘间而发也；现在各处均设防兵，前途可令其护送。又云，余尧衢同年肇康现署襄阳道，可以晤面。良久乃去，张顺来禀，适见差信，有仆从凶横字样，仍自贵州传来者，奴等未敢逾闲，此信不销，恶名难受。已而朱顺持其信来，共二件，其一，与杨升舟，录与筱苏者，大同小异，下款则署贵筑县差房；其一则余等舟行之信，内载船价伙食费甚悉，并有奉主考面谕，一切均照溜单实发，并无折扣云云，下款署晃州。呼高福来问，向来差信密秘，尔辈何由得见。据云，陈纪以此二信，一不实，一无用，不复递向下站，故出视也。余等之至贵州也，首县只供下马一饭，以外皆例归供给所支应。至葳事起程，首县乃备夫马。所发溜单，沿途则之，如出都之良乡然。有浮冒，彼无所费，尽可作人情。仆辈凶横，独于贵筑县技无所施，谓之不实，似为有理，至晃州一信，其无用更不待言，至武陵日即应销去，乃竟传递至此。不遇陈纪将胡底耶。办公事者不求甚解，亦可笑矣。然弃物也正可借以品人。记舟至沅陵，万伯任大令以折费太多，执溜单不实之说，与余等强辩。余问其差信云何，曰差信并未言照溜单实发，言之吾何敢不从。夫晃州差信，首至沅陵，伯任以为民父母之身，而竟肆口诳言，毫无审顾，直视孔方兄外，举在无足轻重之数矣。遇吾辈若此，凡所遇者可知。吾辈所遇者若此，其未遇者尚不知凡几。直道尚可行哉？人心尚可问哉？天下事尚可为哉？呜呼噫嘻。

初八日

卯刻烛而起。辰初三刻行，濒行，交陈纪一刺，致候少笙。五十里渡一小河。河只一舟，登岸即新店。午正尖于客店，地属宜城县。询知薛次云世兄已受代去，新令为江苏阳湖谢叔词_{绍佐}。店壁书有许干臣送吴渔川观察之眷自鄂之豫，八月十九日经此，遂宿焉云云。然则吴眷被盗，八九月间事耳。高福云，有道员亦尖于此，旗人也。遣人来问，而无下文，置未顾。午正三刻复行。风大起。四十里至宜城。大令率民壮、仪仗、鼓乐迎于城外。入南门。申初二刻至书院宿焉。书院名紫峰，额字小而黯，来时未曾详视，依差纪语音，书作志峰，索解不得，今乃知其误也。大令好驰马，郊迎后，先鞭而至，执主人礼甚恭，年四十余，顾而麻，面色黝然，无须伟丈夫也。谈许久。知其曾在山东河工劾力，识大哥及友梅、峻丞诸人，又询知午间所遇为前任荆宜施道奭观察良，其令弟崇良、尹良皆乙酉同年。若早知之，当通候焉。大令去后即答拜，未见。街头有山陕庙一所，庙名甚奇，约是两省公地，如会馆者，呼待诏来梳发，即在县署执役者，王其姓，沔阳州人。言其主上有太夫人，七十八岁矣，夫人，如夫人，公子三，长者十八岁。此地城为圆形，周七里余，凡门六，东西南北外，有小南门，小东门焉。书院傍之门即小东门。书院无月课为行馆，为官绅议事处。另有课士之所在县署旁。晚饭绍酒甚佳，亦从省城带来者，叔词故善饮也。饮数杯微醺。二更如厕，见前院老柏两株，大可合抱，直榦干云，淡月疏星，辉光掩映，徘徊者久之。

页眉一：间有麦陇菜畦，依然青翠满地，而老松丛竹则作深绿色，如北方无复葱蒨之致矣。

页眉二：朱顺以口腹之欲动。辄曰：不尔将鞭汝，诫之屡矣，罔有悛心，虽未果鞭，而凶横之名实由此起，差纪通病，每以莫须有之词惑其主听，因以为利。欲加之罪，方患无由，授人以柄，又何怨乎？小人无知，不遵教训，实堪痛恨。

页眉二：范仆曾随吴棣轩前辈使黔，闱中一切入款成竹在胸，往往执例与致堂争，致堂深衔之，此信或致堂所为，亦未可知。

初九日

寅正二刻醒。寂无声息，静卧许久。闻从人有起者乃起，才卯初耳。即催夫发杠，良久不齐。差纪昨晚皆归眠，至此竟无至者。遣人到县署催问，回云，夫役甚多，皆以署中所发净钱为人从中易去，以多小钱者发价，每百只有大钱二十余文，不受顾；不惟未发之杠无人来舁，即已发之杠均委之道旁，竟无法可施；久之，乃稍稍将杠舁去，闻系账房作弊，叔词知觉，仍令以原钱发价，夫乃集也。辰正二刻行。叔词郊送如仪。出大东门，三十里，午初二刻至小河。宜城于此借市肆备茶尖，腹正馁，食不托数枚。午正复行。张顺、张福、鲍福三人之马寻觅不得，余乃先行。十里渡一小河，来时忘，未记。三仆仍不至。又五里，未初二刻至欧家庙，仍饭于泰丰当。饭罢，张福、鲍福来，言所乘之马皆雇来者，有马者恐至樊城仍令其送至下站，故乘间弃鞍而逸，因以驴来。问张顺，则曰其马并鞍鞯被套皆不见，尚待追究。已而张顺亦来，言其马实骟马，圉人因有逸马，骑而逐之，不及而返，先不知也。时已未正二刻，三仆尚未饭，余仍先行。酉正抵襄阳，入南门，市肆均已上灯。遇缨冠项垂卷袋者数人，约是考试之士。出北门，门皆有题，夜去暮来，竟不可见。渡汉江，阔较来时仅半之。须臾即达彼岸，登岸踏沙行者许久，始拾级而上，至樊城之西门。有持炬来迎者。尖后共行四十五里。戌初抵行馆宿焉。询之差纪，时正府试。高福云，遣持炬者迎至江干，不料其半途而止，积习可恶，迟之又久，行杠仆从始毕至。晚饭酒亦佳，未敢多饮。与鲍福夜话甚久。

页眉一：严记云，小河名丰河。

页眉二：道旁巨碑屹立，曰大邑侯薛公次云去思碑。

初十日

辰刻起。商议车辆，每骡一头每站索银八钱，从前只需五钱，自转运向西安车不足用，车局昂其值以招徕之故，增至八钱。且篷车多河南者，不愿北往，执不折阅。幸有通州两骡轿车，直可稍减，许载四百斤。乃雇其三，每辆至保定二十五金。夹板多损不者，呼木工来整之。购《净发须知》一部，备送益府叔祖。购黄杨梳。午后周熙台大令继昌来见，谈许久。渡河，入小北门，拜余尧衢同年，谈许久。知宋芸子同年育仁以道员分发来鄂才月余，已委办宜昌土药局优差也。湖北学政初放彭向青同年述，闻命之次日，伊即丁外艰，乃改放彭少湘前辈，姓同省同，故传闻异辞。答拜熙台，未见。出北门渡河而返。北门上有"北门锁钥"四字。出北门数武有榭一，德政碑林立，额曰"鹿门风月"。登北岸有门，榜曰"汉沔津梁"，昨即由此入。其门斜向。既入又有门一重，以为樊城西门也，到行馆询诸司茶者，乃知樊城无西门，所谓城门者皆有主名，其余无名之门，如余所入者尚多，皆巷门也。尧衢约明日在署便酌，辞之不获。到行馆后，即送单来书知。陈仆检点行李，忽见其箱不类，审视之，乃范仆之箱，在常德登岸时即已互易，未能觉察，今始知之，已无及矣。其箱有烟土、银两，皆待用之物，非俟明春范仆赴京，不能到手，而范之赴京与否，尚不可知。书之以为不细心者戒。天终日阴。夜晴。

頁眉：车行每车索银七钱，为津贴驿站之用，所有短车襄阳县即不发价矣，故车契书每两二十五两七钱。

十一日

辰刻起。督仆装车，长车三，短车六。余嫌其多，则曰物件实多，且有一人乘坐，所载过重，则行走必迟，北去站路甚长，日行百余里，恐不能依时而至也。尧衢同年来谈许久。午后有淮盐局委员江苏候补县金琢斋_{其相，浙江人。}来拜，因尧衢招饮及伊，故先来一晤也，延见之。申刻，答拜琢斋，未见。即渡襄水赴尧衢之约。同饮者琢斋、熙台，截取知府郭少兰，_{发源，浙江人，又号祥生。}候补同知何_{名正祥，江西人，张}家湾厘金局差，与吴子修表兄弟。中衡杨_{名龙章，湖南人。}酒肴精美，谈饮甚畅。知两宫将入直隶境，因驻跸一日，特兼程而进，大约已示火车定期不欲更改也。尧衢托带京信，约明早送来。戌刻散归。已而尧衢送信来，世兄华堪信一件，银三十两，秦袖蘅同年信一件，洋四十元，鹿乔笙奠分三十金，外送余程仪二十金，余因自京至黔，一路往返，未遇一故人，石郑卿虽乡会同年，在京并未见过，尧衢在京时尝相宴会，今适相值，而余又有余闲，特往访以叙离情，乃既领盛筵，又蒙厚赆，受之实愧，却之又嫌不恭，踌躇再四，惟有受之再图答礼而已。有诸葛祠道士持来南阳草庐图一纸，庙碑两种求售，其碑一明万历，一本朝也，未购。溜单送来，仍有虚浮，减去之。终日薄阴，晡时微雨数点。

页眉一：朱顺以空杠向差纪易钱，差纪不应，遂致口角。

页眉二：襄水或谓之汉江，或谓之襄河，名称不一，严记谓之汉水，最为典雅切当。

页眉三：华堪为席卿师幼子。

十二日

辰初起，打坐尖。轿夫柴姓者，来时由此舁余到荆州，以舟行无所用伊，遣去之，今又来求附行回京，言如不见怜，将为异乡饿莩，谓之曰，尔甘心舁轿，则吾到处饬差纪少募轿夫一名，以尔补数，既可回京，又得夫价，吾亦无挟带外人之嫌，即如所请，若于况外有所觊觎，虽少至一文，当即逐去，决不姑容。伊唯唯，因许之，并谕诸仆随时监察。辰正二刻，熙台大令以刺来送，升舆行。过一桥，见碑碣甚多，立者，仆者，举不可辨识，渡清河，河水浅涸，置小舟于中，两旁铺木板，即成一桥，其广真有不容刀之势。三十里，午初二刻至叶店茶尖。霎弓米极佳，啜少许。长车尚未至，稍待之。午正复行。三十里，未正二刻抵吕堰，仍宿于兀家。晚饭酒席丰盛，与欧家庙同，盖差纪仍欧家庙之人也。天薄阴。午间见日光。夜月朦胧。卧后，闻室中有猫声，未之异也。无何，梦中惊觉，闻啮木声甚厉，残灯犹明。审视之，案头置糕点盒一，彼欲得而甘心也。听之将不胜其扰，遂起驱猫于外，而盒上覆《望眉山人文集》数本，已被撕破。理许久，时已寅正，遂和衣复眠。

> 页眉：自此以后，每到易夫之处，即呼差纪来告之故，且曰"如伊不遵，行其来告吾，吾立逐之。"伊本非吾所卷带之人也，如此庶可无弊。

十三日

辰初起。辰正行。二十五里至黄泥河，入河南境。又十五里，午正一刻至新店铺。街上售物者甚多，拥挤难行。此地已多车辆，而竹筐、瓦缶、肩担、手篮仍复随意横陈，占地至街心，车马一过，即须移避，何纷纷然不惮烦也。仍尖于高氏之花圃，室中供木瓜，多而且巨，浓香扑鼻。差纪言，其主钱小修大令以迎驾赴省未归，闻两宫并未启跸，以洋人请废大阿哥故耽延云云。昨在襄阳，尧衢、琢斋诸君言，两宫某日至某处，某日召见陈小石同年。于某某日并站至磁州，凿凿可据，岂尽子虚耶。大约此地电报所不及，邑侯又不在署，不得确信，得之传闻者皆陈言耳。午正三刻复行。若由大路至新野县城，则三十里，由小路则二十五里。来时系由大路，于到此时渡白河。今昇夫贪近，捷径而趋，数里先渡一小河，又将十里甫渡白河。申初二刻抵新野。仪仗来迎，至行馆宿焉。张顺购来柿饼，斤十五文。天阴而寒，暮微雨，入夜淅沥有声，不久即止。堂悬保险灯甚

巨。差纪云，中有损缺不能燃，令人不快。或伊为省独故为
此说，亦未可知，此处无车，短车皆不易，惟每骡给制钱
五百，仍令送往下站，长车价亦如之。范孙日记有因安阳、
淇县两处长车谐价后遂决意裁去云云。余意此例由来已久，
我虽裁，仆辈必收以肥己，不如收之，切嘱仆辈任多任少勿
与争。仆辈此次恪遵余言，盖此款不归伊等，遂不觉秦越视
之也。短车御者，欲犹未厌，与差纪争，差纪浼诸仆调停
之，举长车以为例，乃各无言而去。

页眉：花圃主人向高福言，欲留余住一日，高福已
代余辞谢，有此雅意而不来见面谈，何也？

十四日

卯初醒，以时尚早，未即起。无何，闻高福呼余声。
已辰初二刻矣。急起盥漱。辰正一刻行。入新野南门，出北
门，两门相距，不足一里，城小可知。北门外不数里有庙，
庙前有石曰，汉关神武演水军处。来时途中遇雨，以油布幕
舆，故未见也。三十里，午初一刻尖于骆庄之行馆。午正
一刻复行。二十里过界坟，寨门额曰"寓传越乡"，不知何
解。又十里，抵林水驿，寨门额曰"瓦店寨"，盖俗名也。
申初二刻至泰丰店宿焉。店上房四间，而中分为二，与来时
所宿之店同，而宽敞则过之。天仍阴。午后又起大风，诸仆
无不号寒者。到店后，风亦寻息。店壁留题甚夥，端居无
事，流览一周，纸糊泥盖，莫窥全豹者不计外，择其可存者
录数首于左。号琴志者诗云："雕鞍吹满战场沙，莽荡中原

此驻车。书剑随身携一卫，关河极目见三鸦。南天归梦云
俱远，北阙愁心日尚遮。忆得故人肠断句，清霜冷拂剑头
花。"号枣民者，本年立冬前一日和之云："恒河莽莽劫余
沙，北去琴书共一车。万里云随瑶圃骏，十年霜重玉堂鸦。
神灵汉代人何在，要害雄关势易遮。且喜客中天气好，故园
珍重早梅花。"又黔南痴云子董次屏诗云："朝朝暮暮走风
尘，容易消磨客里春，晓枕听筹寒破梦，夜灯挥酒剑亲人。
掬怀肝胆谁知己，入世功名太累身。翘指帝乡何日到，计程
已觉近花晨。"又号瘦筇者《过光武故里》诗云："金吾不
作作天子，卓哉文叔竟如此。乃知帝王自有真，窃据纷纷井
蛙耳。汉家灵气孕南阳，故宅凭临落日荒。终始君臣两人
杰，行人还指卧龙冈。"又锦江周伯显句云："断绝家书鸿
雁阔，零星乡梦鹧鸪鸣。"惜全首模糊，不可辨识。又有极
可笑之七绝一首云："落榜童生离南阳，思亲思妻思故乡。
他日若展龙凤翅，状元榜眼探花郎。"下署兄弟三人宿此有
感。此三人者，可谓难兄难弟，无怪乎一同落榜也，录之以
供一噱。到行馆后，未进小食。腹适不馁，亦未索。薄暮乃
以汤饼进，余所嗜也。食之而饱，晚饭遂不思食，小米粥甚
佳，啜两碗焉。晚雨雪。鲍福购来鸡心柿三枚，朱顺购来梨
二枚，梨嫩而甘，虽不及吾乡，然远胜湘黔矣，其价甚廉，
斤才十文耳。

页眉一：界坟据高福所云，差纪言地名介中，距瓦
店十五里。

页眉二：有车夫自北来者言，京津有战事，两宫现

驻衔辉府以观动静，真无稽之谈也，然而足以惑愚人，可畏之至。

十五日

卯初起。檐瓦间微有积雪，路亦不滑，盖昨晚之雪，花大而稀，为时亦不久也。此地无马，前站家人及两包，均载以车，省去三马，马折制钱三百，余谓车亦须发价，舍马而车，马又折价，殊非情理之平；且此端一开，将来必有争车之患。问之，则只就原车匀载，并未增车也，然则樊城之车，其未装满可知矣。迟明而行。三十里，已初二刻抵三十里屯，仍尖于阎学之家。南阳县派勇四名荷枪来迎。时庖人尚未举炊，坐以待之，闷闷无聊，散步于庭。见其听事悬额曰"司马储才"，款署啸台仁兄大人令弟仁庵游泮志喜。登其堂，堂有匾三，中为罗前辈绕典视啸台之太夫人七旬寿者，楹联亦然，左右两匾与门外额同，记其一署廖仲山夫子款，皆壬午年贺仁庵掇芹者也。啸台官至总戎，已故，今所谓学之者，即仁庵欤？另一人欤？不得而知也。张顺来禀，主人索闱墨，即与之，然则主人或即茂才公也。饭罢已午初，复行。三十里至白河，河水浅涸，筑有圯桥，无须舟楫。过桥即南阳府郭外。大令潘洁泉同年来迎。太守傅竹农有疾，以刺来。镇军蓝朗亭方由省归，征尘未息，亦以刺来。游击马凤全，都司朱庚明，守备马青云各以刺来。入郭门入城。南门榜曰"淯阳门"，内层额曰"车定指南"。未正至试院宿焉。宿站向在去城八里之栗河店，来时，筱苏以须留一日，特嘱在城内预备，今遂仍之。洁泉来见，询知朗舅刻仍在省，未曾委署。钱小修以卓异就近到省城引见，并非迎驾，昨已回署矣。小修与王夔翁同乡，且有戚谊，故就近引见，甚为易易，他人恐未能也。洁泉留余住一日为元妙观之游，观在城西北数里，即诸葛丞相祠堂也，辞之。送洁泉闱墨一本。闷坐无聊，录对联以消日。乐育堂何铁生前辈联云："看万间广厦宏开，前召堰，后赵渠，大庇又传贤太守；愿诸生芳型式仰，汉武乡，宋文正，此邦代有古名儒。"跋曰："任乐如太守以试院落成，寓书索联额，撰成却寄。"又傅竹农联云："星使再传诏，景鹿洞谈经，龙冈驻节；风檐重校艺，愧文翁兴学，召父居官。"上联盖为督学朱桂清前辈_{福诜}发也。阆风堂前楹邵伯英前辈联云："八十年荫庇犹叨，愧衡校滥司，薄植何堪绳祖武；万千士因缘重证，愿廉隅益励，清芳常不负先。"跋曰："嘉庆十八年，先大父光禄公以南阳经历升淮宁县知县去任，越八十年，光绪辛卯，松年奉命按试来宛，自顾疏庸，文衡忝掌，荷天恩之高厚念祖德之深长，敬制斯联以志感仰。"又乐育堂后文昌祠一联云："聪明正直而壹者；斋戒沐浴以事之。"可为神祠通用之联。购彩色腿带三十副，南阳绸一端，烙花冬青木箸四分素而粗者二十对，丝线一两。晚饭后为差纪题画，日间来求者，画牡丹一株，猫一，蝶三，而未署款，为题"富贵耄耋"四字，后书年月姓名。题画款惟善画者能之，余等所题，总不入格，若在吾侪则却之矣。天气早阴，午后畅晴而暖，晚月明如画，而风又起，云亦稍稍来集矣。

页眉一：余所止室中有吴棣轩前辈为啸台书一联，当亦使黔经此时事，棣轩使黔为甲午科时，啸台尚在，故亦不久也。

页眉二：朱庚明，字长亭。马青云，字仙渠。

页眉三：闻元妙观景物甚佳，来时留一日，竟交臂失之，今无及矣。

页眉四：居室为学使按临下榻之所，来时筱苏居之，时正苦热，二人恒在堂上坐谈，未尝审顾。今独居一室，忆及十五年前吾十一叔视学此邦，曾两度入此室处焉，室则犹是，人竟永无相见之期，家庭多故，旅榇未归，回首临歧，泪盈襟袖矣。

十六日

辰初起。滕六税驾，丰隆肆威，洁泉遣人来留住，待晴而行，谢之。已而洁泉来送行。茶话之顷，有民马夫来叩首求释，言已送数站矣。洁泉命释之，另易他马，旋即为差纪拥出。其果释与否则不得知矣。洁泉因言，自两宫还京，各站马匹多调往应用，马遂不足，往往雇民马代之。然则黔湘各省亦用民马，又有何说。总之，驿马均不足额而已。辰正二刻行。嘱洁泉勿远送，即在试院作别。便道答拜镇军、游都、太守三君，及大令，均未见。太守有恙，昨已差帖请安道谢，今即不复惊动矣。出北门，额曰"源溯紫灵"。各官均以刺来送。昨日并无仪仗，今早则有日罩前导，以为为拜客也，乃至东郭外犹不去，遣之，欣谢而去。民壮四人，衣缕单敝，瑟缩可怜，亦遣之。练勇四名。昨日迎于尖所，拟犒而后遣。乃伊等见民壮之去也亦求去，遂并遣之，而舆中无钱，竟未能犒，殊觉歉然。二十五里渡河，河有圮桥，与昨同。又五里至新店，额曰"屏翰南都"。午正尖于客店。一路朔风吹雪。屑玉盈舆，寒气砭肌，雨足僵木，而亭皋千亩。雪泥斑驳，未尝一白如银，盖雪之虐，皆风之饕也。降舆后，向火良久，寒犹未减。门虽有帘，而长于门者几半，垂钩于檐，从中搴起而悬之，与无帘等。下之则拖曳于地，不便出入，惟有忍冻而已。到处皆然，不知创自何人。人可冻，例不可改，殊为可笑。饭罢，未初复行，雪止，风仍未定，时透日光。有马队四人来，言是镇军派来遣送者。以其迟至，疑之，然着有军衣，当非假托，即假亦无可如何，惟有听之。三十里至博望，额曰"星邮传命"，西寨门也。门外立石，大书曰"汉张骞封博望侯处。"申初二刻宿于行馆。薄暮天晴。问诸仆，早间民马果释否。佥云未释。询知此处有马号，呼差纪来，告之故，嘱与易马，务将民马释回。差纪唯唯而退，未知能遵命否也。自樊城以来，日见牛车轮辐舆较，均与京津之敞车同，惟前只一辕，辕端横木，轭两牛而驱之，颇存古意，特以大车仿小车之制，前无式，辀不梁耳。晚微阴，旋晴，风姨返辔，雪月交辉。

　　页眉：有马而不肯用，皆取之民间，虽发价亦不足。此种弊政未易除也，是所望于爱人之良有司。

十七日

辰初起。高福以两包马及所乘马，易一车以行，诸仆皆怨之。盖短车尽可装载，如不加车，则马可折价也。辰初三刻行。三十里，午初至赵河，尖于旅店。店极宽敞，屋亦雅洁，来时以为行馆也。壁有词一阕，题曰虞美人，盖词目也。叙曰："辛丑九月，薄游山西，遵乎裕州，宿乎赵河。溯自发澧江，涉襄水，访新野之庾庙，式南阳之葛庐，兼旬不休，前路未半，百感交集，绮怀逾纷。秋之为气，昔人所悲，况复村店晚月，古原斜阳，黄尘扑衣，北风嘶马，凡我身独茫茫生愁，有心人同历历来梦，华年锦瑟十五旅夜玉漏三商，托虞姬之歌，写情人之怨云尔。"词曰："裕州西畔茫茫路，有个征鸿驻，算来负了语叮咛，只有凄凉，珍重竟何曾；霜林露驿西风紧，不似江南景，江南江北一般愁，且自温存，莫去倚高楼。"款署"小朱龙馆在东民"，不知何许人也。饭罢，午正复行。出门即渡赵河。河水干涸多见底处。就其干处筑小桥，数步即过，有水处冰棱棱焉。十八里至廓封，额曰"荆襄重关"。又八里至十里铺。又七里至三里河，裕州舆夫来迎。又三里至裕州。刺史王肖谷迎于西门外。西门外墙嵌"晚照"二篆字，内门额曰"望成"，不知何解。入西门，出东门。又四里渡潘河，以木石平铺为桥而过。申初三刻至新街之联升店宿焉。刺史随来见，谈许久，知两宫十三日已至磁州；河南巡抚松中丞_寿随跸北上；河督锡_良署豫抚。余欲答拜肖谷，肖谷以距城太远谆辞，余亦辞肖谷明早远送，肖谷允诺，余遂不往，以帖答拜而已。店壁诗甚夥，无非放狗屁，狗放屁，放屁狗之类。惟有七律一首可取，诗曰："万里彤云冻不销，连番风雪太飘摇。马蹄尚隔蓝关道，驴背翻疑灞水桥。高卧袁安叹此日，成功李愬忆前朝。冰霜阅历男儿事，莫计迢迢去路遥。"后署"庚子腊月十二日赴陕，阻雪宿此，古洪都我我居士疥壁"，此君非赴行在引见者，即京官也。马队四人送至此，与钱人一百，不受，意似嫌少，倍之乃受，晚饭时，来辞谢焉。问昨日之民马释去否，则今早即释，本日所乘皆号马也。问高福何为多索一车，则以昨日雨雪，诸仆之物皆欲置之车中，不尔，则勃然不悦，以致车中无坐地，不得不尔也。他仆来，问之，则以高福昨因有雪，自置马鞍于车内，而置他人卧具于外，皆不直之。盖其龃龉者有由也。爰诫诸仆和衷共济，毋许各存意见，皆受命而退。此地大落花生极贱，每斤十六文。侵早大雾。午后晴暖。

　　页眉一：问差纪此是旅店否，曰："然"，店何名？则曰："不知"，亦不复问。

　　页眉二：东门内额曰"瞻云就日"。

十八日

　　卯正二刻起。天阴有风而寒。未加车。辰初二刻行，渡脱脚河，经平原寨，亦名招抚镇。售梳篦者甚多，张顺购篦数事。下七里冈，又渡河，河水皆涸不用舟。共三十里，巳正至柳林镇，即扳倒井也。仍尖于光武庙之玉照堂。道士李元忠出迎。来时联额有遗忘者，补录之。玉照堂中悬额曰

"八千为春"，是寿老道士者。上款振声炼师六十三岁，下款洛阳张辂，并详列官衔，时在道光戊申年，盖嘉道时翰林，曾典试湖北，视学贵州，而又官天津府知府，署天津河间兵备道，长芦盐运使者也。又裕州刺史王肖谷联云："井养得灵源，传闻倒水翻澜，实扶明圣；宦游逢胜赏，相对幽花翠竹，畅涤尘氛。"又有张暄者联云："尘马此偷闲，红药宜人，绿杨小憩；雪鸿聊寄迹，宦游南宛，梦绕西湖。"严寒，未能遍览各处。院中池已结冰，群芳尽谢，惟翠竹摇风，柯叶不改，时穷节见，宜乎有君子之称也。李道士赠婆罗果二枚，大如荔枝，云焙干为末，以酒下之，可医胃痛，亦治产难，索一差联而去。午初二刻，饭罢复行。经龙泉镇，至独树过河，共三十里抵保安驿，有碑曰"叶县裕州分界处"。未正一刻入行馆宿焉。此地麦面甚贱，十六文一斤，较大落花生尤便宜，盖落花生非日用所必需，且须弃皮也。差纪云，县城亦十六文斤，而面则较此尤细，白菜之重五六斤一棵者三四文耳。较之津京，相去何啻倍蓰，信乎通都大邑之不易居也，晚饭高福朱顺均未食，问之，则以一路被风，不思食对。彼二人者，皆乘车行，而犹畏风如此，骑者当如何哉，舁者又当如何哉，人之不可一概而论如此。天终日阴，至晚风仍未息。

页眉一：严记作八千为秋，误。

页眉二：于路频见有罗列研池墨海五色石球出售者，及至宿所竟觅不得。

十九日

卯正二刻起。天晴风定。辰初二刻行。三十里渡河者二，皆有圯桥。巳正一刻至叶县旧城。入南门，尖于行馆。鲜果中有榴子，作淡红色，甚甘美。差纪云，此处榴甚贱，斤五六文。饭罢，午正复行。出北门。于城内左右瞻瞩，碑碣甚多，皆作细字，丁伯厚日记所谓城内一坊一碑皆刻止子路宿处者竟不可得，惟见有一石刻"蒙以养正"四字，当是为义学言之也，北门外有土郭。近郭门处，老树数株，树下碑一，隶书"叶公问政处"。二十里渡河，经尤潦村寨。北门外西偏有墓甚大，据云是丈人坟。其东偏有碑二，一大一小，皆隶书"止子路宿处"，其一字已漫漶，当是有人恐日久不可辨识，特又树一石，故二也。丁记所云，或即此而误其地欤。又十里抵叶县，民壮四名仪仗来迎，大令余竹生以刺来。去郭门不远，道旁有庙，庙前有碑，曰"汉逸民某故里"，隶书也，详细辨视，未能得其姓名，而舆已过矣。郭门额字亦未能详。入城南门，额曰"叶公旧治"。城内道左，店门灯彩高悬，旁插黄旗，大书"吴"字，不知为谁。申初仍宿于昆阳书院。询知吴渔川观察携眷赴广东雷琼道任经此。竹生大令以为吴先而余后也，先往迎吴，不意余竟先至。少时，大令来见，谈许久。问汉逸民为谁，大令亦未留心。鲍福令役出而询之，亦无回信，令人闷闷。若在旷野，不难驻舆出视，今至县城，仪仗前导，观者塞途，似未便停驻，虚文之牵制，无味已极，无怪古之高人恶此而逃也。书院大门，榜"试院"二字，堂下两旁皆号舍，桌皆以石为之，桌前短石栉比，则座位也，与城隍庙间壁。严记云：
"庙有额三，中曰显道明威，左曰鉴观有赫，右曰烛照无
遗。"到时谛视之，庙之大门三楹，垣间另有二角门。左右
两额即在角门上方，"显道明威"一额在大门之右一楹，不
居中也，居中另有题字，其左一楹亦似有额，均未看真，明
日当审顾之。此处铜器甚佳。欲购合子灯，竟无现成者。水
烟筒价甚昂，未知适用与否，未购。

　　页眉：住室在大堂东偏，额曰"明体达用"，道
光年间所悬。

二十日

　　卯正二刻起。辰初三刻行。出书院门，审顾城隍庙额，
居中者即刻石嵌之门上，曰"捍卫凫地"，与左右两角门额
同，其左一楹中所悬蓝匾金字，曰"灵佑昆阳"，与"显道
明威"额同，皆木质，当是报赛者所悬也。答拜竹生大令，
未见。出北门及郭，门外有庙，庙前碑曰"汉光武大破莽
军处"。大令亲送于庙前，仪仗皆退，而伞仍前导，亦命去
之。十里过十里铺，于来时所见孔子使子路问津处竖碣之
外，又见有横石，大书曰"沮溺耦耕处"。不一里，道旁有
墓，墓前碑二，一立一仆，皆曰"周隐者长沮桀溺墓"。
二人者，生而耦耕，死竟合葬欤？抑附会之说欤？又碑曰
"孔子自楚过来处"，行近卧羊山，遥见檐脊参差，树株蒙
密者，黄文节公祠也。迨至其前，则见所谓山者，土坡上乱
石数堆而已。名之卧羊，其形宛肖，初平再来，当咤而起

也。祠东向。民壮云，祠无足观，其西偏亭池殊胜，皆累次增葺者，去大道不半里，尽可停舆一观。惟余乐与人同，胜地独游，转增惆怅，遂过之。数里又有横石，曰"子路问津处"。一事而遗迹两存，何去何从，必有能辨之者。又二里许，共行二十里，过一河。巳初二刻尖于汝坟桥。饭罢，巳正二刻复行。据鲍福云，于路见文王化行南国碑一，过问道桥，桥有轩辕问道处碑一。余在舆中均未见。四十里过首山，至襄城县。大令孔玉如、少尉孟博泉躬率仪乐来迎。未正抵汝水西岸之旅店宿焉。玉如、博泉随来见，谈许久，知玉如十月间曾赴省城，就近引见；阎舅、何秋浦世叔均未晤面，二公郁郁不得志，故于酬酢多疏。玉如云，十月杪黄河水涸，渡船不得近岸；十一月初三日天阴微雪，及初四日辰刻启銮，天气晴和，河水陡涨，千帆拥渡，顷刻而直达彼岸，足见昊苍眷顾，川渎效灵，中国圣人自有真也。又云，徐友梅已实补济南府，王用霖以丁忧人员来此充缉私委员，盖襄城食盐由山西转运也，与伊朝夕谋面，相得甚欢，闻余将至，拟把晤痛谈。余于他乡遇故知，而又得之意外，其喜更不可言喻。玉如、博泉去后，即更衣升舆。时汝水已涸，过石桥，入县南门，先答拜郊迎二君，以为或不见，或见而谈不多时，然后再访用霖，可以畅所欲言，且拟携之来共晚饭，作终夜之聚。乃到县署，先谢不见，随云王大老爷恰在此，似示意可以入见者，余遂命舆直入，升堂闻弦歌声，降舆入视，则氍毹贴地，粉黛登场，方演剧也。玉如出迎，用霖继见，礼毕，至二堂后余来时所居之室茶话，始知用霖去岁七月丁内艰，张仁府现署河东道，实督碛务，委以斯差，秋间来此，家眷灵柩均在陵川署任所。因与玉如留余晚饭。问今日之局为何，则前两日为玉如五十初度公祝，今相酬也。两君情意甚殷，重拂其意，爰命将仪仗遣去，只留舁夫。易冠至二堂观剧，借以畅谈。玉如又请本城都戎龚仲约来陪。年五十余，江苏人，胸多积卷，长于诗古文辞，儒将也。坐定，伶人进剧目请命，辞不获已，令演二进宫焉。饮间用霖询津人事甚悉，均详告之。丧乱之余，问讯故乡，心重语长，亲切有味。余亦详问晋省同人，寯峰之邀荐固不待言；少乾亦膺密保，现署解州；振钧署祁县，艺林署太谷；惟苑介卿世叔以病瘫废，赖乡人饮助以糊口，少乾去岁赠之三百金，然后难为继，嗷嗷众口，终属不了之局，不如归去，诸少君尚可设法谋生，株守他乡，何见之左也；诏衔署潞安府属有教案，洋人来首县请见之，卒不见，无以谢首县也，伪为失足伤股也者。于首县来时，令人负出见之，旋即以病股请代，闲居陵川者数月，现在并未销假，又委署归化城同知，宪眷可谓隆矣，惟此数月中，出直隶州缺者四，竟以假中未得与补，近于自误，然其人别有见，解不可以恒情测也。仲约在豫多年，谈河南古迹如数家珍，据云，叶县郭外汉逸民某故里碑，其人为高文通。伶人多自京来者，声调关目，皆与京同，胜贵州百倍。自去岁乱后至今，久矣不闻此调，音尊一聚，仿佛都门团拜时也。拟赏伶人，用霖已代余备，不安之至，思有以报之，而天晚卸车，解箱诸多不便，且所携各物举不足登大雅之堂，不如已而。亥正酒阑烛跋，诸君犹坚留。以明日须早起，乃兴辞，与用霖、仲约言，明日路长，启行甚早，此地为别，即不往拜。两君亦一揖送行。辞玉如明早远送，玉如亦诺，乃归。惟以未曾答拜博泉为歉，张顺来禀，在县署时已以刺往矣。然观剧时，博泉当在他席，未与周旋，终属疏失，戒之。呼差纪来，问袭仲约何名，伊竟不知，此人之疏，竟与余同。高福言大车须易，适才驱来，朱顺言驱来之车甚羸敝，恐不能任重致远，迟至此时始来者，为混目也。来时泛驾即在此站，不可不慎，拟与差纪议，令其发价，仍用原车，谕以通融办理，不可执一，均诺而退。天晴而暖，室设烘炉，颇有燥意。

　　页眉一：余恍惚看似"池"字，鲍福以为确是地字，凫池凫地，均不知所出，俟考。

　　页眉二：用霖今年五十四岁，而齿牙脱落，仅存其一，然精神固自完足也。

　　页眉三：玉如又云，火车路已修至正定，尚未卖票，洋人特备黄车二以迎驾，必待两宫车行后，方许他人行走。

二十一日

　　卯初二刻起。闻朱顺詈人声，问之，则大车仆夫争价也。昨行六十里，叶县发价八百五十，今日九十里，发价千五百，虽有短陌，较之昨日足增三之一，而犹以为未足，故呵斥之。卯正三刻行。过桥入城南门，出北门。玉如、博泉均以刺送。四十里，巳正二刻尖于颍桥，_{襄城属}。饭罢，午初二刻复行，过颍河。今日舆夫多门外汉，步武未能整齐，行则舆窗玻璃震震作响，前者詈而后者怨，不数武辄停舆而互易之，失足而踬者盖两次焉。尖后益形疲惫，遁去者四。道长而行缓，殊为不适，幸去宿所五里所，长葛县舁夫来迎，真力弥满，其行若飞，为之一快。五十里，经数寨过桥。申正至石固驿之旅店宿焉。天晚微阴，风而不寒。鲍福云，于路见大书"吴季札挂剑处"碑一，余未之见。店室前无檐，门帘未能高悬，实为破格。惟帘板溢出帘外者左右各尺，搴帘出入，殊多不便，不知何所取义，内室者亦然，命撤去之。

页眉一：差纪云，已得差信，吴肃堂月之十五日由樊城起程，何其神速乃尔，殊不可解。

页眉二：严记云，石周为尖站，夫石固去襄城九十里，岂有如此之大站乎？然则当宿颍桥，而襄城又为尖站矣，恐未必然。

二十二日

卯正二刻起。辰初二刻行。仄径一条，左右土山高耸，蔽无所见，或一二里，或四三里，断而复续，时而缘坡上行，则豁然开朗。三十里，已正二刻至会河镇。此处例应长葛县设茶尖，来时即未备，今仍之。拟直行而过，舆夫馁而求食，遂至西街之德隆盛旅店小憩，购薄饼食之，甚佳，又啜小米粥一碗。午初复行。北风横吹，黄尘滚滚，余在舆中衣冠且为之变色，仆从可知矣。然吹面不寒，与杨柳风相似。三十里渡溱洧，至新郑县。仪仗来迎。大令王溥以刺来。来时入东门，出南门。今则绕城而行，至东门外大街，遥见一坊，榜曰东里众母之称，舆人之诵，至今犹未忘也，为民上者可以兴矣。未正宿于东门外之逆旅。以帖答拜大令，鲍福云，去城不远，尚有子产祠一所。又闻西门外有伍子胥祠，其中碑碣甚多，惜未能到。向夕风息。赵芝珊学使托余为其戚䞋带物二种，云如不到河南省城，即交郑州寄往。今鲍福来言，伊愿为其主赍送省城，就便谋事，即不复北行，允之。其人本附余而行，去留可任其自便也。来时，直豫境内皆有班车，以资舆夫休息，冬令道易天寒，舆夫未索，鉴于昨日之困惫，今特索之。闻自南阳即有班车，溜单虽不载，亦照例预备，因舆夫未索，高福均折钱入己，未知确否。

　　页眉一：自襄城至石固，严记作百里，以时考之，诚不止九十里也。

　　页眉二：德隆盛主人云，叶县至襄城六十里为一小站，襄城至石固九十里为一大站，石固至新郑六十里又一小站，新郑至郑州九十里又一大站，一大一小相间，然则石固非尖站矣。

　　页眉三：自此将班车加入溜单。

二十三日

　　卯初二刻起。卯正三刻行。过子产祠，不半里，有碑一大书"宋太师欧阳文忠公墓"。四十里至郭店寨，门旁一碑。曰"宋吕正献公墓"，碑已断而接续之，依墙而立，恐其仆也。断处正当正字，断纹与字画相混，审顾始识。据云，墓去寨门尚有里许。辰正一刻尖于旅店。来时此处未曾供亿，今则灯彩高悬，鼓吹声炮焉。差纪年五十余，杨姓，祥符人，一叔视学时，伊曾伺候，言之历历。饭罢，午初一刻复行。径仄沙深，舁夫往往插脚尘中，行未能速，五十里，申初二刻至郑州城下，无来迎港，竟不知宿所。舁夫谓客馆多在西关，遂向西行，入关寂无所见，入城亦如之。城门额曰"西祝华峰"。至十字街，折而北，将近州署，刺史李子明<small>元桢，江苏吴县人，己卯举人大挑班</small>。来迎，言得信甚晚，仓卒未备，仍请至试院宿。试院在州署之东。于路见负桌几携茵鬲者，纷纷藉藉，惟恐后时。既至，呼高福问之，则伊至时，亦从西关绕过，无所归休，直至州署请命，始知余之今日至也。部署粗定，时已加酉。刺史来见，呼茶未烹，代以温水。榻设矮几，足溢于外，周旋间，触之而倾，水进溅衣，瓷瓯几碎。坐定，谈及乘舆九月间经此，驻跸二日，以州署为行宫，从者甚众，用车二千数百两，计费六万余金；昨得省电，十八日抵柏乡，再两日可至正定乘火车，大约此时已驻跸保定矣。问少兰叔安否何如，盖丁酉科，子明分房旧相识也。又云，路访岩观察现在河南候补，嘱索闱墨题名录，观察毕节人，家有应试者，又关切故乡戚友，故以一睹为快，中式之路朝銮，即其兄弟行也。手下无存者，许于车到后送去。鲍福赴省城否尚未定，因而托为蒯希彭寄物，子明许诺，谈许久而去。上灯后，行李车始至。命取闱墨，则曰，明早易车时顺便取之为妙，此时天晚，人多而杂，照顾不及，恐有疏失。来时，范和等曾失去制钱四串，不可不慎。余虽知为诸仆偷懒，姑听之，盖欺以其方也。强之，而万一有失，彼有词矣。好在明日路近，起程无妨稍晚。鲍福来禀，决意赴省，请向州署为索一车。令高福与差纪商之，摭云，刺史将遣人赴省，如伊能待一日，即可附便而行，不待，即为命车。余本不欲为之索车，既有此便，遂命待之。州署家丁有与之相识者，留居一日，固不虑无着落也。天气甚暖。从刺史借得电报、京报，枕上观之，知益斋已转礼科给事中；子丹御史已传到；陈小石实授漕督；冯梦华升山西河东道；杨少泉升庶子；裕筱鹏同年^厚放凤阳府，皆同乡同年之好消息也，故详之，余不赘。夜梦到京。

页眉一：若早知在试院宿，自南门来可省三里路。

页眉二：在河南境内凡两宿试院，南阳而后，遂及郑州，怅触于怀，不能自已。

页眉三：伊昨言，余所用大车仆夫皆省城人，立志不渡黄河，到此即行回省，附载而去，所费无几，不意此处尚有饷差，用车甚多，不肯放行，若自雇车费无所出，故乞余索之，实亦差纪所教也。

页眉四：鲍福不随行，溜单减马一匹。

二十四日

辰初起。易车，开箱出闱墨，送子明一本，并托寄路访岩前辈一本，各附以题名录。芝珊学使寄省信件，均交鲍福，并赏其制钱两千。此处车马均不齐备，诸仆怨高福之不善办理。迟之又久，刺史候送于外，寒不可忍，遣人来问，差纪始着力催齐。巳初后行。刺史送于西郊。途间，时见小车前树高竿，张布帆顺风而行，以省人力，轿也而纤，车也而帆，皆变格也。又见四轮大车，形似巨箱，无辕，前后各有铁环钩绳以驭马，二马，三马，以至多马，皆骖也。欲倒行，则解钩而挂于车后，车无转折之劳，是又在古今车制之外者。四十里至荥泽入自东门。未初仍宿于人龙书院。大令陈凫卿来见。谈许久，知省城黄河已冻，不得过，饷差系绕道至此，此处水涸，河极仄，惟两岸近处皆有冰耳。食不饪汤饼以代早饭。小憩时许。晚为阆舅写信。天早晴，午微阴，晚晴暖甚。明日路长，又须渡黄河，而车竟至晚未齐，不睡以待。严催数四，至丑初始齐。

页眉：后屡详视，环不在车也，轸长于舆，两端各数寸，以铁束横木于所长，环在木上，车去地咫尺，两较下垂夹轮于中，无通轴，无辖轮，无辐，无毂。

二十五日

卯初二刻起，今日仍用包马。大令以刺来，言昨晚偶感风寒，不克亲送。卯正三刻行。先答拜大令。未见。然后出北门。十五里，辰止一刻至黄河岸。解饷者先已到。正在渡河，待渡之顷，降舆出视，遇锡丽堂。伊解卷箱，于九月二十九日起身，行至常德时，闻吴肃堂有十月十五到镇远之说，以时计之，十一月十五尚未能到樊城，襄城差纪所云，尚非确信。或者舟行遇顺风，较陆行较速，亦未可知。在芦棚坐谈许久。登舟开行，顷刻而达彼岸，两岸并无多冰，舟直傍岸而泊，惟河中有冰片顺流下驶而已。复行三十里，午正抵王禄镇。此处未设尖站，入逆旅购饼饵、鸡卵食之。留一刻许复行。二十五里至获嘉县属之亢城驿。寨门额曰"连嵩"。申初宿于旅店。大令邵翊君以去城远，例不来迎，以刺来。差纪二人，一叶姓，安徽人，一孙姓，山东人，言其主由延津归来不久，盖往助贡珊办回銮差也。伊二人亦曾随往，据云，绍文颇能事，子化好作威福，贡珊知之，已不令管事，驻跸一日，诸凡均无贻误。问其署中尚有何人，曰有叔太爷者，顾而謦，知鉴泉姑丈已经来此矣。问解卷解饷者到否，曰均到，惟解饷委员二人意见不合，分住两处，共事之难如此，愈见余与筱苏之畛域胥融为难得也。晚补写阆舅信之未完者，并为贡珊写信，天晴而暖，夜有风。

　　页眉一：逆旅榜曰义合，甚湫隘，油果甚佳，大有吾乡风味，四文一枚。

　　页眉二：因两委员偶忆及一故事，戊子科四川赵寅臣工部亮熙副蒯礼卿前辈光典典试贵州，以意见不合，竟彼此大骂，几至互劾。其年赵仲莹同年亦典蜀试，寅臣出对云："黔赵使蜀，蜀赵使黔，均是六品官，一部员，一殿撰。"有人即蒯赵二使之事，对云："正考骂副，副考骂正，同行万里路，两伙伴，两冤家。"共事不合贻人话柄，可以鉴矣，彼两委员殆未尝闻知耳。

二十六日

卯初二刻起。高福以瓦缶炽炭，置烘炉旁，已而恶气棘鼻，刻不能忍。急呼从人视之，盛火者盖溺器也。令倾火于炉而出之，良久，尚犹有臭，携有大枣投之始已。屡次易车，行床已毁弃之。卯正三刻行。风已息。直行六十里至新乡，大令张学愚率仪乐迎于郊，既为同乡，又与少兰叔同年，颇觉亲近。一见即问曰，尔伙计胡不来，则应之曰，回家去矣。相与大笑。入南门。未初宿于古郿书院。本日适值课期，散卷甫毕。若扃门而试，则不得入矣。大令随来谈许久，知两宫过延津时，于润五、侯博斋俱来为贡珊帮忙，赖内侍多同乡，宫门费才三千余金，他处不能也，酒席共四千余桌，兵丁群起而抢之，殴打差纪，哄至牙门之二堂，恃势聚众，可恶已极，主之者亦太无纪律矣。又言，孟黻宸、赵星楼均已晤面，东麟堂由京来，沿途包办酒席，有白云观道士沿途关说宫门费。方外人而通苞苴之门，真元之又元，或此门亦为众妙之一耶。以汤饼代早餐。食毕更衣，以年愚侄柬答拜大令，未见，送其闱墨一本。到铁大舅母处，益斋表弟回津，蕴斋在卫辉府，有任邱刘馥卿^{艺枌}前在新乡盐店，多受铁舅教益，与表弟辈结盟，今赋闲居此，出而相迎。登堂展拜，泫然以戚，欲哭诸吾舅之灵，而无人共往，礼神主而已。详话两地近况，知此地僦房直甚廉，北房五楹，东西房各三楹，岁取二十千耳。舅母以烹鱼熨饼相饷，遣舆从回，更衣大嚼，果然而饱。留银十两为吾舅楮帛之资。大表侄由塾归，年十四矣，温文知礼，甚为可喜。馥卿烦书名片四，祠额一。适阆舅寄来家信，内有与余一信，阅竟怀之。又四表妹由鄂寄汴转递之信，是其亲笔，初未尝读书，而竟能作字，文义亦粗通，聪明女子也；虽然，其如命薄何哉。信书双亲大人，吾舅之逝，伊尚未知，不敢使知也。表侄又代人乞书楹联一副。戌刻肩舆来迓，遂归。又为阆舅鲁数语，附前信中，并呈闱墨，题名录，《先正读书诀》《輶轩语》《书目答问》。又贡珊信及闱墨均送县署托寄。表侄来，并馈豆粥、酱菜，持楹联来盖图章。送其读书诀等共四册，勉励数语，唯唯听受，代其师傅茂才乞闱墨一本而去。早眠。梦还家。

页眉一：贡珊现已孔雀其翎矣。

页眉二：县署前有两坊，曰"河朔名区""鄘南古治"，即两辕门也，一路所经衙署，辕门似此者甚多，未能悉记，亦有各题二字似吾津之道署者。

页眉三：此处麦面三十余文一斤，较叶县以南且倍之矣。

页眉四：表妹舅之季女，孟筱帆先生子妇，嫁不二年而寡，今才二十五岁。

二十七日

寅正起，仆从犹眠，唤之始应。濒行，大令又来谈许久，视升舆。卯初三刻出东门。约里许，行行且止。问之，则前有贡物为阻，良久，至空阔处，急趋而前。天已曙，从舆中窥之，木箱数十，大小不一，或八人，或四人舁之，蹒跚而行，偶存花木露枝柯于外，余皆不知为何，约皆西安宫中所陈也。舁者皆营兵，有吹洋号者前导，行止准焉。五十里至卫辉府，不知所适，询问良久，始知仍在城外之合顺店。过桥入寨门，巳正尖焉。高福至时，误入城至试院，见灯彩高悬，以为即尖所也，解鞍而入，乃为解贡物道员韩君所备者，复骑而出，物色至此。后至之车仍有驱入城中者，遣人唤之。时厨役尚未至，待良久始食。食毕车又不齐，令之发价不肯，必待易车。迟至午正，车始至。太尊于海帆年伯_{沧澜，乙亥举人，丁丑进士即用知县，山东人。}适来，谈许久，索闱墨一本。据云，两宫二十四日由正定乘火车到保定，驻跸三日，明日还京。并问及一叔、十五叔。坐待送余行，辞以尚须答拜，则曰，我辈世交，可以略分言情，故敢如此，若然，是责我之迎送于郊也。言语爽直，似因有年谊而来者。年谊之重如此，然亦有我认年谊而彼茫然，询而告之，仍复漠然，适形我之多事者。分际殊难恰合，要亦视乎与人。即如汲县大令谢芗初，与余同年，来时尚以刺迎，并为其令弟乞书，今竟杳如黄鹤，其不重年谊可知。数载后，吾家人若来以年谊相认，有不茫然而漠然者哉。总之，宁可我认而彼不知，不可彼知而我不认，知而不认则彼有辞，而我过重矣。然亦有我并不知者，则无如何耳。午正一刻，遵海翁命，就近辞行，出寨门，额曰"南通十省"。不数里，道旁有碑，篆书某故里，故字上是异字，再上则不能辨识，约是大树将军也。天薄阴，风而不寒。銮舆甫过，周道如砥，桥梁亭堠，焕然一新。五十里抵淇县。南门外有庙，庙前碑曰"殷六七作圣君故里"。殷字里字未看清楚，大意如此，入南门，额曰"朝阳门"。其不知所适，与日间到汲县同。询知行馆所在，至则无人门焉。既入，始知不误。车尚未至，命遣役住迎，则漫应之。据高福云，伊到时尚未预备，赴署呼人来部署粗定，即遣人迎余。余并未见有迎者，其漫应不待言矣。时逾酉初，室中已暗，尚无灯烛，良久始具。车亦随后毕至。差纪张，大兴人，言大令张次常^{翙辰}在府城未归。问是何出身，曰拔贡，科分则不知，湖北人也。晚饭后，堂上烛灭，出入皆暗中摸索。夜梦还家，梦中又梦。

　　页眉一：锡丽堂未宿此，行而前矣。

　　页眉二：后询知贡物从河南省来，非西安者。

　　页眉三：海翁之来也，用手版，屈膝不揖，自称卑府，执礼甚恭。及余辞行，亦屈膝迎之，彼又似欲答揖，几至两歧。既在舆中思之，余误矣，不往拜则辞行，应跪拜以答之，称年伯，则应与揖，其手版则应辞不敢当，请易名片，乃以一时仓卒，诸多舛误，余之不善肆应而贻后悔，往往如此，书以志过，且戒将来。

　　页眉四：君也而曰故里似未妥，若专指开创之君则可。

　　页眉五：贡差本日未到，想宿汲县矣。

二十八日

卯正醒，寂无声息，今日道里甚近。且车尚未易，余早起何为，乃复眠。已而人喧于庭，炭炽于室，已辰初矣。起问车齐否，则尚缺其二。连促之，互相推诿，意似欲省二车。遣高福赴署索之乃齐。张纪本非次常之仆，因办两宫差，人不足用，从他处借来者。昨晚闻其与诸仆谈，自云两宫过境后，次常曾遣人搜括其家，大骂次常不止。余不欲闻，呼诸仆来斥之去，非良民也。已初后始行。大风吹垢，尘土蔽空，逆风而行，足冷欲冰。幸入闱时之虎皮现置舆中为坐具，取以蔽膝，乃不畏寒，北门外有寨门，额曰"九省通衢"。二十五里至淇河，寨门榜曰"淇水关"。由寨中行，既出，道旁立石，大书"淇水"二字，已到桥头矣。桥下流泉喷薄，一如往日，求如范孙日记所谓千态而万状者则不可得。过桥，并河而行，数里乃趋大路。又三十五里，经浚县界，未正一刻至宜沟_{汤阴县属}宿焉。地似逆旅，而额曰"皇华馆"。尘满征衫，扑去之。差纪云，大令褚君现丁内艰，明日即交卸。供张颇草草，然不能怪也。室中无火，时风虽未息，而日光甚浓，坐定并不觉寒。以汤饼代早餐，似未足，不欲再索，令仆购油果食之。小憩片刻，闻诸仆在院中易车乃起。晚饭中席不能下咽，诸仆皆馂余之余焉。饭又不足，命自购饎食之勿哗。已而见案头有饭一箩，不知谁所匿者。晚风定。

页眉一：次常办两宫差时，彼随行兵丁闯入署中，掠去库存制钱若干，且至内室开箱将衣饰各物席卷一空，次常逃出不知去向，数日后，寻得之，其夫人大受鞭扑。似此形同强盗，不惩何以徼将来，主之者何聋聩乃尔，抑有所利而故纵之欤？松中丞竟不参奏，何也？

页眉二：油果臃肿不脆，且有生面，不如王禄镇远甚。

二十九日

卯正起。辰初一刻行。途遇大车甚多，又有荷大旗而徒行者，约是营兵，不知从何而来。二十五里，已初三刻尖于汤阴县之南门外逆旅。壁间题咏甚夥，惟有七绝两首尚可取。一首云："三月杨花绊马蹄，芦芽初长稻秧齐。东风不为行人住，莫怪春闺望眼迷。"未署名。又一首云："滚滚漳河流向东，高家父子漫英雄。小怜一去无消息，冷落西山避暑宫。"下署无名氏。大令尚未交卸，新任到尚需时，早餐只供饼饵，无粥饭，菜则名为一品锅，实残羹冷炙加菘叶耳，然味较全席为美，食甚饱。已正二刻复行。入南门，额曰"瞻淇门"。出北门里许，经一庙。庙旁碑二，一曰"古河阳寺"，一曰"岳武穆王先茔"，庙后有围墙，当即坟园也。又四里许，有台置碑，曰"周文王羑里城"。又三里许，有坊曰"十里铺"。又二里，有坊曰"汤阴安阳分界处"。又短石二对，立道之左右，一曰"汤阴北界"，一曰"安阳南界"。又三里，有坊曰"三十里铺"，则就安阳言矣。经一浩刹，榜曰"宝莲禅寺"。又十里，有坊曰"二十里铺"。过石桥圮桥各一。又二十里抵安阳郭外。大令周应麟以刺来迎。道旁有碑，曰"宋韩魏公故里"。郭门额曰"古相州城"。南门额曰"镇远门"。既入城，行经鼓楼，鼓楼亦有额，模糊不可辨识。钟楼额曰"声彻天中"，即瞻天尺五之南面也。未正一刻宿于钟楼北之行馆。太守善守斋以与松中丞婚姻回避，解任赴省。大令辞以疾，以刺答拜。惟辛蔚如世叔侨寓于此，须亲到，更衣往谒。请见太师母，则辞。间谈，知解梅访老伯、高杏斋世兄在此司鹾，亦宜一往。适存客至，遂辞出。到解高两君处。杏斋出门，只见梅翁。梅翁留晚饭，谢之。归，蔚如、梅翁先后来。留蔚如晚饭。饭间，杏斋来，略谈而去。与蔚如畅谈，知其八月间曾赴京验放，现已到省；沈星垣已捐学正录；高泽畲加捐同知，分发湖北，王晋贤世叔果然作古。余告其蒋蓬史现在贵州，曾询近况。谈至二更，索闻墨一本而去。行馆堂额，篆书"蒋径"二字，跋语多而字小，蒋蓬翁手笔也，来时宿此，未尝留意，今与蓬翁为旧雨，拟备录之，而日间未暇，灯下则目力不及矣。

　　页眉一：有人书云："题壁诗皆不佳，惟北小屋短古一章差强人意。"寻至其处视之，满墙埃墨，并无一诗。

　　页眉二：大令方丁艰，今日所食或其祭余乎？是重于车马者也，本非齐人之乞，当下圣人之拜矣。

　　页眉三：郭外尚有一碑，上手镌"节井"二字，径三寸许，余字甚小，视若无睹，不知何所取义。

三十日

卯正二刻起。迟迟吾行，因录堂额跋语曰："昔蒋翊开三径之竹以延客，而羊求独与之游，高致绝人，余何敢方。顾余自甲子岁权守斯郡，凡往来赋高轩过者悉传食于此。余为东道主人，爪印时留。今年春，随节北征，师干驻邺，余转而为客，亦馆于此。遥忆旧游，恍如俄顷，嫌其庭院清旷，而舍后一无点缀，乃为之拓明窗，莳花种竹。晴日婀娜之影，潇湘风雨之声，从此无寂寞景象矣。虽然，逆旅光阴，何必曲名希杜，然天必以此待旧太守者，当有兰因絮果在焉。额曰蒋径，非欲蹈王谢争墩之习，聊记此重来一至缘耳。同治戊辰三月全州蒋珣识。"辰初一刻行。出北门。四十五里，经如昨日之坊者三。巳正一刻至丰乐镇，尖于行宫之偏院，仍来时驻足之地，而缺者以补，旧悉以新，门朱窗漆，顶席而壁纸焉。差纪张，山东人，曾伺候一叔，据云，此处本备两宫宿所，乃仅茶尖而去。流览一周，然后早饭。负暄而坐，体躁汗津，揭冠解带而食。午初复行。漳河新作圮桥三，中为御道，左右朱栏，长约五十余丈。过桥入直隶境。长征万里，病后还乡，目见耳闻，我心则喜。二十五里，未初抵磁州，无来迎者。入南门，至行馆，则鼓吹升炮焉。刺史许仰坡以疾辞，未来见。今知其为恭慎师之犹子也，以治年世愚弟柬报之。小憩时许。晚饭后，刺史遣人索去题名录一，署多津人，有来就诸仆谈者，乡音入耳，弥觉畅然。

　　页眉一：前王用霖言："晋翁已归道山。"余以其得之传闻，未敢深信。

　　页眉二：蔚如、凌叔、莹弟在省城，思我甚，竟未致彼一字，殊觉歉然。

　　页眉三：来时行馆另有人居，此处亦极宽阔。

十二月

初一日

　　卯正二刻起。辰初二刻行。鼓楼北道左巷口，有坊曰"崔府君庙"，府君名珏，字子玉，唐人也。前行数武，见有仪仗排列，睨之。行馆内有肩舆，似将启行者，不知何许也。出北门，门皆三重。直行七十里至邯郸县之南关，额曰"极会天衢"。入关，未初一刻宿于城南门外之逆旅，鼓吹声炮如昨。明府廖紫垣已去任，代之者龚厚庵名彦师以刺来，报如之。差纪二，皆津人，以小食进。莲子蛋糕不足代早餐也，命仆购稷饼食之。小憩时许。薄暮，车声辚辚，将及寝门，有人呼余而入，则杨述斋也，醵馆在苏曹，去此八里。余之至也，有为其送信者，是以来。遂共晚饭，并留为长夜之谈。伊闻明日仍无尖所，要余便道过其馆食，乃为留诺之谈至乙夜。知讱斋已司醝安州；少兰叔之新城引岸归裕源钱店代办。举家可资以糊口；天津百物昂贵，钱法甚坏，且时有盗案，甚为可虑。和衣抵足而眠。述斋忽于梦中大声疾呼，唤醒问之，竟不自知。

页眉：述斋云邯郸亦有光武扳倒井，与子路问津皆一事，而两存遗迹者，但不知邯郸之扳倒井，亦有光武庙否。

初二日

红日满窗始起，将辰正矣。辰正三刻，命车辆先行。余与述斋由南门外折而东北行，经丛台。台在城东门北，下址与城毗连，台高则倍之，形微圆，上周亦具垣堞，堑堵周回，为陟降所由，台上前门而后室。门榜曰"武灵丛台"。室左碑一，以砖砌之，皆新加修葺，备两宫之登览也。巳初二刻至苏曹醝馆。主者为王秋浦，卫瞻哥之从舅也，亦舅之夙识者郭裕如，琴舫先生子。孟嗣宗筱帆先生子外，若曹，若张，皆吾津人也。谈良久。秋浦舅云，沈竹青在磁州。昨竟不知，知当访及，盖祖父而身三世交也。裕如视余天津绅商士庶吁请袁慰亭制军从速移节驻津禀稿，俪词斐恻，娓娓动人，不知何人手笔。闻已批准此禀，焉有不准者，惟如愿而偿，未卜何时耳。语嗣宗为新乡寄信，伊唯唯。早饭旨酒佳肴，终以不饫，罔非乡味，陶然醉而果然饱。饭罢又谈许久，午正二刻，揖别复行。十五里经黄粱梦。又五里入永年县境，有两界石对峙。又二十里至临洺关。关亦三重惜多残破。关内三层高楼一，绿瓦重檐，模规闳丽，行过其下，审顾未有题额。申正至行馆宿焉。邯郸城至临洺关本四十五里，今由南关逆旅起算，而绕越苏曹，又稍东偏，故多三里。大令仍方君汝霖。差纪崔，自云曾为书贾，在琉璃厂，与邓峻山旧识，邓几经失足，今则依然贾也，崔则不知何故而已辱为奴矣。有心人处此，必讳莫如深，彼且津津乐道，绝无不堪回首之情，是别有肺肠者，奴其宜耳。虽然，升沉无定，不可因彼而存自满之思也。归当举此以视峻山。三更将眠，忽接黔藩邵实孚前辈咨送乡试录公文一角，并乡试录二十本，收付回片，又筱苏一分，代为收存，文系十月二十七日所发。

　　页眉一：来时亦宿此，到晚而行早，故一无所见。

　　页眉二：行馆大门左右砖砌小室二，高广仅足容人，鼓吹者居其中，亦一格也。

初三日

　　辰初三刻起。辰正二刻行。出北关，关亦三重，其中间者，仅存基址矣。及河，河亦设桥。过桥三十五里。至沙河县，于南门外逆旅稍歇。舁夫晨餐，余亦购粉馔之类食之。闻角声，有兵队过。停二刻许，午正复行。入沙河县南门，城下有碑曰"吕忠烈公神道碑"，城中售物者甚众，皆日用所需之属。街心泥深没踝，似曾雨雪者。出北门，途遇车辆甚多。三十五里抵顺德府。城南面有土郭，如京师之外城然。入郭门。向来行馆在郭门内，今有兵差居之，遂入城南门，门额曰"来薰"。循南街北行，迎面巨坊一，曰"畿辅雄藩"。坊北三重楼一，最下层门上，大书"顺德府"三字，盖府署之外门也。中层榜曰"清风楼"，上层额曰"天尺五楼"，凡七楹，当涂而高，气象峥嵘。由坊前折而东行，未正三刻至逆旅宿焉。邢台令仍王君锡光，以事公出。其幕宾李敬珍，山东人，蒙一叔取高等食廪，遣人以刺来候，以现在制中，不肯亲来，故未知其字，随即以刺报之。壁题五古一首，颇有寄托，录之。诗曰："扶桑日初上，倒景凌朝霞。耀彩出苍海，宇内生光华。南荣负暄景，阴窦结冰花。寒燠任所处，临被无私加。但有葵藿诚，何论迩与遐。"持此谢浮云，一叶庸足遮。后书"辛丑十月十日邯郸早行初日有作"。属籍仪仲，不知为何人。逆旅甚湫隘，当门而立，直见街市。频见营兵往来，据张福云，其军衣书诚信几旗，步队第几棚字样。购鸡心柿数枚，枚二文。朱顺以制钱四十购茶一两，并不见佳。

页眉一：交差纪名片，嘱候许仪廷。

页眉二：墙阴尚有积雪。

初四日

辰初二刻起。连日晴暖，今阴而风，颇有寒意。辰初二刻行，出北门。三里许经一石桥，旁有碑曰"响水河大石桥"。碑已中断，响字已缺一角，上有何字，不可知矣。数十武又一圮桥，旁有碑曰"豫让桥"。往得诏衔侄信，伊由晋解饷赴甘肃，曾经豫让桥，此处又有之，不知何故。共行三十里至良缘店。舁夫投逆旅早餐，余在舆中俟之，约一刻许复行。三十里抵内邱县，过曩所宿店。入城南门，折而西而北。未初二刻至盐店宿焉。盐店极宽敞。入门一院，长阔各八九丈，西北隅有室数楹，南偏另院室二所，后仍有隙地，与前院毗连作曲尺形。余所止院，东西室各五楹，南北室各三楹，窗壁皆新纸，满室白生，而各室门上皆有大令封条，室中一无陈设，似久无人居之虚室者。既曰盐店，何冷落若此。询之差纪，始知此地久已无商，盖官运也。尚未早餐，拟以小食代之，乃庖人尚未至。命仆购油果枣馌食之。晚饭肴核中皆有泥污。余食后，米饭无多，仆从竟无所得食，索诸厨，庖人竟逃去，不知何往。大令仍李君运昌，而较之来时，居处为优，饮食则劣，皆差纪所为，主人不知也。堂上只悬对联一副而中空，联为惠师桥^棠所书，上款崧甫，不知为盐店之故物欤，大令之所藏欤。大令似不能仅出一联以饰壁也。晚晴，见新月。夜梦在京。

　　页眉一：北门内二书院来时未悉其名，今过而详视之，其一为育英书院，其一额为檐蔽，仍未得见。

　　页眉二：孟丹林云内邱商人为高崧甫，吾津之钱贾也，去岁乱后积盐尚夥，同人竟委而去之，官乃扃其店而售其盐，并非久已无商而官运者。差纪新来执役，故不知也。然则堂悬之联，信盐店之故物矣。

初五日

　　辰初二刻起。辰正二刻行。出北门。经七里桥，陟马峰冈，渡南沙河。河有圮桥。二十七里至尹村，舆夫投旅店早餐，余亦降舆小坐。刻许复行。途遇车辆甚多，与余车错杂而行，询知为袁慰廷制军之家眷。三十三里抵柏乡。大令戚位三_{朝卿}以刺来迎。南门外有阁一，覆以黄瓦，有额已模糊，只辨清"槐阳"二字。入南门。未正二刻，假锦源泰布店为行馆宿焉。店极宏敞，大门内一院室数楹，二门内西上房三楹，南北室各三楹，上房为过堂，堂后又门，门内西南北室各三楹，皆有楼。回銮时醇王居此。故账房货物皆移至偏院，至今未复其旧。余适至，仍居之。晚饭后，店人以纸来乞索书，为书联二，堂幅一。询知店为山西吕姓所开，专贩中国粗细各布，司事者三十余人皆山西人，其磨墨者年才十六，离家已三年矣。吾家子弟，在家学贾，恒以为苦，视此又当何如。店房岁租制钱三百千。大令，贵州贵阳府修文县人，己卯举人，癸未进士，国子监学正戚彦成_{朝勋}之兄，遣人来索题名录，以其为黔人也，并闻墨赠之，杨述斋与之相识，昨曾嘱余晤面代候，今未来见。余亦不往，惟有令差纪转达而已。终日天晴。午后有风而不寒。到宿所后，风息，室设烘炉，有躁意。

　　页眉一：一路供应虽劣优不等，然皆所需必具，其容心草率，无如来时之荆门州牧李绍远，归途之内邱县令李运昌者，此二李者，诚苦李也。

初六日

烛而起视，时辰表已指辰初，盖昨晚表针忽停，随意移指，故不准也，与他表对之，正速四刻，才卯正耳。辰初二刻行。出北门。二十二里半至王莽城。界夫早餐，置舆路旁，刻许复行。又十里至柏乡赵州交界处，有新立木坊一，大书"南至柏乡县城三十三里半，北至赵州城二十七里半"。乃行不半里，又有立石，大书"柏乡县北界"字。一界也而有坊有石，且相距甚远，究竟以何为凭。又行里许，见赵州第六铺，又书"南至柏乡城三十里，北至州城三十里，"里数反加二者，必有一误也。前行又经数铺，皆相距五里。及过大石桥，去城不远，见第一铺仍书"北至州城五里"。实不过二里耳。前两日所见更铺里数，有似此者，以为偶然误记，今详记亦复如是，是里数亦不准矣。官事之不求甚解大率类此。赵州南门，额曰"临洨门"。入门行许久，折而东又北，借张姓家为行馆，尖焉。时才未初，询知黄仲簏未在此，于八月间回津未归。昨此处探马到柏乡，本可告伊尖赵州，宿栾城，因来时仲簏有归当留住之言，恐有留滞，未敢预订。仲簏今不在此，则一定宿栾城矣。饭间，孟丹林来谈片刻，既去，又馈茶点四事，请到盐店宿，谢之。未正复行，答拜丹林，并见内席钱佑民。知冯俊甫由陕随扈北上，刻当在涿。略谈复行。出西门。四十里经贾店，至栾城县。酉初二刻入南门，门凡三重。宿于行宫之西偏院。行宫因龙冈书院改为之，规模阔大。中为书院旧室，讲堂五楹，堂下左右皆号舍，前为门。堂后听事五楹，东西厢各三楹，重新之东西偏新作三楹者各四进，周以回廊。差纪导余流览一过。各院皆设水缸，冰结满中，缸为之裂。用时置水，竟不复倾。公中之物任其毁坏，无过问者，可发一叹。大令黄介臣以刺来。忽闻人语嘈杂，则袁制军之眷口至也。此处先未得信，未备宿所，仓卒间设宿于此间之东院，需用一切皆咄嗟而办，差纪大有应接不暇之势，大令亦来周旋，因又以刺投余，未云请见。余适晚饭，遂谢之。不然，伊虽不请见，余必与晤面一谈也。闻袁眷有幕宾同行，因忆阮斗瞻弟不知现在何处，想先随制军北上矣。若在此行，未有不余见者，固不待今日之同居也。

页眉一：木坊因跸路所经而设，不能耐久，仍当以石为凭耳。

页眉二：据云，大石桥距城五里。

页眉三：张福马鞍破裂，借陈仆用之，陈乘车行，溜单又减马一匹。

初七日

卯正二刻起，此处不供小食，据云：大令并不吝啬，皆司帐者为之也。辰初二刻行。出门先拜大令，未见。至北门外，人烟阗溢，百物杂陈，约是趁墟之期，不然，不能如此麇集也。十里过十里铺。又十里经一小村，至冶河镇。又数里至分界处，一坊一石，相距甚远，与赵州同。逾界为获鹿县境，其更铺书曰"北至正定县三十五里"。行过获鹿四铺，始真定县界，其更铺则书"北至县城三十里"。此六十里金云有八十里，盖获鹿县城，不当驿站，因将其境中道路亦除去不算也。舁夫则谓足有七十五里，伊等换班，皆有定则，言当不诬。午初二刻抵正定之二十里铺，投万泰饭店，食饼饵肉醢。午正复行。十里至滹沱河，河水浅涸而冰，中露一洲，由南北岸至洲，各筑圯桥，桥有栏，栏有柱，柱相去寻丈不一，南桥四十四柱，北桥二十九柱，加以洲，约计河广近百丈焉。过河又十里，至正定府南门外，见有缨冠持束而立者，方谓有人来迎，乃张顺，略与数语，竟趋而过之，始知别有所伺，非为余也。及舆至其处，则有房一区若庙者，灯彩悬焉。入南门，门外有阁，缭以短垣，与城毗连。行过朝阳楼，楼在庙后。庙之基址甚高，直抵楼下而正居中。楼七楹，与街等广，于庙之左右各有一门以通往来。过楼折而西又北，至街西之逆旅宿焉。问差纪何不宿龙藏寺，则曰：湖北学政彭本日亦到，其人较多，居之。太守仍江君槐序，大令则张君祖咏，均以刺来，报如之。闻戴令则以避回变差，请代而去，亦巧矣。壁诗甚伙，同治癸亥年者尚存，然漫漶不可卒读。后壁七律四章可取，录之。诗曰："都门一片战云青，金谷铜驼不忍听。五道将军争出入，万家儿女太飘零。钱飞蚨影虚中禁，车掩鸾声出内庭。莫更居庸回首望，海风吹满凤城腥。""保阳西下拥联军，恩怨由来到此分。未必无才虚将帅，可怜薄命是钗裙。百年冠履随流水，一颗头颅报圣君。最是薇垣明月满，一轮永夜照孤坟。""风声鹤唳日相惊，畿辅东西数十城。白日无端沉碧血，黄金终不误苍生。化枭飞去多仙宰，策马归来有败兵。写尽旅愁流尽泪，常山箫鼓断肠声。""嗟余二十二年中，湖海浮沉事不同。客里愁将双鬓白，天涯人倚一灯红。地经燕赵怀应壮，月冷邯郸梦亦空。洗却思亲无限泪，铜琶铁板大江东。"后书云："余，皖桐人也，去岁拳匪肇衅，开罪友邦，各国联军深入，避居汴省；今春大局粗定，买车入都。遄行至此，传闻德法之兵刻又西进保阳，盘路梗绝不通，进退维谷，五内如焚，夜不成寐；因忆去年景况，率成四律，聊自遣怀，更冀我梓里同人见之，知余转徙流离之苦也；龙眠后学并志。"从县署借来京报阅之，起首先书值日各衙门如旧，一年有半所未见者也，不觉欣然起舞。晚餐稻饭臭恶不可食，若一指摘，仆辈将借以为词，殆又甚焉，因强忍下咽，尽一碗而止，诸仆亦遂终食无异言。午前天薄阴，已而畅晴暖甚。陈仆患感冒，呻吟彻夜。

页眉一：店主人张姓，言广宗有民变事，不知确否。

页眉二：他处或亲迓，或遣人来迓，张顺必下马，持刺至舆前禀知。

页眉三：差纪云此处火车尚未售票。

页眉四：自入直隶境来到处皆有积雪，丰年之兆也。

初八日

卯正起。小食以腊八粥进。客子光阴，都忘节序，对之不胜日月其除之感。辰初行。出北门。同行车辆甚多，皆不知为谁何。四十五里，巳正一刻至伏城驿，正定属。尖于万源客店。店主人李姓，堂悬额曰"仗义可风"，有注语，盖辛卯年有贾人于此店病故，李为之殡，而封识其银货，丝毫不苟，贾人戚友制此以报者也。饭罢，午初二刻复行。十五里渡河，河有圯桥。又三十里至新乐县，又有河，河甚广，长桥在北，舁夫择近而行，行处只于中流作桥，其波及者水浅而冰，则覆以土为蜿蜒小径。天暖冰释，颇苦滑泼。良久始达彼岸。未正二刻宿于城外之逆旅。大令恒阶平已去，代之者为谢方塘同年，鉴礼，乙酉拔贡，贵州遵义县人。现赴保定，以刺来。壁间新题七律一首，未署姓名，诗颇可取，录之。诗曰："么么小丑太猖狂，那有皇都作战场。城阙尘生天暗黑，衣冠星散日苍黄。棘门霸上真儿戏，渭水函关又帝乡。寄语公卿休再睡，恐无好梦续黄粱。"差纪云，此处虽跸路未经，而迎驾来者，络绎不绝，皆须供亿，所费亦不资云。又云，由此乘火车赴省，二等客位每人需洋二元。

页眉：经行临城县境。

初九日

寅初一刻起。差纪云，昨署中得京报，湖北学政彭革职，不胜诧异，彭在京向无劣声，何以被遣，不知何人所劾，欲借报一观，而去署甚远，不及待。寅正一刻行，由城外绕越，三十余里天始曙，寒气逼人，甚于夜间。又二十余里，共五十余里至定州。辰正一刻尖于城外之魁元店。思购眼药，已而来售者同仁堂、张齐珠、马应龙凡三家，各购数种。此处去州署亦远。未能借报一观。刺史仍王莐承，以刺来。壁间七律二首，颇不恶，录之。《感事》云："谁夸矍铄据征鞍，鹤唳风声竟退难。邦彦和戎金累万，汾阳见虏骑凭单。苍生痛哭南天远，壮士悲歌易水寒。夜听鼓鼙思将帅，河山共整一枰残。"《吊荆轲》云："雄心空自策雕鞍，欲扼强秦势已难。太子有恩宁命惜，舞阳无胆恨身单。燕山易水舆图远，落日长虹剑气寒。击筑高歌思往事，萧萧故垒荻芦残。"后书"右和适适室道人福星店题壁原韵。仪卿"。巳正一刻，饭罢复行，亦由城外绕越。十里渡河，河水浅而无桥，仆人驱马而过，唤人来肩舆徒涉，舁夫亦有解袜助之者。虽不过数武，然严冬徒涉，其胫必异寻常，遇商王受，当斫视之矣。风起而不寒。又五十里又渡河。河有圮桥，水已尽冰，都是北地冬日气象。至望都县城南门外，值趁墟之期，人物充溢，摩肩而过。由南门而东二里许，申初抵东关长盛店宿焉。大令仍张君锦绂，以刺来。差纪杨，吾津人，王，顺德人而久居天津者，言天津较春间为安谧。从大令借邸钞阅之，彭少湘前辈果革职，且永不叙用，尚有何乃莹、连文冲、王龙文、曾廉、仍为去岁信服拳匪事，非有人劾也。去年未闻少湘有何举动，何亦入此狱中。诬枉与否不可知也。然其甘贫守分，余则稔知，乃甫一展舒，遽遭沦落，命亦穷矣。此店壁非新饰，而竟无一题句，亦自难得。

页眉：易车之顷，御者因一言不合，竟大挥其拳，众仆呵骂之，乃已。

初十日

卯初三刻起。卯正三刻行。三十里至方顺桥。范孙日记云，桥下有碑，言河源发于完县之白崎、马耳两山，至此方顺流而东，故名。范孙其时尖于此，尹澄甫兄同行，得暇详视，故知之甚详。余来往皆匆匆一过。故未能见也。又有郭隗故里碑，靳文襄神道碑。又十五里至满城县之泾阳驿。巳初三刻尖于逆旅。饭罢，巳正二刻复行。四十五里经大吉店，至保定府。省城探马来时，言设宿皇华馆。比至，向皇华馆而行。遇来迓者，又言不在皇华馆。折回宿于西门外之逆旅，巳未正矣。询火车情形，其说不一。孙麟伯已赴京。严觐侍同年已补缺赴任。郑景溪亦未在此，火车站长夙不相识，大令仍吴云墀_{国栋}亦有事公出，只以刺来。安肃县探马又到，如何行法竟无所适从。制军袁慰亭、清河道袁行南_{大化}、太守陈立斋_本均未在省，皆以刺来。城守尉同乐亭_和、副将张西园_{士翰}、参将韩锡三_{延贵}亦以刺来。藩台周玉山师虽以刺来，仍须往谒，余则皆以刺答之。日夕。待马不至，令仆步行以从，谒玉山师，并呈闱墨题名录。玉山师以乘火车为是，呼一差官来，令持刺往托站长，并谆留余住一日，明日招饮于署。余以县署供应不安辞，则饬纪告知县署，此吾故交，特留之。其情甚殷。遂不复却，谈许久归。臬台周瀚如_{名浩}又以刺来。藩署差官来言，已托站长，惟由此至津，须两次易车，不能直达。盖在藩署，闻有自明日为始，津保火车，联为一气，可由此直至天津之说，余拟令一二仆人随笨重各物先回津也，轿价则减与四马价同，然京津皆无所用之，朱顺言可以寄之盐店。晚饭间，问差纪何不宿皇华馆，则已为洋兵折毁矣。晚与诸仆商订行计，除张顺外，皆云乘火车便，议乃定。写家信、弼叔信各一，明日令高福先行。制军又以刺来送行，署中人循例为之也。问斗瞻竟无知者。

  页眉一：满城县仍郭文翯大令。

  页眉二：逆旅轩敞华丽，似新茸而尚未居人者。

  页眉三：差官姓史字文卿。

  页眉四：火车既速又省骚扰，余本愿之，张顺为余惜费，并无他意，不可谓非愚忠。

图书在版编目（CIP）数据

贵州古近代名人日记丛刊. 第三辑 / 王力点校. --
贵阳： 贵州人民出版社， 2019.3
　ISBN 978-7-221-13994-8

　Ⅰ.①贵… Ⅱ.①王… Ⅲ.①日记 – 作品集 – 中国 –
古代②日记 – 作品集 – 中国 – 近代 Ⅳ.①I26

中国版本图书馆CIP数据核字(2017)第041484号

贵州古近代名人日记丛刊·第三辑

王　力　点校

责 任 编 辑	刘泽海　孟豫筑
版 式 设 计	陈 电
出 版 发 行	贵州出版集团　贵州人民出版社有限公司
印　　　刷	深圳市新联美术印刷有限公司
规　　　格	889×1194mm　1/32
字　　　数	230千字
印　　　张	11.5
版　　　次	2019年3月第1版
印　　　次	2019年3月第1次印刷
书　　　号	ISBN 978-7-221-13994-8
定　　　价	70.00元